呪縛(上)

金融腐蝕列島Ⅱ

高杉 良

呪縛（上）金融腐蝕列島II

目次

プロローグ

花冷えする四月上旬の某夜、吉祥寺《きちじょうじ》にある川上多治郎の大邸宅の周辺一帯は、黒塗りの大型乗用車で溢《あふ》れていた。

警察官の姿がやたら目立つが、SPはもっと多かった。

川上邸の観桜会は、恒例行事になっていたので、桜並木の閑静な高級住宅街の住人にとって迷惑至極だが、時ならぬ喧噪《けんそう》も一夜だけだから、諦《あきら》めもつく。

門をくぐると深い植込みを背にテント張りの受付が石畳の通路の両側に二か所しつらえてあった。

白いテーブルクロスで覆われた横長の机の上に祝儀袋と名刺受け用に漆塗りの硯箱《すずりばこ》が二箱と記帳用の和紙のノート二冊が置いてあった。

受付にはスーツ姿の若い男女が二名ずつ交代で配置され、多数の招待客を捌《さば》いていた。

政治家、赤坂・新橋など一流料亭の女将《おかみ》、銀座の高級クラブのママなどは祝儀袋を持参していた。財界人は事前に大枚を届けているので名刺を出すか、記帳するだけだ。政治家も料亭もクラブも、川上が企業から顧問料などの名目で掠《かす》め取る巨額の資金のおこぼれにあずかっていた。

観桜会に招かれた関取やプロ野球選手、芸能人などには川上から〝寸志〟が配られる。彼らは顔パスなので受付のチェックはなかった。

六時から七時までの一時間に約三百人の招待客が案内係によって中庭に吸収された。

ライトアップされた三百坪ほどの中庭に、樹齢六十〜七十年の染井吉野の巨木一本と、樹齢二十〜三十年の十数本が咲き誇っていた。

中庭には鮨《すし》の模擬店が三店。それに、三台の大テーブルに新橋の一流料理店〝かねなか〟から取り寄せた日本料理が所狭しと並んでいた。アルコール類も、ビール、薦被《こもかぶ》り、ワインのほか、プロのバーテンダーがカクテルをこしらえてくれる。

桜も八分咲きで見ごろだが、料理の方も目に鮮やかで見事だった。これ以上の花見は望めない。

椅子《いす》席も百人分ほど用意されてあった。ガーデンパーティーは七時を過ぎて最高の盛り上がりを見せていた。

川上多治郎、通称〝カワタジ〟は、大物フィクサー、大物総会屋として聞こえていた。右翼の大立物で、政界の黒幕として勢威をふるった小玉清の一番弟子を以《もっ》て任じている。

出版社も経営していたが、こっちは副業でお飾りに過ぎない。

川上は、シルバーグレーの羽織、袴《はかま》姿だった。六時から七時まで、中庭で招待客と談笑していた。シルバーグレーは照明に映えるし、大柄なので、川上の居場所は誰の目にもすぐにわかった。フレームがべっこうの眼鏡は獅子《しし》っ鼻《ぱな》にマッチしている。川上の周りに、目つきの鋭いダークスーツの若い男たち数人が目立たないようにガードしていた。

女将たちは奇麗所《きれいどころ》を従えてきているし、ママは粒よりのホステスを引き連れて乗り込んできていたから、川上は女性たちに囲まれていることが多かった。

川上の目に朝日中央銀行名誉会長の牧野幸治が映った。

「ちょっと、どかんか」

川上は、むらがる女たちをかき分けて、牧野に接近した。

「名誉会長、おいでになってたのですか。ありがとうございます」

「川上先生、今年も盛況ですねぇ」

「七時十八分に花岡総理が見えますので、そろそろ母屋の方へいかがでしょうか」

「桜は堪能《たんのう》しましたし、少し冷えますから、そうさせてもらいましょうか」

川上は牧野の背後に控えている常務取締役の佐々木英明と牧野付秘書役の久山隆に気づいた。

「やぁ、あんたたちも母屋の方へどうですか。佐々木君、美人の奥方はどうしたの」

「恐れ入ります。その辺で花より男前の役者さんに見蕩《みと》れてるんじゃないですか」

「きみは夫人同伴なのかね」

「川上先生にぜひにとお招きいただきまして」

「こんな所で女房の点数を稼ぐとは隅に置けんねぇ」

牧野と佐々木が笑いながらやりとりしているのを、五メートルほどの至近距離から、じっと見つめている男がいた。

小田島敬太郎である。このとき小田島は三十三歳。

目もと涼やかで、すらっとした長身である。

川上と牧野が肩を並べて、母屋に向かいかけたとき、小田島が佐々木の肩を叩《たた》いた。

「佐々木常務、ご無沙汰《ぶさた》しております」

「おう、小田島さん」

牧野の後に続こうとした久山を佐々木が呼び止めた。

「久山君、いい人を紹介しよう。こちら小田島さん。川上先生がいちばん可愛《かわい》がってる人ですよ。初めてなんでしょう」

「はい」

「小田島です。朝日中央銀行さんにはお世話になってます」

小田島が大型の名刺を差し出した。

肩書が〝小田島経済研究所代表〟の名刺は通常のものより二回りほど大きく、小田島敬太郎の名前はゴシック体で威圧感があった。

久山は、小田島が顔に似合わず、総会屋だと察しがついた。

「小田島さんは、情報通だから、いろいろ教えてもらうといいね」

言いざま佐々木は牧野と川上の後を追った。

久山も、牧野が心配だったが、次の小田島のひとことで、動きを止められた。

「一つだけ情報を差し上げましょうか。〝A〟側の次のトップは木川さんじゃありませんよ。誰だと思いますか」

「さあ」

「佐々木さんがいずれ有力候補に浮上してきますよ。木川さんは〝C〟側から総スカンですし、牧野名誉会長もごく最近、木川さんを諦めました。川上先生が仕切った可能性もあるんじゃないでしょうか。今夜の観桜会に木川副頭取は招かれていないことが、その証左かもしれませんねぇ」

近くでフラッシュが焚《た》かれた。

小田島が一瞬早く左手をかざして、レンズをさえぎった。

あっちこっちでフラッシュが焚かれていたが、その一つが自分たちに向けられているとは、久山は気づかなかった。

「木川副頭取は、牧野名誉会長の秘蔵っ子ですよ。にわかには信じ難いですねぇ」

「なんなら百万円賭《か》けましょうか」

小田島は自信たっぷりだった。

「ありがとうございました。今後ともよろしく。失礼します」

久山は小田島を振り切って、母屋に急いだ。

佐々木はない、と久山は思っていた。しかし牧野と川上の引きがあれば、話は別である。

久山は裏口から母屋に入った。

大きな玄関のホールに人だかりがしていた。

七時十八分。花岡武雄内閣総理大臣が到着したのだ。

川上夫妻が最前列で、花岡を迎えた。

「総理、国会会期中のお忙しいところをお運びいただきまして、まことにありがとうございます」

「カワタジ先生の庭の桜は、一見に値するからねぇ」

「恐縮です」

花岡は、秘書やSPにガードされて、奥の大広間にどかどかと雪崩《なだ》れ込んだ。

大広間は和室で三十畳ほどある。テーブルに料理と酒類がたくさん残っていた。

宇田川誠・日本銀行総裁、自民党三役、現職大臣、派閥の領袖《りょうしゅう》、経済四団体の会長、前会長ら政財界の大物たちがたむろしていた。

大銀行の会長、頭取クラスの顔も見える。

全員が立ち上がって、花岡総理を迎えた。

いつの間にか、川上が花岡の隣にいる。

「どうも」

「こんばんは」

声を出して、挨拶《あいさつ》する者。花岡と目礼を交わす者。

中央の席に川上は、花岡を座らせた。

「西峰先生！　こちらへどうですか」

花岡が手招きした。

いまなお政界で隠然たる影響力を保持している元総理の西峰信義だった。昭和の妖怪《ようかい》、首魁《しゅかい》の悪名を取る西峰は、このとき八十二歳。

躰《からだ》が少し縮んだようにも見えるが、背筋もしゃんとしていて、矍鑠《かくしゃく》たるものだ。

「西峰先生もいらっしゃってるんですか」

花岡の方から西峰の方へ寄って行った。

「ご壮健そうでなによりです」

「きみも元気にやってるね」

「ええ。なんとか。丈夫だけが取り柄です」

川上が両者の間に割って入った。

「ガラス戸をあけますから、桜を見てやってください」

川上の指示で若い男が二人で縁側に出てガラス戸をあけた。

中庭のにぎわいも、ピークに達していた。

「ほほーう。見事ですねぇ。うん、これは凄《すご》い」

花岡は感嘆した。

川上がよく通る高い声を放った。

「予算も通ったことですし、西峰元総理と花岡総理のご健康を祈って、ひとつバンザイ三唱といきましょう。全員ご起立願います」

大広間に居合わせた四十人ほどの男たちが、再び起立した。

桜の巨木に向かって、川上が大音声《だいおんじょう》を発した。

「西峰先生、花岡総理、バァンザァーイ!」

「バンザイ!」

「バンザイ!」

「バンザイ!」

中庭にも、川上のバンザイ第一声は届いた。

三唱のあとで、今度は中庭から、大広間へ、バンザイ三唱が返ってきた。人数の差で座敷の方が、音量では圧倒されるのは仕方がない。エールの交換が拍手に変わり、それは長く続いた。

「総理、赤ヘル・グループが管制塔に突入したために、開港が二か月ほど遅れるそうですが、取り締まりが手ぬるいのと違いますか。昔なら、国家叛逆罪《はんぎゃくざい》で死刑でしょう」

花岡が苦笑を洩《も》らした。

成田空港開港阻止を叫ぶ赤ヘル・グループ十人が管制塔に突入したのは三月二十六日だ。このため三月三十日の開港は、五月二十日まで延期された。

川上の声は、実によく通る。大広間の隅々まで聞こえた。

「川上先生、総理と記念写真をお撮りしましょうか」

カメラを向けた男を川上は睨《にら》みつけて、手を払った。

「余計なことせんでいい」

川上も小田島も、写真を撮られるのを極端に嫌っていた。二人に限らず、総会屋に共通していた。

牧野は、バンザイのあとで花岡に丁寧に挨拶していた。

花岡とは旧朝日銀行（〝A〟）と旧中央銀行（〝C〟）が合併した昭和四十六年当時の大蔵大臣だったので、旧知の間柄だった。

佐々木が川上ににじり寄って、なにやらささやいているのを見ながら、牧野が久山に声をかけた。

「もう一度、庭に出て、桜を誉《ほ》めてから、おいとましようかねぇ」

「はい」

久山は裏口の板の間で、牧野がコートを着るのを手伝った。久山はスリーピースだった。

「そろそろカワタジさんのバンザイが始まるよ。そのあとで、わたしがやられるのもかなわんからねぇ。あの人はバンザイが好きだから。佐々木が先回りして、なにか言ってたじゃないか。カワタジさんのバンザイを仕掛けてたんだろう」

「はい」

久山も佐々木が川上に接近したのを見ていた。

二人が裏口を出たとき、バンザイが聞こえたので、足が止まった。

「川上先生、バンザイ!」

「バンザイ!」

「バンザイ!」

「バンザイ!」

牧野がにやっと笑った。

歩きながら、久山が牧野に言った。

「名誉会長は銀行界の長老ですから、川上先生にバンザイをやられたかもしれませんねぇ」

「カワタジさんも、大したものだねぇ。総理まで呼びつけるんだから。バンザイも、よかったじゃないか」

「はい。最高の舞台で、役者がそろったところで、見得を切ったことになりますから」

「松村君が来られなかったのは残念だったねぇ」

「風邪をおめしになられて……」

「そうだってねぇ。ＡＣＢから何人来てるの」

「八人です」

「一人いくら包んだのかね」

久山は左手をひろげた。

「名誉会長、会長、頭取、佐々木常務はこれですが、あとの四人はこれです」

「そう。よその銀行はどうなの」

久山は再び指を三本立てた。

「総務部からこう聞いております」

ＡＣＢは三百二十万円を事前に、川上多治郎の日本橋の事務所に届けていた。いわば観桜会の会費である。

「千久《せんきゅう》の木下社長は見えたのか」

「お見えになりましたが、早めにお帰りになったようです」

中庭は〝花より団子〟で、いっそう盛り上がっていた。

牧野と久山は、大木の下で、桜を仰いだ。

最上部の桜は夜空に融け込んで、墨絵のようだった。

玄関の方がざわざわしていた。総理や大臣たちが帰るのだろう。

二十分後に、久山は、専用車の牧野を見送った。

「きみはもう少し、残ってください。カワタジさんに、くれぐれもよろしく。お先に失礼するよ」

「必ず申し伝えます」

引出物は、〝かねなか〟の折り詰め料理と置き時計だった。

企業と総会屋の蜜月《みつげつ》時代で、総会屋への利益供与がなんでもありだったとはいえ、観桜会の会費が三十万円〜五十万円は、やらずぶったくりと言われても仕方がない。この時点でほとんどの総会屋は暴力団と手を結んでいる形跡はまだなかったが、川上は別格だった。

四月四日に成立した昭和五十三年度の国家予算は一般会計三十四兆二千九百五十億円、財政投融資十四兆八千八百七十六億円であった。国債依存率三十二パーセントは、景気浮揚策を折り込んだ大型予算（一般会計で対前年度比二十・三パーセント増）ということができる。

この年、四月一日付で、北野浩が朝日中央銀行（ACB）に入行した。

第一章　強制捜査

1

時計を見ると、午後十一時十五分を過ぎたところだ。北野浩は心が残ったが、書類のひろがったデスクの上を片づけ始めた。企画本部で残業しているのは、北野ひとりだった。

北野は次長職だ。入行年次は昭和五十三年（一九七八年）。一橋大学経済学部出身で四十一歳。一メートル七十六センチの身長で六十五キロの体重だから、十分スリムで通る。目も鼻も口も大きい。特に耳たぶは大きくて厚ぼったかった。緊張したり、興奮するとその福耳を左手でさわったり引っ張ったりする癖がある。面魂《つらだましい》はあるほうだろう。

企画本部は、朝日中央銀行の中枢部門、心臓部門だ。統括、企画、渉外、予算、企業の五グループから成るエリート集団である。

グループ長は次長職で、北野は統括グループを担当していた。仕事の内容は、経営計画の作成、常務会の議案調整などだ。

ドアの向こうで人の気配がした。ドアが乱暴にあけられ、いつになく険しい片山昭雄の顔がのぞいた。片山は渉外グループの次長で、いわゆるＭＯＦ《モフ》担だ。北野と同期で、東京大学法学部出身である。MOFとはMinistry of Finance、大蔵省の英語名の略称である。

北野と片山の目がぶつかった。

「悪いなあ。待っててくれたのか」

「うん。仕事もあるにはあったが、気になるからねぇ」

「話にならんよ。会長も頭取も、まったくわかってない」

「なにをそんなに怒ってるんだ」

「北野、ちょっとつきあってくれ。この時間だとホテルしかないな。俺《おれ》はパレスホテルに泊まる。ルームサービスでビールでも飲みながら話すか」

さすがMOF担だけのことはある、と北野は感じ入った。交渉費は青天井だし、会長室、頭取室もフリーパスだ。

片山が丸みのある柔和な顔を引き締めて言った。

「あしたの朝、本部に東京地検特捜部の強制捜査が入るぞ。MOFも地検から情報を得ている感じだった」

「やっぱり事実なんだな。西田もそんなことを言っていた。石川広報部長に複数の新聞記者から電話があったらしい」

西田修造は、北野の直属の部下で調査役だ。入行年次は昭和五十八年。五人の男性部下はいずれも仕事が出来る。中でも西田は最も頼りになる存在だ。ほかに一般職のOLが二人いた。

「広報部長は強制捜査の件を当然上層部に上げたんだろう」

「もちろんだ。広報部長もいままで一緒だったよ。トップの責任論に発展することもMOFの見方として婉曲《えんきょく》に伝えたが、会長も頭取も強制捜査などあり得ない、とてんから思い込んでるから、始末が悪いよ」

片山がホテルに電話をかけてツインルームを予約した。

大手町の朝日中央銀行本店ビルからパレスホテルまで徒歩五分足らずだ。片山と肩を並べて歩きながら、北野が言った。

「さっき、部長から聞いたんだが、顧問弁護士全員が強制捜査はあり得ないし、あってはならない、という判断らしいねぇ。会長も頭取も、顧問弁護士たちの判断に全幅の信頼を置いてるわけだな」

取締役企画部長の森田一夫は昭和四十三年に旧朝日銀行に入行した。朝日中央銀行は昭和四十六年四月に、旧朝日銀行と旧中央銀行の対等合併によって誕生した。都銀中位行同士の合併だったが、一躍預金量三兆五千億円（合併当時）のトップ銀行に伸し上がった。

北野も片山も、旧財閥系に属さない日本一の中立系銀行に未来を託して入行したが、合併して四半世紀も経つのに、上層部は〝A〟だの〝C〟だのと、いまだに旧行意識にとらわれていた。

現会長の今井史朗は〝C〟すなわち旧中央銀行、頭取の坂本昇は〝A〟側の旧朝日銀行系である。

「俺も、大銀行の本店ビルに東京地検特捜部の強制捜査、家宅捜索が入るなんて、あってはならないことだと思いたいし、まだ半信半疑な面がないでもないけど、確実にある。ＭＯＦは検察から正確な情報を入手してるに相違ないし、検察は報道関係者にもリークしてるふしもあるんだ」

「バブルで銀行のうす汚さは世間に露呈されてしまったが、そうはいっても社会的信用機構の最たる組織体であることはたしかだろう。ＡＣＢの本店ビルは、その象徴でもある。本店ビルに検察の強制捜査が入るなんて、前代未聞だし、社会的信用機構を揺るがす衝撃的な事件だ。検察はそこまでやるのかねぇ。本筋は丸野証券事件のはずだ。ＡＣＢは丸野証券事件の裏付け捜査で、ついでに調べられてるんじゃなかったのか」

ＡＣＢとは朝日中央銀行の略称で、世間一般でもＡＣＢで通っていた。

丸野証券事件とは、総会屋グループ代表の小田島敬太郎に対する利益供与、損失補塡《ほてん》に関する商法違反事件のことだ。小田島は一週間前の五月八日に利益供与を受けた容疑で東京地検特捜部に逮捕された。さらにその三日後、丸野証券の幹部が逮捕されるに及んで、小田島に巨額の融資をしていた朝日中央銀行の存在がクローズアップされるに至った。

「北野の言ってることは、会長や頭取の意見と同じだよ」

片山は投げやりに言って、薄く笑った。

そのとおりだ、と北野も思った。たしかに強制捜査の確率は高いが、そこまでやらなければならない必然性があるとは思えない。

検察ファッショとはあえて言わないが、ＡＣＢは国家権力によって潰《つぶ》されてしまうのだろうか。それとも被害者意識が強過ぎるのか。そんなことはない――。北野は自問自答した。

2

午前零時に近いホテルのロビーは閑散としていた。

片山はフロントでも顔馴染《かおなじ》みとみえ、制服の若い女性に気軽に話しかけた。

「僕は泊まりますけど、一時間ほど話して、連れは帰りますから」

「かしこまりました」

「今夜は当行の偉い人たちが何人もお世話になってるんじゃないですか」

フロント係の女性は微笑を浮かべてあいまいにうなずきながら、キイを片山に手渡した。

「勝手に行きますから、案内はけっこうです。荷物もありませんから」

片山は、背後に控えているボーイに言って、北野に目で合図した。

パレスホテル五階のツインルームに入るなり、片山は電話でルームサービスを呼び出した。

「スモークドサーモン二つとクラブハウスサンドとミックスサンドを一つずつお願いします。そうだ、寝酒にワインをやりますか。シャブリの白をフルボトルで」

片山が背広を脱いで、ベッドの上に放り投げたので、北野もそれにならった。

「冷蔵庫から缶ビールを出してくれ」

片山がトイレから戻ってくるまでに、北野は缶ビール二本とグラス二個をセンターテーブルに並べた。片山と入れ替わりに、北野はトイレで用を足して、顔と手を洗った。

グラスにビールが注がれていた。

「じゃあ乾杯」

「どうも」

二人とも一気にビールを呷《あお》って、二杯目は手酌で飲んだ。

片山が缶ビールを二本センターテーブルに追加した。

北野が力まかせに新しい缶ビールをあけた。

「本店に強制捜査が入ろうが入るまいが、ACBから逮捕者が出ることは避けられないんだろうな。三月下旬から営業部門と総務部門の関係者が特捜部の事情聴取を受けてきたが、小田島に対する不正融資の立件に特捜部は自信を持ったと思う。問題は、片山がさっき言ったトップの責任論だ。本店の強制捜査が事実なら、会長、頭取の辞任は仕方がないと思うが、万一、本店の強制捜査が避けられたとしたら、そこまでやる必要はないんじゃないのか」

「その、万一はないんだよ。希望的楽観論は虚《むな》しい。今夜、会長室で、会長、頭取と二時間も議論して、結局、希望的楽観論から一歩も出られないんだから、どうしようもない。会長も頭取も、それにしがみついている。責任論なんてつゆほども考えてないんだろうな」

「会議には、片山と広報部長以外に誰が出てたの」

「岡田副頭取と水谷常務だ」

岡田勝久は国内担当副頭取で旧朝日銀行系、水谷喜之は旧中央銀行系で総務部門担当常務である。

ルームサービス係のウェイターが、ワインクーラーに入れたシャブリの白ワイン、ワイングラス、スモークドサーモン、サンドイッチなどを載せたワゴンテーブルを運んできた。

片山は伝票にサインしながら、ウェイターに言った。

「終わったら廊下に出しておきます。あとはこっちでやりますからいいですよ」

ウェイターが退出した。

時刻は平成九年五月十五日午前零時三十五分。北野と片山は、十四、十五の二日にわたって話していたことになる。二人は、ワゴンテーブルで向かい合った。

手頃な椅子《いす》が一つしかなかったので、片山はベッドを椅子がわりにして座った。

北野がワインをひと口飲んで、ワイングラスをテーブルに戻した。

「本部長も企画部長も、出席しなかったのはどうしてなんだ」

「別の会議があったんじゃないのか」

「そんなはずはない。二人とも八時ごろまで席にいたよ」

「すると、お呼びじゃなかったってわけだな」

企画本部長は専務取締役の中澤正雄に委嘱されていた。中澤は昭和三十八年に京都大学経済学部を卒業し旧中央銀行に入行した。次期頭取の呼び声が高い。もの言いはソフトだが、上下左右に関係なく、きちっともの申すタイプである。

丸野証券事件絡みで、朝日中央銀行名が新聞などで報じられ始めた四月中旬以降、いちはやく調査委員会の設置を提唱したのは、中澤だ。中澤は責任の明確化についても言及していた。

調査委員会は五月一日付で設置され、委員長に岡田副頭取が就任した。委員会は部長、副部長クラスで構成され、事件発生の原因究明に取り組んでいるが、目下のところ見るべき成果は得られていなかった。

「本部長も部長も、あした、いやもうきょうになるんだな。強制捜査のことを非常に心配していたが、片山はMOFの情報を二人には話してないのか」

「八時半ごろだったかな、会長付の秘書から、携帯電話で呼び出しがかかったんだ。俺はMOFにいた。MOFの誰かとめしでも食おうかと思ってうろうろしてたんだが、約束してなくてよかったよ」

「ということは、会長は広報部長の情報に反応して、片山の意見を聞きたくなったわけだな」

「そんなところだろう。だが不思議なことに岡田副頭取も水谷常務も俺や広報部長の意見に耳を貸そうとしなかった。水谷常務は会長にも頭取にも、累が及ぶことはない、すべて総務マターで片づくから安心してほしい、ぐらいのことでお茶を濁してる可能性がある」

北野が時計に目を落とした。

「おまえ、本部長と部長に電話をかけたほうがいいんじゃないのか。寝入り端《ばな》を起こすことになるかもしれないが……」

ナプキンで口のまわりを拭《ふ》きながら、片山がワゴンテーブルを離れた。

「部長が先か本部長からか」

「どっちでもいいが、まず部長に電話をかけて、本部長には部長から連絡してもらったらどうかな」

「そうだな」

片山は北野の意見を容《い》れて、取締役企画部長の森田の自宅に電話をかけた。

三度の呼び出し音で直接、森田が出た。

「はい。森田です」

「片山ですが、遅い時間に恐縮です」

「きみのお宅に電話をかけようかと思ってたところだよ。たったいま広報部長から電話があってねぇ」

広報部長の石川弘は昭和四十五年の旧朝日銀行入行組である。大学も同じ慶応大学経済学部で森田の二年後輩だ。

「今夜の御前会議のことはご存じなんですね」

「うん。広報部長は会長、頭取のトップ二人がそろいもそろって危機感が欠如してると嘆いてたよ。きみはMOFでなにか情報を取ったのか」

「けっこう噂《うわさ》になってますよ」

片山はニュースソースを特定しなかった。左の耳たぶを引っ張りながら見上げたものだ、と北野は感服した。

「広報部長は八時までに日銀クラブの三紙の記者から聞いたそうだ。帰宅したらテレビ局の放送記者からも電話が入ったと言ってたが、検察は意図的にリークしてるんだろうなぁ」

「本部長の耳にも入ってますか」

「広報部長はわたしにまかせるという意見だった。きみはいまどこにいるの」

「パレスホテルですけど。北野と一緒です。北野から部長に電話をかけるように知恵をつけられたんです」

こんどは、ひとこと多い、と思いながら、北野は福耳を強めに引っ張った。

「ちょうどいい。本部長は、パレスホテルに宿泊してる。六一八号室だ。すぐ会ったらいいな」

「もうお休みなんじゃないですか」

「起こしたらいいよ。危急存亡の秋《とき》なんだから」

「それもそうですね」

「あした……もうきょうだが、七時半に銀行へ行くから、きみもそのつもりでな。なにかあったら、いつでも電話をかけてくれていいぞ」

「わかりました。とりあえずおやすみなさい」

電話を切るなり、片山が甲高い声を発した。

「本部長がこのホテルの六一八号室に泊まってるってさ。すぐ行こう」

「ふうーん。おまえは先刻承知だったんじゃないのか。さっきフロントでそんなことを言ってたじゃないか」

「そんな気がしないでもなかった。本部長以外にも、エライさんがこのホテルにいるかもなぁ」

「こんな赤い顔してて、いいのかねぇ」

北野がネクタイのゆるみを直しながら訊《き》いた。

「いきなりドアをノックするのか」

「そうか。電話で都合を聞くのが礼儀だよなぁ」

片山がダイヤルを回すと、すぐに返事があった。

「はい」

「本部長、片山です。同じホテルにいるのですが、いまから伺ってよろしいでしょうか」

「どうぞ。すぐ来てください」

北野が時計に目を落とした。

「一時四十分か。俺は帰らせてもらおうかなぁ」

「冗談よせよ。おまえも泊まる手だな」

「本部長のところは、片山ひとりのほうがいいだろう」

「いいから一緒に来いよ」

3

片山が六一八号室のドアをノックすると、浴衣《ゆかた》姿の中澤の顔が覗《のぞ》いた。メタルフレームの眼鏡の奥で、切れ長の目が和んでいる。

「北野君も一緒だったんですか。さあ、どうぞ」

「失礼します」

中澤にソファをすすめられて、片山と北野は長椅子に並んで座った。

「緑茶でいいですか」

「わたしがやります」

北野が腰をあげた。

湯呑《ゆの》みが二つしか見当たらなかったので、北野の分はコップになった。ティーバッグにポットの湯をそそぐだけのことだ。

「わたしがこのホテルに宿泊してることは誰から聞いたんですか」

「企画部長です」

「なるほど。森田君とはこのホテルで食事をして別れたんです」

「さっそくですが、今夜九時に会長室に今井会長、坂本頭取、岡田副頭取、水谷常務、それに石川広報部長とわたしが集まりました。わたしは、五月十五日午前九時に東京地検特捜部の強制捜査が本店にも入る旨を報告しました。広報部長も複数の新聞記者から強制捜査の情報を入手したと話してました」

「会長と頭取の反応はどんなふうでした」

「お二人とも、本店が強制捜査の対象になるなんてあり得ない、という判断でした。岡田副頭取も、水谷常務も然《しか》りです」

「強制捜査は本店だけじゃないんでしょうねぇ」

「そう思います。歴代の総務担当役員および総務部長の自宅と、アサヒリースの本社も対象になっていると聞いてます」

北野が黙って湯呑みを茶托《ちゃたく》に載せて、二人の前に置いた。

アサヒリースとは、朝日中央銀行系のノンバンクで、大物総会屋の小田島敬太郎に対する迂《う》回《かい》融資を実行した。東京地検特捜部がその事実関係を小田島からの供述と朝日中央銀行関係者の事情聴取によって掌握していることは明白だった。

北野が口を挟む余地はまったくなかった。このことは予想されたことだ。だからこそ、同席することをいさぎよしとしなかったのだ。

「水谷君もこのホテルに泊まってるようだが、彼は自分の家が家宅捜索の対象になってることを覚悟してるんですかねぇ」

「ひょっとすると、という言い方でおっしゃってましたが、多分大丈夫だろうとも……」

「甘いですねぇ」

「同感です」

「本店の強制捜査はまぬがれないでしょう」

片山がこっくりした。北野もさそわれるようにうなずいた。

「強制捜査後に刑事被告人が当行から何人出るんですかねぇ。おそらく一人や二人じゃないでしょう。MOFはトップの責任論についてはどう見てるんですかねぇ」

「本店に強制捜査が入れば、会長と頭取の辞任は当然と受け止めているんじゃないでしょうか。小田島に対する当行の融資が組織ぐるみであろうとなかろうと即刻辞任を迫ってくると思います」

中澤は思案顔で緑茶をすすっている。

沈黙が続いた。

コップの緑茶が空になった。

北野の耳たぶを引っ張る仕ぐさが激しくなった。

中澤が湯呑みをセンターテーブルの茶托に戻して、沈黙を破った。

「わたしは会長と頭取の退任で済む問題ではないと思ってます。反社会的勢力である小田島への巨額の融資は、あってはならないことなんです。この数日間、わたしなりに諸先輩から取材した限りでも、この問題は根が深い。会長と頭取が調査委員会の設置に消極的だったのもわかるような気がしました。MOFにやいのやいの言われて、委員会を発足させたが、トップや相談役が真相の究明に消極的なのはタブーだと思ってるからです。しかし、パンドラの箱はこじあけなければいけないんです。代表権を持つ役員が総退陣するぐらいのけじめのつけかたをしないと、この難局は乗り切れないと思いますよ」

北野は息を呑んだ。

片山が北野と顔を見合わせながら、オクターブを上げた。

「そんな！　なぁ、そんな冗談じゃないよねぇ」

「うん。中澤専務まで辞めたら、朝日中央銀行はおしまいですよ」

会長、頭取、二副頭取、四専務の八名が代表権を持つ役員だった。現在の常務陣に、朝日中央銀行を取り仕切れる者が存在するとは考えにくい。

北野も片山もそう思った。

「僭越《せんえつ》ながら申し上げますが、ショック療法として、専務がそのぐらいのことをおっしゃるのはよろしいと思います。それで、やっと会長も頭取も辞任する気になるんじゃないでしょうか」

「北野いいこと言うじゃないか」

片山がうれしそうに北野の肩を叩《たた》いた。

つと中澤が立ち上がった。

「喉《のど》が渇きますねぇ。ビールでも飲みましょうか」

中澤は冷蔵庫から缶ビールを三本取り出して、北野と片山に手渡した。

「コップがないから、このままやってください」

中澤は誰に対しても丁寧語で話す。だが、慇懃《いんぎん》無礼な感じは与えなかった。

「いただきます」

「どうも」

北野も片山も、缶ビールを目の高さに掲げてから、ぐっと呷《あお》った。

中澤が缶をセンターテーブルに置いた。

「いま北野君はショック療法と言ったが、そんな甘っちょろい考えは通用しませんよ。会長と頭取の辞任で収拾できるほど事態は甘くないと思いますよ。事態の深刻さは、きみたちも理解してるはずでしょう。八人の代表取締役が辞任しても、有為な人材が掃いて捨てるほど、わが行にはいるじゃないですか」

「専務、本気なんですか」

北野に訊かれて、中澤は表情をひきしめた。

「もちろんです。あしたは強制捜査で一日ガタガタするでしょうから、臨時取締役会はあさってになるでしょう。そこで、わたしは代表取締役の一斉辞任を発議するつもりです」

あしたはきょう、あさってはあしたの間違いだと耳たぶを引っ張りながら、北野は思ったが、口にはしなかった。

「専務のおっしゃることもわからなくはありませんが、エキセントリックというか、ラジカルというか、説得力がないように思います。本店に検察の強制捜査が入ることは、大銀行にあるまじき不祥事ですけれど、八人の代表取締役が一斉に退任するなんて、おかしいと思います。失礼は百も承知で、あえて申し上げますが、敵前逃亡ですよ。専務には頭取になっていただきたいと思います」

北野は話していて、感きわまり、目頭《めがしら》が熱くなった。

中澤こそ朝日中央銀行のリーダーとして相応《ふさわ》しい人物と、北野は固く信じていた。専務以上の役員で中澤ほど信頼感、安定感をいだかせる人はほかにいない――。

「わたしも、北野の意見に賛成です。一斉辞任はいくらなんでもやり過ぎですよ。危険思想と言いたいくらいです」

中澤が二人にこもごも優しいまなざしを向けた。

「きみたちはわたしを買い被《かぶ》ってますよ。ありがたいとは思うが、ACBが難局を乗り切れるかどうかは、きみたち若い層が力を発揮することにかかっています。ACBの前途には、想像もつかない難題が待ち受けていると思います。それこそ取付けに近いようなことが起きないとも限りません」

「取付け、ですか」

北野が深い吐息を洩《も》らした。銀行マンとして禁句であるべき言葉が中澤の口をついて出るとは、思いもよらなかった。

中澤がこわばった笑いを浮かべて、言った。

「今夜、きみたちと会ったことは、秘中の秘ですよ。わたしが話したことは忘れてもらわなければ困ります」

中澤が時計に目を落とした。

北野も片山も時計を見た。午前三時二十分。

中澤が小さな欠伸《あくび》を洩らした。

「あしたに備えて、少し寝ましょうか。大変な一日になると思いますよ」

「でも眠れるはずがありませんよ。専務のお話は衝撃的であり過ぎます」

北野は缶ビールを呷って、少し乱暴に空缶をセンターテーブルに置いた。

中腰になりかけた片山が座り直した。

「常務会で発議する前に、企画部長と話してください。せめてそのぐらいはわたしたちの意見を聞いていただきたいと思います」

「考えておきましょう。今夜は遅くまでご苦労さまでした」

中澤がソファから腰をあげたので、北野も片山も退出せざるを得なかった。

4

「俺《おれ》を一人置き去りにして帰るなんて言うんじゃないだろうな」

ホテルの廊下を歩きながら、片山が北野の肩に腕を回してきた。

「ああ。やけ酒でも飲まなくちゃあ、やりきれないよ」

「そうだな。ワインが半分残ってるし、冷蔵庫にウイスキーのミニチュアボトルが入ってたな。飲み明かすか」

「少し眠らないと、もたないよ」

「うん」

五階のベッドルームに入ったとき、北野の腰で携帯電話が振動した。

「北野です」

「今日子だけど、どうしたのよ。トイレに起きたら、あなたがいないじゃないの」

「電話をかけるのを忘れてたよ。それほど銀行が大変なんだ」

「まだ銀行にいるの」

「いや、パレスホテルだ。片山と一緒だよ。二、三日帰れないかもしれないな」

「ウソでしょ」

北野は冗談のつもりだったが、なんとなくそんな気がしてきた。

「貸せよ。俺がアリバイを証明してやろう」

「そんな必要はない」

「いいから貸せよ」

片山が携帯電話をひったくった。

「奥さん、片山です。ご心配おかけして申し訳ありません」

「いつもいつも主人がお世話になってます」

「あしたはなんとか帰すようにしますから、心配しないでください」

「もういいだろう」

こんどは北野が強引に取り返した。

「ほんとにどうなるかわからんが、俺たち下っ端は大丈夫だろう。じゃあな」

「ちょっと待って」

今日子の声に追いかけられて、北野は電話を切れなかった。

「父から電話があったわよ。九時過ぎだったかなぁ。なんだかよくわからないけど、あなたと話したいような様子だったわ。でも折り返し電話させましょうかって訊《き》いたら、まあいいとか言ってたわ」

「ふうーん。こっちから話すことはないな。もういいだろう。切るぞ」

北野はめんどくさそうに返したが、今日子はなおくいさがった。

「ちょっと気になったんで、母に電話をかけたの。父は家にいなかったわ。この一週間ほど家に帰ってないんだって。母に泣かれて参ったわ。父の外泊は銀行が大変なこととは関係ないんでしょ」

「雲の上の人のことは、俺にはわからんよ。多少は関係あるんじゃないのか。銀行には毎日来てるようだけど」

「父に意見してあげてよ。母が可哀相《かわいそう》じゃない。七十近くなって、離婚したいなんて言われるわたしの身にもなってよ」

「わかった。じゃあな」

なにもわかっていなかったが、そうとしか言いようがなかった。

「雲の上の人って、佐々木相談役のことか」

「うん」

北野は気のない返事をして、ふたたびグラスを呷った。

「佐々木相談役っていえば、強制捜査のことは知ってるんだろうか」

「会長も頭取も、あり得ないと思ってるわけだから、佐々木の爺《じい》さんに報告するはずがないだろう。ということは、なんにも知らないんじゃないのか」

「わからんぞ。あの人は地獄耳だからなぁ。相談役は仮の姿で、佐々木さんがACBのボードを牛耳ってる、院政をしいてると思ってる人はけっこう多いからねぇ。事実、並のパワーじゃない。大物総会屋の一件にしても、おまえには悪いけど、ルーツは佐々木相談役っていう説もあるよなぁ」

「否定はしない。あの人を岳父に持つ俺の身にもなってもらいたいよ。みんな気を遣ってくれてるのか、俺があの人の娘婿だということを話題にしないけど、俺は針の筵《むしろ》の心境なんだ。今日子と結婚したことは一生の不覚だよ」

「今日子さんは出来た人じゃないの。すごい美人だし、おまえには過ぎた女房なんじゃないのか」

「歯の浮くようなお世辞を言うなって」

片山は北野のグラスにワインボトルを傾けながら、にやっと笑いかけた。

「夜があけたら佐々木相談役に電話で教えてやれよ」

「なにを」

「もちろん強制捜査のことに決まってるだろう」

「悪い冗談だな。あの爺さんとは口もききたくないよ。あの爺さんがＡＣＢを毒した人であることは疑う余地がないもの」

北野は口惜しそうに下唇を嚙《か》んだ。

北野と片山は午前四時半にシャワーを浴びて浴衣姿でベッドに入ったが、二人とも睡魔に襲われなかった。

片山が仰《あお》向けの姿勢で言った。

「ＡＣＢのような組織の腐った銀行は取付けで潰《つぶ》れてもらったほうがいい、とか、総会屋のようなヤミの世界と結託しているような銀行は存在する価値がない、とかＭＯＦの連中から、俺は毎日言いたい放題言われてる。針の筵は俺の言うせりふだよ」

「調査委員会がまともに機能していない点にも問題があるんじゃないか。検察はマスコミにばんばんリークし、新聞やテレビ報道の後追いみたいな報告で、ＭＯＦが満足するはずがないもの。チェック機能が不能に陥っているのは〝Ａ〟と〝Ｃ〟の旧行意識に根ざしているような気がするな。〝Ａ〟と〝Ｃ〟が相互に干渉しない、おかしいと思っても見て見ぬふりをする、それがＡＣＢの悪しき慣習だったんだよ」

天井を睨《にら》んでいた北野は、壁側の片山のほうに躰《からだ》を向けた。

片山がドア側に躰をねじった。

「新聞に、ＡＣＢの定時株主総会に小田島がいつも出席していたと書かれたことがあったろう。

総務部は古いビデオの映像でやっと確認する体たらくだった。このひと月ほど、俺たちは権力とマスコミに翻弄《ほんろう》され続けてきたが、きょうからもっとひどいことになるぞ。中澤専務じゃないけど、取り付けに近いことが起きるかもなぁ」

「なにが起きても不思議じゃないが、代表取締役の総退陣に発展するんだろうか」

「中澤専務はそのつもりのようだな。あの人はめったなことを口にするような人じゃない。決意は固いと思う」

「会長、頭取は抵抗するだろう。特に頭取は就任して一年にしかならない。会長は頭取を二期四年やってるから、それほど抵抗感はないかもしれないが、頭取はそうはいかないぞ」

「しかし、本店に強制捜査が入ったときに会長一人が退任しただけで、世間が収まると思うか」

「うん。中澤専務はそのことを恐れてるからこそ総退陣を主張しようとしてるんだろうなぁ。ACBは嵐《あらし》をやり過ごせるんだろうか」

「国家権力にこのまま潰されてしまうんじゃないかって、俺は考えたこともあるが……」

片山はふたたび仰臥《ぎょうが》の姿勢になって、つづけた。

「ACBのような巨大銀行が倒産することの社会的影響はものすごいことになるんだよなぁ。預金の流出など社会的制裁を受けることは仕方がないが、このままのたれ死にできないのが大銀行の宿命なんだ」

「だとしたら難局を乗り切るために人事を尽くさなければならない。代表取締役の総退陣は、やっぱりそういうことに反するような気がするなぁ。中澤専務はリーダーシップを取るべき人だし、取れる人だと思うんだが」

寝息が聞こえてきたが、北野は一睡もできなかった。

北野が眠りにつけなかった理由は、強制捜査のことだけではなかった。

岳父の佐々木英明の脂ぎった赭《あか》ら顔が、頭の中にしつこくのさばって、消えさらなかったのだ。

朝日中央銀行には六人の相談役がいるが、佐々木は旧朝日銀行系の実力者として強い影響力を行使していた。年齢は七十二歳だが、豊富な頭髪は黒々としており、十以上も若く見えた。

佐々木はACBのドン的存在で、旧朝日銀行系にとどまらず、旧中央銀行系の役員からも一目置かれていた。

北野がACBに入行した昭和五十三年当時、佐々木は営業部門担当の常務だった。

北野と妻の今日子は高校時代のクラスメートだった。今日子は学芸大付属高校から上智大学英文科に進んだ。

二人は恋愛結婚だが、今日子の父親がACBの役員だとわかっていて、ACBを選択したことは、浅はかだった、と北野はいまにして思う。

北野をACBにスカウトした一橋大学の先輩は、今日子との関係を心配する北野に「考え過ぎもいいところだ。佐々木さんは常務どまりで、それ以上はあり得ない」と断言した。

今日子も「あの父が常務になったことは奇蹟《きせき》よ」と、北野の杞憂《きゆう》を一笑に付した。

ところが佐々木は専務に昇格し、副頭取を経て頭取にまで昇りつめてしまったのだ。

佐々木と北野の年齢差からすれば、北野の人事に佐々木の影響力が及ぶとは考えにくいが、傍《はた》はそうは見てくれないし、北野自身、得体《えたい》の知れない重圧に悩まされてきた。

佐々木が北野の人事に直接口出しすることはあり得ないが、人事部が佐々木の意向を忖度《そんたく》することは十分あり得る。

佐々木の存在自体が無言の圧力になっている、と考えるほうが自然かもしれない。

事実、北野は入行以来つねに陽の当たるポストを歩き続けてきた。

実力のしからしめるところ、と思いたいが周囲はそうは取らない。

佐々木を意識せず自然体で臨んでいるつもりでも、肩に力が入り、必要以上に仕事に没入しようとしている自分に、北野は気がついていたし、そんな自分をうとましく思っていた。いずれにしても、北野にとって佐々木はなんとも、いとわしく、うっとうしい存在だった。

北野は、正月休み以外に永福町《えいふくちょう》にある今日子の実家を訪問することは避けていたし、夏休みに軽井沢の別荘に誘われても、妻と子供たちだけで行かせるようにしていた。

「あなたは意識し過ぎだわ。少しはわたしの顔も立ててよ」

毎夏必ず今日子は軽井沢行きで愚痴をこぼすが、北野はかたくなに拒み通してきた。それほどまでに佐々木と距離を置くことに腐心していたのである。

5

佐々木英明も、なかなか寝つかれなかった。

箱根の旅館が佐々木の隠れ家だった。旅館の女将《おかみ》でオーナーでもある青木伸枝と佐々木がぬきさしならない関係になったのは、十数年前、佐々木がACBの専務になって間もないころだ。

佐々木に仲枝を紹介したのは、当時大物総会屋として聞こえていた川上多治郎である。年齢は、川上のほうが佐々木より三歳年長だった。

財界人でカワタジの通称名を知らぬ者は一人もいない。

川上とごく親しい大物政治家などは「カワタジさん」と気楽に呼んでいたが、財界人は一様に「川上先生」だった。カワタジの存在感は、まさに飛ぶ鳥を落とす勢いの形容が決して誇張ではないほど強大だった。

佐々木が出会って間もないころの仲枝は、齢《とし》は三十五歳ながら、水もしたたる好い女だった。川上と箱根の仙石原《せんごくばら》でゴルフをしたとき、宿泊したのが仲枝の経営する旅館〝一葉苑《いちようえん》〟だった。名誉会長の牧野幸治と取締役秘書室長の久山隆も同席していた。

「女将は本当のところは知らないが男っ気なしを看板にしてる。そこが気に入って、わしはひいきにしてるんだ。わしもホモではないが、カミさんひと筋で女っ気なしでは有名だからな」

「先生、嘘《うそ》ばっかり」

「わしのほうはいざ知らず、女将は事実なんだろう」

「ご想像におまかせします」

「冗談はともかく、牧野さんと佐々木君にお願いするが、女将はホテル形式の別館を建てたがってるんだ。資金計画で相談に乗ってあげなさいよ」

にやにやしている牧野の方へ目を流しながら、佐々木はわざとらしく居ずまいを正した。

「先生のお申しつけとあらば喜んで。なんなりとおっしゃってください」

宴席でそんなやりとりをしたが、佐々木はほとんど冗談のつもりだった。

ところが、数日後、仲枝が佐々木に電話をかけてきたのである。

あれよあれよという間に、青木仲枝に対する二十億円に及ぶACBの融資が決定し、実行された。

この限りにおいては、正常な取引関係だが、佐々木と仲枝との間に男女関係が生じ、〝ホテル一葉〟が経営難に陥って、貸付金に延滞が発生、約十億円が不良債権化してから、ACBと仲枝の関係は隠微で複雑なものに変質した。

仲枝との仲を川上にさとられぬはずがなく、金玉を握られた佐々木は、川上の口利きで、川上の子分格の総会屋、小田島への巨額融資の糸口をつくる羽目になった。

川上は二年ほど前の平成七年四月に鬼籍入りしたが、ACBとの癒着関係は増幅して小田島に受け継がれていたのである。

青木仲枝が女将の仕事を終えて、住まいの離れ間にいそいそと帰ってきたのは午後十一時過ぎだ。

テレビもつけずリビングのソファでぼんやりしている佐々木に、仲枝が表情を曇らせて声をかけた。

「パパ、どうしたの。元気がないみたいねぇ」

「うん。そうでもないが……。風呂《ふろ》に入るから浴衣《ゆかた》を出してくれ」

佐々木はまだスーツ姿で、ネクタイも着けていた。

桧づくりの浴槽に浸《つ》かっている佐々木に脱衣場から仲枝の弾んだ声が聞こえた。

「わたしも入ろうっと」

仲枝の大柄な裸体は見なれているが、五十を過ぎているのに、乳房にも張りがあった。下腹部に少し贅肉《ぜいにく》が付いていたが、いつもながら、佐々木は気持ちをそそられる。仲枝の躰《からだ》は見事としか言いようがなかった。

浴槽から急激に湯があふれ、洗い場の桶《おけ》や腰かけが踊り出した。

仲枝が佐々木の両手を引っ張って、乳房にあてがった。それを佐々木が揉《も》みしだく。

「いい気持ちよ。パパも元気になったかな」

仲枝の右手が佐々木の下半身をまさぐる。それは、手の中で次第にふくらみを増した。

「いい子いい子」

「不思議だな。きょうは勃《た》つはずがないと思ってたが」

「だって、きのうもおとといも、先おとといもしてないのよ」

「わたしの年齢を考えてみろ」

「パパの躰は特別なのよ。年齢は関係ないの」

寝床の中でも、佐々木は時間をかけて仲枝を何度も到達させ、自身も仲枝の躰を堪能《たんのう》し、完走できた。

しかし、房事のあとがいけなかった。

水割りウイスキーを飲みながら、あれこれ考え出したら、寝はぐってしまったのだ。

若いころからくよくよ悩むタイプではなかったし、神経のずぶとさでは人後に落ちないと自認していた。

どこでも眠れるのが佐々木の特技だったが、今夜ばかりはそうはいかなかった。

ＡＣＢ本店ビルの二十七階が、会長、頭取、相談役のフロアだが、夕刻五時過ぎに、久山隆が佐々木の部屋にやってきた。

相談役室も、けっこう広々としたスペースを取っていて、ソファなどの調度品も会長室、頭取室並みに豪華だし、壁に掲げられた二十号と八号の絵画も一級品である。

久山は平成八年六月に会長から取締役相談役に退いたが、ＡＣＢで初めて頭取職と会長職を経験した人物である。旧朝日銀行と旧中央銀行のたすき掛け人事によって、頭取と会長を交代で出し、頭取から相談役に、会長から相談役になる不文律を破ったのは佐々木の強力なリーダーシップに負うところが大きかった。

「〝Ａ〟だの〝Ｃ〟だのと言ってる時代は終わった。頭取の後は会長になる正常な姿にすべきだ」

佐々木のひとことで、久山は、頭取職二期四年、会長職二期四年を経て、取締役相談役になった。久山の後任の頭取は今井史朗だが、今井も昨年会長に就任、二代目の両職経験者になった。

佐々木は久山を育て、引き上げてきたと自負していたが、それは思い過ごしで実態は持ちつ持たれつの関係だ。

旧朝日銀行と旧中央銀行の合併は、両行の頭取だった牧野幸治と松村道正の経営決断によって実現したが、ＡＣＢの初代会長で、名誉会長の牧野に秘書役として仕えた久山の計らいで、佐々木は牧野に接近できたのである。

視野の中に入れていなかった佐々木を見直して、牧野が頭取に推した裏で、久山が果たした役割は小さくなかった。

久山は、佐々木と違ってスタンドプレーなどできない地味な性格だから、自身は支店長止まりと思っていた。牧野に目をかけられ、秘書役になったことが久山の人生を変えた。

佐々木の動に対して久山の静。押しの強さで鳴る佐々木とは逆に、久山は優しさ、人柄のよさでもっていた。

旧〝A〟側で、佐々木と久山が実権を持つに至ったのは、両人が相互に補完しあい、バックアップしあった結果である。

佐々木はことあるごとに「久山を育てたのは俺《おれ》だ」と、吹聴《ふいちょう》していたが、内心はともかく、静かに微笑してそれを甘受している久山は、行内では「佐々木のコピー」「佐々木の操り人形」と陰口をたたかれていた。

たしかに、久山が佐々木の言いなりになっていた面は否定できないが、佐々木が久山抜きで牧野の覚えめでたくなった可能性は限りなくゼロに近かった。

久山が暗い顔でソファで佐々木と向かい合った。

「今井も坂本も、案外呑気《のんき》に構えてるが、検察は踏み込んでくるんじゃないですか。厭《いや》な予感がしてなりません」

「本店に。まさか、それはないだろう。ヤメ検の顧問弁護士がそんなことを言ってるのか」

「いや。彼らはあり得ないと言ってますが、みんな検事を卒業してだいぶ経ってますから、東京地検特捜部の情報をキャッチできるほどのパワーはありませんよ」

「いざ鎌倉っていうときに役に立たないんじゃ、しょうがないなぁ。高給払う価値がないってことになる。きみは検察にコネがあるのかね」

「そんなものありませんよ。ただ、A新聞とC新聞の社会部の記者から、さっき銀行に電話がかかってきたんです。わたしは居留守をつかったが、広報部長にも、同様の電話があって、明朝、特捜部の強制捜査があると断言したそうですよ」

「万一そうだとしても、俺やきみに累が及ぶことはないだろうや」

佐々木のうそぶくようなもの言いに、久山の表情が翳《かげ》った。

「個人的なこともあるでしょうが、問題はACBが危機に瀕《ひん》しているということですよ」

久山の口調が皮肉っぽくなった。

佐々木はあからさまに厭な顔をした。

「マスコミは容赦なくACBを攻撃するでしょうねぇ。すでにその兆候はあらわれてますが、この本店ビルに強制捜査が入ったら、どんなそら恐ろしいことになるのか、わたしには想像もつきませんよ」

久山は上目遣いで佐々木をとらえて、話をつづけた。

「マスコミはACBの恥部をほじくりかえして、針小棒大に書き立ててますよ。テレビも然りでしょう。わたしは神経がもつかどうか心配です」

「そんな弱気の虫に取り付かれてるのか。きみが頑張らないでどうするというんだ」

佐々木から頭ごなしに浴びせかけられて、久山は背中を丸めて、肩を落とした。自分でも躰がひと回り縮んだような気がした。

「佐々木相談役は、われわれには累が及ばないとおっしゃったが、果たしてそうでしょうか。失礼ながら甘いような気がします。ま、佐々木相談役が刑事罰を受けるようなことはないでしょうが、一年前まで会長だったわたしの場合はそうもいかないかもしれません。川上多治郎さんのことは、検察もつかんでるようですが、この点はどう対応したらよろしいと思われますか」

「どういう意味かね」

佐々木の目が怒りを帯びて鋭く光った。

久山は視線を外して、うつむいた。

「川上多治郎さんをわたしに紹介したのは牧野さんだよ。川上も牧野さんも残念ながら、この世におらんが、二人のことまで責任はもてない」

合併の功労者である牧野名誉会長も、松村名誉会長も幽明境を異にしてすでに久しい。

佐々木が、死人に口なしをいいことに、牧野にすべての罪を押しつけようとしていることは疑う余地がなかった。

「あすの強制捜査に備えて、都合の悪い書類は処分されたほうがよろしいと思います」

「われわれの部屋も家宅捜索の対象になるのかね」

「わかりませんが、用心するに越したことはないと思います」

「わたしには、疚《やま》しい点はなんにもない。明鏡止水の心境だが、ほんとうに本店に強制捜査が入るのかねぇ」

「それも蓋《ふた》をあけてみなければわかりませんが、わたしは最前も言いましたけれど、厭な予感がしてなりません」

佐々木がじろっとした目をくれた。

「小田島への融資が問題になってるようだが、なんであんなものをずるずる引っ張ってたんだ。きみの頭取時代に切れなかったのかね」

久山は、あいた口がふさがらなかった。


佐々木は夕方の久山とのやりとりを思い出しながら、水割りウイスキーを呷《あお》った。

仲枝との関係だけは、なんとしても隠蔽《いんぺい》しなければならない。

ACBの中に知っている者は久山をはじめ何人かいるが、かれらから洩《も》れることはあり得ない。一人残らず、ミソもクソも一緒にみんな引き上げてやった。恩を仇《あだ》で返すような不届き者がいるとは思えない。

プライバシーの侵害に相当するようなことをマスコミが書き立てるなどということがあるだろうか。

だが、週刊誌は危ない。

徹底的にシラを切るしかないが、箱根の旅館まで嗅《か》ぎつける者がいるだろうか——。

川上多治郎や小田島との関係が週刊誌に書かれるくらいは覚悟しよう。しかし、俺が現役で関与した融資案件は、とっくに時効になっている。したがって、検察の追及を受けることもない。

俺ほどの男がびくびくするなんてどうかしている、と佐々木は思った。その瞬間、大きな欠伸《あくび》が洩れ、睡魔が襲ってきた。

佐々木が就眠したのは午前二時過ぎだった。

久山は一睡もできなかった。久山はマスコミの取材攻勢をかわすために、パレスホテルに泊まった。

佐々木と話したことを思いだすだに、腹が立った。自己本位であり過ぎる。ACBが危機的状況下にある中で、佐々木が自分のことしか考えていないとは恐れ入った。こんなショックを受けたことはついぞなかった。

それにしても、小田島への融資について「きみの頭取時代に切れなかったのかね」という佐々木の言いぐさは許し難い。

佐々木の存在こそが切るに切れなかったのだ、と言い返したいくらいだった。恩人の故牧野名誉会長を貶《おとし》める発言も、信じられなかった。

思えば佐々木がACBをどれほど私物化し、毒したことか。それに荷担した自分も、われながら情けない。

ACBの本店ビルに強制捜査が入ることなど夢にも思わなかった。風聞に終わるのではないか、と久山は一縷《いちる》の望みにすがりつきたくなっていた。

しかし、現実は甘くはないだろう。本店の強制捜査が事実なら、一年前まで会長だったのだから、検察の事情聴取ぐらいはあって当然と思える。

ヘタをすれば国会に喚問される可能性もある。六十八歳にして生き恥を晒《さら》すことになろうとは。

久山はベッドの中で輾転反側《てんてんはんそく》を繰り返した。

そして、何度溜《た》め息をついたかわからない。

夜が白々と明けようとしている。久山の胸中に厭な予感がひろがっていた。

6

五月十五日朝六時半に、北野浩はベッドを離れた。シャワーを浴びて、ホテル備品のT字型のカミソリで髭《ひげ》を剃《そ》った。汗で湿っぽい下着が気色悪かったが、仕方がない。ワイシャツの襟と袖口《そでぐち》が汚れていたが、これまたやむを得なかった。

北野はネクタイを結びながら、片山のベッドに近づいた。

「おい、起きろよ。そろそろ七時だぞ」

揺すっても、片山は目覚めなかった。

カーテンをあけると、片山は寝返りを打った。北野は片山の頬《ほお》を両手で包むように軽く叩《たた》いた。

「部長から七時半に出勤するように言われたんじゃなかったのか。惰眠をむさぼってる場合じゃないぞ」

片山は北野の手を払いのけて、毛布を引っ張り上げ、顔を覆った。

北野は毛布をまくった。

「起きろよ」

「あと一時間寝かせてくれ。おまえ、先に行けよ。俺はMOFに寄ってから、銀行に行く」

「なにを言うか。きょうはどういう日なんだ」

北野は片山の耳もとで声高に言った。

片山がガバッと跳ね起きた。

「そうだったな。危急存亡の秋《とき》だった」

片山はMOF担の誇りと驕《おご》りを辛うじて制御して、バスルームに向かった。

二人は朝食を摂《と》らずにチェックアウトしたが、すでに八時近かった。

大手町の朝日中央銀行の本店ビル付近は早くも異様な雰囲気に包まれていた。

正面玄関前にテレビカメラの放列が敷かれ、報道陣が続々と詰めかけている。まるで映画のシーンを見るような光景だった。

行員通用口の三十メートルほど手前で、二人の足が止まった。

「逃げ出したくなってきたなぁ」

「そうはいかない。行くぞ」

北野が口をひき結んで、傲然《ごうぜん》と肩を怒らせて、一歩を踏み出そうとしたとき、背後から声をかけられた。

「北野さん」

振り向くと、B新聞経済部の沢田記者だった。二、三度、取材に応じたことがあった。年齢は三十五、六だろうか。いつも人を小馬鹿にしたような薄ら笑いを浮かべている。好きになれるタイプではなかった。

「おはようございます」

「どうも、大変なことになりそうですねぇ。ひとこと感想を聞かせてくださいよ。北野さんのご意見が聞きたくて、早起きして来たんですから」

「勘弁してください。急いでますので」

北野は沢田を振り切って、片山を追いかけた。通用口の手前で沢田とは違う声で名前を呼ばれたが、北野は振り返りもしなかった。

顔見知りの守衛たちの表情が極度の緊張でひきつっている。北野は行員証を提示しながら、通用口を足早に通り過ぎた。

通用口側のエレベーターホール前で、北野は片山に追いついた。銀行員の朝は早い。けっこう混雑していた。

表示ランプを見上げながら、片山が言った。

「強制捜査がガセネタで、報道陣がすごすご引き揚げることになれば、どんなに胸がスーッとするかねぇ」

「うん」

「ま、ないものねだりみたいなことを言ってもしょうがないか」

北野は周囲を気にして、声をひそめた。

「本部長はもう銀行に来てるのかねぇ」

「当然来てるよ。部長と同じで七時半の口だろう」

満員のエレベーターの中では、全員が無言だった。報道陣を検察の強制捜査と結びつけて考えてる者が、この中に何人いるだろうか、と北野はふと思った。

北野と片山がまだホテルのツインルームにいた午前七時四十分に、二十六階の専務室のソファで、中澤専務と森田取締役企画部長が深刻な面持ちでひたいを寄せていた。

「驚きましたねぇ。こんなに早い時間にもう報道陣が来てるとは……」

「ええ。強制捜査間違いなしですねぇ」

「お呼びたてしたのは、北野君と片山君からきみの意見を聞くように忠告されたからです」

「…………」

「あした臨時取締役会を招集することになると思いますが、わたしは八人の代表取締役全員の辞任を発議したいと考えてます。それに二人とも反対でした。せめて、きみの意見を聞いて欲しい、と二人に言われたんです。わたしも、ひと晩熟慮したが、方針は変わりません」

「北野と片山はさすがです。ぜひとも方針を変えていただきたいと思います」

「トップ二人の辞任で事態を収拾できると思いますか」

「代表取締役の総退陣よりはベターですよ。いたずらに混乱を助長するだけです。万一、そういうことが必要になった場合でもそのタイミングはずっと先ですよ。わたしは、坂本頭取は辞任に消極的だと思います。取締役会のメンバーのほとんどは、専務の発議を頭取の辞任を引き出すためのテクニックと取るんじゃないでしょうか。つまり、あまり意味がないということです」

「意味がない……」

「そう思います。もちろん専務のお気持ちはわかりますし、わたし自身はテクニックなどと考えているわけではありませんが、いまカードを切るタイミングでは絶対にないと思います。ラジカルというかドラスティックというか」

「北野君とまったく同じ意見ですねぇ。かれと話をしたんですか」

初めて、中澤の口もとが少しほころびかけたとき、ノックの音が聞こえた。

ノックしたのは、秘書役の石塚陽介だった。石塚は昭和五十二年入行組だから、北野、片山の一年先輩だ。

「どうぞ」

「失礼します。中澤専務と森田企画部長を、会長がお呼びです。頭取、岡田副頭取、水谷常務、高橋総務部長、石川広報部長もお見えになると思いますが。それと企画本部の片山君にも出席するようにとのことです」

森田が中腰になりながら訊《き》いた。

「片山は出勤したの」

「確認中です」

中澤が時計を見た。八時五分過ぎだった。

御前会議に、片山が顔を出したのは八時十七分。

「仰々《ぎょうぎょう》しいというか、ものものしいというか、大変なことになったねぇ。ACBの本店ビルが官憲に踏み込まれるなんて、夢にも思わなかったが、少しはそんな兆候があったのか」

今井会長から皮肉っぽく言われた総務担当の水谷常務が言い訳してるときに、片山はそっと円卓に着いた。

「弁護士先生たちのご託宣もさることながら、高橋君が本日十時に東京地検に呼ばれてたことも、強制捜査はないという判断の根拠になってました。高橋君」

水谷に促されて、高橋が話を引き取った。

「昨夜遅く、東京地検から、自宅に電話がありまして、本日の呼び出しが中止になった旨を知らされました。それで、もしかすると、と思った次第です」

「もしかしたらはないでしょう。報道陣の数は半端じゃないですよ」

坂本頭取の口調も皮肉たっぷりだった。

「片山君は、強制捜査はあると言ってたねぇ」

今井に水を向けられて、片山はうなずき返した。

「はい」

「MOFは強硬になるんだろうねぇ」

「会長のおっしゃるとおりです。内部調査の不正確さを突かれると思います。同時に可及的速やかに、小田島に対する巨額融資の実態を報告するよう迫られると思いますし、責任の所在も明らかにするよう求めてくるのではないでしょうか」

「わたしのクビを差し出すのは、いっこうに構わんが、頭取はどう考えてますか」

坂本は目を閉じて、首をさすっているだけで沈黙していた。

まだ辞任する心境になれないとみえる。

「夕刊の締切りの十時までにＡＣＢとしての統一的なコメントを出すように要求されると思いますが、いかが致しましょうか」

石川広報部長の質問に、今井も、坂本も渋面をあらぬ方に向けて、なにも答えなかった。

「きょうのところは、強制捜査を受けたことはまことに遺憾だ、今後とも全面的に捜査に協力する、ぐらいのところでよろしいんじゃないですか」

中澤が坂本に助け船を出した恰好《かっこう》になった。

7

朝日中央銀行本店ビル正面玄関前に、東京地検特捜部の大捜索団が集結したのは、午前九時五分前だ。

数人の守衛を背後に従えた総務部の本店管理室長が蒼《あお》ざめた顔で、ふるえ声を押し出した。

「どういうことなのでしょうか」

隊列の先頭の一人が一歩進み出て、捜査令状を示した。

「東京地検です。丸野証券事件の関係で本店を捜索させていただきます」

「わかりました」

検事とおぼしき中年の男が館内に入り、管理室長に近づいた。

「会議室を用意していただけませんか。ひとまず全員を集合させたいのですが」

「十五階の大会議室にどうぞ」

降って湧《わ》いたように百二十人に及ぶおびただしい数の隊列がエレベーターホールを目がけて行進した。

九時十分過ぎの館内放送で、朝日中央銀行の本店全体が騒然となった。

「朝日中央銀行の本店はただいま東京地検の家宅捜索を受けています。関係各位におかれましては捜索に全面的に協力するようお願い致します」

企画本部のほとんどの者が、仕事が手につかず自席でぼんやりしていた。

九時二十分に森田と片山が御前会議が中断されたため席に戻ってきた。

森田と目が合ったとき、北野は手招きされていた。

北野は窓際の部長席の前に立った。

「例の件、本部長は、とりあえずあすの取締役会で発議しないと約束してくれたよ。たったいま二十七階のエレベーターホールの前で、言われた」

「そうですか」

「心配してたんだろう」

「ええ」

「片山も一緒に聞いたが、お互いにこの話は忘れることにした。そういうことで頼む」

「わかりました」

北野が自席に戻ると、こっちを見ている片山が軽く手をあげた。北野は目礼を返した。

北野が部長席に目を遣《や》ると、副部長の石井卓也が椅子《いす》をデスクに寄せて、ひそひそ話をしていた。

石井は昭和四十八年に東京大学経済学部を卒業して、ACBに入行した。よく言えば繊細なのだろうが、仕事を部下にまかせられないタイプに北野には見える。MOF担の片山とは特にソリが合わなかった。

森田との呼吸が合っていないのは、石井が必要以上に気を遣う結果だと北野は思う。

企画部副部長は、重要ポストだが、石井はいくらか浮いた存在になっていた。

東京地検特捜部の十数人の一団が十八階の企画本部に雪崩《なだ》れ込んで来たのは、午前十一時近かった。

北野はデスクの引き出しやロッカーから書類や名刺の束がねこそぎ押収されるのを目の当りにして、下唇を嚙《か》んだ。

「手帳を出してください。日程などが書き込んである手帳です」

北野は椅子に着せてあった背広の内ポケットから黒い表紙の手帳を出して、デスクに置いた。

中年の捜査官はパラパラやりながら拾い読みしていたが、「押収します」と短く言った。

「それを持って行かれますと、仕事にさしさわりが生じます。ご勘弁願えませんか」

「必要なら、後でコピーを取りに来てもらいましょう」

企画本部が捜索された時間は、四時間足らずだった。営業、総務、審査、秘書などの部署は夜遅くまで捜索が続けられたというから、ごく短時間で済んだことになる。

「あんなガラクタ持ってったってクソの役にも立たんのに。机とロッカーを掃除してもらって、せいせいしたよ」

特捜部が引き揚げた後で、片山が悔し紛れにうそぶいたが、「手帳はホテルのセーフティボックスに入れてくるんだったな。あれはやばいよ」と、深刻な面持ちで北野にささやいたところを見ると、相当こたえたようだ。

国際部門は、海外支店からの国際電話による問い合わせで、混乱の極に達した。

その混乱が企画本部に持ち込まれた。

「シンガポール、香港、シドニー、ロンドン、ニューヨークなどから報告を求められている。どう対応したらいいんだ。情報をもっと開示してくれなければ困る。海外支店の中には撤退を迫られるところもありうるんだぞ」

喧嘩腰《けんかごし》で怒鳴り込んでくる者も少なくなかった。

「国内問題です。海外支店とは関係ないでしょう」

「国内問題で済むと思うのか」

「それじゃあ、海外は撤退するしかないですね。ACBは国内銀行に縮小すればいいわけでしょ」

「そんな無責任なことを言っていいのかね。総会屋に融資したのかしてないのか。はっきり答えてくれ」

「そんなこと企画本部ではわからない。総務部に訊いてくれ」

罵声《ばせい》が飛び交い、言葉の投げ合いが企画本部のあっちこっちで繰りひろげられた。

企画本部はエリート集団だけに、修羅場に弱く、全員が浮き足だって、右往左往するばかりだ。まともな対応ができなかった。部長の森田も茫然自失《ぼうぜんじしつ》の体で、自席でぼんやりしていた。副部長の石井も然《しか》りだった。

もっとも、検察の家宅捜索を受けて、泰然自若と構えていられるACBマンが、企画本部以外にも存在するとは思えなかった。

うろたえて当然、浮き足だって当然である。

「明らかに証拠隠滅だ。逮捕者第一号になるぞ」

ファイルの中で書類が不自然に脱落しているのを見抜かれた営業部門の部長が、検事とおぼしき男に一喝されて、震え上がった。

「それはわたし個人の預金通帳ですけど」

「押収します」

検察関係者は検事も事務官もなかった。取り調べを受ける銀行側は、どの顔も検事に見えた。

秘書室の若い女性秘書がロッカーの中をかき回されて、泣きべそをかいた。

会長室、頭取室、役員応接室などの絵画は、壁から外されて、額縁の中まで調べる念の入れようだ。エアコンもあけられた。

こうした強制捜査にまつわる情報に北野が接したのは後日のことだ。

国内の営業店を統括する業務推進本部は、営業店からの殺気立った問い合わせで、悲鳴をあげた。

回線がパンク状態で、電話がつながらないため、本店に押っ取り刀で駆けつけてくる支店長や副支店長も多かった。

昼前から早くも解約を求める個人預金者の行列に悩まされる営業店もあった。

平成九年五月十五日は、本店は終日、機能不全に陥り、営業店は説明を求め、解約を迫る預金者の対応に追われた。

本店の家宅捜索は午前一時まで続けられた。検察がACB本店から押収した書類を入れた段ボール箱は約二千箱に及んだ。

悪夢としか言いようがない長い一日だった。

本店以外で強制捜査の対象になったのは、総会屋の小田島に対する融資の窓口になった京橋支店、迂回《うかい》融資に関与したアサヒリース本社（東京銀座）などだが、新聞各紙は十五日付夕刊で〝東京地検特捜部、朝日中央銀行本店捜索〟〝丸野証券事件、巨額融資の実態解明〟などの大見出しで、一面トップで大々的に報じた。社会面も朝日中央銀行絡みの関連記事で埋め尽くされ、中には〝今井会長、坂本頭取、辞任へ〟と先走ったところもあった。

テレビニュースも午前九時過ぎに第一報がスーパーで流され、夜のニュース番組は各局とも朝日中央銀行本店強制捜査に時間を割いた。

午後四時に二度目の館内放送があった。

「朝日中央銀行の本店ビルは東京地検の家宅捜索を受けています。部次長は午後五時以降も解除の指令があるまで、館内に留《とど》まるようお願いします」

解除の館内放送があったのは午後十時過ぎだ。

企画本部の北野たちが昼食にありつけたのは二度目の館内放送のあとで、五時に近かった。それも女子行員にコンビニで買ってきてもらったおむすびだ。北野は朝食抜きだったので、たらこや紅鮭の握りめしがけっこう旨《うま》かった。

第二章　蠢《しゅん》動《どう》

1

強制捜査のあった五月十五日の午前十一時に出勤した佐々木相談役は、相談役の個室から書類が運び出されるのに立ち会った後、坂本頭取を呼ぶよう秘書に命じた。午後二時過ぎのことだ。

坂本は十五分ほど経ってから、佐々木の部屋にやってきた。

「ひどいもんですよ。料亭の女将《おかみ》からきた礼状まで持って行かれました。泣く子と地頭には勝てませんねぇ」

ワイシャツ姿であらわれた坂本はソファに座るなり、ぼやいた。

「きみ、そんな呑気《のんき》なことを言ってる場合じゃなかろう。だいたい検察の強制捜査なんて聞いてなかったぞ」

「いやぁ、驚きました。まさかこんなことになるとは……」

佐々木は、女性秘書がセンターテーブルに湯呑《ゆの》みを置いて退出したのを見届けてから、切り出した。

「きみ、頭取を辞めるつもりじゃないだろうね」

坂本は思案顔で湯呑みに手を伸ばした。まだ気持ちの整理がついていなかった。引責辞任するにしても、どういうかたちで存在感を示せるか、ここは考えどころである。そのためには最低限、後継者は自分が指名しなければならない。

　まして や頭取に就任して一年にしかならない坂本は、不完全燃焼状態だったから、胸中は複雑に揺れていた。

「きみが辞める必要はないと思うが」

「本店が検察に家宅捜索されたことの責任は重いと思います。いまも今井会長と話してたんですが、二人とも退任せざるを得ないだろうと……」

「今井君が辞めるのは当然だが、きみがこれしきのことで辞めるなんて冗談じゃないぞ」

　坂本は、佐々木の真意を計りかねた。

　だいいち、検察の強制捜査が、これしきのこと、とは到底思えなかった。

　ACB本店に対する東京地検特捜部の家宅捜索をトップで報じる正午のテレビニュースを見ながら、坂本は身内のふるえが止まらなかった。

　坂本自身は総会屋に対する不正融資にも、迂回《うかい》融資にも関与した覚えはなかったが、だからといって、トップの責任問題に目を瞑《つむ》っていられるわけがなかった。

「久山君が取相《とりそう》の取をとればいいんだよ。それですっきりする」

　ACBの六人の相談役で、久山だけが取締役職を兼任していた。ACBで初めて頭取、会長両職に就いた久山は一期二年に限って、取締役にとどまるべきだと強硬に主張したのも、佐々木である。

「小田島なんかとのつきあいをずるずる引っ張ってきたのは、久山と今井だ。すべて二人の責任だよ。きみまで辞めるのはいかがなものかねぇ」

久山びいきの佐々木が……どういう風の吹き回しなのだろう、と坂本は首をかしげた。

佐々木が坂本を見すえた。

「きみがどうしても気が済まないって言うんなら、会長になったらいいよ。そんなところが落としどころなんじゃないかねぇ」

「佐々木相談役にそこまで言われますと、ちょっと考えなければいけませんかねぇ」

「考えるまでもないだろう」

「ご意見はご意見として承っておきます」

「そんな他人行儀なことを言いなさんな。久山にもわたしから話しておこう。今井君には久山から言わせようかねぇ」

「………」

「いずれにしても、きみは動かんほうがいいな。ここはわたしにまかせてくれ。悪いようにはしない」

「相談役のお手をわずらわせるのもなんですし、少し考えさせていただけませんか」

佐々木がしかめっ面で、湯呑みを口へ運んだ。

「当然ご存じと思うが、久山に、きみをいちばん強く推したのはわたしだよ。そういう意味でも、ここはわたしの出番だ」

佐々木はいつもながら強引だった。「そういう意味」がどういう意味かよくわからなかったが、佐々木にイニシアチブを取られるのはおもしろくない、と坂本が思ったことだけはたしかだ。

しかも、佐々木のことだから後継人事にまで介入してくると思わなければならない。

「きょうは頭が混乱してますので、いま少し時間をください」

坂本がせめてもの抵抗を示して引き取ったあと、佐々木は久山を呼び出した。

「きみが昨夜言ってたとおりになったねぇ。半世紀になんなんとするバンカー人生で、こんな屈辱恥辱にあったのは初めてだよ。世も末だな」

「それはお互いさまですよ。死にたいくらいです」

久山は寝不足と疲れとで、目のまわりが黒ずんでいた。

「坂本は頭取を辞めるつもりのようだねぇ。今井とセットで退任すると言うから、会長になったらどうか、と進言しておいたよ。そうなると次の頭取をどうするかだが、きみに腹案はあるのか」

「それは、今井と坂本にまかせたらどうですか」

久山には珍しく強い語調だった。

しかし、佐々木の厭《いや》な目を久山は見返せず、伏し目になった。

「会長、頭取の辞任は仕方がないと思いますよ。後継人事は二人にまかせるべきです」

「二人だけで決められるはずがないだろう。必ずわたしに相談に来るよ。坂本は会長には留まるのがいいだろうな。それと、きみが取締役を辞任する手もあるのかねぇ」

「わたしは相談役も辞めるつもりです。おっしゃるとおり、川上さんや小田島とのつきあいをずるずる続けてきたことの責任は小さくないと思います」

佐々木が久山にジロッとした目をくれた。

「きみ、自暴自棄になるのはまだ早いんじゃないのか。今井や坂本の相談に乗ってあげたらいいな」

頼まれもしないのに相談に乗ろうとしているのはあなたでしょう、と皮肉の一つも言いたいところだったが、久山はそこまでは言えなかった。

この際、佐々木を道連れにすることを考えるべきではないのか。ACBのためにも、後輩たちのためにも――。

「自分の進退については自分で決めますよ。今井、坂本の進退について、われわれが四の五の言うのはいかがなものでしょうか。かれらにまかせるのがいいと思います」

久山にしては皮肉っぽい口調だった。

「そういうわけにはいかんよ。無責任じゃないか。きみの指図は受けない」

佐々木は高飛車に言って、ソファを立った。

かつて佐々木に対して反抗的態度を取ったことがあったろうか、と考えながら久山は自室に戻った。

今井との意見調整を急がなければならない、と久山は思った。

久山はインターホンで秘書を呼んだ。

久山付の中年の女性秘書が顔を出した。

「会長は席におるの」

「坂本頭取と面談中ですが」

「終わったら、教えてください。わたしが出向きます」

「かしこまりました」

四十分後の四時二十分過ぎに、さっきの女性秘書がふたたびあらわれた。

「今井会長がお見えになりました」

「お呼びたてするようなことになって申し訳ない。わたしのほうから出向くつもりだったのに」

「とんでもない」

久山と今井は、会長と頭取で二期四年間コンビを組んだが、二人ともぎらぎらするほうではなかったせいか、比較的呼吸が合った。

今井を後継者に指名したのは、久山だった。

たすき掛け人事に固執してきたACBは会長、頭取を〝A〟と〝C〟から交互に出し、それぞれは〝A〟と〝C〟サイドで決められるならわしだった。それを打破した点で画期的だった。

ただし、久山にさほどのパワーがあったわけではなかった。

〝C〟側で次期頭取に擬されていたのは専務の田中喜一だった。田中は東大法科出で、自己主張の強い男である。久山会長、田中頭取では、田舎者の自分が霞《かす》んでしまう。

久山は、佐々木のバックアップで初めて頭取から会長に昇格することが決まっていたが、〝田中頭取〟は意に染まなかった。

久山と同じ九州大学出身の佐々木も、心情的にアンチ東大だった。佐々木と久山は〝田中頭取〟を潰《つぶ》すことで利害が一致した。

2

「どうぞ」

久山相談役は今井会長にソファをすすめながら、五年前を回想していた。

〝田中頭取〟を潰すことは、佐々木の辣腕《らつわん》を以《もっ》てしても容易ならざることだった。〝C〟側の聖域に踏み込むことは難しい。

佐々木から「川上さんを使うか、木下さんの手を借りるか、どっちかだね」と、知恵をつけられた久山は後者を採った。

木下久蔵は中堅不動産会社〝千久《せんきゅう》〟の創業社長で、年齢は七十二歳だった。

ACBは千久の資本金十二億円の五パーセントを保有していたが、木下はACBの個人筆頭株主でもあった。

千久は、ACBのOBや出向社員を受け入れるなど、両者の関係は深く、木下がACBの人事に介入することも珍しくなかった。

木下の逆鱗《げきりん》に触れて、出世コースから外れたACBの役員、行員はけっこう多い。木下詣《もう》では、ACBの役員にとって欠かせないものになった。

久山から泣きを入れられた木下は、たちまち乃公出《だいこうい》でずんばの気持ちになった。

「田中がダメなら誰がいいのかな」

「今井なんかどうでしょう。田中のように俺《おれ》が俺がはありませんし、行き届いた男です」

今井は東北大学の出身だった。

「山形の山猿でいいのかねぇ」

「今井は公平な男ですから、今井ならC側も譲るような気がします」

「わかった。やってみよう」

木下が、〝C〟側の要路を落とすのはいとたやすかった。

田中から今井への逆転人事は当時マスコミでも、ちょっとした話題になった。

久山の回想は瞬時のことで、すぐに現実に引き戻された。今井のほうから、ボールを投げてきたのだ。

「佐々木相談役がなにかと気を遣ってくれてますよ。坂本頭取は、会長になれと言われたそうです」

「なんせ人事に口出しするのが好きな人ですからねぇ」

「坂本君は取締役相談役に退くと言ってますが、久山さんはどう思われますか」

「お二人でお決めになったことに従います。意見などありません」

「あしたの常務会でトップの進退について決められるものなら決めたいのですが、わたしの引責辞任は当然として、坂本君は会長職に留まってもいいような気もします。悩むところですよ。

さっそく夕刊で〝会長、頭取辞任へ〟と書かれましたが、誤報にしてやりますか」

村夫子然《そんぷうし》とした今井の顔が朱に染まった。感情を顔に出すほうではない今井が珍しくエモーショナルになっていた。

「広報部長から新聞社にクレームをつけさせましたが、本店が検察の強制捜査を受けるような事態を招けば辞任は当然だろう、と逆《さか》ネジをくらったそうです」

「わたしは取締役も相談役も降りるつもりです。そのことが言いたかったんですよ。それとねえ……」

久山はノックの音が聞こえたので、言葉を切った。

女性秘書が緑茶を運んできたのだ。

茶托《ちゃたく》に載せた蓋《ふた》付きの湯呑《ゆの》みを一つずつ丁寧にセンターテーブルに置く秘書の緩慢な挙措が久山の目にはひどくじれったく映った。こんなことはついぞなかったことだ。

久山は秘書室の女性たちから圧倒的な人気を得ていた。彼女たちに気を遣うからだ。久山宛《あ》てに秘書室に届けられる盆暮れの届け物は、すべて秘書たちに与えていたし、海外出張でもスカーフなどの土産を買い込んでくる。それでいて押しつけがましさも、尊大な感じもなかった。

秘書はドアの前で、深々と黙礼したが、久山はいつもは返す会釈を忘れていた。

検察の強制捜査で気が立っていたし、先刻の佐々木相談役とのやりとりも久山の心象風景にマイナスの相乗作用をもたらしていた。

「相談役もお辞めになるんですか」

「そのつもりです。それで、佐々木相談役にも退いてもらうのがいいんじゃないかと」

今井は驚きの余り、すぐには言葉が出てこなかった。

「小田島が逮捕されたことで、小田島の親分格の川上多治郎さんが炙《あぶ》り出されてしまったが、カワタジさんとの関係を増幅させてしまったのは、佐々木さんとわたしです。二人が責任を取るべきだと考えました。この点であなたと合意を取りつけておきたかったんです。カワタジさんと小田島の問題は〝A〟側が蒔《ま》いたタネですしねぇ」

「わたしも含めて〝C〟側も黙認してきたんですから〝C〟も同罪ですよ。しかし佐々木相談役が退くと思いますか。たとえばの話、誰が猫の首に鈴を付けるんですか」

期せずして二人の口から吐息が洩《も》れた。

現職の会長と頭取がその役目を担って然《しか》るべきだと久山は考えていたが、察するに今井にそのつもりはないらしい。佐々木に対して正面切って「お辞めいただきたい」と言える人物の顔が久山の目には浮かばなかった。

久山はちらっと千久の木下の顔が脳裡《のうり》をよぎったが、木下がより佐々木に近いことに思いを致せば、このカードを切ることはあり得なかった。

「相当角が立ちますよ。相談役に手をつけるのは難しいように思います。ですから、久山さんも相談役の辞任については、再考していただいたほうがよろしいと思います。久山さんにはしばらくの間助けていただかないと困りますよ。わたしが佐々木相談役の風圧をさほど感じないでこられたのも、久山さんがいらしてくださったお陰……」

「それはダメです」

久山は手を振って、今井の話を遮った。

久山は緑茶を飲んで気持ちの鎮静に努めた。

「いま、あなたも佐々木相談役の風圧と言われたが、この際、風圧を排除することを真剣に考えるべきなんじゃないでしょうか」

「お、おっしゃることはわかります。しかし、いまことを荒らだてるのがいいのかどうか」

今井は口ごもった。

佐々木と久山の尽力なくして自分が頭取、会長になれなかったことを、今井は痛いほど意識していた。

佐々木と久山は一体と思っていたが、どうやらそうでもないらしい。二人の間に波風が立つなど考えられなかった。それが起ころうとしている。いや、明らかにエモーションとエモーションがぶつかり合っていた。

検察の強制捜査が二人の仲を引き裂く決定的要因になった。

今井の胸中を読んで、久山が苦笑を浮かべた。

「わたしが佐々木さんのコピーと陰口をたたかれていることはよく知ってますよ。だから、佐々木排除を言い出したわたしに、あなたはびっくり仰天してるんでしょう。どさくさに紛れて汚名を返上しようじゃないですか。わたしが火事場の馬鹿力を出すとしましょう。猫の首に鈴を付ける役回りは、わたしでは無理だと思ってるようですが、やれるような気がします。ただねぇ、そのためには執行部がフォローしてくれないと、難しいと思うんです。トップの二人に梯子《はしご》を外されたら、わたしもたまりませんからねぇ」

久山は人が変わったように、戦闘的だった。

「ところで今井会長にお尋ねしますが、佐々木相談役をこの銀行は必要としているんでしょうか。無用の長物だと思ってるんじゃないですか。わたしも同類だが、わたしがここまで胸襟を開いてるんだから、あなたもどうか本音を聞かせてください」

「〝A〟側のお二人の相談役がお辞めになるだけで、よろしいんでしょうか。バランスも考えませんとねぇ」

「いまや〝A〟とか〝C〟とか言ってる場合じゃないと思いますよ。アナクロニズムですよ。それに、佐々木さんとわたしは明らかにA級戦犯なんです」

「わたしもA級かもしれません」

今井はぽつっと言って、緑茶をすすった。

湯呑みを両手でもてあそびながら、今井が話をつなげた。

「わたしは相談役に退きますから、それで少しはバランスが取れますかねぇ」

今井はまだバランス論に拘泥していた。

佐々木、久山、今井の三人が責任を取る。

なにやら因縁めいたものを感じて、久山は身内をかすかにふるわせた。

今井は、佐々木と久山に気を遣う余り、〝C〟側から〝A〟に取り込まれた、と非難されることもあったが、このことは〝A〟と〝C〟の一体化に寄与したと言えなくもなかった。

3

久山は今井が退出したあと、しばし瞑想《めいそう》に耽《ふけ》った。

今井に「火事場の馬鹿力を出すとしましょう」などと大口をたたいたが、佐々木と抱き合い心中できるのかどうか自信がなかった。

過去ずっとそうだったが、佐々木に対しているときの自分が蛇に睨《にら》まれた蛙のように居竦《いすく》んでしまうことを意識して、久山はぶるっと身ぶるいした。だが、いまさら後へは引けない。

久山は自室から佐々木の部屋へ向かった。秘書を通さずにいきなり行動に出ることはめったになかった。

ノックと同時に、久山はドアをあけた。

佐々木はソファでテレビのニュース番組を観ていた。時計は五時を回ったところだ。画面は朝日中央銀行本店ビルに東京地検の家宅捜索が入るシーンを映し出していた。

「失礼しますよ」

久山を見上げた佐々木の目は、明らかに闖入者《ちんにゅうしゃ》を咎《とが》めて、怒りが宿っていた。

「なにかね」

久山は佐々木の正面に腰をおろした。

「今井君と話したんですが、辞任する肚《はら》を固めてますね。坂本頭取は、まだ悩んでるようだが、頭取に留まることは困難でしょう。この点は、佐々木さんも最前おっしゃったが……」

「それで」

佐々木はテレビの画面を気にしながら、いらだたしげに先を促した。

「現役のトップだけに責任を取らせるのはいかがなものかと思いまして。むろん、わたしは取《とり》相《そう》を辞めますが、佐々木さんも相談役を辞任していただけないでしょうか」

久山の声がうわずっていた。

「なんだと。いま、なんと言ったんだ」

佐々木の目がテレビを離れ、久山に突き刺さった。

久山は伏し目になった。

「あなたとわたしは今井―坂本体制の産みの親でもありますし、川上多治郎さんと深く結びついてもきました。結果的に小田島にも与《くみ》することにもなってしまった。その責任をこの際明確にすべきなんじゃないでしょうか」

久山は口早に一気に言ったが、声も躰《からだ》もふるえていた。

「ふざけるな！　誰にものを言ってるんだ！　何様のつもりだ！」

佐々木のひたいに静脈が浮き上がった。激したときの佐々木の声は迫力がある。

「辞めたかったら勝手に辞めたらいいだろう。だが、わたしが辞めなければならない理由などない。川上や小田島と、どうのこうのだと。それを言うなら名誉会長の責任だろう。きみや今井があいつらを切らなかったことが問題なんだ。さっきも言ったが、きみの指図は受けん」

不思議なことに佐々木に大きな声を出されて、久山は気持ちが変に落ち着いてきた。

「あなたは卑怯《ひきょう》な人ですねぇ。牧野名誉会長にも責任はあるかもしれませんが、亡くなった人の責任をうんぬんしても仕方がないんじゃないでしょうか」

佐々木は怒り心頭に発し、頬《ほお》をぶるぶるふるわせた。

「きみの顔など見たくもない。誰のお陰で今日があると思ってるんだ。恩を仇《あだ》で返すようなことがよく言えるもんだ」

「ACBのために、捨て石になろうという気持ちにはなれませんか」

久山は佐々木の目を見返して、話をつづけた。

「わたしは、あなたとわたしの責任が大きいことを、はっきりさせたいと思ってます」

「もういい。帰ってくれ」

佐々木は犬でも追い払うように、右手を振った。


佐々木と別れて自室に戻った久山は取締役秘書室長の菅野武士を呼んだ。菅野は昭和四十四年に旧朝日銀行に入行した。

「C新聞の編集委員で、なんといったかねぇ。日銀クラブのキャップをやってたころ何度か会ってるし、わが家にも毎晩あらわれてるらしいが」

「経済部の河村編集委員ですか」

「そうそう。河村だった。今夜十時にパレスホテルに来てもらおうか。話したいことがあるんだ」

久山のホテル住まいは、すでに一週間近く続いていた。マスコミの取材攻勢をかわすためだが、むろん今夜も帰宅するつもりはなかった。

菅野は色白ののっぺり顔を朱に染めた。

「いまマスコミと接触するのは危険なんじゃないでしょうか」

なんのためのホテル暮らしなのか、を考えれば、菅野の危惧《きぐ》はもっともだった。

「心配ならきみも同席したらいいよ。昔の話をするぐらいは許されるだろう。わたしが川上多治郎さんと面識があることは明かしてもいいと思うんだ」

「川上と小田島は同じ穴のむじなですが、小田島との関係はどうされるおつもりですか」

「小田島と会ったことはない。会った記憶はないんだから、それで通すしかなかろう。わたしが川上さんに会ったのは、亡くなった牧野名誉会長の紹介だが、佐々木さんと川上さんの仲は牧野さんやわたしの比ではない。そのこともオープンにしていいんじゃないかと考えてるんだが……」

久山は先刻、佐々木とやりあったことを菅野に打ち明けた。そして、佐々木、久山、今井の三人の引責辞任が事態収拾上、不可欠なのではないか、と話した。

「三人が辞めて、これできれいさっぱりというわけにはまいらんだろうが、なにがしかのプラスをもたらすことだけは間違いない。佐々木相談役が辞任しやすい環境を整えてあげようっていうわけだ」

久山は皮肉っぽく言ったあとで、「こんなところで、わかってもらえるとありがたいが」と、菅野に笑いかけた。

「河村記者には連絡しておきます」

菅野は釈然としないとみえ、小首をかしげたが、久山に従った。

4

久山がパレスホテルのスウィートルームに入ったのは午後九時過ぎだが、測ったようなタイミングで電話が鳴った。

久山は妻の智子《さとこ》か、秘書室長の菅野のどちらかだろう、と思いながら受話器を取った。

「はい、久山ですが」

「こんばんは。木下です」

千久社長の木下だった。

「いままで佐々木君と一緒だったんだ。こぼしてたぞ。というより泣いてたというべきかねぇ。よもや盟友の久山君に裏切られるとは思わなかったとか話してたが、きみと佐々木君が仲たがいするのはよくないなぁ。わたしに免じて、仲直りしてもらえないかねぇ」

「木下社長にご心配をおかけするようなことになりまして、恐縮至極です。しかし、佐々木相談役と仲たがいしてるなんてことはありませんよ。木下社長にはぜひともご理解賜りたいと思いますが、ご存じのような厳しい事態を招いた責任の取り方につきまして、佐々木相談役と多少意見を異にしておりますが、ＡＣＢの本店が東京地検の強制捜査を受けるなどという前代未聞の不祥事が出来《しゅったい》しました。今井会長、坂本頭取の現役トップ二人の引責辞任に留めてよろしいのかどうか。わたしはわれわれ相談役の責任はかれら以上に大きいと思うのです。少なくとも佐々木さんとわたしが相談役を辞任しないことには、けじめをつけたことにならないと考えました。それで佐々木さんに進言したのですが……」

「きみの気持ちはわからんでもないが、わたしに言わせれば、きみは勘違いっていうか、心得違いしてるように思えるねぇ。相談役は静かにしてたらいいんだよ。受け身でおったらいい。きみがしようとしてることは、ことを荒らだてるだけだろう」

木下の決めつけるようなもの言いはいつもながらだが、仕掛けてきたのは佐々木であり、静かにしていないのは佐々木のほうではないか、と久山は胸の中で反発した。

「ところで、きみは小田島と会ったことはあるのかね。佐々木君は川上さんはよく知ってるが、小田島は名前を知ってるだけで、一度も会ったことはないと言ってたが、久山君はどうなの。佐々木君によると久山君も小田島なんていう総会屋と面識はないはずだと言ってたが……」

久山は咄嗟《とっさ》の返事に窮した。佐々木が小田島に一度も会ったことがない、とは考えられなかったからだ。久山自身、なにかのパーティーで小田島から挨拶《あいさつ》を受けた記憶があった。名刺を交わした可能性もある。

だとしたら、久山は小田島と口をきいた可能性もある。

ただ、小田島から直接融資を依頼されたことはなかった。

しかし、佐々木は川上、小田島との宴席に同席していた。このことは佐々木から聞いた覚えがあった。佐々木はシラを切ろうとしている——。

「もしもし……」

「はい」

「小田島とのこと、どうなの」

「わたしも記憶があいまいですが……」

「やっぱりそうなのか」

木下の低い笑い声が受話器に響いた。口裏合わせを強要しておいて、いい気なものだと思わぬでもない。

「わたしが検察の関係者から聞いた範囲では、小田島は東京地検の取り調べで、佐々木君やきみと面識があるようなことを話してるらしいが、小田島の記憶違いか、大物ぶるためのはったりかどっちかだろう」

　久山はドキッとした。

「小田島は検察に、われわれと面識があると明言してるんですか」

「そうらしいが、気にする必要なんてまったくないね。検察だって、小田島の供述を鵜呑《うの》みにしてるわけでもないだろう。きみや佐々木君が小田島と面識がないことがわかって安心したよ。小田島のことはともかくとして、きみと佐々木君が喧嘩《けんか》するなんてとんでもないことだ。佐々木君は一線を退いて十年近く経って、ようやく牧野さんに次ぐACBの重鎮として、多方面から認められる存在になった。佐々木君のようなかけがえのない人は大切にしなくちゃあいかん。きみはもっと佐々木君を立ててもよいんじゃないかとわたしは思うが、言い過ぎたかな」

「そんなことはありませんよ」

　久山は心にもないことを言わざるを得なかった。木下との間に緊張感を持ち込むことはできないのだから、仕方がない。

「きみも佐々木君も辞任する必要はないと思うがねぇ」

「さっきも申しましたが、わたしは辞任します。現役トップだけに責任を取らせるのは、いさぎよしとしないからです。それに今井会長にも話してしまいましたので、ちょっと引っ込みがつきません」

　五秒ほど返事がなかった。

久山が汗ばんだ受話器を持ち替えたとき、「しょうがないのかねぇ」という木下の声が聞こえた。

引き留めてもらいたいとまでは思わなかったが、久山が突き放されたような気持ちになったことはたしかである。

「東京地検の強制捜査で、きみたちが動揺するのはしょうがないが、こういうときだからこそバタバタしたらいかんのだ。その点、佐々木君は堂々と構えてて、さすがだと思った。佐々木君に責任がないとは言わないが、それをあげつらったところで、どうなるものでもないだろう。古傷をつつきあうような真似《まね》はせんほうがいい」

いくら木下でも、ここまで言われなければならないのだろうか。

久山はたぎり立つ胸中を抑えるのに苦労した。

「佐々木君の留任は当然だとわたしは思うが、そういうことで、きみも承知してくれたと理解していいんだな」

「ええ」

ダメを押されて、久山は気のない返事をした。

佐々木に先を越されて、久山は歯嚙《はが》みする思いだった。

木下のことは考えないでもなかった。先に話していたら、木下は佐々木の辞任に、力を貸してくれたろうか――。

パレスホテルに泊まっていることを木下に教えたのは菅野秘書室長だろう。

佐々木と久山との力の差に思いを致した菅野が木下にご注進に及んだことはないのだろうか。しかし、菅野がそこまでやるだろうか。

久山の胸中は千々に乱れた。

こうなると、C新聞経済部の河村編集委員との面会が重荷になってくる。早まったかもしれない、と久山は思った。九時三十分でキャンセルは無理だ。久山が河村になにをどう話すか思案しているうちに、ノックの音が聞こえた。

久山は背広の袖《そで》に手を通しながらドアの方へ向かった。

「こんばんは」

「こんばんは。お呼びたてして、どうも」

「とんでもない。久山さんにお目にかかれると聞いて、わくわくしてました」

河村は四十五、六で、久山が知っている新聞記者の中では好感がもてるほうだった。そうじゃなければ、進んで会うわけがない。

「なにを飲みますか」

「ビールをいただいてよろしいですか」

「ええ。わたしもビールを飲みますよ」

「それじゃあ遠慮なく」

河村が冷蔵庫から缶ビールを取り出した。

目敏《めざと》くコップを見つけたのも河村だ。

河村は缶ビールをあけて、二つのコップに注いだ。

「いただきます」

「どうも」

ビールをひと口飲んで、久山が言った。

「河村さんには何度も電話をもらったり、拙宅にも来てもらってるようなので、いつまでも逃げ回ってるのもなんだと思いましてねぇ。ただ、とくにお話しすることはないんですよ」

「久山相談役にお目にかかれただけで光栄です。二、三質問させていただいてよろしいでしょうか」

「どうぞ」

「某紙が夕刊で〝今井会長、坂本頭取、辞任へ〟と飛ばしましたが、どうお考えですか。広報は全面否定ですけど」

「まだ決まってないでしょう。わたしは辞任するつもりですが」

「えっ！　お辞めになるんですか」

「少なくとも取締役に留まっているわけにはまいらんでしょう」

「ほう。そう言えば、久山さんは取相《とりそう》だったんですよねぇ」

「わたしが取相の取を外したぐらいじゃニュースになりませんな」

久山が冗談ともつかずに言うと、河村は右手を左右に振った。

「相《そう》のほうも外れますよ。わたしにも責任はありますからねぇ。責任逃れをするつもりはありません」

河村がコップをセンターテーブルに置き、背筋を伸ばして、まっすぐ久山をとらえた。

「大物総会屋と称される川上多治郎を久山さんはご存じなんですか」

「ずいぶん昔のことですが、会った記憶はあります。昔のことなので記憶が不確かですが、川上さんに初めて会ったのは旧朝日銀行の梅田支店の副支店長時代でしたかねぇ。いやぁ、ひょっとすると、秘書役になってたか……。だとすると、合併後ですねぇ」

「梅田支店の副支店長時代っていうと、いつごろですか」

「昭和四十三年か四年ですか、そうすると、まだ小玉清さんが政財界に睨《にら》みを利かせていた時代ですか。あの時代の川上さんは小玉清さんの一の子分を自他共に認めてたから、副支店長なんかには洟《はな》も引っかけなかったはずですよねぇ。そうなると、ACBの秘書役時代のほうが正確かもしれませんね」

小玉清は右翼の大物として、政財界から畏怖《いふ》されていた。

久山も牧野名誉会長のカバン持ち時代に、牧野のお供で一度だけ小玉に会った記憶がある。むろん名刺も交わさなかったし、口もきかなかったが、極度の緊張で、膝頭《ひざがしら》ががくがくふるえたことを覚えている。

「やっぱり川上多治郎をご存じでしたか。誰の紹介か覚えてませんか」

「秘書役のときだとすれば、前任者か、総務部長か……。これまた記憶があいまいです」

河村がセンターテーブルのグラスに手を伸ばしながら、久山をすくいあげるように見上げた。

「ACBが川上に融資していたことはご存じだったんですか」

「川上さんに直接融資したことはなかったと思いますよ。川上さんの紹介で、ゼネコンとか商社に融資したことはあったようですが。川上さんがACBの大口預金者だったことは確かですけど」

「その川上から小田島を紹介されたわけですね」

河村は無表情をよそおったが、久山は表情を動かした。しかし、ここはシラを切るしかない――。

「質問の意味がわかりませんねぇ。小田島との面識はありません」

「社会部の記者から聞いたんですが、小田島は久山さんと面識があると地検で供述してるそうですけど」

「小田島の記憶違いだと思います。なにかのパーティーで見かけたとか、そういうことなんじゃないですか」

「逆に久山さんの記憶違いっていうことはありませんかねぇ」

「ないと思いますよ。わたしが川上さんと面識があったことが新聞に載るんですか」

「まだなんとも言えません」

河村は言葉を濁したが、久山は書かれることを覚悟した。

「わたしと川上さんが面識があったことをお書きになるんなら、小田島とは面識がなかったことも書いてくださいよ。こんなことが記事になるとは思えないが……」

第三章　対　決

1

東京地検特捜部の家宅捜索が続いている夕刻六時過ぎに、北野浩は、横浜市栄区の自宅マンションに電話をかけた。

「はい北野です」

今日子の声だった。

「ああ、あなた。大変なことになったわねぇ。子供たちも心配してるわ。史歩《しほ》なんか学校へ行きたくないって、さっそくごねてるのよ」

北野は辛《つら》い気持ちになったが、いまはそれどころではなかった。

北野家は四人家族だ。長男の浩一は中三、長女の史歩は小五。

「今夜も帰れそうもないんだ。悪いけど二日分の下着とワイシャツ二枚を届けてもらいたいんだ」

「あしたも、なの」

「うん。いくらなんでも土曜日は大丈夫だと思うけど」

「わかったわ。母が来てるからちょうどよかった。三十分後に出るようにするわ」

「銀行に着いたら、通用口の受付から連絡してくれ。会議かなにかですぐに取りに行けないこともあり得るが、そのときは受付に置いといてよ。遅い時間になると思うが、あとでホテルから電話する」

北野にホテル泊まりを強要したのはMOF担の片山だ。

「今夜もつきあってもらうからな。なにが起きるかわからないからなぁ。部長も今夜は帰宅できないと言ってたぞ」

「副部長はどうなの」

「蚊帳《かや》の外にするわけにもいかんだろう。石井さんが本部長命令に逆らえば別だけど」

「俺《おれ》も本部長命令に入ってるのか」

「俺がおまえを入れるように進言したんだ。おまえだってこの非常時に家へ帰る気分になれないだろう。統括グループ担当次長として当然だよ」

北野が片山とそんなやりとりをしたのは、五時ごろおむすびを食べているときだ。

八時過ぎ、会議中の北野にメモが入った。今日子の到着を受付が伝えてきたのだ。

北野は黙って中座した。

今日子は紙袋を提げて、受付の前に立っていた。目鼻立ちのはっきりした美形だが、ショートカットの髪が乱れていた。化粧も口紅だけだ。取るものも取りあえず駆けつけてくれた風情である。

「ありがとう」

「大勢の人が出たり入ったりで、大混乱ねぇ。あなたもそうだけど、みんな顔がひきつってるわ」

「非常時なんだから、しょうがないよ」

「母は家出同然なのよ」

「家出」

「家の周りをマスコミの人たちにうろうろされてて薄気味悪いし、近所の目もあるから家にいたくないんでしょ。父も帰ってこないし、母の気持ちもわかるわ」

今日子は母の静子に同情的だった。娘として当然である。父親に愛人の影を感じているとすればなおさらのことだ。

通用口受付前での立ち話も楽ではなかった。

北野も今日子も躰《からだ》を壁に貼《は》り付けるようにして、人波をやり過ごした。

「あんな狭いマンションで、お母さん気詰まりなんじゃないのか」

「子供たちは協力的よ。史歩が部屋をあけてくれたの。当分の間、あなたと浩一、わたしと史歩が一緒に寝ることにしたわ」

「そう。会議中だから、じゃあな」

北野が今日子から紙袋を手渡されたとき、誰かに背中を叩《たた》かれた。

「あら、片山さん。昨夜は失礼しました」

「こちらこそ。ぜんぜん容色衰えてないじゃないですか」

「お上手ですこと。こんな汚いなりで恥ずかしいわ」

今日子は髪に手を遣《や》った。ジーンズにブラウス、カーディガンを手にしているだけで、ハンドバッグも持っていなかった。

「これ下着ですね。甲斐甲斐《かいがい》しいじゃないですか。ウチなんかその辺で買ってくれですからねえ」

片山が紙袋を持ち上げて、北野の方へ目を流した。

「MOFへ行く前に、買い込んだんだ」

「片山は外出できるからいいよ」

「水を通さない下着を着る身にもなってくれよ。ごわごわしてて、変な感じだぞ」

「おまえ、見かけによらずけっこう神経質なんだ」

二人とも憔悴《しょうすい》しきって、目を血走らせているのに、軽口をたたいているのが、今日子には不思議に思えた。

「それでは失礼します。おやすみなさい。あなた気をつけてね」

今日子は片山に挨拶《あいさつ》し、北野には手を振って、背中を向けた。

「佐々木相談役のような因業爺《じい》さんの娘とは到底思えんよ。たおやかで素敵な人だ。奥さんはきっとお母さんに似たんだな」

「けっこう鼻っ柱は強いよ」

北野と片山は紙袋をデスクの上に置いて、会議室へ急いだ。

取締役企画部長の森田が、副部長と次長を招集したのは午後七時半だ。

あすの臨時取締役会に備えたい、というのが趣旨だが、議案の調整に手間取っている状況下で会議をやっても成果は期し難かった。

ＭＯＦ担の片山だけが例外的に外出を許可され、五時半に大蔵省へ出かけた。

森田が、片山が着席するやいなや質問した。

「片山、さっそくだが、この会議で報告できることがあったら、たのむ」

「特にありません」

片山の返事は素っ気なかった。

「ＭＯＦはどんな様子なの」

「ろくすっぽ口もきいてもらえませんよ。それこそ、わたしの顔なんか見たくもないんじゃないですか。主計局の某主計官に、ＡＣＢは二流銀行に成り下がった、と言われました」

2

午後九時過ぎに企画本部長の中澤専務から森田、石井、片山の三人に呼び出しがかかり、会議は中途半端なかたちで終了した。

北野が席に戻ると、部下の西田調査役が椅子《いす》ごと躰《からだ》を北野のデスクに寄せてきた。西田は頭髪を短めに刈り込んでいる。色白で髭《ひげ》が濃いので、夜になるとざらっとした口のまわりが目につく。

企画本部のフロアは、男性行員がほとんど在席していたので、ざわざわしていた。

西田がデスクに両腕を載せて、小声で訊《き》いた。

「なにか新情報はありましたか」

「いや。いたって低調な会議だったよ」

「会長、頭取の辞任さえも、まだ決まってないみたいですねぇ」

「部長、副部長、MOF担の三人に本部長から呼び出しがかかった。なにか動きがあったのかもなぁ」

「いままで石塚秘書役と内緒話をしてたんですけど、久山さんが取相《とりそう》を辞任するみたいですよ。ご本人の辞意は固いそうですから、間違いないと思います。問題は佐々木相談役ですよねぇ」

北野は、西田が言わんとしていることは察しがついていたので、先回りして言った。

「佐々木相談役も自発的に辞任すべきだよなぁ。久山さんよりも、よっぽど辞めてもらいたい人だよ」

「次長もそう思いますか」

「当たりまえだろう」

「しかし、佐々木相談役が自発的に辞任することはあり得ませんよ。それどころか、俺の出番だぐらいに考えてるんじゃないんですか。うぬぼれの強い人ですから」

普通に考えたら、西田は北野の神経を逆撫《さかな》でしていることになるが、佐々木に対する北野のスタンスを知っていたし、話のわかる上司だという気安さもあったのか、さらにずかっと踏み込んできた。

「次長から佐々木相談役に直言する手はないですかねぇ」

「佐々木相談役の出処進退について、俺に意見しろって言うわけか」

北野は冗談めかして言ったが、目は笑っていなかった。

「ええ」

「それは西田の意見か。それとも石塚秘書役の入れ知恵なのか」

「もちろんわたしの意見です。石塚秘書役はそんなに知恵の回る人じゃないですよ」

「きみは知恵者を自認してるわけか。冗談はともかく、西田の意見は傾聴に値するかもねぇ。考えてみるよ」

「考えるなんて悠長なことを言ってる場合じゃありませんよ。直ちに行動すべきなんじゃないですか」

「きみは簡単に言うが、そんなにやさしいことじゃないぞ。命がけとまでは言わないけど」

「命をかける価値はありますよ。佐々木相談役に気楽にものが言える人がいるとすれば、次長しかいませんよ」

北野のデスクで電話が鳴った。

「はい。企画です」

「北野か。片山だよ」

「ああ、片山。どうした」

「すぐに本部長の部屋へ来てくれ」

「わかった。すぐ行く」

受話器を戻した北野に、西田が真顔で言った。

「いよいよ風雲急を告げてきましたね」

「うん」

北野は二十六階の中澤専務室へ急いだ。なんの話か皆目見当はつかないが、片山の声は切迫していた。

北野が中澤専務室のドアをノックすると、「どうぞ」と、中澤の声がした。

「失礼します」

北野は、片山の隣に腰をおろした。

中澤が「さっそくですが……」と切り出した。

「久山取締役相談役が辞任することになったのですが、久山さんが佐々木相談役にも辞任を迫ったところ、ノーという返事だったそうです。あす会長、頭取も辞任を表明しますが、お二人とも佐々木相談役にも辞任してもらいたい、という意見です。川上多治郎氏との関係を考えれば、わたしも佐々木、久山両相談役の辞任は当然と思います。会長、頭取からも佐々木相談役に辞任をお願いしたようですが、やはりノーだったそうです」

片山が中澤の話を引き取った。

「北野から佐々木相談役に進言してもらうのがいいんじゃないかとわたしが話したら、本部長も部長も、きみに頭を下げてみるかってことになったわけなんだ。北野の言うことなら、佐々木相談役も聞く耳もってくれるんじゃないかねぇ」

思わず苦笑を洩《も》らした北野の顔を片山が覗《のぞ》き込んだ。

「いやなのか」

「ダメですかねぇ」

中澤も眉《まゆ》をひそめた。

「たったいま西田から同じことを言われたので、妙な暗合だなと思ったんです。会長、頭取、取締役相談役の辞任は、あす中に発表するんですか」

「できたらそうしたいが、佐々木相談役次第でしょう。四人そろったほうが説得力があると思いますよ」

北野が耳たぶを引っ張りながら中澤を強く見返した。

「結果はともかく、佐々木相談役に話してみます。電話というわけにもいきませんから、とにかく今晩かあすの朝、会うように連絡を取ってみます」

「北野をわずらわせるのは、筋が違うような気もするし、本部長も渋ったんだが、わたしはこの際、片山の意見に乗ってみましょうと本部長にお願いしたんだよ」

森田が中澤と片山に目を流しながら、話をつづけた。

「瓢簞《ひょうたん》から駒みたいな話だが、ひとつお願いする」

「わかりました。それではさっそく当たってみます。失礼しました」

北野は中澤専務室を退出し、二十六階のエレベーターホールで腰の携帯電話を外した。

3

北野は自宅マンションに電話をかけた。

「もしもし、北野ですけど」

浩一の声だった。

「お父さんだが、お母さんに代わって」

「お母さん、まだ帰ってないよ。お父さんの所へ行ったんでしょ」

北野は時計に目を落とした。九時四十分。

「そろそろ帰ると思うが、折り返し電話をかけるように言ってね」

「ACBはどうなっちゃうの。潰《つぶ》れちゃうの」

「誰がそんなこと言ったんだ」

「友達が取り付けにあって潰れるかもしれないって」

「ACBが潰れたら、日本国が沈没しちゃうよ。潰れるなんてあり得ないから安心しろ」

「でもACBは悪い銀行なんでしょ」

北野は言葉に詰まった。

「銀行は多かれ少なかれみんなバブル期に不正融資みたいなことをしてるから、ACBだけが悪いってことはないよ。じゃあな」

北野は急いで電話を切った。中三の息子から「取り付け」とか「悪い銀行」などと言われてショックを隠せなかった。

自席に戻ると、西田が待ち構えていた。永山、大津、皆川、林の四人の視線も集まってくる。

永山と大津は調査役、皆川と林は副調査役だ。

北野は全員を小会議室に集めた。

北野は五人の男性部下に知り得た情報を積極的に流すほうだった。むろん「トップシークレットだぞ」「オフレコだからな」と付け加えることもある。緊張感を共有することによって、連帯感が深まる、と北野は考えていた。また、そのほうが部下の能力やヤル気を引き出せる、とも思うのだ。

「西田の入れ知恵がオーソライズされちゃったぞ。片山が西田と同じことを考えて、それを本部長に進言したわけだ。ともかくぶつかるだけはぶつかってみるが、なんせしぶとい爺さんだから空振りも大いにあり得る。みっともないことになってもなんだから、この話はオフレコだからな。西田のことだから、みんな入れ知恵の話は聞いてるんだろう」

西田がむきになって言い返した。

「わたしはそんなに口が軽くないですよ。永山、なんのことかわかるか」

「いいえ」

「ふぅーん。じゃあ、西田、みんなに説明してやってくれよ」

西田の話を聞いて、永山たちは息を呑《の》んで、顔を見合わせた。

「そういうわけだ。片山と西田がほんの思いつきにしろ同じことを考えたとはねぇ。ついでに話すが、取相《とりそう》、会長、頭取の引責辞任は決まったようだ。当然、佐々木相談役もその仲間に入ってもらいたい、とは誰しも思うところだよなぁ」

西田が隣の北野の方へ首をねじった。

「いま永山たちと話してたんですけど、この際、相談役には全員お引き取り願ったらどうですかねぇ。佐々木、久山がA級戦犯だとしたら、ほかの四人は準A級ですよ。見て見ぬふりしてた罪は小さくないと思うんですけど」

「合併銀行だから相談役が多いのはしょうがないけど、権力の二重構造を打破するチャンスかもしれませんよ」

永山も目を輝かせた。

北野の腰で携帯電話が振動した。

「みんな席へ戻っていいよ。ワイフから電話がかかってきたらしい」

西田たちが小会議室から退出したのを見届けてから、北野は電話に出た。

「はい」

「わたしよ。いま帰ったところなの。バスがなかなか来なくって」

北野宅のマンションは、JR大船《おおふな》駅からバスで十五分ほど要する。五年前にローンを組んで四千五百万円で購入した。メゾネットタイプで築後八年の物件だが、予期せざる猛烈な資産デフレの進行で三千二百万円程度に減価してしまった。

今日子の実家は杉並区の永福町にあるが、百五十坪の敷地内に家を建てたらどうかと佐々木から勧められたのを北野は断った。マンション購入でも援助を一切受けなかった。北野は、岳父の佐々木から、可愛《かわい》げのない娘婿と思われていることは百も承知していたが、妻の実家に借りのないことの精神的な気楽さは、なにものにも替え難いと思っていた。

子供たちは近所の公立校に通学していた。

浩一に名門の私立中学を受験させるよう佐々木夫婦からしつこく言われたとき、今日子は気持ちを動かしたが、北野は取り合わなかった。

北野の実父は、平凡なサラリーマンで、千葉県市川市《いちかわし》に住んでいるが、むろん実家からも経済的な援助を受けたことはなかった。

北野は男三人、女二人の五人兄弟の二男で、四番目だが、両親が五人の子供を大学に入れるだけでも大変だったと察せられた。

北野は国立大学に入学できたので、学費は家庭教師などのアルバイトでまかなえた。苦学生というほどではないにしても、学生時代から自立していたことになる。

「昨夜、お父さんから電話があったようなことを言ってたが、お父さんの居所はわかってるのか。至急連絡したいことがあるんだけど」

「ちょっと待ってね。母に訊《き》いてみるから」

北野は二分ほど待たされた。

「もしもし。母も知らないんですって」

「そうなのか。今夜中に連絡をとることは無理かなぁ。あした銀行に来るだろう。じゃあな」

北野は、念のため永福町の佐々木邸に電話をかけたが、案の定留守番電話になっていたので、二十七階の秘書室に出向いた。

女性秘書たちは退行して一人もいなかったが、菅野秘書室長以下五人の男性秘書は全員在席していた。

秘書室に出入りすることはままあるので五人とも顔見知りである。

北野は菅野のデスクの前に立った。

「佐々木相談役と緊急に連絡をとりたいのですが、ホテルに宿泊してるんでしょうか」

「いや。今夜は会食の後、永福町の自宅に帰ると聞いてるが」

「もう十時ですが、自宅にはいないようなんです。佐々木相談役のあすの予定はどうなってますか」

「十時に出勤する予定だよ」

「一番で時間を取っていただけませんか」

「いいだろう。横井さんに話しておく」

横井繁子は、佐々木付の秘書である。

朝日中央銀行本店ビルに東京地検の強制捜査のあった五月十五日の夜、北野がパレスホテルにチェックインしたのは十一時五十分過ぎだった。

片山のツインルームで夜食を摂《と》って、予約したシングルルームに移ったのは午前零時四十分。北野も片山も、寝不足も加わって、疲労困憊《こんぱい》の極に達していたので、ほとんど口もきかずにビールを飲みながらサンドイッチを食べただけで別れた。

紙袋から取り出した風呂敷《ふろしき》包みを開くと、ワイシャツ、下着、くつ下が二組ずつと、ネクタイが二本とハンカチが二枚入っていた。ハンカチの上に四つに折った便箋《びんせん》のメモがあった。

あなたがどんなに苦労しているかよくわかっています。身体に気をつけて頑張ってください。

今日子

ボールペンの走り書きだが、いつもながら今日子の字はきれいだ。北野は小学生並みの悪筆だったので、この点は頭が上がらなかった。

北野はシャワーで汗を流し、下着を替えて、缶ビールを飲みながらもう一度メモを読んだ。なにかしら心が安らかになり、北野はすぐに眠りに落ちた。

朝六時のモーニングコールまで、北野は熟睡した。

昨夜、打ち合わせたとおり、六時半に片山のツインルームで朝食を摂った。

オレンジジュースを飲みながら、北野が言った。

「きのう話さなかったが、西田たちがこの際相談役全員にお引き取り願ったらどうかって言うんだ。ドラスティックだが、いまなら可能性はあるんじゃないか」

「佐々木相談役の首に鈴を付けろって、北野をたきつけたり、あの野郎も相当なタマだなぁ」

「MOF担の片山といい勝負だよ。片山の次のMOF担に推してもいいくらいだ」

「そんなに出来るのか」

片山はトーストを頬張って、にやりとした。

「相談役を一掃するっていうのは悪くないと思うけどなぁ。老害以外のなにものでもないもの」

「うん。たしかにおもしろい。北野、部長に話してみろよ。どんな顔をするか見ものだな」

「相談役制度そのものを廃止するっていうのはどうだ。こうなったら、どさくさに紛れてなんでもやったらいいんだよ。ACBは相談役制度が定款にあるから総会で定款を改正しなければならないが、とりあえず常務会で制度の廃止を決めちゃえばいいんだ」

「おまえ、部長と副部長に根回ししたらどうだ。まてよ。本部長を使う手だな。頭取に花をもたせて、置き土産にさせるのもいいかもしれないぞ」

「相談役の爺《じい》さんたちは猛反発するだろうが、佐々木の爺さんを落とせれば、あとはなんとでもなるような気がするけど」

「佐々木相談役が徹底抗戦するようだったら、制度の廃止を先に決めちゃってもいいんじゃないか」

北野は十時に佐々木と対峙《たいじ》しなければならないことを思い出して、憂鬱《ゆううつ》になった。

4

北野と片山がＡＣＢ本店ビルの通用口に着いたのは午前七時三十分だった。

こんな早い時間なのに、通用口は混雑していた。気が気じゃなくて、早出してきた行員たちは、どの顔もこわばっている。

西田、永山、林の三人はすでに出勤していた。

西田が見開きの新聞を元に戻して、一面を指差しながら北野に語りかけた。

「Ｃ新聞、読んだんでしょ」

「いや、まだだ」

「見てくださいよ」

北野は西田から手渡されたＣ新聞をデスクに置いた。

一面トップに〝朝日中央銀行元頭取交際認める〟〝小田島容疑者を紹介の大物総会屋〟〝久山取締役相談役、小田島との面識は否定〟などの大見出しに、北野は目を剝《む》いた。

C新聞は前文で「丸野証券事件との関連で十五日、本店ビルなどが東京地検の家宅捜索を受けた朝日中央銀行の久山隆取締役相談役は同日夜、総会屋の小田島敬太郎容疑者を同行に紹介した大物総会屋の故川上多治郎氏と交際のあったことを明らかにした。久山氏は同行が小田島容疑者に三百億円に及ぶ巨額の融資を実施した当時の頭取。小田島容疑者との面識は否定したが、同行の元頭取が長年にわたる大物総会屋との交際を認めたことで、同行の経営体質に批判が高まるのは必至とみられる」と書いていた。

西田が、北野のデスクに両手を突いた。

「久山さんは、昨夜、パレスホテルでC新聞の河村編集委員に会ったらしいですよ」

北野は耳たぶを引っ張りながら、西田を見上げた。

「地獄耳だなぁ」

「いま秘書室で取材してきたんです。久山さんはこれで辞任を天下に表明したようなものですね。佐々木相談役のことに言及してませんが、親分を庇《かば》ったんでしょうか」

「うむ」

北野はどっちつかずな返事をして、部長席に目を投げた。

森田は席にいなかった。副部長の石井の顔もなかった。

北野のデスクで電話が鳴った。

「はい。企画です」

「そうだといいんだが」

「責任を感じてもらわなければ困りますよ」

「そう。一筋縄ではいかないと思うが、C新聞を読んで、どう反応するかねぇ」

「先刻、本部長から電話で訊《き》かれましたが、まだ連絡が取れてません。十時にアポを取ってますが」

「どうだった」

北野は部長席の前に立った。

森田に名前を呼ばれて、北野はC新聞から目を上げた。

「北野、ちょっと」

北野は、相談役を一掃したらどうかとする西田と永山の意見を二人に伝えるべきかどうか迷ったが、佐々木との接触が先決だと思い直した。

森田と石井が席に着いたのは七時五十分だった。

「とんでもない」

「そうですか。あとで首尾のほどを教えてください。会議中でも、呼び出してもらってけっこうですから。ご苦労をかけますが、よろしくお願いします」

「いいえ。昨夜は連絡が取れませんでした。きょう十時にアポを取ってます」

「中澤です。佐々木相談役と接触できましたか」

「北野ですが」

「北野君をお願いします」

二人とも主語を省いているが、それが佐々木であることは明らかだ。

「本部長から結果を連絡するように命じられました」

「相当気になってるんだな。わかった。もういいよ」

「失礼します」

北野は自席に戻ってこっちを気にしている西田を手招きした。

「昨夜のうちには連絡が取れなかった。きょう十時に会うことになっている。本部長も部長も、その催促だよ」

「いよいよ対決ですか。胸がドキドキしますよねぇ」

「そんなふうには見えないが」

「次長は落ち着いてますねぇ」

「こうなったらやけっぱちだよ。もっとも一万九千人のACB行員の総意と考えれば、使命感で武者ぶるいが出るかもなぁ」

北野は西田との対話でも主語を省いたが、統括グループの部下は全員わかっているはずだ。

北野が三紙目の新聞を読みながら、時計を見たとき、電話が鳴った。九時十分前だ。

「秘書室の横井ですが、北野次長ですか」

「はい。北野です」

「いま、佐々木相談役から電話がございました。なんですか体調を崩されたとかで、きょうはお休みをいただきたいとのことです。不整脈が出たとか申してまして。念のため病院へ行くそうですが、のちほど北野次長にお電話をかける、と申してましたが」

「わかりました。ありがとうございました」

北野は、受話器を戻しながら、部長席に目を遣った。森田は席を外していた。

北野は席を立って、森田付の女性秘書に近づいた。

「部長は」

「本部長室です」

「副部長も一緒ですか」

「ええ」

「ありがとう」

北野は、企画本部長室に電話をかけようか思案したが、それには及ぶまいと思いとどまった。佐々木の電話を待つしかない。しかし、電話で話せることではなかったから、きょうのところは佐々木と対決することにはならないかもしれない。

横井女史は、「不整脈が出た」と話していたが、佐々木は至って健康のはずだ。心臓が悪いなどと聞いた覚えはなかった。仮病をつかったのだろうか。

佐々木から午前中に電話がかかれば、午後面会することは可能だ。その線で押そう、と北野は思った。

会議中も、佐々木相談役から電話がかかってきたら取りつぐように、北野は統括グループの女性行員に厳命しておいた。

しかし、佐々木から電話はかからなかった。

北野は午後四時過ぎに秘書室の横井女史に電話をかけた。

「企画本部の北野ですが、その後、佐々木相談役から連絡はありましたでしょうか」

「いいえ。北野さんのほうにもございませんの」

「ええ」

「お急ぎなんでしょう」

「そうなんです。喫緊の問題で話したいことがありまして」

「二十六階の役員応接室の五号室でお待ちしてますから、すぐお出《い》でいただけますか」

横井女史は声をひそめている。事情が呑《の》み込めないまでも、北野は緊張した。

「はい。すぐ参ります」

役員応接室で、北野は三分ほど待たされた。

「お待たせしてご免なさいね。別の電話がかかってきたものですから」

横井女史は四十四、五歳だが、頭取時代から佐々木の秘書をしていた。長年の秘書生活で、ぎすぎすした感じもなくはないが、品のいい女性だ。

「北野さんは、佐々木相談役が時たま箱根の旅館に静養に行かれるのをご存じなんでしょ」

「いいえ。初耳です。ワイフは知ってるかもしれませんが、わたしは努めて佐々木相談役とは距離を置くようにしてますから」

「おそらく家族の方もご存じないと思いますよ」

横井女史は意味ありげに小声で言って、話をつなげた。

「わたくしも電話番号だけは聞いてますが、一度もかけたことはありません。よほどの緊急事以外にはかけないでくれ、と佐々木相談役から言われています。佐々木相談役がそこにいらっしゃるかどうかわかりませんが、お教えしたほうがよろしければ……」

「箱根の旅館ですか」

北野はつぶやくように言って、考える顔になった。

緊急事であるとは思うが、佐々木から電話がかかってこないということは、心臓発作が予想以上に悪化していて、入院したと考えられなくもない。

「なるべく静養先には電話をかけないようにしますが、念のため、教えていただけますか」

「多分、わたくし以外にこの電話番号を承知している者はいないと思います。ですから、わたくしの立場も考えていただいて、旅館に電話しないで済むようでしたら、そうしていただきたいと思います」

「今夜いっぱい佐々木相談役からの電話を待ちたいと思います。やむなく旅館に電話をかけるときは事前に横井さんにお伝えします。ですから、横井さんの連絡先も教えてください」

「どうぞ」

横井繁子は箱根の旅館と、自宅の電話をメモした紙片を北野に手渡した。

5

北野が役員応接室から出たとき、自室に入ろうとしている中澤専務と目線が合った。横井女史はまだ応接室の中だった。

「北野君、こんなところでなにしてるんですか」

「打ち合わせです。本部長、ちょっとよろしいですか」

「どうぞ」

北野は二十メートルほどの間隔を急ぎ足で詰めた。

中澤と北野がソファで向かい合った。

「実は、佐々木相談役はきょうは銀行にあらわれませんでした。秘書室の話では不整脈が出たので、病院へ行くと電話してきたそうです」

「入院したんですか」

「そんなことはないと思います。気のせいでしょう。殺しても死ぬような人じゃありませんよ」

「すると、まだ話してないわけですね」

「はい。その後秘書にもわたしにも連絡してきません。秘書の女性にはわたしに電話すると言ったということですから、きょう中に連絡してくると思いますが」

中澤が、うつむけていた思案顔を正面に戻した。

「いま、安原相談役に呼ばれて、今井会長と三人で話してたんですが、安原相談役も辞任したいということでした」

安原紘一は、旧中央銀行系でACBでは副頭取から会長になった。旧〝C〟の重鎮で、佐々木に対抗できる実力者だが、佐々木との決定的な相違点は「俺《おれ》が俺が」の自己主張がないことだった。円満な性格なので、誰からも敬愛されている。

『旧〝A〟の上層部は、なんでいかがわしい正体不明のような人たちの出入りを許しているのだろうか』と安原がかつて嘆いていたことがある、と北野は誰かに聞いた覚えがあった。

旧〝C〟の安原相談役が、かつての部下である今井と中澤を呼んで、辞意を洩《も》らしたのは、それだけ容易ならざる事態の深刻さに思いを致しているからに違いなかった。この期に及んでも居直ろうとしている佐々木との人間的な差を見せつけられたような気がして、北野は胸が痛んだ。

「すべては〝A〟が蒔《ま》いたタネじゃないか、といった不満が〝C〟のOBから安原相談役や今井会長の耳に入ってくるようですが、〝A〟とか〝C〟とか言ってること自体ナンセンスです。今井会長は、安原相談役の辞意表明はACBを思う一心からの発露で、ありがたくお受けしたい、という意向のようですが、わたしは慰留すべきだと思ってます」

「企画本部の調査役や副調査役の中に、この際、相談役を一掃すべきではないか、さらに相談役制度そのものを廃止することが望ましいのではないか、とする意見があります。そうなると佐々木相談役がいくら頑張っても、外堀は埋められてしまうわけですから、ピエロもいいところですよ。安原相談役の辞意表明は佐々木相談役に対する当てつけ的な狙《ねら》いもあるんでしょうか」

「安原さんは、そんなずるい人でも感情的になる人でもありませんよ。制度の廃止ねぇ」

中澤は口をひき結んで、腕と脚を組んだ。

耳たぶを引っ張りながら、北野が訊《き》いた。

「取締役会は開かれたのでしょうか」

中澤が首を左右に振った。

「いや、流会になりました。安原相談役の辞意表明に誘発されたわけではないが、代表取締役は全員辞任すべきだとお二人に申し上げましたよ」

北野はさかんに耳たぶを引っ張った。

「安原相談役と今井会長の反応はいかがでしたか」

「お二人とも乗ってきませんでした」

北野の顔にホッとした思いが出た。

「当然だと思います」

「しかし、好むと好まざるとにかかわらず、執行部全員の退陣は避けられないと思いますよ。わたしは出し遅れの証文みたいなことにならないうちに、八人の代表取締役は辞任すべきだと思ってます」

「出し遅れの証文といいますと」

「譬《たと》えが適切かどうかは措《お》くとして、八人のうち何人が東京地検の事情聴取を受けることになるのか、あるいは逮捕者が何人出るのか、そうなってからバタバタするよりも、責任の所在をはっきりさせる必要があると思うんです。代表取締役全員に責任があることは言うまでもないでしょう」

「わたしはそうは思えません」

十秒ほど沈黙が続いた。北野は喉《のど》が渇いていたが、緑茶が運ばれてくる気配はなかった。

「佐々木相談役に接触できたとしまして、安原相談役のことを話してよろしいでしょうか」

「いいんじゃないですか。安原相談役の辞意は固いようですから」

「相談役制度の廃止について、本部長はどうお考えなんでしょうか」

中澤は深い吐息を洩らした。

「そこまでは考えなかったが、相談役の存在意義がさほどないことはたしかでしょうねぇ。考えさせられる問題です」

「それこそ、本部長から常務会で発議していただくのがよろしいと思うのですが。あるいは今井会長か坂本頭取に、最後のひと仕事をしていただくのも悪くないと思いますが」

「相談役の人たちが安原さんみたいな人格者ばかりだったら問題はないが、中にはいまだに人事権者のつもりになってる人もいますからねぇ。それと先輩に嫌われたくないっていう心理も働くでしょう。六人の相談役が全員辞表を出してくれれば、ついでに制度を廃止してしまうことも可能だが、ただ今井会長と坂本頭取は釈然としないでしょうねぇ」

中澤の溜息《ためいき》に感染したように、北野も嘆息を洩らした。

「千久の木下社長が策動をめぐらしていることも気になります。佐々木相談役の背後に木下社長が見え隠れしているらしい。今井会長が久山相談役から聞いた話ですけど」

「木下社長のようないかがわしい人の跳梁跋扈《ちようりようばつこ》を許すACBの体質は情けない限りですよ」

「おっしゃるとおりです」

中澤の表情が翳《かげ》った。

「われわれ若手クラスでさえ、千久の木下社長に畏怖《いふ》感を抱いているんですから、ACBはいったいどうなっているのかと考えさせられます。千久への出向が出世コースと見做《みな》されていることも不可解です。しかし、事実、人事部は千久をそういうふうに位置づけて、一選抜クラスを出向させています。ＡＣＢはいかがわしい人との腐れ縁が多すぎますよ。いかがわしい人は川上多治郎や小田島敬太郎だけではないと思うんです。人事に介入してくる木下久蔵氏のほうがよっぽど質《たち》が悪いんじゃないでしょうか」

北野は言い過ぎたという思いで、耳たぶを引っ張りながら口をつぐんだ。

「木下社長の人事への介入を許してきたのは〝Ａ〟のほうだが、それがＡＣＢ全体にも及んできてることに、わたしも危機感を覚えます。木下社長の容喙《ようかい》を排除することは、次期執行部の経営課題の一つになるでしょうねぇ」

北野が話を蒸し返した。

「相談役制度の廃止は、代表取締役全員の引責辞任よりも、ずっと軽い問題のような気がしますが」

中澤が目を瞑《つむ》って、唸《うな》り声を発したとき、ノックの音が聞こえた。

「うう－ん」

「どうぞ」

「失礼します」

中澤付の若い女性秘書だった。

「頭取がお呼びですが」

「はい。すぐ伺います」

女性秘書が退出し、ドアが閉まったあとで、中澤がソファから腰をあげた北野を見上げた。

「相談役制度に関する問題提起は、重く受け止めますよ。それから佐々木相談役とのことで、なにか動きがあれば、直接わたしに連絡してください。あしたの土曜日は自宅にいるかどうかわからないが、自宅に電話をもらえれば、連絡先はわかるようにしておきます」

「承知しました」

ドアの前で一礼して、背中を向けた北野に中澤の声が追いかけてきた。

「北野君、ちょっと待ってください」

「はぁっ」

北野が中澤の方へ向きを変えた。

「安原相談役のことは伏せておいてください」

「佐々木相談役にもですか」

「うう一ん」

中澤は天井を仰いだ。

北野が一歩前へ進み出た。

「僭越《せんえつ》ですが、その点はおまかせいただけないでしょうか。佐々木相談役に相当なプレッシャーを与えることになると思うんです。このカードを切らないで済むようでしたら、それに越したことはないと思いますけれど」

「そうねぇ。状況判断はきみにまかせますが、ニュースソースはぼやかしてもらったほうがいいですね」

「よくわかります。失礼しました」

北野は深々と頭を下げた。

6

五月十六日の深夜、北野はACB本店ビルを退行した。

歩きながら携帯電話で自宅を呼んだのは午後十一時五十分だった。今日子が電話に出てきた。

「京浜東北線の十一時五十八分に乗れそうだ。済まないが本郷台に一時四分に着くから、迎えに来てもらえないかなぁ。二十分歩くのはしんどいよ」

「わかったわ」

東京駅十一時五十分発の横須賀線に乗れば大船駅に零時四十分に着く。

しかし、これだと座れない可能性が強いし、タクシー待ちの長蛇の列に並ぶのもかなわないと思って、北野は京浜東北線に乗った。大船駅前はスペースが狭いので、迎えの場合、駐車が難しいからだ。

電車の中で居眠りするつもりだったのに、頭が冴《さ》えて思いどおりにはならなかった。

本郷台駅前に九三年製のダークグレーのブルーバードが待機していた。

「ただいま」

「おかえりなさい」

北野は助手席に乗り込み、シートベルトを固定した。ブルーバードが走り出した。

「よく帰れたわねぇ」

「片山は今夜もホテル泊まりだよ。僕は重大な用を命じられた関係で、帰宅できたわけだ」

「重大な用って」

「きみの親父《おやじ》さんと対決しなければならないんだ」

「父の潜伏先がわかったわよ」

「潜伏先」

　北野が甲高い声で訊《き》き返した。

「箱根の旅館。〝一葉苑《いちようえん》〟っていう旅館にいるらしいのよ。もう十年以上も前から旅館の女将《おかみ》と関係があるらしいわ」

　今日子はまっすぐ前方を見ていたが、声も横顔も尖《とが》っていた。

「きのう電話したときは、わからないという返事だったけど」

「母も迷ってたのよ。気が変わったらしく、今夜晩ご飯を食べたあとで、旅館のマッチを出したの」

「ふぅーん」

「母は〝一葉苑〟のマッチを十箱以上持ってるらしいわ。父にそのことで詰問したことはないらしいけど、母の怨念《おんねん》は陰《いん》にこもって凄《すご》いことになってるんじゃないの」

「よく辛抱できるなぁ。でも、親父さんの居場所がわかって助かったよ」

「銀行にはバレてないの」

「そのようだな。プライベートなことだからねぇ」

「母の話だと、頭取時代よりもっと前かららしいわ。ゴルフとか出張とか言ってしょっちゅう外泊してたみたい」

「親父さんも隅に置けないっていうか、やるねぇ」

「やり過ぎよ。許せないわ。男の人って、みんなそうなのかしら」

「そんなことはないよ」

「あなたが父と同じような真似《まね》をしたら絞め殺してやるからね」

ちらっとこっちを見た今日子は真顔だった。

「きっと、おふくろさんも、そういう心境なんだな」

北野は笑いながらまぜっかえした。


北野がシャワーを浴びて、パジャマ姿でリビングに戻ったのは午前一時四十分過ぎだが、今日子はまだ起きていた。

センターテーブルに〝一葉苑〟のマッチが置いてあった。電話番号は代表で、横井女史から聞いた番号と違うが、局番は同じだから、横井女史のほうは直通番号なのだろう。

「あした……もうきょうなのねぇ。箱根に何時ごろ出かけるの」

「昼過ぎかねぇ」

「父と対決って、どういうこと」

「銀行のことをきみに話すのはどうかと思うが、相談役を降りてもらいたいわけよ。親父さんにも責任があるからねぇ。相談役には一人残らず辞めてもらうのがいいと思うんだ」

「へーえ、そういうこと。父は小田島っていう総会屋とも親しかったらしいじゃない。母も、観桜会で小田島に会った記憶があるそうよ。吉祥寺の川上邸の庭園に大きな桜の老木があるんですって。川上さんが元気だった数年前まで、毎年観桜会に招かれてたらしいわ」

「それは初耳だ。しかし、めったなことは口にしないほうがいいぞ」

「父は相当悪いことしてるんじゃないかしら。手がうしろに回るようなことになるんじゃないかって、母が心配してたわ」

北野は、冷蔵庫から取り出した五百ミリリットルの缶ビールとグラスを二つ持って、ソファに戻った。

「きみも一杯どう」

「いただくわ」

北野はグラスを斜めにして、泡だたないように少しずつビールを注いだ。その一つを今日子に手渡した。

「ありがとう」

「じゃあ、乾杯だ」

北野はグラスを軽くぶつけて、一気に喉《のど》へ流し込んだ。

「おつまみはいらないの」

「うん」

今日子は、半分ほどビールを残してグラスをセンターテーブルに置いた。そして、マッチ箱に右手の人差し指を突きつけた。

「わたしも一緒に乗り込もうかなぁ」

「よせよ」

「修羅場は別の機会にしてくれ。僕は仕事で佐々木の爺《じい》さんに会いに行くんだから」

「どうして」

「沈黙して、ただ一緒にいるだけならいいじゃない」

「ダメだ。きみが黙ってられるとは思えないよ。お母さんがここに来てることは知ってるのかねぇ」

「その後電話をかけてこないところをみると知らないんじゃないの」

「お母さんを当分おあずかりする、って話したら、どんな顔するかねぇ」

「父は鉄面皮だから、別にどうってことないでしょ」

「そんなことはないよ。僕に乗り込まれただけでも、相当バツが悪いと思うけどねぇ」

「母は離婚するつもりよ」

「その話はあとだ。それに、お母さんの気持ちが鎮静化するかもしれないし」

「そうよねぇ。いい齢《とし》して、離婚でもないと思うわ」

今日子はあくびまじりに言って、グラスを乾した。


翌五月十七日土曜日の朝、北野が目覚めたのは十時近かった。北野はノーネクタイのワイシャツ姿でリビングに顔を出した。

子供たちはとっくに登校していた。今日子と静子がリビングでテレビを観ていた。

「おはようございます」

「おはようございます。ご厄介になってますよ」

静子はソファから立ち上がって、折り目の正しい挨拶《あいさつ》をした。ブラウスの上にカーディガンを羽織っていた。六十七歳にしては若く見える。

「あなた、よく寝てたわねぇ。お父さん、意外といびきをかかないねって、浩一が言ってたわ。安心したみたいよ」

「ふぅーん。きみの評判はどうなの」

「史歩にときどき歯ぎしりするなんて言われたけど、ほんとかしら」

「事実だよ。僕も夜中に気がつくことがあるもの」

「ほんとう。あなた、よくいままで黙ってたわねぇ」

「惻隠《そくいん》の情ってやつだよ。愛情と言い直してもいいか。それほどの歯ぎしりでもないしね」

「仲がよろしいこと。けっこうなことですよ」

今日子が食事の仕度にかかった。

「少し多めにしてよ。お腹が空《す》いてるし、ブランチだから」

「わかったわ」

トースト、ミルクティー、生野菜はいつもの朝食と変わらなかったが、ハムエッグとヨーグルトをどっぷりかけたバナナとりんごのデザートは朝昼食兼用だからだろう。

食事後、静子が北野に話しかけてきた。

「今日子から聞きましたが、主人に会いに行くそうですねぇ」

「ええ。社用なんです。ご存じのように銀行が大変なことになってますから」

「主人は悪いことをしたんでしょうねぇ。永福の家に新聞社やテレビ局の車がたくさん来てました」

「仮に多少のことがあったとしても、お父さんの場合は時効の壁に守られてますから、無傷です。調査委員会も問題はないとの見解を出してます。ただ、道義的責任はあると思うんです。相談役は降りていただかないと」

「当然ですよ。浩さん、遠慮なくなんでも言ってやってください。人さまに顔向けできないことをしてるんですから」

今日子が口を挟んだ。

「あなたの立場は強いわよねぇ。母を人質に取ってるんだもの」

「今日子、人質なんて、言いぐさはないだろう」

「人質でけっこうですよ。こんな齢になって浩さんや娘に生き恥を晒《さら》すなんて、生きているのが厭《いや》になります」

北野は、義母を慰める術《すべ》を知らなかった。

「そろそろ出かけるかな」

「まだ十一時前よ」

「結果を知りたがってる人が多いから、早めに出るよ。大船まで送ってもらえるか。ネクタイを締めて、背広を着るだけだから、すぐ頼む」

「いいわよ。車を出してくるから、外で待ってて」

7

本郷台の自宅マンションからJR大船駅へ向かうブルーバードの中で、今日子が言った。

「あなた、同じスーツじゃないの。何日着てるのよ。いやあねぇ」

北野は服装にかまうほうではなかった。

「いまごろ言っても遅いよ」

「気づかなかったわたしも悪いけど、身だしなみの問題でしょ。ズボンがよれよれじゃないの。女房のわたしが笑われるのよ。少しは考えてよ」

「銀行に行くわけでもないし、見ず知らずの人に笑われるくらい、どうってことないよ」

ちらっとこっちを見た今日子の目に険が出ていた。

「だって、旅館の変な女にも会うんでしょ。まったく無神経なんだから」

北野は窓に顔を向けて、肩をすくめた。

そこまでは考えなかった。今日子は北野のズボン姿しか見ていなかったのだから、気がつかなくても責められない。

「よれよれはオーバーだよ。よれぐらいのところだ。濃紺だから汚れが目立つわけでもないし、問題ないよ」

北野はおもねる口調になった。

「父に、母のことで存念のほどを訊いてね」

「そういう話はちょっとしにくいよなぁ」

「時間はいくらでもあるんでしょ」

「話のゆきがかりで出せるかもな」

「話してよ。あんな狭いマンションに母を永久にあずかるわけにもいかないじゃない」

「英《すぐる》さんが、いずれは永福町に住むことになるんだろう」

佐々木英は、今日子の実兄である。二歳年長だから四十三歳。大手商社のロンドン支店に勤務していた。

「兄は当てにならないわ。嫁 姑《よめしゅうとめ》の問題もあるしねぇ。母は、わたしたちと暮らしたいみたいよ」

今日子の声が優しくなった。

余計なことを言った、と北野は少しく後悔した。

「いずれにしても離婚はないよ。親父さんの体面っていうこともあるしねぇ」

「だったら、女と別れるように言って。七十二にもなって、父は生臭すぎるわよ。踏みつけにされてる母が可哀相《かわいそう》だわ」

「まあな。〝人質〟をどう返したら、いちばんいいのか考えてみるよ。親父さんが相談役を辞めたら、それこそおふくろさんと永福町で仲良く暮らすしかないんだもの」

北野は吐息を洩《も》らした。

『因業爺《いんごうじじい》』と言ったのは、MOF担の片山だが、岳父の佐々木英明を相談役から引きずり降ろすのは容易ならざることだ。若造の俺《おれ》が黄色い嘴《くちばし》で意見がましいことを言っても、せせら笑うだけのことかもしれない。

しかし、佐々木の辞任は、全行員の総意と思って、頑張るしかない。佐々木に擦り寄って取り立てられた人たちもけっこう多いから、全行員の総意はオーバーだが、少なくとも若手行員の総意であることは間違いなかった。

いや、佐々木を恨んでいるACBのOBはゴマンといる。佐々木の情実人事は目に余った。

北野はB、D、Eの三紙をJR大船駅ホームのKIOSKで買って、午前十一時二十六分発の沼津行に乗車した。

先刻、自宅のトイレでA紙とC紙を読んだが、朝日中央銀行関係の記事に二紙とも大きなスペースを割いていた。
B、D、Eの三紙も然《しか》りだった。
〝会長、頭取の辞任確実〟〝臭いものにフタの体質〟〝総会屋との腐れ縁、絶てず〟〝不良債権処理先送り〟〝合併銀行の悲劇〟

いわば各紙ともACBを袋叩《ふくろだた》きにしていた。

大銀行の本店ビルに検察の強制捜査が入ったのは前代未聞である。どんなに叩かれても、言い訳はできない。だが、ACBは不祥事がバレてしまったが、他銀行はバレなかっただけのことではないのか。これでは全銀行の不祥事をACBが一身に負っているようなものではないか。

腐り方、傷み方は五十歩百歩のはずだ。

北野はそう思うそばから、ACBの深手が修復不能のようにも思えて、気が滅入《めい》った。

頰《ほお》に視線を感じた。OL風の若い女性と視線がぶつかった。突き刺すような目だ。

北野は、女性の目が左襟の〝ＡＣＢ〟にも注がれているのに気づいた。

北野はさりげなく、平塚駅で後部車輛《しゃりょう》へ移動し、バッジを外した。われながら、みじめでならなかった。うしろめたさが胸を締めつける。それこそ不整脈に見舞われたような気分だった。

北野は深呼吸を繰り返してから、再び新聞をひろげた。経済四団体のトップの談話に目が止まった。

朝日中央銀行の不祥事は、金融界全体が市場の信頼をそこなう重大犯罪だ。カルチャーに問題があるとしか思えない。企業にはアカウンタビリティ（説明責任）があるが、この銀行にそれを求めるのは、ないものねだりに等しいだろう。

たしか、このトップは〝コスモ事件〟で未公開株の譲渡を受けながら、口をぬぐっていたはずだ。こんな無節操な男に、ここまであしざまに言われるとは。あんまり情けなくて涙もこぼれない。

しかし、ＡＣＢバッシングはまだ序の口と考えなければならない。週刊誌、月刊誌と、もっと激しく叩かれるに相違なかった。

テレビもワイドショーなどで、激しく攻撃してくるだろう。

ＡＣＢマンが辛《つら》く切ない思いをするのは、これからと考えなければならない。

だが、ＡＣＢが旧秩序、旧弊を打破して、再生するチャンスを神に与えてもらったと考えれば、気も楽だし、活路が開かれるかもしれない。

旧秩序、旧弊の〝代表選手〟と、対峙《たいじ》しようとしている。

佐々木相談役の首に鈴を付ける大役を若造の俺に果たせるかどうかはともかく、刺し違えるくらいの覚悟を持たなければ……。

北野は電車の中でぶるっと身ぶるいした。

JR東海道線沼津行の湘南《しょうなん》電車は、定刻どおり午後零時九分に小田原駅に着いた。

北野は、駅のホームの売店で三百五十ミリリットルの缶ビールを一本買い求めた。

ホームのベンチに座って、耳たぶを引っ張りながら一気飲みした。

一杯ひっかけて、勢いをつけなければ、敵陣に乗り込めなかったのだ。

箱根・仙石原の〝一葉苑〟までタクシーで三十分ほどだろう。昼食時なので、佐々木が隠れ家に潜んでいる可能性は高い。

この日、箱根は曇り空で肌寒かった。

ビールが効いて、北野は尿意を抑えるのに難儀した。

道路の渋滞で四十五分ほど要したが、一時前に〝一葉苑〟の玄関前にタクシーが横づけされた。

運転手の話では〝一葉苑〟は一流の〝格付け〟らしい。

構えも立派だった。

法被《はっぴ》姿の従業員は、新聞を小脇《こわき》に挟んでいるだけの北野に、怪訝《けげん》そうな目を向けながらも、威勢のいい声で迎えた。

「いらっしゃいませ」

「こんにちは。わたしは朝日中央銀行の北野と申します。佐々木相談役に急用で参りました」

北野は中年の従業員に名刺を手渡した。

「少々お待ちください」

従業員は、フロントで、スーツ姿の男と立ち話をしていたが、スーツのほうが電話をかけ始めた。

三分後に、フロントの男が揉《も》み手スタイルで北野の前にあらわれた。

「北野様、ようこそいらっしゃいました。佐々木先生は離れでご静養中ですが、お目にかかるとおっしゃっています。さぁ、どうぞ」

「ありがとうございます」

「申し遅れました。わたくしはフロント係の小坂と申します。よろしくお願い申し上げます」

オールバックの頭髪は黒々としている。長身で猫背だが、柔和な面立ちだった。年のころは四十六、七だろうか。あるいは五十に届いているかもしれない。

「ぶしつけですが、トイレをお借りしたいのですが」

「どうぞどうぞ」

小坂は、一階ホールの奥に、北野を導いた。

放尿しながら、北野は深呼吸を繰り返した。

出すものを出して、ぐっと落ち着いた。いよいよ対決のときだ。

北野は、小坂の案内でスリッパのまま離れに通された。

小坂がインターホンを押した。

「佐々木先生、失礼いたします。北野様をお連れしました」

「浩君、よく来たねぇ。上がってくれたまえ」

佐々木が丹前姿で、離れの玄関に顔を出した。

「突然、押しかけて申し訳ありません。失礼します」

北野は、スリッパを脱いだ。

「きみ、いいよ」

「なにかご用はございませんか」

「あとでいい」

佐々木に最敬礼して、小坂が立ち去った。

8

旅館の離れにしては、生活臭がたちこめていた。北野の先入観があるにしても、十分ほどで取りつくろえるはずがなかった。

十二畳の和室に、大型のテレビ、サイドテーブルには両翼をひろげている鷲《わし》を表現したSTEUBENのクリスタルガラスの置物、リスとたわむれる少女のリヤドロの人形、写真立ての中身は佐々木と女性のゴルフ姿のツーショットだった。

特に目についたのはウイスキー、ブランデーなどの高級洋酒が並んでいるサイドボードだ。

「体調を崩してねぇ。静養させてもらってたんだ」

佐々木は言い訳がましく言って、北野に板の間のソファをすすめながら、長椅子《ながいす》のほうに自分が座った。

「わたしがここにいること誰に聞いたの」

「今日子です」

「今日子、なんで……」

佐々木の声の調子が少し乱れた。

「お母さんが、おとといからわが家に見えてます。今日子はお母さんから聞いたと言ってました」

逆に北野の声は平静だった。

「そうか。静子には話してあるから、今日子も知ってたのかねぇ」

佐々木がしれっと言ったとき、着物姿の女が緑茶を運んできた。

「浩君、女将の青木さんだよ」

北野は起立した。

「娘の婿さんの北野浩君だ」

「初めまして。北野です。よろしくお願いします」

「青木伸枝でございます。ようこそおいでくださいました。佐々木先生には、ごひいきにしていただいております」

畳に手を突いた丁寧な挨拶《あいさつ》を受けて、北野も正座して、もう一度お辞儀をした。

すごいグラマーだし、なかなかの美形だ、と北野は思った。写真立てのツーショットと同一人物であることは明らかだった。

「佐々木先生、お蕎麦《そば》でもご用意いたしましょうか」

「浩君、昼めしまだなんだろ」

「いいえ、済ませてきました」

「そう。じゃあ、わたしもいいよ。あんまり食欲もないし……」

伸枝が蓋《ふた》付きの湯呑《ゆの》みと焼き菓子をセンターテーブルに並べる立ち居ふるまいは、たおやかだった。

「失礼いたしました。ごゆっくりなさってくださいませ」

伸枝が退出した。

「相談役は先生で通ってるんですか」

北野は「先生」に違和感を覚えていたので、耳たぶを引っ張りながら質問した。

「何年前だったかなぁ。この旅館で大きな講演会があってねぇ。わたしは講師の目玉だったんだ」

緑茶をすすりながら、佐々木が訊《き》いた。

「ところで、わたしに急用ってなにかな」

「その前に、三日前に相談役から自宅にお電話をいただきましたが……」

「ああ。強制捜査のことをきみがキャッチしてるかどうか知りたかったんだ。もう済んだことだよ」

佐々木はこともなげに言って、湯呑みを茶托《ちゃたく》に戻した。

北野は耳たぶを引っ張ってから、居ずまいを正した。

「秘書の横井さんから不整脈が出たとお聞きしましたが……」

「うん。大事を取って薬を服《の》んで一日ここで寝てたらよくなったよ。一過性だったようだ」

「昨日、ご連絡をお待ちしてたんですが」

「悪かった。年を取ると、臆病《おくびょう》になってねぇ。電話をする気にもなれなかったんだよ」

「………」

「わたしに急ぎの用件を話しなさい」

北野は耳たぶが千切れそうになるくらい、強く引っ張った。そして、ふるえる手で湯呑みを口へ運んだ。湯呑みを戻したとき、茶托が揺れた。

「相談役をお辞めいただきたいのです」

佐々木は目も当てられないほど、凄《すさ》まじい形相を見せた。

「久山に頼まれたのかね」

「いいえ。この二、三か月、久山相談役とお会いしたことはありません。もちろんわたし自身の考えです」

北野の声がうわずった。

佐々木が湯呑みを鷲づかみにした。

北野は湯呑みを投げつけられるのではないか、と思って、身構えた。

佐々木はがぶっと緑茶を飲んで、音をたててセンターテーブルに湯呑みを戻した。

「若造がなにを言うか！」

「お腹立ちはごもっともですが、ACBは存亡の危機に直面しています。相談役にも大きな責任があると思うのです。久山相談役、今井会長、坂本頭取も辞任されると聞いてますが、相談役にも自発的に辞任していただきたいと存じます。出処進退を誤りなきようにお願いしたいのです。けじめの問題だと考えまして、失礼を顧みず、参上しました」

「わたしは、ただの相談役にすぎない。久山と今井と坂本が責任を取れば、ACBとしてけじめをつけたことになるんじゃないのか」

「相談役が川上多治郎、小田島敬太郎と無関係だったとは思えません。なんと申し上げてよいのかよくわかりませんが、ACBは長い間、川上、小田島の呪縛《じゅばく》にがんじがらめになっていたような気がしてならないのです」

「呪縛……。わたしは呪《のろ》われる覚えはないがねぇ。亡くなった牧野名誉会長が、光陵《こうりょう》銀行との合併をぶち壊すときに、川上さんや、川上さんの親分の小玉清さんの力を借りたという話なら聞いたことがある。わたしは川上さんとも小田島とも、きみらが考えてるほど深いつきあいをした覚えはない。無関係と言ってもいいくらいだよ」

白々しいにもほどがある、と北野は思った。

昭和五十九年六月から六十三年までの四年間、頭取職にあった人が川上、小田島と無関係などということはあり得なかった。現に佐々木夫妻が川上から観桜会に招待された、と義母の静子が証言しているではないか。

「呪縛なんて言いがかりみたいなことを言われる覚えはないな」

「そうでしょうか」

「呪縛にとらわれてるやつがまだおるとしたら、久山と今井ぐらいだろう」

北野は湯呑みに手を伸ばしながら、佐々木を強く見返した。

「お言葉ですが、久山相談役だけに責任を負わせるのはいかがなものでしょうか」

北野は左手が耳たぶに行きかかったが、両手を膝《ひざ》に置いて、背筋を伸ばした。

佐々木が厭《いや》な目で北野を見た。

「久山は取相《とりそう》だからねぇ。今井、坂本を指導する立場にあった。わたしが久山と一緒くたにされるのは迷惑だ」

佐々木が口の端を歪《ゆが》めて、冗談めかしてつづけた。

「浩君、ほんとうは誰の差し金なの。愛する娘の婿殿から相談役を辞めろなんて言われるとは夢にも思わなかったよ。世も末だな。また不整脈が出そうだよ」

「わたし自身の判断です。あえて申し上げれば、若手クラスの切なる願いでもあります。実は、この際、相談役制度そのものを廃止すべきではないか、とする意見もあるくらいなんです」

佐々木がふたたびジロッと目をくれた。

「企画本部といえば、ACBの中枢部門で、ACBの今日、明日そして十年後、二十年後を考えるところだ。わたしも若いころ、当時の企画部におったから覚えてるが、朝日銀行が将来どうあるべきかを、寝ても覚めても考えたもんだ。おまえのような若造たちは、いつからそんなにハネ上がってしまったんだ。実に嘆かわしいよ」

「わたしたちも、ACBがどうあるべきかをいつも真剣に考えています。そうでなければ相談役にお辞めくださいなどと言えるはずがないではありませんか……」

北野は耳たぶを引っ張りながら、顔をうつむけた。熱いなにかがこみ上げてきた。それがどうしてなのかは、よくわからなかった。

「じゃあ訊くが、わたしが相談役を辞めたら誰が会長や頭取の任期を決めるんだね。相談役の制度を廃止しろだと、莫迦《ばか》なことを言っちゃあいけない。おまえの言ってることは、秩序を破壊しようということだぞ。危険思想以外のなにものでもないじゃないか！」

突然、青木伸枝があらわれた。

佐々木の胴間声でインターホンが聞こえなかったのだ。

「佐々木先生、どうなさったんですか。先生の大きな声が外まで聞こえましたよ」

伸枝はセンターテーブルの湯呑みを下げて、ティーカップに取り替えた。

「お元気がおよろしいこと。きのうのゴルフを88で回っただけのことはありますわ」

伸枝は佐々木に艶然《えんぜん》と微笑《ほほえ》みかけた目を北野に向けた。

「何年ぶりかで、佐々木先生にゴルフへ連れて行っていただいたんです。お父さま、とってもお上手なのでびっくりしました。チョコレートをたくさん巻き上げられてしまいましたわ」

『不整脈で病院』は、やはり嘘《うそ》だったのだ。そこまで口裏合わせする時間がなかったのか、佐々木のほうが忘れたかのどっちかだろう。

北野はきっとした顔になり、佐々木はバツが悪そうに、うすら笑いを浮かべていた。

危急存亡の秋《とき》にゴルフへ行っていたとは、呆《あき》れてものが言えない。

よし、カードを切ろう、と北野が思ったのはこのときだ。

「おまえさん、余計なことは言わんでいい。大事な話があるんだ。うろちょろせんでくれ」

仲枝はまるで意に介していなかった。

「あら、ご機嫌ななめですこと」

「紅茶はいらん。バランタインの三十年ものがあったろう。水割りでも飲んで、気を鎮めるとするか」

「はい。すぐご用意します」

佐々木と仲枝のやりとりには狎《な》れが出ていた。

「浩君もどうだ」

「わたしはミルクティーをいただきます」

「そう言わずに一杯つきあいなさい」

佐々木は取り入る口調になっていた。

「いいえ。けっこうです」

北野はかたくなにバランタインの水割りを拒否した。三十年ものなんてめったに口にできない高級酒だが、北野は意地でも飲むまいと思った。

「北野様、佐々木先生もおっしゃってますから、水割りおつくりしましょう」

「どうかおかまいなく。そんな心境になれませんので」

「おかたいこと」

「まあ、いいから、グラスを二つ用意しなさい」

佐々木に命じられて仲枝は、サイドボードからバランタインの茶色のボトルを取り出し、水割りをこしらえて、引き下がった。

「浩君、大きな声を出して悪かった。機嫌を直してくれんか」

「どうも」

佐々木がグラスを持ち上げたが、北野は応じなかった。

ミルクティーをひと口すすって、北野が眦《まなじり》を決して言った。

「安原相談役が辞意を表明されたと聞いてますが、相談役はご存じですか」

「えっ」

グラスを持つ佐々木の右手がかすかにふるえた。

「誰に聞いたのかね」

「行内で噂《うわさ》になってます。ご自分でご確認いただきたいと存じます。多分事実でしょう。安原相談役は、本店ビルの強制捜査を重く受け止められているのではないでしょうか。制度の廃止まではともかくとして、相談役こそが、全相談役退任のイニシアチブを取るべき立場にいらっしゃると思うのです。安原相談役、久山相談役のお二人がお辞めになったら、島村、西川、長谷川の三相談役も……」

「辞めたいやつは辞めたらいい。だが、ACBはわたしを必要としてるんじゃないのかね」

「失礼ながら、そうは思いません。相談役が真っ先にお辞めにならなければ行内が収まらないと思います。晩節を穢《けが》すことにならないでしょうか」

佐々木がごくごくっと水割りを喉《のど》に流し込んだ。そして、乱暴にグラスをセンターテーブルに置いた。

「きみは自分の立場をわきまえておらんな。娘婿の立場でものを言ってるつもりなんだろうが、わたしに差し出がましいことを言うとは図に乗るにもほどがあるぞ」

「立場をわきまえていないことは百も承知です。しかし、相談役が川上、小田島と深く関わってきたことは紛れもない事実です。このことを知らない者はACBに一人としていないと思います」

北野はひらき直っていた。緊張感が取れ、耳たぶを引っ張らなくなっていた。

青木伸枝との関係に踏み込むべきかどうか迷いながら、話をつづけた。

「お母さんが、川上主催の観桜会に一緒にいらしたことや、小田島と親しくつきあってきたことをわたしに話されました。相談役がお辞めにならなかったら、わたしはACBを辞めます。恥ずかしくていられないからです。本日は、そう覚悟を決めて参りました。恥を知る人間でありたい、とわたしは常々思っています」

北野は、佐々木の厭な目を見返す勇気が出てきた。

ACBを辞めるは、ほとんどはったりである。というより佐々木に対する当てつけだった。ACBの旧秩序、旧弊の象徴的存在の佐々木と刺し違えられたら、サラリーマン冥利《みょうり》につきる——そんなヒロイズムも多少はあった。

「娘婿にお説教されるとは、わたしも落ちぶれたものだなぁ」

佐々木が手ずから水割りウイスキーをこしらえて、がぶ飲みした。

北野はミルクティーをすすった。氷が融《と》けて、コースターが濡《ぬ》れていたが、グラスに手を伸ばすことはしなかった。

「立派な娘婿に恵まれたと思うべきなんだろうが、清濁併せ呑《の》めんようでは出世できんぞ。きれいごとだけではダメだ。きみが一選抜でいられるのは誰のお陰だかわかっているのか」

「おぼろげながらわかっているつもりです。だからこそ、相談役がお辞めにならなければ、わたしはACBにいられないと申し上げたのです」

「わたしが辞めたら、きみは部長止まり、支店長止まりだろうな。それでもいいのか」

「もちろんです。怒られついでに申しますが、この場でご返事をいただくわけには参りませんでしょうか」

「………」

「今日子からも、お母さんからも、申しつかってきました」

「………」

「どうか、ご返事を賜りたいと存じます」

「若造のおまえに、ハイ辞めます、なんて言えると思うか。ものごとには順序がある。相談しなければならん人もいる」

「僭越《せんえつ》ながら、それが千久の木下社長でしたら、どうかお止めいただきたいと存じます」

図星を指されて、佐々木はしかめっ面でグラスを呷《あお》った。

北野は、もう一つのカードを切ろうと肚《はら》をくくった。

「お母さんを当分おあずかりしますが、よろしいでしょうか」

「マスコミがうるさいから、ほとぼりがさめるまでしょうがないかねぇ」

ぜんぜんわかっていない、と北野は思った。

自分本位の塊のような男なのだから仕方がないが、それにしても佐々木の状況判断能力は公私ともに限りなくゼロに近かった。

9

「おまえ、一杯やらんか。俺《おれ》だけ飲んで、おまえが素面《しらふ》ではかなわんよ」

佐々木は三杯目の水割りウイスキーをこしらえながら、北野のグラスに顎《あご》をしゃくった。

三十年ものバランタインはまだ半分以上残っていたが、佐々木の手酌の分量はトリプルに近かったので、減る量は早い。

女将の伸枝が顔を出した。三度目だ。大皿に盛ったたらば蟹《がに》はほぐしてあったが、二缶分はあったかもしれない。酢醤油《すじょうゆ》のタレ。それと、板わさ。

金ラベルの蟹缶は、今日子が実家から運んできたことがあったので、北野も食べた記憶がある。

いずれにしても到来物だろう。

「パパ、どうしたの！」

佐々木の豪快な水割りの飲みっぷりを見て、伸枝がオクターブの高い声を発した。

豪快というよりやけ酒である。伸枝はつい演技を忘れ、地が出てしまったのだ。〝先生〟と〝女将〟が、大銀行のボスと愛人の関係に変わってしまうのも仕方なかった。

「おまえ、もう少し二人だけにしてくれんか」

「でも、昼間からこんなに飲んでいいの」

仲枝は、北野の存在にやっと思いを致した。

「取り乱しまして、失礼しました。北野様はめしあがりませんの」

「はい。まだ仕事の話が終わっていませんので」

「おまえ、とにかく下がってろ。呼ぶまで来なくていいぞ」

「まあ、ずいぶんですこと。少し控えてくださいな」

仲枝はセンターテーブルを片づけ、つまみを並べて、退散した。

「武士の情けだぞ。仲枝のことはきみ限りにしてくれ」

「そのことは、のちほど話をさせてください。辞任の件、ご返事をいただけませんでしょうか。お父さんからのご返事をいただかなければ、わたしはここから帰れません」

「娘婿に威《おど》されるとは、俺も落ちたもんだ」

「お父さん」と呼ばれたことで、佐々木の口調がいくぶんやわらかくなった。

北野はソファから立って、板の間にひれ伏した。

「お願いします。全相談役辞任の方向でリーダーシップを発揮してください。それができるのはお父さんだけです」

佐々木はグラスをセンターテーブルに戻して、腕と脚を組んだ。

北野はしばらく手を上げず、うなだれていた。

三十秒か一分。二分近かったかもしれない。

北野がそっと目を上げると、佐々木が忿怒《ふんぬ》の形相で、グラスを呷っていた。

「どうか、ご返事をお聞かせください」

「こっちへ来んか！」

佐々木の胴間声が頭上ではじけた。

北野は背筋がぞくっとした。しかし、ここは勝負どころだ。負けてなるものか、と北野は気持ちを鼓舞して、声を励ました。

「ご返事をお願いします」

佐々木が浴びせかけた。

「いい加減にせんか！　新派の芝居じゃあるまいし、みっともない真似《まね》をするな！　辞めたかったら勝手に辞めたらいいだろう！」

「…………」

「ACBを辞めて、どこへ行くんだ。再就職先の当てがあるのか。なんなら、いいところを世話してやるぞ」

「けっこうです。相談役のお世話になるつもりはありません」

北野はきっとした顔で言い返した。

佐々木が唾《つば》でも吐くように言い放った。

「なんて、生意気なやつなんだ」

北野は正座の姿勢を崩さず、黙って、佐々木を睨《にら》みつけていた。

「おまえは若造だから世の中のことがわかっておらん。わたしは、ただの相談役と訳が違うぞ。おまえの何百倍のパワーを持っている。おまえを路頭に迷わせることだってできる。おまえを干し上げることだってできるだろうな」

先刻、ただの相談役にすぎないと言った舌の根も乾かないのに……。北野は冷静だった。

「どうぞ。なんでもやってくださってけっこうです」

北野はきつい目を佐々木に向けながら、ソファに戻った。足が痺《しび》れて、ちょっとよろけた。

耳たぶを引っ張りながら、最後のカードを切ろう、と心に決めていた。

「きょうここへ来ましたもう一つの理由を申し上げます。お母さんが離婚したいとおっしゃってます。今日子も、お母さんにきわめて同情的です。ついでに申しますが、わたしもお母さんに同情しています」

「なに！　静子が離婚したいだと！」

佐々木は調子っぱずれの甲高い声を発して、落としそうになったグラスを左手で支えた。

「相談役は不用意に背広のポケットにでも入れていたのでしょう。お母さんは〝一葉苑〟のマッチを十箱も溜《た》めたそうですよ。今日子に言わせれば、十年以上も母を踏みつけにしてきた父を許せない、ということになりますが、娘の感情として当然でしょう。わたしはお母さんと今日子に味方しますが、そういうことでよろしいんですね」

われながら、大物相談役の岳父に向かってよく言える、と北野自身、不思議に思った。

恫喝《どうかつ》であり、脅迫である。むろん、はったりもあった。

北野は、嵩《かさ》にかかって攻め立てた。

「今日子が、母を人質に取っているあなたの立場は強いわね、なんて言ってましたが、わたしはお母さんを家族の一員として全力でお守りしたいと思ってます」

「浩君……」

佐々木の声がやけに優しくなった。

「そんなに感情的にならんでくれよ。静子とも今日子とも、ゆっくり話したいと思ってるんだ。仲枝のことで、どうしても許せないっていうんなら、別れてもいい……」

「…………」

「静子がそんなことを考えていたとはなぁ」

佐々木は顔を歪《ゆが》めて、ひとりごちた。

佐々木が、つくり笑いを浮かべて訊《き》いた。

「きみは聖人君子みたいな男なのかね」

「そんなことも……」

北野は言葉を濁した。

「牧野名誉会長は、謹厳そうな顔をしていたが、けっこう女好きで赤坂や新橋の芸者といろいろあってねぇ。側近のわれわれは、はらはらさせられたものだよ。総会屋に嗅《か》ぎつけられて、口止めするのに総務が苦労してなぁ。それも銀行のカネで女を抱くんだから、どうかと思うが、〝A〟と〝C〟の合併の功労者だし、男の甲斐性《かいしょう》だから、目くじら立てるのもなんだしねぇ。人は見かけによらないというか、牧野さんに比べたら、わたしなんか可愛《かわい》いもんだよ。女房以外に、仲枝しか知らんのだから……」

佐々木は妙に優しい声でつづけた。

「機嫌を直して、一杯やりなさい。それ、捨てて新しいのに替えたらいいな」

「勿体《もったい》ないですよ。氷を入れて、いただきます」

北野はアイスジャーの氷を多めにグラスに落とした。蓋《ふた》があいていたため、氷が融けて小さくなっていたので、グラスがあふれることはなかった。

「いただきます」

「うん」

北野は、ちびりちびりと水割りを飲んだ。

まろやかな芳香は、さすが三十年もののバランタインだけのことはある。

「美味《おい》しいです」

「きみと二人で酒を飲んだことはあったかねぇ」

「二人だけというのは、初めてだと思います。英《すぐる》さんと三人で、酌み交わしたことは二、三度あると思いますが」

「きみは、わたしが煙《けむ》たいらしいねぇ」

「煙たいなんてことはありません。さっき、つい呪縛《じゅばく》などと生意気を言ってしまいましたが、お父さんから重圧を感じていたことは事実です。お父さんの顔を潰《つぶ》してはいけないという意味ですが」

これは追従《ついしょう》である。しかし、佐々木はそうは取らないだろう。

佐々木が割り箸《ばし》を口で割って、蟹を食べ始めた。割り箸の使い方にも、佐々木の品のなさが出ていた。

「旨《うま》いぞ。きみもやらんか」

「はい。いただきます」

酢醤油で食べるたらば蟹の旨さは格別である。

「わたしなんかも牧野さんの呪縛で苦労した口かもしれんよ。千久の木下社長のことでは、きみら若い人たちに誤解があるようだねぇ。朝日銀行時代に牧野頭取が武家の商法で不動産投資に失敗してねぇ。そのとき支援してくれたのが千久の木下社長なんだ。〝C〟との合併後も、木下社長にはなにかとお世話になってるから、ついつい頼りにしてしまうんだろうねぇ」

「しかし、木下社長が人事に介入し過ぎる点はいかがなものでしょうか。それこそ呪縛と思う人もいるに違いありません」

「介入は言い過ぎだな。相談に乗ってもらうぐらいのところだろう」

北野は佐々木がこしらえてくれた二杯目の水割りウイスキーのグラスを押し戴《いただ》くように受け取って、センターテーブルに置いた。

そして居ずまいを正した。

「相談役の件はそういうことでよろしゅうございますか」

「その前に訊くが、きみがここへ来たのは、誰の考えなんだ。久山か、今井か、坂本なのか。それとも中澤あたりか」

「何度も申しますが、わたしの意思です。これも申し上げましたが、部下と話したことも事実です」

「この俺が、若造たちに引導を渡されるなんてことがあっていいと思うのか」

「行内世論とお考えください。それと、これもすでに申し上げましたが、家族の意思もあります。わたしとしては、安原相談役に先を越されたくない、という思いもあります」

佐々木は、無理に笑顔をつくった。

「亡くなった牧野名誉会長は神格化されてるが、牧野さんを含めて、ACBは毒にも薬にもならない学者か内務官僚タイプのトップばかりだった。営業マン上がりはわたしだけだ。わたしには石川真、荒垣敬など大物政治家とも対等に話せるパワーがある。わたしのパワーがACBには必要なんじゃないのか。これ以上、ACBを傷めないためには政治家に頼らざるを得んだろう」

石川も荒垣も、元総理大臣で、政界のボスだ。

北野がなにか言おうとしたが、佐々木は左手を押し出してさえぎった。

「住之江銀行が時の荒垣大蔵大臣から、平相銀行の吸収合併を懇願されて、押し切られたが、住之江銀行より先に、わたしに話があったんだ。わたしは気が進まなかったので断ったが、結果的にみてもわたしに先見性があったと自負しているよ」

北野は眉《まゆ》をひそめた。

バブル期に、住之江銀行の平相銀行吸収合併はプラスになったと評価されたこともあった。

『わたしはなんとか合併したかったが、牧野さんに反対されて、住之江銀行に回されてしまった』と、複数のジャーナリストに、佐々木が話をした事実は、案外ACB行内でも知られていた。

環境の変化によって、平相銀行吸収合併の評価が左右されるのは仕方がないとしても、佐々木の二枚舌には首をかしげざるを得ない。

　こうなると、「住之江銀行より先に荒垣蔵相から、わたしに話があった」も眉に唾《つば》を塗りたくなってくる。

　佐々木が水割りウイスキーをぐっと呷《あお》った。

「共和銀行との合併は、惜しいことをした。最後に公正取引委員会の委員長が反対して潰されたが、共和銀行と合併してたら、世界一の巨大銀行が誕生していたし、ビッグバンにもびくともしなかったろう」

「公取委の反対の根拠はなんですか」

「都銀の中でシェアが高くなり過ぎるということなんだろうが、外圧、つまりアメリカの圧力に日本政府が屈したんだろうな。日本経済なり、金融がまだ強い時代だったから、アメリカに警戒されたんだろう」

　朝日中央銀行と共和銀行との合併が公正取引委員会の横ヤリで実現しなかったことは事実だ。数年前、久山会長―今井頭取時代の話だが、二人をリモートコントロールしていたのが相談役の佐々木である。

「しかし、ビッグバンで都銀も生き残れないところが出てくるかもしれない。護送船団から一挙に市場経済に移行するわけだから、従来のような殿様商売ではやっていけんのだ。デリバティブ（金融派生商品）などとややこしい問題もあるから、証券会社も含めた金融再編成は時代の趨勢《すうせい》と考えなければならない。政治家の力を借りる場面がでてこないとも限らん……」

　こんどは北野が、佐々木の話をさえぎった。

「ＡＣＢをこれ以上傷めないために政治家に頼らざるを得ない、とおっしゃいましたが、本店に強制捜査が入り、段ボール二千箱の書類が押収されたんですよ。もうそんな段階ではないと思います。悪あがきでしかないんじゃないでしょうか」

北野は水割りをぐっと呷ってから、耳たぶを引っ張った。

「どうか、お父さんが相談役六人辞任の方向でリーダーシップを発揮してください。お願いします」

「わかった。おまえに免じて、そうするか。しかしなぁ、相談役は降りるが、ＡＣＢは必ず佐々木を必要とするはずだ。ほかの五人の相談役と一緒にされては、俺が可哀相《かわいそう》だよ。この修羅場を乗り切れるのは、俺ぐらいのものだろう。最高顧問の肩書で、若い人たちにアドバイスするのがいいんだろうねぇ」

それは、独善ではありませんか、と北野は胸の中で言い返したが、口には出せなかった。

とりあえずは相談役辞任を引き出したのだ。きょうのところはここまでが精一杯である。

われながらよく頑張った——。

ところが、佐々木は酔いですわった目を北野に向けた。

「部屋も二十七階のいまの部屋を替える必要はないだろう。専用車も秘書も同じで、肩書を変える必要があるのかね。相談役が全員いなくなるというのは、どうにも解《げ》せないが」

佐々木は往生際が悪かった。最高顧問も、特別顧問も論外だ。

「佐々木相談役一人だけ残るなんて考えられません」

「ほんとうに安原は辞めるのか」

「そのはずです」

「俺を相談役に残さなかったことを後悔しても知らんぞ」

「武士に二言はない、そういうことでお願いします」

「静子のこと、よろしく頼むぞ。離婚なんてあいつはなにを考えてるんだ」

「お母さんは本気です。しかし、この件では前言を撤回して、お父さんの味方になります。そのためにもあした、本郷台のマンションにぜひいらしてください。お母さんに誠意を示していただかなければ、話がこじれてしまうと思うんです」

佐々木は返事をしなかった。

第四章　疑心暗鬼

1

「もしもし、横井さんですか」

北野浩は〝一葉苑〟のフロントの公衆電話から、朝日中央銀行（ACB）の佐々木英明相談役付秘書の横井繁子宅に電話をかけた。

時刻は午後五時二十分。北野は四時間ほど岳父の佐々木と切り結んでいたことになる。三十年もののバランタインの濃い水割りウイスキーを三杯飲んだが、酔いはなく、緊張感が持続していた。

「はい、横井ですが」

「いま、佐々木相談役に会ってきました。不整脈は一過性だったようです。元気でしたよ。横井さんに電話を差し上げたのは、〝一葉苑〟の場所と電話を家族の者が承知していたことをお伝えしたかったからです……」

北野は受話器を左手から、右手に持ち替えて、耳たぶを引っ張り続けた。

「ご存じとは思いますが、混み入った話をしましたので、佐々木相談役は疑心暗鬼になっているかもしれません。横井さんに相談役からなにか言ってくることも考えられますが、そんな次第ですので、わたしと接触したことを明かす必要はないと思います」

「ご家族の方が佐々木相談役の箱根の静養先をご存じだったというのは事実なんでしょうか」

繁子が疑問を持つのは当然だった。秘書の自分以外に、このことを承知している者が存在することはあり得ない。

佐々木相談役のことを知悉《ちしつ》しているのは自分を措《お》いてほかにはいないという秘書としての自負が繁子の声に出ていた。

「間違いありません。どうかわたしを信じてください。詳しい話は、機会があればお話しさせていただきます」

「承知しました。ご丁寧にお電話ありがとうございました」

「失礼します」

女将《おかみ》の青木伸枝が〝一葉苑〟のマイクロバスで送らせる、と言ってくれたし、温泉でひと風《ふ》呂《ろ》浴びて、夕食をどうか、と熱心にすすめてくれたが、北野は「先約があります」と固辞した。

北野がタクシーで小田原駅に着いたのは、午後六時三十分だった。

北野は駅前から、携帯電話で中澤正雄宅を呼び出した。

「はい。中澤ですが」

女性の声だった。

「北野ですが、本部長はご在宅でしょうか」

「はい。少々お待ちください」

若い女性の声だった。娘だろう。大学四年生の娘が一人いると北野は聞いていた。

「中澤です」

「佐々木相談役と長時間話しました。相談役の辞任について、やっとOKを取りつけましたよ」

「ほんとですか。信じられないなぁ。よくOKしましたねぇ」

「いろいろありましたが、気持ちが変わることはないと思います」

「北野君、ありがとう。よくやってくれました」

「ほかの相談役はどういうことになってますか」

「安原さんの辞意表明に続く方が二人、一人だけ佐々木さん次第だと態度を保留してますが、これで全相談役の辞任が決まりました」

北野は、佐々木の往生際の悪さを話すべきかどうか迷った。佐々木が最高顧問のポストを要求することは間違いなかった。佐々木のことだから、個室も、専用車も、秘書も、そして収入までも相談役と変わらない待遇を求めるに違いない。

それを相談役辞任の条件にするはずだ。当人も話していたが、肩書が変わるだけの話にすぎないと思っているのだ。

しかし、いまこの話を持ち出すタイミングではない。話が複雑になるだけだ。

「とりあえず至急ご報告させていただきました。企画部長にも報告しておきましょうか」

「いまどこにいるんですか」

北野は咄嗟《とっさ》の返事に窮した。

「もしもし……」

「はい。小田原駅です」

「そんな所に……。森田君にはわたしから連絡しますよ」

「よろしくお願いします」

「ご苦労さま」

「どういたしまして」

「あしたの日曜日はゆっくり休養してください」

「恐縮です。それでは失礼します」

北野は続いて自宅に電話をかけた。

今日子が出てきた。

「もしもし……」

「いま、小田原駅だ。六時四十五分に乗るから、家に着くのは八時ごろかな。食事をたのむな」

「父の様子はどうだったの」

「家に帰ってから話すよ」

「やっぱり女と一緒に暮らしてるんでしょ」

「ちょっと違うな。そろそろ電車が来るから、あとでね」

午後六時四十五分小田原駅発の上り東海道線普通電車が大船駅に着いたのは七時二十七分。

タクシーを二十分以上待たされたので、北野が帰宅したのは八時十分過ぎだった。スポーツシャツに着替えてすぐに食卓に着いた。

「お手数をおかけしまして。大変でしたでしょ」

静子は、北野に向かって丁寧に頭を下げた。

食事を終え、リビングでテレビを観ている浩一と史歩に目を流して、北野が答えた。

「会社の仕事ですから、たいしたことはありません。詳しいことは、あとで話します。今日子、ビールを頼むよ」

「飲んできたんじゃないの」

「水割りウイスキーを三杯ご馳走《ちそう》になった。とっくに酔いは醒《さ》めたよ」

北野がビールを飲み出したときリビングの電話が鳴った。

今日子が腰を浮かした。

「お母さん、いいよ。僕が出る」

浩一が受話器を取った。

「はい。北野です」

「ACBの片山です。お父さん、帰ってますか」

「はい。父に替わります」

浩一が受話器を押さえて、つまらなそうに言った。

「片山さんだってさぁ。早く終わらせてね。僕、友達の電話待ってるんだ」

「わかった」

北野が、浩一から受話器を手渡された。

「北野です」

「おまえやったなぁ。殊勲甲だよ」

「片山は誰から聞いたの」

「森田さんから。いま電話がかかってきたよ」

「なるほど。本部長は企画部長に電話をかけるようなことを言ってたよ。中澤専務は気を遣うよねぇ。石井副部長にも電話をかけたかもな」

「まあ、朗報だからねぇ。いいんじゃないの。久山相談役、今井会長、坂本頭取にも伝わってるだろう」

「そうだろうな」

北野は電話が長くなりそうな気がしたし、咎《とが》めるような浩一の目とぶつかったので、いったん電話を切ろうと思った。

「いまどこだ。ホテルってことはないんだろう」

「うん。自宅だ」

「じゃあ、俺《おれ》のほうからかけ直すよ。割り込み電話がかかってるんだ」

ちょっと違うが似たようなものだ。

北野は、二階の浩一の部屋から、携帯電話で片山宅を呼び出した。

「北野だけど」

「おう。おまえに相談があるんだけど。新聞記者にリークするっていうのはどうだ」

「相談役六人の退任をか」

「そのとおり。佐々木相談役の気が変わらんうちに、〝新聞辞令〟を出しちゃったほうがいいんじゃないのか」

「気が変わる可能性は少ないと思うけど」

「わかるもんか。人間なんて、そんなもんだよ。人間の気持ちなんてすぐ変わるんだ。千久の木下社長を使ったり、現執行部に圧力をかけたりするかもしれんぞ。おまえがどんな手を使って、佐々木の爺《じい》さんをその気にさせたのか知らないが、既成事実をつくって突っ走るんだよ」

「それで、誰が誰にリークするの。俺は適任者じゃないよなぁ。片山にまかせるよ」

北野は、〝新聞辞令〟には懐疑的だった。裏目に出ることを心配したのだ。

「気乗りしないみたいだなぁ」

「まぁね。強引過ぎる気がするけど」

「そんなことはない。佐々木相談役が動きが取れないようにするのがいいんだって」

「もう外堀は埋まってると思うけどねぇ」

「いや、なんせしぶとい人だから」

「消極的ながら賛成しよう。方法論はおまえにまかせる」

「MOF担の俺は動きにくいなぁ。おまえも、佐々木相談役の娘婿だから、まずいと思うんだ」

「広報部長を使うのは、まずいだろう。リークされた新聞以外から、恨みを買うもの」

「西田を使ったらどうだ。あいつならうまくやるだろう」

「西田ねぇ」

北野は小さく唸《うな》った。

MOF担だけあって、片山はさすがに読みが深かった。西田ならニュースソースを秘匿できる。簡単に底が割れるようなことはしないだろう。

MOF担の片山に知恵をつけられて、北野は部下で調査役の西田の自宅に電話をかけた。

「北野ですが」

「次長、どうでした」

「猫の首に鈴を付けてきたよ」

「つまり、佐々木相談役はOKしたんですね」

「もちろん」

「やりましたねぇ」

西田の声量が大きくなった。

「半日仕事だったよ。俺も疲れた。それで、今度はきみの出番だぞ」

「どういうことですか」

「MOF担の片山はきみが適任だと言ってるぞ……」

北野の話を聞いて、西田は興奮し、声がうわずった。

「やらせてもらいましょう」

「新聞記者は何人も知ってるのか」

「もちろん。山ほど知ってますよ」

「日銀クラブのキャップなんていうのは大物過ぎるから、サブキャップか、もっと下のほうがいいかもな。ソース秘匿は記者のイロハだよなぁ」

「そんなこと、わかってますよ」

「相談役制度の廃止なんて、先走るんじゃないぞ」

「それもわかってます」

「あしたの日曜日は、記事の差し替えが難しいだろう」

「そんなこともないでしょうけど、あさって五月十九日月曜日付の一面トップのほうが、効果は大きいと思いますけど」

「C新聞は外したほうがいいな。久山相談役の談話を素っ破抜いてるから」

「A新聞にしましょう」

「いいだろう」

「ちょっとお尋ねしますが、ほんとうに六人全部辞めるんですか」

「佐々木相談役を落とせば、そうなるに決まってるじゃないか。犯人探しが始まるだろうが、尻尾《しっぽ》を出すなよ」

話が途切れた。

北野も西田も考えていることは同じだった。

「もしもし……」

「うん」

「次長がいちばん疑われますよねぇ」

「だろうな。しかし、俺もシラを切るからな。西田も、その点は心して新聞記者と接触してくれなければ困るよ」

「ウラを取りに動かれたらどうしますか」

「佐々木相談役はつかまりっこないから、大丈夫だ」

「ウラを取るような動きをしたら、他紙にもリークすると言って、歯止めをかけます」

「さすが知恵が回るじゃないか」

「今夜は興奮して、眠れそうもありませんよ」

「西田がそんなにセンシティブとは思えんよ」

「まあねぇ」

北野は、ちょろ舌を出している西田の顔が見えるようだった。

「それにしても、あのドンがねぇ。どんな手を使ったんですか」

「いろいろだよ。ま、泣き落としかなぁ」

「情《じょう》に訴えられて、聞く人ですかぁ」

西田がゲラゲラけたたましく笑った。

2

西田調査役との電話の長話を切り上げて、北野が階下に降りたのは、午後九時四十分。

「ビール、それでいいの」

「うん。氷をもらおうか」

気の抜けた五百ミリリットルの缶ビールを一本飲んで、ご飯を一膳《ぜん》食べ終わるまで約二十分。

「もっとゆっくり食べたら」

「また電話がかかるような気がしてるんだ。ごちそうさま」

子供たちはテレビで映画を観ていたが、北野はチャンネルを替えた。

「ちょっと勘弁してもらうぞ。ニュースっぽいのが見たいんだ」

「うん」

「いいわ」

浩一も史歩も、ACB事件に関心があるのか、あっさり承知した。

案の定、ACB本店ビルが大きく映し出された。

五人の目が画面に吸い寄せられる。本店ビルの強制捜査の場面は何度見たことか。

番組の途中で、全銀連（全国銀行連合会）会長の顔がクローズアップされた。

大手都銀の頭取だ。全銀連会長職は大手都銀六行頭取の輪番制（任期一年）である。

インタビュアの質問に会長が答えた。

『総会屋とつきあってるような銀行は、この銀行だけだと思いますよ。ましてや、多額の融資をしてたなんて、あってはならないことです』

「ふざけるな！　偉そうになにを言うか！」

北野はソファから立ち上がって、大声でわめいた。

「あなた、びっくりするじゃない。まさか、気が変になったんじゃないでしょうねぇ」

「悪かった。浩一、チャンネルを替えなさい」

浩一がリモコンでテレビを消した。

「やっぱりACBは悪い銀行なんだね。担任の先生にもそう言われたよ」

「史歩もお兄ちゃんの意見に賛成。友達は誰も遊んでくれないし、石を投げられたこともあるわ。学校へ行きたくない」

史歩は涙声になっていた。

北野は進退谷《きわ》まったような絶望的な気持ちで沈み込んだ。

「おまえの親父《おやじ》も警察に逮捕されるぞ、って言われてるよ。そうなんでしょ」

「浩一、そんなことは絶対にあり得ない」

「おじいちゃんは」

「史歩、それもないよ。総会屋って、なんのことかわかってるね」

「うん、テレビ観てるし、新聞も読んだから」

「ACBだけが総会屋とつきあっている、といういまの全銀連会長の発言は明らかに嘘《うそ》をついている。総会屋に融資しているのがACB一行だけというのも間違ってるよ。だけどACBが犯罪的行為をしたことは事実だ。お父さんたちは、ACBの改革に一所懸命、取り組もうとしているところなんだ。いまは厳しい冬の時代だが、ACBは必ずよみがえって、どこの銀行よりも良い銀行になると約束するよ」

中三の息子と小五の娘はまだ敵意を込めた目で父親を凝視していた。

今日子に促されて、浩一と史歩が父親を睨《にら》み付けながら、二階に引き取った。リビングのソファの長椅子《ながいす》に静子と今日子の親子が座り、北野と向かい合った。

「わが子にあんな怖い顔されて、切ないわねぇ」

「いちばん切ない思いをしてるのは、主人よ」

今日子にしんみりと言われて、北野は胸がじんとなった。

「子供たちには済まないと思うよ。いじめにあってるとはねぇ。親として堪《たま》らないが、子供たちがいっそう辛《つら》い思いをするのはこれからだろう。マスコミのACBバッシングはもっと激しくなるからな」

「あなた、ほんとうに引っ越すことを考える必要があるんじゃないの。母が父と別れたら、このマンションでは狭すぎると思う。このマンションがすぐ売れるかどうかわからないけど、賃貸マンションでもなんでもいいじゃない。もう少し広いところに移りましょうよ」

今日子が話題を変えたくて引っ越しを口にしたのだと、北野にはぴんときた。

「今日子、あんまり飛躍したこと言うなよ」

「それで、父の様子はどうだったのよ」

今日子も、静子も表情が険しくなった。

「不整脈が出たことは事実だよ。〝一葉苑〟はたしかにACBのお取引先だし、女将、青木伸枝さんっていう名前だが、この人とお父さんが過去に多少のことがあった可能性までは否定できないけど、いまはそんなんじゃないよ。僕だってそんなに莫迦《ばか》じゃないから、見ればわかるさ」

「あなた、父に言いくるめられたんじゃないの」

今日子がわざとらしく、上体を沈めて、北野を横目で見上げた。

北野は、しかめっ面で、今日子と静子にこもごも目を遣《や》った。

「冗談よせよ。お父さんは、今度の事件で不整脈が出るくらい参ってるんだ。仰せのとおり離婚の話はしましたよ。お父さんはそんなこと夢にも考えていないし、お母さんから離婚したいなんて言われる覚えは絶対にないって血相変えてました。相当ショックを受けたみたいですよ。なんなら、二人で〝一葉苑〟に乗り込んだらどうですか。ご自分の目で確かめたら納得できますよ。あんな女に振り回されるほど、お父さんは愚かじゃないと思いますけど」

北野は耳たぶを引っ張りながら、静子の様子を観察した。心なしか、静子の顔が和んだようにも見える。

「あした、体調がよくなったら、このマンションに来たいと言ってました。お父さんは、ここにいちども見えたことがありませんから、いい機会を与えてもらったとか話してましたよ」

「父は永福の家に母と一緒に帰るつもりなのかしら」

「できたらそうしたいだろうねぇ。でも、マスコミがうるさいから、今日子の言いぐさじゃないけど、しばらく箱根に潜伏してたほうが安全かもねぇ」

「だったら、お母さんも箱根に連れてってもらったらいいわね」

まずい、と北野は舌打ちしたくなった。

北野は無表情をよそおった。

「ACBが大変なことになっているときに箱根に潜伏は考えられませんね。前言を取り消します」

「永福はまずいんじゃないの。昼間、母と二人で郵便物を取りに行ってきたんだけど、マスコミの人とおぼしき人が、うろうろしてたわよ。風も入れてきたし、掃除もしてきたけど、広い家に母一人ってことはないわよねぇ。母が案外冷静だったのには驚いたわ。新聞購読をストップしてきてるのよ」

今日子の話を静子が引き取った。

「ACBが新聞に悪く書かれるのは仕方がないんでしょうけど、読む気になれないんです」

「でも、ウチでは読んでるじゃない。矛盾してるわよ」

「まぁ、あればねぇ、やっぱり気になるから」

「お母さんのお気持ちはわかりますよ。もう遅いから寝ましょうか」

「はい」

ソファから腰をあげかけた静子が北野に訊《き》いた。

「主人はあしたほんとうにここへ来るんでしょうか」

「そう思います」

今日子も小首をかしげた。

「一度も来たことないのよ」

「だからこそいい機会じゃないか。電話と住所も教えてきた。時間はわからないが、本郷台の駅から電話をかけてくると思うけど」

「どんな顔して来るんでしょうか」

「お母さん、普通の顔で見えますよ。離婚なんて冗談じゃありませんからね」

北野が笑いかけると、静子ははにかんだような顔をうつむけた。

「それで、主人はどこに泊まるんでしょうか」

「大物相談役ですから、帝国ホテルのスウィートぐらいはいつでも取れます」

「一人でスウィートなんて勿体《もったい》ないじゃない。お母さんも一緒に泊まったらどう」

「非常時だから、上層部でホテル住まいの人はたくさんいると思うが、家族連れは一人もいないと思うよ」

「そういうものでしょうねぇ……。おやすみなさい」

静子がリビングから二階の史歩の部屋へ引き取った。

「あなたお風呂どうするの」

「入るよ」

「温《ぬる》くなってるから、沸かしてくれる。下着はわたしが取ってくるわ」

夫婦のベッドルームに、史歩がいるのだから、それも仕方がなかった。

北野がバスルームの〝あたため〟ボタンを押して、洗面所で歯を磨いているとき、今日子が二人分のパジャマと下着を抱えて入ってきた。

「わたしもまだなの。一緒に入るわよ」

「みんな寝たのか」

「関係ないわよ」

今日子は強引だった。

二階の義母と子供たちが気になったが、北野は何年ぶりかで、今日子と入浴を共にした。

今日子に挑発されて、バスタブの中で抱き合ったが、機能したから不思議だった。

「ひと月ぶりよ」

今日子が耳元であえぎながら言った。

浩一の部屋は、スタンドの豆ランプが点《つ》いていた。

ベッドは一つなので、板の間に布団が敷いてあった。

北野がスタンドを消して、布団にもぐり込んだとき、頭上で声がした。

「お父さん……」

北野はドキッとした。

「なんだ、まだ起きてたのか」

「ACBは悪い銀行なんでしょ」

「……」

「どうしてACBなんかに入ったの」

北野は胸が疼《うず》くような衝撃を覚えた。浩一の詰問が先になっていたら、今日子を抱くことはできなかったろう。ショックで機能するはずがなかった。

「おじいちゃんがいたから」

「ACBは総会屋に融資して法律に違反した。そういう意味では悪い銀行だし、弁解の余地はない。お父さんがACBに入ったのは、おじいちゃんがいたからじゃないよ。あの人はとっくにACBを辞めてるはずなのに、運が強くてねぇ。悪運が強いって言い直したいくらいだよ。そのことはお母さんがよくわかってると思うよ」

「お父さんが警察につかまることは、ほんとにないんでしょ」

「ない。お父さんは違法行為は絶対にしてないから。ただなぁ、お父さんが審査部とか総務部とか融資部にいたら、どうだったかわからない。上の意向に逆らえる勇気が持てたかどうか。悪いことだとわかっていても、上からの命令をハネ返すことは大変なことなんだ。左遷っていう言葉わかるか」

「うん。地位が低くなることでしょ」

「そうだ。サラリーマンの世界では正義感が強過ぎる人は出世できない仕組みになってるからなぁ」

　中三の浩一には刺激が強過ぎるかもしれないと思いながら、暗がりの中で北野は話をつづけた。

「前にも言ったと思うが、バブル期にどの銀行も悪さをし過ぎた。その咎《とが》めをいま受けているわけだ。ＡＣＢだけが悪い銀行なんてことは絶対にないと思うよ」

　浩一は納得しなかった。

「でも、一番悪い銀行なんでしょ」

「ＡＣＢよりもっと悪いことをしてる銀行もあるような気がするけどねぇ」

「さっき史歩と話したんだけど、このマンションから引っ越せないかなぁ。史歩が学校へ行きたくないって言うんだ。僕は友達もいるし頑張れるけど、史歩が可哀相《かわいそう》だよ」

　北野は、子供たちに済まないという思いで沈黙した。電車の中でＡＣＢのバッジを外した俺などより、子供たちはもっともっと切なく辛《つら》い思いをしているのだ。

「お父さん」

「うん」

「お願いだから、引っ越しのこと考えてよ」

「そうだな。考えてみよう。お母さんからも、そういう話が出てるんだ。しかし、ACBはお父さんたちの手で、必ず見違えるような銀行にするからな。浩一や史歩が胸を張って歩けるような銀行にすると誓うよ」

北野は、浩一よりもわが胸に言い聞かせた。

3

翌、五月十八日日曜日の午後二時過ぎに佐々木英明から、北野宅に電話がかかってきた。

電話を取ったのは、北野である。

「浩君か。佐々木だが、いま本郷台の駅におるんだが……」

「すぐお迎えに参ります。七、八分お待ちください」

「うん。静子も今日子もおるのか」

「はい」

「どこで待ってればいいんだね」

「改札口の前にいらしてください」

北野は、今日子と静子に佐々木の来訪を伝えて、長袖《ながそで》のスポーツシャツ姿で、駐車場へ急いだ。

マンションから駅までの道路は運よく渋滞していなかったので、佐々木を八分以上待たせることはなかった。

佐々木はスーツ姿だった。

「こんなボロ車で申し訳ありません。ただ、エンジンの調子はいいし、トランクの収納スペースも大きくて、良い車だと思いますけど」

佐々木はむすっとした顔で、リアシートに収まった。

佐々木の専用車はベンツの最高級車だ。九三年製のブルーバードに乗せられて、プライドを傷つけられたと思っているかもしれない。

ブルーバードを発進させながら、北野が言った。

「昨日は失礼しました」

「うん」

佐々木の吐く息が熟柿《じゅくし》臭かった。やけ酒で三十年もののバランタインをあけてしまったのだろうか。それとも一杯ひっかけてから、やって来たのだろうか。

北野は、きのうの昼ごろJR小田原駅で缶ビールを飲んだことを思い出して、にやっとした。

「静子の様子はどうなの」

「だいぶ落ち着かれました。お母さんは誤解されている、と申し上げてあります。それで、ささくれだっていた気持ちが平静になったんじゃないでしょうか」

「そうか。莫迦《ばか》なやつだよ。なにが離婚だ。初めからそんな気はなかったんじゃないのか」

「そうは思えません。まだ半信半疑ですよ。わたしはお父さんにエールを送ったつもりですが、今日子もまだ疑念を晴らしたわけではないと思います。お父さんが高圧的な態度をとられますと、ぶちこわしになりますから、注意してくださらないと困ります」

佐々木は仏頂面を窓外に向けて、返事をしなかった。

照れ隠しもあるだろうが、娘婿に弱みを握られて、おもしろかろうはずがなかった。

「お母さんに誤解されても仕方がないのですから、ここは下手《したて》に出てください。お母さんに頭を下げていただかないと……」

嵩《かさ》にかかってるようで多少気は差したが、このぐらい言わないと、佐々木はわからない。静子がかしずくタイプの旧《ふる》い女性であるのをいいことに、佐々木が身勝手の限りを尽くしてきた事実は動かせないのだ。

佐々木が娘と婿の前で亭主関白風を吹かせて変に恰好《かっこう》をつけようとすれば、せっかくもとの鞘《さや》におさまろうとしていたものが台無しになってしまう。

北野が佐々木を伴ってマンションの一〇八号室に戻ったのは午後二時半だが、浩一と史歩は外出していた。

「おじいちゃんなんかに会いたくない」

「僕も。史歩、図書館へ行こう」

仲の良い兄妹は、自転車で近くの図書館へ行ってしまったのだ。

「浩一と史歩はどうしたの」

佐々木が菓子折を今日子に手渡しながら訊《き》いた。

「宿題が大変みたい。図書館へ行ったわ」

佐々木は背広を長椅子に放り投げて、ネクタイをゆるめながら、でんと腰を落とした。

「ACBのエリートにしては本郷台なんて場所も地味だが、マンションも狭いねぇ。わたしの体面もわきまえてもらわんとな」

「お父さん、そんな厭味《いやみ》を言いに箱根の山から降りてきたの。これでもメゾネットタイプで三十坪近くあるのよ。お父さんに頼らない北野は立派だと思うわ。永福に家を建てなかったことをまだ根に持ってるのね」

今日子は負けていなかった。

北野が今日子のトレーナーの袖を引っ張りながら佐々木に訊いた。

「なにをめしあがりますか」

「ウーロン茶の冷たいのを頼む」

この日、横浜地方は晴天で夏日に近かった。

今日子がPETボトルのウーロン茶を注いだ大きめなグラスをトレーに載せて、ソファに戻った。

「お母さんはどうした」

「二階の史歩の部屋よ。二人だけで話したらどうなの」

「大袈裟《おおげさ》なことを言うな。ここに呼びなさい」

佐々木はグラスのウーロン茶を半分に減らして、話をつづけた。

「今日子も誤解しとるらしいが、〝一葉苑〟のマッチぐらいで大騒ぎされたんじゃ、わたしの立つ瀬がないなぁ。浩君、きみが保証してくれるよなぁ」

「ええ」

「ちょっと待って。お母さんを呼んでくるわ」

今日子と静子が二階からリビングに降りてくるまで、十五分ほど要した。

「なにを愚図愚図《ぐずぐず》してるんだ！」

佐々木は、静子と顔を合わせるなり、いらだった声で浴びせかけた。

「あなたも、わたしの顔なんか見たくもないんでしょう」

静子は、もの静かな口調ながら、言い返した。

「そんなにとんがるな」

「とんがってるのはあなたのほうじゃないですか」

「そうよ。お父さん、喧嘩《けんか》を売りに来たのか、謝りに来たのか、わからないじゃない。まずお母さんに謝罪するのが筋というものでしょ」

今日子が母親に加勢するのは当然である。

佐々木がつくり笑いを浮かべて静子に頭を下げた。

「悪かった、謝るよ。無断外泊は反省するが、不整脈は出るわ、家には帰れないわで、どうにもならなかったんだ。〝一葉苑〟を静養先に使ってるのは、わたしだけじゃないんだよ。牧野さんの頭取時代から、旧朝日銀行がひいきにしててねぇ。久山君なんかもよく使ってるんだ」

さすが役者が違う、悪役だが、と北野は思った。

北野がもっと驚いたのは、静子がきっとした顔で言い返したことだ。

「久山さんはいつも奥さまとご一緒でしょ」

今日子でさえ眼を丸くしている。

「浩君、わたしの冤罪《えんざい》を晴らしてくれたんじゃなかったのかね。また不整脈が出そうだよ」

佐々木は真顔で言って、時計に目を落とした。

「きみ、横井の連絡先はわかってるの」

「行員名簿で調べます」

「至急ここへハイヤーを回すように言ってくれないか。帝国ホテルで人に会わなければならんのだ」

「承知しました」

北野は厭《いや》な予感を募らせながら、二階の浩一の部屋に入った。

横井繁子の電話番号を書いたメモは濃紺の背広の内ポケットに仕舞ってあった。

北野は携帯電話で繁子を呼び出した。繁子は京王線沿線のマンションに独り住まいだった。

「はい、横井です」

「北野です。昨日は失礼しました」

「こちらこそ。昨夜、九時ごろでしたでしょうか。佐々木相談役から電話をいただきました。北野さんと連絡を取ったかどうかのお尋ねです。ご指示どおりに致しましたよ」

「それはどうも。やっぱりそうですか。猜疑心《さいぎしん》の強い人ですねぇ」

「ACBが大変なことになっていますから、仕方がないと思います」

北野は冗談っぽく言ったが、繁子は佐々木を庇《かば》った。立場上、致し方ない。

「実は、佐々木相談役はわが家に見えてます。至急ハイヤーを手配してくださいませんか。住所と電話番号を申し上げます……」

「存じてます。さっそくハイヤー会社の横浜営業所に連絡します」

「帝国ホテルへ行くと言ってますが」

「はい。スウィートルームを予約しました」

「誰に会うんですかねぇ」

「それはちょっと申し上げられません」

繁子は秘書の立場を忘れなかった。

「失礼しました」

北野の厭な予感はいっそう募った。

この期に及んで、佐々木がまだ策略をめぐらせようとしていることは明白だった。相談役に固執しているのだ。〝新聞辞令〟しかない——。

「あなたは孫にまで嫌われてますよ」

「おまえが言いがかりみたいなことを言い出すからだろう」

「そんなこととは関係ありませんよ。ACB事件のことを孫たちは心配してるんです」

「わたしが事件とは無関係なことをよく言って聞かせなさい」

帰りしなに、静子との間で小ぜりあいがあったが、佐々木は孫のことなど眼中になかった。

午後四時過ぎに佐々木を見送ったのは、北野だけだった。大型ハイヤーのリアシートの窓をあけて、佐々木が言った。

「当分、ホテルに泊まることになるかもしれないな。急用があったら、いつでも電話してくれていいよ。もっとも、あしたは十時に銀行へ出るようにするが」

「全相談役辞任の件、よろしくお願いします」

佐々木は返事をしなかった。

「車を出しなさい」

運転手に命じる佐々木の横顔はひきつっていた。

北野が佐々木を見送って、マンションのリビングに戻ると、今日子と静子の様子がおかしかった。

「母が、やっぱり父と別れたいって言い張るの」

静子がさも申し訳なさそうに、北野を見上げて目礼した。

「お母さんどうしてですか。あれほどの人がわざわざ頭を下げに来たんですよ」

「頭を下げに来たことになるのかしら。あの尊大さは鼻もちならないわよ。わたしも、母の気持ちがわかるような気がするわ」

「きみまでなんだ。とりなす立場じゃないか」

北野は、長椅子《ながいす》の今日子の隣に腰をおろした。

静子がすがるような目を北野に向けてきた。

「浩さん、ご迷惑とは思いますけれど、しばらくここに置いていただけませんか。なるべく早く老人ホームを探すようにしますから」

北野は、静子の尋常ならざる思い詰め方に胸がしめつけられた。

「こんな所でよろしかったら、ずっといらしてくださぃ。子供たちも歓迎してるんですから」

今日子の目が「無理してるんじゃないの」と問うていた。

「きのう夜中に、浩一とも話したんだけど、ほんとうに引っ越しのこと考えようか。お父さんの言い草じゃないけどここはちょっと狭いし、地味過ぎるかもね。今日子、本気で引っ越し先を考えないか。賃貸マンションを借りるのがいいと思うんだ。このマンションを売っても、ローンを返済するのがやっとだろうから……」

今日子が心なしか頰《ほお》をあからめた。

「あれから、浩一とそんな話をしたの」

「うん。まだ起きてたよ。史歩とも話したらしいが、自分は我慢できるけど史歩が可哀相だって言うんだ。お願いだから引っ越しのことを考えてくれなんて言われて胸にぐっときちゃったねぇ。浩一は妹思いで、優しくていい子だと思うよ」

北野は、躰《からだ》を正面に向けて、静子に話しかけた。

「お母さん、気持ちがおさまるまでわれわれと一緒に暮らすことは、よろしいと思うんです。しかし、離婚っていうのは違うんじゃないでしょうか。お父さんは、悪かったと頭を下げたじゃないですか。女性のことは誤解があると思いますよ」

北野は、耳たぶを引っ張りながら話をつづけた。

「英《すぐる》さんが、このことを聞いたら、もっと強く反対すると思いますよ」

「体面が悪いからですか」

「それもないとはいいませんが、離婚するには根拠が薄弱過ぎますよ」

「あなた、〝一葉苑〟の女将《おかみ》と父の関係はほんとうに大丈夫なの」

「もちろん、考え過ぎだよ」

「兄と電話で話してみようかしら」

「やめとけ。心配させるだけじゃないか」

北野は今日子から静子の方へ目を移した。

「ＡＣＢが落ち着くまで、どっちにしても永福には帰れないと思いますから、引っ越し先が見つかるまで、ここにいらしてください」

「引っ越しなんて、そんなに簡単なもんじゃないわよ」

今日子は、この時点では引っ越しに懐疑的だった。

第五章　新聞辞令

1

A新聞が五月十九日付朝刊一面トップで〝朝日中央銀行、今井会長、坂本頭取が辞任〟〝二副頭取が昇格へ〟〝佐々木氏ら全相談役の辞任も決まる〟のスクープを放った。

この日朝六時前に、北野は部下の西田調査役から、「A新聞、派手に書いてますよ」と電話連絡を受けた。

「俺《おれ》も早起きしてA新聞を読んだけど、出てなかったが」

「本郷台の田舎じゃ無理ですよ。最終版ですから」

「なるほど、そういうことか。間もなく家を出るから、八時前に銀行に着くだろう」

「わたしは七時半までに出勤します。広報は対応に追われて大変でしょう。その辺の様子を見届けてやろうと思って」

「悪趣味なんじゃないか。あんまり図に乗るんじゃないぞ」

「えへへへっ。見出しだけでも読みましょうか」

西田は屈託がなかった。

「うん」

それを聞いて、北野が訊《き》いた。

「〝副頭取が昇格へ〟も、西田のリークか」

「違います。そこまでは話してませんが、しつこく質問されたので、あり得るとは言いましたけど」

「その点は疑問符が付くな。岡田副頭取は専務時代に審査部門を担当している。少なくとも検察の事情聴取を受けるだろう」

話しながら、北野は不安感が頭の中をよぎった。

中澤専務も、企画本部長を委嘱される直前、短期間ながら岡田の後任の審査担当専務だった。しかし、中澤ほど高潔な男が総会屋への不正融資に関わるはずがない。中澤が検察の事情聴取を受けたとしても、逮捕などあり得ない――。瞬時のうちに北野はそう結論づけた。

「〝新聞辞令〟どおりになるかどうか見物《みもの》ですよ。おもしろい一日になりそうですね」

「おもしろいねぇ。ちょっと違うんじゃないか」

「血が騒ぐっていう意味ですよ。あの佐々木相談役を退治できるなんて、いったい誰が予想できますか」

「退治ねぇ」

それも見当違いだと北野は思ったが、口には出さなかった。

「西田、お子さんは……」

「悪ガキが一人います。幼稚園の年少組ですけど」

「それで気楽なんだな。俺は子供たちに学校でいじめられてると聞いて、落ち込んでるよ。引っ越したいとまで言われてるんだ」

「お察しします」

「そうは聞こえないが」

「参ったなぁ。本気ですよ。じゃあ、あとで」

西田はあわて気味に電話を切った。

今日子がリビングに降りてきた。

「こんな早朝から大変ねぇ」

「スーツを用意してよ。牛乳を飲んだら出るから」

「車で送らなくていいの」

「バスで行くよ」

北野は子供たちが起床する六時半前にマンションを飛び出した。


昨夜、帝国ホテルのスウィートルームに宿泊した浴衣《ゆかた》姿の佐々木がドア下の隙間《すきま》に半分覗《のぞ》いているA新聞に気づいたのは、午前七時過ぎだ。

なにげなく拾い上げて、佐々木はギョッとした。

一面トップの大見出しの中に、〝佐々木……〟とあるではないか。

佐々木は老眼鏡をかけて、ソファに腰をおろした。読み進むにつれて頭に血液が逆流した。

佐々木は新聞を投げ捨て、娘婿の北野宅に電話をかけた。

「今日子か」

「ええ」

「北野はいるか」

「とっくに出勤したわ」

「あいつは携帯電話は持ってるのか」

「ええ」

「すぐ電話をかけなさい。帝国ホテルのわたしに電話をかけるように言いなさい」

「北野は、電車の中では電話を切ってると思うわ。八時前に銀行に着くと思うけど」

「そうか。じゃあ、わたしが銀行に電話をかけよう」

「ずいぶん、つっけんどんな電話だけど、どうしたの」

「おまえには関係ない」

切った電話がすぐに鳴った。

「佐々木相談役かね」

「ええ」

「木下です」

「おはようございます。昨夜は遅くまで、ありがとうございました」

「A新聞読んだの」

「はい。寝耳に水です」

「それを言いたいのは、わたしのほうだよ。ほんとうにこういうことになってるのかね。ここに書かれてることが事実なら、わたしは子供の使いをやらされたようなものじゃないの」

「事実ではありませんよ」

「わたしは久山君がリークしたと睨《にら》んでるが、彼は天地神明に誓うと言って否定していた。パレスホテルに泊まってるから、なんなら話してごらんなさいよ。ただ久山君はおとといの夜、きみが辞任すると、安原相談役から聞いたと話してたが。きみ、誰かに言質《げんち》を取られたのかね」

佐々木は咄嗟《とっさ》の返事に窮した。

「もしもし……」

「はい。そんなことはありませんよ。わたしは若い連中が画策してるような気がしてるんですが」

「若いクラスって、常務、平取《ひらとり》クラスのことかね」

「いや、もっと若い副部長、次長クラスです」

「ACBにそんな紅衛兵みたいなのがおるのかね。信じられんよ。ウチの倅《せがれ》は紅衛兵と違うんだろう」

「お坊ちゃんは、優秀です。同期のトップクラスです」

千久社《せんきゅう》長の木下の息子は本店の管理部門の副部長職だが、周囲から腫《は》れ物にさわるような扱いを受けていた。

2

五月十九日月曜日の朝、北野が朝日中央銀行本店ビル十八階の自席に着いたのは八時五分前だった。

部長席、副部長席、MOF担の片山の席は空席だったが、企画本部の部員はすでに半分以上、出勤していた。

そこここでA新聞のトップ記事が話題になっている。

北野が背広を脱ごうとしたとき、机上の電話が鳴った。

「秘書室の香川ですが、北野次長でいらっしゃいますか」

「はい。北野ですが」

「中澤専務からのお言付《ことづ》けですが、至急、会長室にお越しいただきたいとのことです」

「承知しました」

北野は黙って席を立った。

二十七階のエレベーターホールの前に、今井会長付秘書の香川弘美が待っていた。年齢は二十七か八。すらっとした美人である。

「ご案内致します」

「どうも。企画部長も一緒ですか」

「いいえ。久山相談役と中澤専務がお見えになっています」

佐々木相談役の件だと、北野はぴんときた。

会長室は初めてではなかったが、やはり緊張する。エレベーターの中から、北野はずっと左の耳たぶを引っ張りぱなしだった。しかも久山相談役まで同席しているとは。

「北野次長がお見えになりました」

「おはようございます」

北野は低頭してから、耳たぶを引っ張った。

会長室も頭取室も、ソファ以外にドアの近くに会議ができるように楕円《だえん》形の大テーブルが備えてあるが、三人はソファで話していた。

「ご苦労さま。ここに座ってください」

中澤が隣のソファを手で示した。

「失礼します」

「こちらこそ。朝早く、お呼びたてして申し訳ありません」

久山は驚くほど丁寧な挨拶《あいさつ》を返してきた。

「さっそくだが、おととい、箱根に行ったんですか」

この質問も、北野を驚かせた。もっとも、〝一葉苑〟は久山も利用しているようなことを佐々木が話していたが、小田原の駅から中澤に電話をしたことが、久山に伝わったのだと察しがついた。

「はい」

「ずいぶん昔ですが、あの旅館に泊まったことがあるんですよ。佐々木さんはひいき強いですねぇ。いまだに使ってるんですか」

「不整脈が出たとか申してました」

中澤が口を挟んだ。

「相談役も、会長も、きみが佐々木相談役から辞任すると聞いたことを信じてくれないんですよ。お二人には外圧もあったらしいんですが……。そのときの状況を詳しく話してくれませんか」

中澤の言う外圧とは千久の木下社長と推察された。

「はい。わたしは佐々木相談役に辞任していただきたい、とお願いしました。誰の考えなのかと訊《き》かれましたので、わたしの考えであり、行内世論でもあると申し上げました。長時間話して、最後に、わかった辞任する、とはっきりおっしゃいました。間違いございません」

今井会長が北野に訊いた。

「きみは誰かに頼まれて、佐々木相談役に会ったのかね」

「部下の調査役と話しているときに、半分冗談で出たことなんです。片山君にもそそのかされましたが、プライベートなことで、佐々木相談役と話したいこともございました。佐々木相談役が箱根の旅館で静養していることは、妻から聞いていました。プライベートな話のついでに……」

「ちょっと補足させてください」

中澤が北野の話をさえぎった。

「最終的には、わたくしが北野君にお願いしたんですよ。森田君も、片山君も賛成してくれま

んです。誰に頼まれたのかとしつこく訊かれましたが、もちろん、どなたのお名前も出していませ

ん」

「しかし、どちらかと言えば、わたしが自発的に、佐々木相談役と話してみようと思ったので

したし」

今井が北野を凝視した。

「北野君から、直接、佐々木相談役辞任の話を聞いたと明かしてもかまわないかね」

「けっこうです。事実ですから」

「北野君ありがとう。恩に着ます」

久山がソファから立ち上がって、北野に躰《からだ》を寄せてきた。

北野も起立した。

久山は、北野の背中を軽く叩《たた》いた。

「ほんとうにご苦労さま。きみはわたしなどと違って、勇気がありますねぇ」

久山のきれいな笑顔が印象的だった。

「恐れ入ります」

「わたしはこれで失礼しますが、総辞職には賛成致しかねます」

久山が謎《なぞ》めいたことを言い残して、退出した。

いや、謎でもなんでもない。それは、北野にも理解できた。中澤が八名の代表取締役辞任を

問題提起したことは疑う余地がなかった。

今井がインターホンを押して、秘書の香川弘美を呼んだ。

「頭取は来てるの」

「はい」

「すぐ呼んで。それから在席している副頭取と専務にも声をかけてくれないか。茶を頼む」

香川が退出した。

「わたしは……」

腰を浮かしかけた北野を今井が手と口で制した。

「ちょっと待て。佐々木相談役に脅《おび》えてる者が多いから、もう一度話してもらおうか」

「かしこまりました」

北野は嘘《うそ》のように緊張感が薄れていた。

五分以内に、ロスアンゼルスに出張中の吉野副頭取を除く七人が会長室に集まった。

北野の顔を見て、首をかしげた人もいたが、企画本部統括グループ担当次長の立場上、北野は全員と面識があった。北野は起立して、一人一人に黙礼した。

国内担当副頭取の岡田は旧〝A〟。

筆頭専務は中澤（旧〝C〟）。あとの三専務は、業務本部長の池田郁夫（旧〝A〟）、管理本部長の大竹秀次（旧〝C〟）、融資部門担当の秋山博士（旧〝A〟）。

最後に会長室に入室したのは、坂本頭取（旧〝A〟）だった。今井、中澤、北野はソファから大テーブルに移動していた。

3

坂本頭取はゴルフ焼けした顔を赤く染めていた。

「A新聞は誤報ですよ。佐々木相談役が辞めるというのも間違ってるし、わたしが辞任するかどうか、まだ決まってません。広報部長に強硬に抗議させます」

興奮しているのだろう、坂本は口早に言いながら、一同を見回した。

「佐々木相談役の辞任は事実だよ。おととい北野君が確認している」

今井が眼で北野に発言を促した。起立しようとする北野に中澤が声をかけた。

「座ったままでどうぞ」

「失礼します」

北野は一礼してから、まっすぐ坂本をとらえた。坂本は、今井の隣に座っていた。

北野から最も遠い位置だ。

「一昨日の午後一時に、箱根の旅館で休養中の佐々木相談役にお会いしました。四時間ほど話しましたが、相談役を辞任すると明確かつ明瞭《めいりょう》におっしゃいました。ですから、わたしは中澤専務にその旨をお伝えしたのです」

「千久の木下社長の話だと、佐々木相談役は留任を希望しているということだが」

「話の途中で、そういうことはありましたが、結論は辞任です。間違いありません。佐々木相談役の気持ちが揺れることはあり得ると思いますが、わたしとの約束のほうが優先されて然《しか》るべきですし、万一、佐々木相談役が食言されるようでしたら、わたしは責任を取らなければなりません」

「責任を取るってどういうこと」

この質問は、池田専務から発せられた。

「ACBを辞めさせていただくということです」

「佐々木相談役の辞任は事実だ。娘婿の北野君がここまで言ってるんだからねぇ」

今井が結論を下した。

退席しようとする北野を中澤が押しとどめた。

「きみはここにいてください。書記役としてメモを取るように」

「森田君と交代したほうが……」

池田が異議を唱えた。

「いまは非常時です。形式なんてどうでもいいでしょう。北野君のほうが都合がいい面もありますし、時間のロスもありませんから」

今井も、坂本も「うん」「うん」とうなずいた。

今井が、坂本の方へ首をねじった。

「六相談役と、きみとわたしの辞任をきょう正式に発表しよう。わたしは、顧問でいいが、きみは相談役として、新執行部の相談に乗ってあげるようにしてください」

「両副頭取が昇格するということになるんですか」

「それしかないと思うが」

「A新聞の書いたとおりじゃないですか。A新聞に決めてもらうなんて、屈辱的とは思いませんか」

「感情論としては、それもわかるが、いまはA新聞がどうのこうの言ってる場合ではないでしょう」

「ちょっとお待ちください」

今井と坂本の激しいやりとりに、静かな口調で割って入ったのは岡田副頭取だった。

北野は背広の内ポケットから新しい手帳を取り出して、胸をドキドキさせながら懸命にメモを取っていた。

「皆さん、ご存じのことだから、申し上げるのですが、わたしは六月の株主総会後、大東火災にお世話になることに決まってますが……」

「岡田君、さっきも誰かが言ったが、いまは非常時なんだ。きみの一身上の問題はこの際忘れてもらわなければ困る」

今井に一喝されて、岡田は首をかしげながら口をつぐんだ。

「ちょっとお待ちください」

中澤が挙手をして、発言を求めた。

「どうぞ」

議長の今井は中澤の発言をゆるしたが、念を押すことを忘れなかった。

「〝総辞職〟のことなら、ダメだぞ」

「もちろん、そのことです……」

中澤は苦笑しながらつづけた。

「実は、先刻、久山相談役と今井会長に、代表取締役の全員辞任を提案しました。久山相談役にも釘《くぎ》を刺されましたが、この席で改めて発議させていただきます。会長、頭取、そして六相談役の辞任程度では処分として中途半端で、生ぬるいと考えます。ＡＣＢの本店に検察の強制捜査が入り、ＡＣＢが反社会的勢力の総会屋と結託してきたことは紛れもない事実なんです。思い切ったけじめをつけて出直さなければ、ＡＣＢの再生はあり得ません」

「手短にお願いする」

今井に話の腰を折られたが、中澤は動じなかった。

「考えていただきたい。ＡＣＢの全役員が四半世紀にわたって、川上多治郎や小田島敬太郎などのいかがわしい人たちに守られてきた総会によって選任されてきたんですよ。本来なら、全役員が辞任すべきところですが、それでは体制が保てません。ですから、せめて代表権を持ったわれわれ専務以上が辞任しなければ、いけないんです。常務のトップは昭和四十一年の入行だが、決して若過ぎるなんてことはないと思います。ドラスティックだとか、エキセントリックとか、秩序がどうのこうの言う方もおりましょうが、ＡＣＢを守るために、ＡＣＢが再生するためには〝総辞職〟しか選択肢がないんです」

「辞めたあとはどうなるんですか」

中澤は、質問者の池田を睨《にら》みつけた。

「そんなことはあとで、ゆっくり考えたらよろしいでしょう。ＡＣＢは、現実に取り付けに近い目にあっているんですよ。検察という国家権力に踏み潰《つぶ》されてしまうかもしれない。そのぐらいの危機感を持たないで、なにがＡＣＢの代表取締役ですか。先輩の相談役の皆さんの犯した罪も看過できないが、われわれも同罪です。相談役と会長、頭取だけに責任を取らせて、それでこと足れりと考えてはならんのです。ＡＣＢを取り巻く環境はそんなに甘くはありません。若い人たちにＡＣＢマンとしての誇りを取り戻してもらうためにも、われわれは去るべきなんです」

北野はメモを取りながら、涙がこぼれそうになった。

岡田副頭取が挙手をした。

「どうぞ」

岡田は、議長の今井会長に会釈してから、対面の中澤専務にやわらかいまなざしを注いだ。

「中澤専務のおっしゃることはよくわかります。特に川上や小田島に守られてきた総会でのうんぬんは、胸にずしりとこたえました。ただ、代表権を持つ八名がいっぺんに辞めてしまうというのは、どうなんでしょうか。無責任ということになりませんか」

北野はメモを取りながら、岡田の隣席で池田専務が大きくうなずくのを目の端でとらえた。

「逆でしょう。責任を明確化するということなんですから」

中澤の発言を岡田は手で制した。

「こんなことを言うと、わたしが自分の立場しか考えていないように取られるかもしれないが、わたしは大東火災のトップにお世話になる挨拶《あいさつ》をしてるんですけど、たしかにそんなことは小事というか枝葉末節のことがらなんでしょうが、とりあえず副頭取を含めた四人が辞任するということは考えられませんか」

「わたくしは、それはないと思います」

中澤は素っ気なく返した。

岡田は、ACB系列の大東火災に、副社長で迎えられることになっていた。

社長含みとする見方もある。

しかし、海外出張中の吉野副頭取は留任が確実視されていた。

議長席の今井が中澤に訊《き》いた。

「中澤君、十二人の常務の中で、頭取、会長が務まる者は、たとえば誰なのかね」

「誰でも務まりますよ。仮にもACBの常務にまでなったんですから」

「そうかもしれない。わたしでさえ、頭取、会長になれたんだからな」

今井を含めた七人の顔に苦笑が浮かんだが、坂本の質問ですぐに表情を引き締めた。

「ここにいる四人の専務なら、わたしでも後継者を指名できるが、常務クラスとなると若過ぎて心もとないねぇ。誰の顔も目に浮かばない。岡田君の発議は傾聴に値すると思うが」

「代表取締役は一体であるべきです。全員が辞任してこそ、意味があるんじゃないでしょうか。危機感がバネになって、ACBは再生に向けてスタートが切れるのだと思います」

「重ねて訊くが、候補名を特定してみたまえ」

「会長、それは差し控えさせていただきます。会長、頭取マターの問題です。誤解を恐れずに申し上げれば、十二名の常務の中に逮捕される可能性のある人がいないとも限りません。その者以外は、全員候補者たり得ると思います」

坂本が顎《あご》をさすりながら、つぶやくように言った。

「たしかに八人全員の辞任は世間にアピールするし、ACBマンのモラールアップをもたらすだろう。けじめのつけ方としては、世間様に褒《ほ》められることになるのかねぇ」

胸をドキつかせながらメモを取っている北野が、議長席に目を遣《や》ると、今井が湯呑《ゆの》みを茶托《ちゃたく》に戻して、小さく何度もうなずいていた。

流れは全代表取締役辞任に傾いていた。

大竹専務が初めて発言した。管理本部長だから人事部門も担当している。

「ロスの吉野副頭取の意見をお聞きしなくてよろしいでしょうか」

「八人中七人が辞任すると決めれば、問題はないだろう。一人だけ残りたいとは、思っても言えないよ」

坂本頭取はとりあわなかったが、今井会長が旧〝C〟の誼《よしみ》を出した。

「ロスはいま何時かね」

「東京は間もなく九時ですから、十八日日曜日の午後四時です」

中澤が答えた。

「ホテルに電話してみたまえ。吉野がおったら、わたしが出る」

北野が秘書室に走った。

秘書役の石塚が宿泊先のホテルに国際電話をかけた。吉野はホテルの一室に在室していた。

今井が大テーブルで受話器を取った。

「もしもし……」

「はい。吉野ですが。えらいことになりましたねぇ。日程を変えて、あす帰国します」

「きみの意見を聞きたい。代表権を持つ専務以上の八人が全員辞任することにしたいが、きみはどう思う」

「なんですって。冗談じゃないですよ。総会屋に融資したぐらいで、そんな莫迦《ばか》な。ACBは国際的に信用が失墜してしまいますよ。国際的に信認されない銀行になってよろしいんですか。わたしは反対です」

「副頭取まで四人が辞任するというのはどうかな。ついでに言うと、相談役は全員辞任することになった」

「え！　佐々木相談役も辞任するんですか」

「うん。副頭取の辞任はどうかね」

「それは、会長におまかせします」

「そうか。きみの意見を代表取締役全員に伝えよう。じゃあ、気をつけて」

今井が受話器をサイドテーブルの電話機に戻した。

「吉野君は、全代表取締役の辞任には反対だ。国際的に信認を失うという意見だった」

「考え過ぎというか、過剰反応だと思いますが」

中澤は直ちに反論したが、流れに変化が生じようとしていることは明らかだった。

北野はメモを取りながら、なにやらホッとしていた。

「吉野君は副頭取の辞任については、どういう意見ですか」

坂本の質問に、今井が仏頂面で答えた。

「わたしにまかせると言っていた。まかされても困るがねぇ」

「A新聞が書いたとおりになるのは、おもしろくありませんが、会長、頭取、六相談役の辞任で幕を引きましょう。〝吉野会長〟〝岡田頭取〟でよろしいんじゃないですか」

坂本の発言に、今井は反対しなかった。

中澤が挙手をした。今井が首を左右に振った。

「きみの意見は聞かなくてもわかってる。もういいだろう。坂本頭取には残ってもらおう。岡田君も席におってくれ。けさの会議は役員連絡会ということにしよう。これにて閉会とする。北野君、ご苦労さま」

北野は起立して、今井に向かって低頭した。

まるで息詰まるような映画のシーンを見ているようだった。夢中でメモを取ったが、深刻に表情を歪《ゆが》めている中澤と目がぶつかったとき、北野は急にいい知れぬ不安に襲われた。

4

今井が、坂本をソファに誘った。

「コーヒーにするか」

「ええ」

今井がインターホンで秘書の香川弘美を呼び出し、「コーヒーを二つ頼む」と命じた。

「副頭取の昇格でいいかねぇ。専務に飛ばす手もあるが」

「いや、〝吉野会長〟〝岡田頭取〟でよろしいでしょう」

「暫定内閣でもないが、それしかないんだろうねぇ」

「佐々木相談役の辞任については、まだ半信半疑なんですが」

「千久の木下社長から、なにか言ってきたの」

「ええ。北野と特定したわけではありませんが、紅衛兵に振り回されてるのかなんて言ってましたよ」

「紅衛兵ねぇ……。しかし、紅衛兵であれなんであれ、佐々木相談役の娘婿が辞任について、あれだけ明確に証言してくれたんだから、担保にさせてもらおうじゃないか。われわれは佐々木相談役に脅《おび》え過ぎてるかもなぁ」

「大東火災の宮田会長と井原社長には、わたしが頭を下げれば済むと思います。大東火災に岡田を押しつけたのはわたしですから。きょう中に岡田を連れて挨拶に行ってきます」

「その前に〝千久〟に三人で面会するほうが先なんじゃないのか。あの人にヘソを曲げられると面倒だぞ」

「同感です。すぐアポを取らせましょう」

坂本が菅野秘書室長をインターホンで会長室に呼び、千久社長木下久蔵のアポを取るよう指示した。

ほどなく、菅野がふたたび会長室にやってきた。

「十時でよろしければ、と木下社長はおっしゃってますが」

今井が答えた。

「わかった。すぐ行こう。マスコミの様子はどう。朝は大丈夫だったが。駐車場の出入口をチェックしてくれ」

菅野は会長室から館内電話で守衛と連絡を取った。

「いまなら問題はないそうです」

「すぐ出発だ」

今井が時計を見ながら言った。

時刻は午前九時三十分。大手町から京橋の千久ビルまで十分間に合う。

今井、坂本、岡田の三人が会長専用車であわただしく千久本社ビルに向かったのは九時四十分。

坂本が助手席の岡田に話しかけた。

「きみは営業三部長をやったから、なにの覚えはめでたいんじゃなかったか」

営業三部は千久を担当している。岡田と同期で昭和三十六年旧〝A〟のエースと目されていた山本潔は、木下に嫌われて、副頭取になれず、ACB系列の関係企業に転出させられた。木下の影響力を見せつける〝事件〟として、行内で噂《うわさ》になった。

「特に覚えめでたいとは思いませんけど。自然体で接しました」

「なには某相談役でさえ頭が上がらんのだから、凄《すご》いパワーだよ。全盛期の川上多治郎といい勝負かねぇ」

今井が他人事《ひとごと》みたいに言ったが、会長、頭取、筆頭副頭取の三人を呼びつける木下久蔵のパワーはなみなみならぬものがあった。

運転手の手前、「なに」などと言っているが、ACBの行員で、木下の存在感がどれほどのものか知らぬ者は一人もいなかった。

三人を乗せたベンツが京橋の千久ビルの玄関前に横付けされたのは午前九時五十五分。道路の渋滞もなかったので、中年のベテラン運転手が時間を測りながらハンドルを操作した結果である。

三人は女性秘書に直接、社長室に通された。

「お歴々がおそろいで、なにごとですか」

木下は大柄な躰《からだ》をゆすりながら、デスクを離れて、三人を迎えた。色艶《いろつや》もよく、ごま塩の頭髪も豊富である。切れ長の目が鋭い。

「突然、押しかけまして申し訳ございません。木下社長には相変わらずご壮健でなによりに存じます」

今井が代表して挨拶《あいさつ》した。

三人が木下に最敬礼したことは言うまでもない。

「さあ、どうぞお座りください」

「失礼します」

今井と坂本が木下と向かい合うかたちで長椅子《ながいす》に、岡田が木下の左手のソファに腰をおろした。

「さっそくですが、けさ役員連絡会を開きまして、会長、頭取の辞任を決めました。後任はここにいる岡田に頭取を……」

岡田が起立した。

「図らずも大役を仰せつかって、とまどっておりますが、微力を尽くしたいと存じます。ご指導のほどくれぐれもよろしくお願い致します」

「ご丁寧にどうも。会長は吉野君なのかね」

「はい。ロスに出張中ですが、あす帰国しますので、さっそくご挨拶に参上させます」

今井の話を坂本が引き取った。

「現役では副頭取を含めた四人の辞任も考えましたし、代表取締役全員の辞任案もありましたが、国際的な信認が得られないという意見もあり、こういうかたちにさせていただきました」

「あんたはどういうことになるの。たった一年で相談役でもないだろう」

坂本に代わって今井が答えた。

「坂本には気の毒ですが、相談役になってもらいます。わたしは顧問に退きます。六相談役の辞任も決まりましたので、坂本が吉野と岡田の後見人ということで、木下社長のご理解を賜りたいと存じます」

「佐々木君は承知したのかね」

「はい。北野という企画本部の次長……佐々木相談役の娘婿ですが、北野に、辞任すると明言したそうです。安原さんはじめ五相談役が辞任し、佐々木さんが一人残るのもなんだと思っておりましたが、佐々木さんのほうから辞任を申し出ていただけて、われわれとしても、ホッとしております」

「紅衛兵が佐々木君の娘婿とは知らなかったよ。ふうーん。そんなことがあったのか。佐々木君は愚図愚図言ってたが、娘婿に見限られたんじゃ、しょうがないかねぇ。そのうち北野君を千久に出向させなさいよ。わたしがあずかって、鍛えてあげようじゃないの」

木下は冗談ともつかずに言ったが、目は笑っていなかった。

「恐れ入ります」

今井は聞き流したつもりだったが、坂本が真顔で言った。

「岡田君、お言葉に甘えさせていただくといいですよ」

「はい」

千久出向は、ACBマンにとって出世コースである。

木下が緑茶を飲みながら言った。

「A新聞にリークしたのも、北野なのかね」

今井会長、坂本頭取がお互いに首をねじって、顔を見合わせた。

岡田副頭取が控えめに発言した。

「わたしも気になっていたのですが、けさの役員連絡会で話題になりませんでしたねぇ」

「そう言えば、話題にならなかったのが不思議ですねぇ」

「坂本君、そりゃあそうでしょう。中澤専務が全員辞任すべきだなんて、ドラスティックなことを言い出したから」

木下が湯呑《ゆの》みをセンターテーブルに戻した。

「そうなると、北野君は犯人じゃないわけだな。北野君は中澤君を尊敬してるそうじゃないの。そんなことをウチの息子から聞いた覚えがあるな」

「北野が中澤のファンかどうか知りませんが、いずれにしても北野のリークはあり得ないと思います。正義感は強いほうですが、そういうエキセントリックな男ではありません。そうですか。お坊ちゃん、そんなことを言っておられましたか」

今井はしきりに感心している。木下久蔵の息子はACBの行員だが、けっこう見ているところは見ていると思ったのだ。

「久山君が自暴自棄になってるような気がしてならんのだが」

「社長のおっしゃることは、久山がA新聞にリークしたという意味ですか」

坂本の視線を外して、木下が答えた。

「さっき、あんたに話したと思うが、大いにあり得るんじゃないか。大恩ある佐々木君に喧嘩《けんか》腰《ごし》で向かってきてるそうだよ」

今井も坂本も口をつぐんでいた。ヘタに逆らって、木下の機嫌を損じるのはまずい。

「久山君にしてやられてるようで、釈然としないが、ま、新聞辞令を素直に受けるとするかねえ」

木下は皮肉たっぷりに言い放って、ソファから腰を浮かした。

引き取れ、という合図である。

今井が代表して、挨拶した。

「お忙しいところをお時間をいただきましてありがとうございました」

木下はエレベーターホールまで三人を見送った。

「きょう、発表するのかね」

「吉野君が帰国してからのほうがよろしいかとも思うのですが、A新聞のこともありますので、

「発表せざるを得ないと思います」

「発表する前にわたしなんかのところに、わざわざご足労をおかけして、申し訳なかったねえ」

これも皮肉である。ＡＣＢの役員人事に対する木下の関心の持ち方は半端ではなかった。事前に、相談しなかったら、えらいことになる。

今井が、なにはさておいても、雁首《がんくび》そろえて、千久ビルに馳《は》せ参じようと考え、そして行動したのもうなずける。

帰りの車の中で、岡田が言った。

「図らずも、ほんとうに図らずも、こんなことになるとはいまのいままで夢にも思っていませんでしたが、こうなったからには反社会的勢力との絶縁に向けて、わたしは躰を張る覚悟です」

「そんなに力《りき》みなさんな。わたしも頭取、そして会長にまでなるなんて、夢にも思わなかった口だよ」

今井の口調には実感がこもっていた。

5

佐々木を乗せたベンツがＡＣＢ本店ビルの駐車場に到着したのは十時五分前だった。

駐車場は地下三階にある。

運転手から自動車電話で連絡を受けて、秘書の横井繁子が出迎えるならわしだ。

佐々木は、北野に電話をかけなかった。久山へも電話しなかったが、千久社長の木下同様、久山がリークしたに相違ないと思ったからだ。

久山にしてやられた。あの野郎、恩を仇《あだ》で返すとは……。佐々木は久山を殺してやりたいと思ったほど憎悪した。

「久山がおったら、すぐ来るように言いなさい」

佐々木は自室に入るときに、横井繁子に命じた。

「久山相談役は八時三十分ごろでしたか、外出されました」

「帰ったら、すぐ呼ぶように」

「かしこまりました」

佐々木はいらいらしながら待ったが、久山は十一時半になってもあらわれなかった。

「お食事はどうなさいますか」

「ざる蕎麦《そば》をたのむ。安原君は席におるの」

「いいえ。いらっしゃいません」

佐々木がざる蕎麦《そば》を食べているとき、久山、安原、島村、西川、長谷川の五人の相談役はパレスホテルの特別室で昼食を摂《と》りながら、鳩首凝議《きゅうしゅぎょうぎ》を続けていた。

久山が呼びかけて、五人は九時前に特別室に集合した。

佐々木一人が蚊帳《かや》の外だったことになる。

五人とも、和気藹々《あいあい》とはいかないまでも、案外表情は明るかった。

「佐々木君がよく辞める気になりましたねぇ。わたしは半ば諦《あきら》めてました。誰が猫の首に鈴を付けたんですか」

　長谷川の質問に、久山が答えた。

「わたしがやるべきことを、企画本部の北野次長がやってくれたんです」

「北野って、佐々木君の娘婿の……」

「そうです。若いのによくやってくれたと思います」

　久山が憂い顔で話をつづけた。

「ただ、一つ心配なのは、千久の木下社長がまだ四の五の言ってることです。わたしはA新聞にリークしたのはおまえだろうって、疑われてますよ」

「事実はどうなんですか」

「安原さんまで、なんですか。木下社長がどこまで首を突っ込んでくるか、心配です。ただ、われわれ五人は自発的に辞表を出しましょう」

「佐々木が気持ちを変えて、居座ってもかね」

　長谷川は、佐々木よりも先輩の相談役で旧〝A〟の出身だ。佐々木に言わせれば、学者みたいなトップだった。

　気位だけはやたら高い。相談役の辞任について佐々木の辞任を条件にした。

「けさ、今井会長に、六相談役の辞任を機関決定するように知恵をつけておきました」

　久山の表情がひきしまった。

午後三時過ぎになっても佐々木相談役の部屋には誰もあらわれなかった。佐々木はじりじりして、ソファを立ったり、座ったり、広い部屋の中を歩き回ったりした。

久山も安原も、いったい何をしているのか。

佐々木は今井会長、坂本頭取にも、菅野取締役秘書室長を通じて呼び出しをかけたが、二人とも外出や会議が続き、それどころではなかった。

四時近くなって、ノックの音が聞こえた。

秘書の横井繁子だった。

「会長と頭取がお見えになりました」

今井と坂本が硬い顔で、ソファに腰をおろした。

「さっそくですが……」

今井が上体を乗り出した。

「本日、役員連絡会でわたしと坂本さんの辞任を決めました。坂本さんには相談役になってもらいますが、わたしはただの顧問に退きます」

「ふうーん。そう。で、後任は誰なの」

佐々木の射るような目を見返せず、今井は伏し目になった。坂本は終始うつむいていた。

「会長は吉野君、頭取は岡田君にお願いします。来月二十七日の総会後の取締役会で選任することになります」

吉野修三は旧〝C〟出身で、国際部門担当副頭取だ。〝A〟側出身の坂本の頭取在任期間がわずか一年だったことを考えれば、旧〝A〟と旧〝C〟のバランス上、頭取は旧〝A〟から出さざるを得ない。たすき掛け人事が連綿と続いている証左と言えた。

吉野は昭和三十六年に一橋大学、岡田は同年京都大学を卒業した。佐々木、久山が嫌う東大ではなかった。

「吉野も岡田も軽いねぇ。副頭取までと思っていたが……。きみらの次は専務クラスから出すべきだったが、しょうがないのかねぇ」

今井が深呼吸を一つして、先を急いだ。

「それから大変申しにくいのですが、六相談役の辞任も決めさせていただきました。長谷川さん、島村さん、西川さん、安原さん、そして久山さんの五人はすでに私が辞表をおあずかりしております」

今井は、高齢者の順に名前をあげた。長谷川、久山は旧〝A〟、島村、西川、安原は旧〝C〟。むろんいずれも〝ACB〟の会長、頭取経験者である。

「ずいぶん手回しがいいねぇ。A新聞が書いたとおりになるんだねぇ。要するにわたしにも、辞表を出せということだな」

「申し訳ありません」

「坂本君、借りてきた猫みたいに黙ってないで、きみの意見を聞かせてくれないか」

長身で猫背の坂本が、いっそう背中を丸めた。

「個人的な意見は差し控えさせていただきます」

「たった一年で相談役とはねぇ。気の毒を絵に画いたような感じだが、それにしても相談役はきみ一人で大丈夫なのかね」

今井と坂本が顔を見合わせた。

「相談役にも辞表をお出しいただきたいと存じます」

今井が伏し目がちに言った。

佐々木は露骨に厭《いや》な顔をした。

「誰も出さんとは言っておらん。あとで秘書室長に渡しておく。ただし、断っておくが不祥事の引責辞任とは考えておらんからな。そんないわれはないと思っている。きみたち、千久の木下社長の意見を聞いてないのかね。木下社長は、相談役の辞任に反対していた。取相《とりそう》の久山が責任を取ればよい、という意見だった」

「もちろんお聞きしてます。しかし、ご理解賜ったと思いますが」

決然と面をあげた坂本の強い口調に、佐々木は薄く笑った。

「いつ話したの」

「十時に会長と岡田の三人でお会いしました」

佐々木は小首をかしげながら、湯呑《ゆの》みを口へ運んだ。

「ふうーん。木下社長はわたしには辞任してはならない、と激励してくれたが……。ま、相談役の辞任はいいとするが、この部屋から出ていくつもりはないよ。特別顧問か最高顧問の肩書で残らせてもらうのがいいかねぇ」

「しかし、それは……」

今井が村夫子《そんぷうし》然とした顔を赤く染めて、つづけた。

「〝A〟と〝C〟のバランスをお考えいただきたいと思います。特別顧問と相談役の二人が

〝A〟だけでは行内が収まりません」

「きみ、まだ〝A〟とか〝C〟とか言ってるのかね。一緒になって何年経つんだ」

「おっしゃることはわかります。しかし、わたしも今井さんの意見に賛成です。ACBの生え抜きがトップになるまで、バランスを考えざるを得ないんじゃないでしょうか。感情論を無視するわけには参りません。それがACBの現実です」

「だったら、きみ……」

佐々木が今井の胸に右手の人差し指を突きつけて、口早につづけた。

「相談役になったらいいじゃないか。それでバランスが取れるだろう。きみたち、誰のお陰で今日《こんにち》があるのかね」

佐々木は人差し指を振り回した。

「きみも、きみも、わたしが引き上げたんだよ。久山もそうだが、そのへんがまったくわかっておらん。わたしに出てゆけがしのことが言えた義理かね」

坂本がうつむき加減に反論した。

「相談役のご恩を忘れたわけではありません。ただし特別顧問とか最高顧問という名称はございませんので、機関決定が必要です」

「だったらそうしなさい」

「われわれも相談役の辞任も、六月二十七日付です。この問題は新執行部にまかせることになると思いますが」

「いいや、きみたちが会長、頭取のうちに決めたらいいな。なんなら第三者の公平な判断にゆだねる手もある。それこそ木下社長に意見を聞いたらいい。それともきみたちはわたしの力を必要だとは考えていないということなのか」

今井も坂本も口をつぐんでいた。

「ついでに言うが、A新聞にリークした犯人を探し出せ。合意もなしに相談役の辞任を決めるなど言語道断だ！」

佐々木はセンターテーブルを掌《てのひら》で叩《たた》いた。

湯呑みがコトコト音をたてた。

第六章　変　心

1

五月十九日の午後六時過ぎに、朝日中央銀行（ＡＣＢ）相談役の佐々木英明は、取締役企画部長の森田一夫と次長で女婿《じょせい》の北野浩に、秘書の横井繁子を通じて呼び出しをかけた。

二人は会議中だったが、〝至急〟とあったので、中座せざるを得なかった。

十八階のエレベーターホールで二人はしばらく立ち話をした。

「なんだろう。見当つかないか」

「わかりません。部長が呼ばれるのはしょうがないと思いますけど、なんでわたしみたいな若造まで……」

「初めてか」

「ええ。銀行で面と向かって会ったことはありません。佐々木相談役は辞表出したんですか」

「会長と頭取に出すと明言したそうだ。条件付きだけど」

北野は、察しはついたが、あえて質問した。

「条件ってどういうことですか」

「特別顧問か最高顧問の肩書をよこせ。部屋も従来どおり。つまり中身はほとんど変わらないっていうことだよ」

「断固《だんこ》拒否すべきですよ」

森田は苦笑した。

「首を取ってきた余勢を駆って、というわけだな」

「条件を認めたら、首を取ってきたことにならないじゃないですか」

「しかし、千久《せんきゅう》の木下社長という強力な応援団長を味方にしてるし、佐々木相談役のパワーはあなどれないからねぇ。中澤本部長から意見を求められたとき、わたしはとりあえず相談役辞任を引き出したんだから、世間体も悪くないし、問題はないと思うって答えたよ。特別顧問にしたなんて、わざわざ発表する必要もないしな」

「そんなご都合主義はダメですよ」

「北野は、本部長と同じ意見だな」

森田はにやっと笑って、エレベーターのボタンを押した。

横井繁子の案内で二人は相談役室に入った。

北野は相談役室の広さにびっくりした。会長室、頭取室とさして変わらなかった。

「お呼びでしょうか」

森田がドアの前で最敬礼したので、北野も後方でそれにならった。

「座りなさい」

佐々木はデスクを離れて、ソファに腰をおろした。

「失礼します」

北野は黙って、もう一度頭を下げてから、森田の隣に座った。

佐々木はゆったりした口調で森田に訊《き》いた。

「役員連絡会の様子はどうだったの」

「朝八時過ぎから始まりまして、九時半には終わりました」

北野は、ことの顚末《てんまつ》を森田に報告してあった。森田は自身が出席していたように佐々木に話した。さすがである。また、企画部長の面子《メンツ》を考えれば間違ってはいない――。

「揉《も》めたの」

「中澤専務から代表取締役全員の辞任の緊急動議がありましたから」

「過激だねぇ」

「過激過ぎますよ。会長と頭取が、中澤専務に引っ張り込まれそうになりましたので、ま、紛糾したといえばいえるかもしれません」

ノックの音が聞こえ、横井繁子が顔を出した。緑茶を運んできたのだ。

二時間ほど前、今井会長と坂本頭取が佐々木相談役室に来たとき茶を淹《い》れなかったのは入りにくい雰囲気があったからだ。

「副頭取は、中澤案に反対したんだろうねぇ」

佐々木は、横井繁子を気にしなかった。

森田も同様だった。沈黙を続けている北野だけは、気になって仕方がなかった。

「いいえ」

「そうかねぇ。タナボタでACBのトップの椅子《いす》がころがり込んできたのに」

「だからこそ意思表示できなかったこともあるんじゃないでしょうか。それと、火中の栗を拾いたくないという思いもありましょうから、そのせめぎあいがあったのかなとわたくしは理解してます」

湯呑みを並べ終えて、横井繁子が退出した。会釈を返したのは北野だけだ。

「後者はないよ。天下のACBのトップになりたくないなんて思ってるやつがおるなんて考えられん。人の噂《うわさ》も七十五日だ。いっときマスコミは大騒ぎするだろうが、ほとぼりはすぐ冷める。しかし、わたしは〝A〟側の坂本の次は池田がいいと思っていたが、池田の目はなくなったな。吉野と岡田を〝暫定政権〟にするわけにもいかんだろう」

専務取締役業務本部長の池田郁夫は、旧〝A〟に昭和三十八年に入行した。大学の後輩でもある池田は佐々木の覚えめでたかった。

「しかし、きみの目はしっかり残ってるからね」

突然、森田が起立した。

「相談役、お守りできなくて、ほんとうに申し訳ありません。断腸の思いです」

佐々木に向かって、ふたたび最敬礼する森田を北野は呆然《ぼうぜん》と見上げた。

「取締役企画部長のポストはヘタな常務よりも重いが、きみはまだ常務でも専務でもないんだ。お気持ちはいただいておくが、わたしは死ぬまでこの部屋におるつもりだから、まだまだ捨てたもんじゃないぞ」

「失礼しました」

森田は三度目の最敬礼をして、ソファに座り直した。

佐々木の目が北野に向けられた。

「ところで、北野君に来てもらったのは、A新聞の記事のことで心当たりがあるんじゃないかと思ってねぇ」

「失礼ながら、おっしゃる意味がわかりません」

「そんなこともわからんのか。頭の悪い人だねぇ」

佐々木の厭《いや》な目を見返しながら、北野は耳たぶを引っ張った。佐々木の言わんとしていることがわからないはずがない。そらとぼけただけのことだ。

「A新聞にリークしたのがわたしか、という意味のお尋ねでしたら、まったく身に覚えはありません」

「広報部長も、なんとしても犯人をつきとめたいと申しておりました。広報部は朝早くから新聞記者や報道記者にがんがんやられて、参ってます」

森田が深刻な表情で口を挟んだ。

佐々木が湯呑《ゆの》みをセンターテーブルに戻した。

「おとといの土曜日に、わたしが北野君に、相談役を辞任するようなことを匂《にお》わせたのは事実だ。しかし、ものごとには順序がある。しかも、久山や安原の意見も聞いて、わたしが仕切るのが筋だと思っていたが、久山がわたし以外の五人の辞表をまとめたっていう話だ。さっき、久山には文句を言っておいたが、わたしが辞任する意向と聞いたので、そうしたまでだ、とひらき直られたよ。久山は土曜日の夜、中澤から聞いたと話してたな。リークなんてとんでもないって怒ってたが、久山には前科があるからねぇ」

C新聞に、元大物総会屋の川上多治郎と面識がある、と久山がリークしたことを、佐々木は「前科」と表現したのだ。

「北野君は、誰と誰に話したの」

「中澤専務お一人です」

「どうして中澤に話す必要があるんだね」

「相談役の去就につきましては、中澤専務も関心をお持ちだとわかっていたからです。中澤専務は、企画本部長で、わたしの上司でもあります。わたしは間違ったことをしたとは思っていません」

「森田君、どう思う」

「実はわたしも、土曜日の夜、中澤専務から聞きました……」

森田は緑茶をひと口飲んで、左側へ首をねじった。

「きみも水臭いなぁ。まず、わたしに電話をかけてもらいたかったよ」

「申し訳ありません」

「わたしだったら、多分中澤専務に連絡しなかったと思うよ。なぜなら、代表取締役全員辞任なんて言ってる人だからねぇ」

「それは、中澤専務の危機感がそれだけ大きい、ということなんじゃないんですか」

佐々木が大きな声を出した。

「そんなことはどうでもいい。森田君は誰と誰に話したの」

「わたしは誰にも話してません」

嘘《うそ》だ、と北野は声に出して言いたいのを堪《こら》えた。森田はMOF担の片山に電話している。さっきの大仰な最敬礼といい、森田に対する不信感が北野の胸の中でひろがっていた。

「犯人がきみらじゃないとすれば、久山か中澤以外にいないってことになるのかね」

「さあ、どうなんでしょうか」

「あり得ないと思います」

森田と北野の意見が分かれた。

案外、森田は久山か中澤が怪しいと思っているかもしれない。真実を知っている北野は、辛《つら》いところだが、とぼけるしかない。

「どうしてあり得ないと思うのかね」

佐々木に見据えられて、北野は内心うろたえた。

「根拠はありません。ただA新聞にリークする意味がないと思ったものですから」

われながら、いい度胸をしている。

「意味は大いにあるだろう。A新聞のお陰で相談役が一人もいなくなるなんておかしなことになってしまったんだ。そんなおかしな銀行はACBだけだよ」

佐々木はまだわかっていない、と北野は思った。

ノックの音が聞こえ、秘書の横井繁子の顔がのぞいた。

「池田専務がご挨拶《あいさつ》だけでも、とおっしゃってますが」

「いいよ。通しなさい」

池田が相談役室に入って来たので、森田と北野は起立した。

「ちょっと失礼します」

長身で押し出しの立派な池田は、ドアの前で直立不動の姿勢を取り、佐々木に向かって最敬礼した。

「どうしたの」

「お詫《わ》びに参上しました。相談役をお守りできなかったことが悔やまれてなりません」

「森田君も同じようなことを言ってくれたが、この部屋の主は変わらんよ。わたしは特別顧問か最高顧問として残るつもりだ。坂本君一人じゃ心もとないじゃないの。実体は変わらんから安心しなさい」

「それにしましても、相談役としてご指導いただきたいと願っていたのですが。ほんとうにお役に立てなくて、申し訳ございませんでした。予定がありますので、これで失礼します」

池田はドアの前でもう一度最敬礼して、退出した。

ゴマ擂《す》りが眼前に二人もあらわれるとは。佐々木の息のかかった役員はもっともっといるかもしれない。

佐々木のカリスマ性を北野は思い知らされたような気がした。

しかし、森田にまで佐々木の息がかかっていたとは驚きである。

「きみたち、もういいですよ。ご苦労さま」

時計を見ながら、佐々木がソファから腰をあげた。

北野も時計に目を落とした。午後六時三十五分。三十分も相談役室にいたことになる。

「失礼しました」

「どうも」

森田と北野がドアの前で佐々木に背を向けたとき、「森田君ちょっと」と佐々木が森田を呼びとめた。

北野は一揖《いちゆう》して退出した。森田を廊下で待つべきかどうか思案したが、北野は一分だけ待つことにした。

五十秒で森田が相談役室から出てきた。

二十七階のエレベーターホールで森田が北野に躰《からだ》を寄せて、ささやいた。

「佐々木相談役が、きみのことを心配してたぞ。たしかに千久の木下社長批判は慎しんだほうが身のためだな。木下社長は、佐々木相談役ですら一目置く存在なんだ。木下社長には誰も頭が上がらない。〝千久〟がきみのことを紅衛兵なんて言ってるらしいからな」

「納得できません」

「もっと大人になれよ。それと、わたしが佐々木相談役に示した態度は、ま、芝居っていうか、お世辞っていうか……。しかし、わたしは、常にきみの味方だからな。佐々木相談役からきみをもっと鍛えてくれと言われてるよ」

「よろしくご指導ください」

北野は心にもないことを言ったとまでは思わなかったが、森田は油断できない男だ、と認識せざるを得なかった。

吉野、岡田両副頭取の会長、頭取昇格で、池田の目がなくなったと同時に、中澤の目もなくなった。

中澤の腹心をよそおっていた森田がどうスタンスを変えていくのか見物《みもの》だ。

2

この夜十時過ぎに北野、片山、西田の三人が赤坂の割烹《かっぽう》〝中里〟の二階の小部屋に集まった。

北野と西田は帰宅をよそおって、別々にやってきたが、片山は大蔵省から駆けつけた。

「MOF担、一席設けろよ」

ACB本店ビル十八階のトイレのツレションで、北野が片山に声をかけたのは七時過ぎだ。

「おまえのお陰で、土曜も日曜も働かされたんだからな。慰労してもらってもいいだろう。今夜はあいてるのか」

「八時半にMOFに呼ばれてるから、遅くなるぞ。それでよければ……。俺《おれ》もおまえと話したかった。〝中里〟はどうだ。あの店なら無理を聞いてもらえるから」

「西田も誘っていいか」

「うん。あいつもひと働きしたからなぁ」

北野と片山はトイレで放尿しながら、そんなやりとりをした。

〝中里〟は雑居ビルの一階と二階にあった。小奇麗な店だ。一階はカウンターで、二階は座敷が三室。

片山が背広を脱ぎながら女将《おかみ》に言った。

「ビールを三本。あとは冷酒でいいか」

「まかせるよ」

北野がおしぼりで顔と手を拭《ふ》きながら片山に返事をした。

「料理はおまかせします。この店は板さんの腕がいいので、なんでも美味《おい》しいから」

「恐れいります」

女将の感じも悪くなかった。髪は引っ詰め。薄化粧で、小ざっぱりした女だ。年恰好《としかっこう》は四十二、三だろうか。強制捜査のことを口にしないのも、心得ていると言うべきかもしれない。

「ごゆっくりどうぞ」

女将はビールを一杯だけ酌をして座敷から引き下がった。

三人とも小ぶりのグラスを一気にあけた。

西田が三つのグラスに中瓶を傾けながら、言った。

「スリリングな一日でしたねぇ」

「一日ってことはないだろう。あしたのほうがもっと大変だよ。俺なんかおとといから身の細る思いの連続だものな。それもこれも片山と西田のお陰でな」

「それは違うんじゃないですか。次長のことですから片山さんやわたしが黙ってても、佐々木相談役と切り結んでたと思いますけど」

「お世辞のつもりか」

「いや、本気です」

「本部長が北野のことを褒《ほ》めてたぞ。もともと見どころはあると思ってたけど、改めて見直したって。おまえ、俺のライバルに急浮上してきたかもなぁ。俺としては、敵に塩を送ったことになるわけだ」

片山は冗談ともつかず言ったが、にやりと笑いかけたところを見ると、おまえなんか目じゃないと言いたいらしい。

「安心しろ。支店長止まりだって、佐々木相談役に太鼓判を押されたよ。MOF担の片山をおびやかすなんて夢にも考えられない。思いがけず役員連絡会で書記役をやらされたが、これはいい経験をさせてもらった……」

北野は事情を知らない西田に、けさの息詰まるようなシーンをかいつまんで話して聞かせた。

中年の仲居が刺身の盛り合わせ、そら豆、筍《たけのこ》の土佐煮などの料理と冷酒を運んできた。

突き出しは鰹《かつお》の角煮だった。その小鉢とビールの空き瓶をテーブルから片づけて、仲居はそそくさと退出した。

片山がそら豆に手を伸ばし、皮を剝《む》きながら北野に訊《き》いた。

「俺に話したいことがあるんだろう」

「うん。企画部長のことだが、どう思う」

「へえー。北野もなにか感じてたのか」

「そうなんだ。曲者《くせもの》っていうか、油断ならない人っていうか……。佐々木相談役から二人で呼ばれたが、そのときの態度にはびっくりしたよ。『お守りできなくて申し訳ありません』なんて言い出す始末だからねぇ……」

北野は、ひと足先に佐々木相談役室から出てきたあとで、森田とやりとりした内容も話した。

北野の話を聞いて、西田がしたり顔で言った。

「森田さんがオポチュニストであることを、いまごろわかるほうがとろいんじゃないですか。われわれ若手から見てて、石井副部長のほうがよっぽどまともって言うか、ましって言うか……。森田部長を意識し過ぎるのは気になりますけど。それと森田部長が佐々木相談役の娘婿の北野次長を変に意識してるのも事実ですよ」

西田はよく見ている、と北野は感心した。

「俺も、石井さんをちょっと見直したよ。上に弱くて下に強いサラリーマンの典型だとばかり思ってたが、現状認識、危機感の持ち方は、森田さんよりだいぶ上だな」

「へーえ。片山も……。おまえはかつて石井さんを〝東大のクズ〟とまでこきおろしたことがあったが、どういう風の吹き回しなんだ」

「北野は佐々木相談役の前で森田さんの厭《いや》な面を見たようだが、実は俺もきょう中澤専務の部屋で、同じ思いをさせられたよ。中澤さんは千久の木下社長にお世辞を遣わない人だから、専務止まりだと、森田さんはとうに見抜いてるわけよ。しかも今年は岡田副頭取、来年は吉野副頭取の退任が確実だったが、今回の不祥事で、辞めるはずの人が次期頭取、会長に決まってしまった。中澤さんの目はまったくなくなったわけだよな。ＡＣＢマンなら誰が見たってわかることだが、わたしは中澤専務の出番が来ると信じてます、なんて真面目《まじめ》な顔で言うから、ひどいよ。よく言うよなぁ。代表取締役の全員辞任なんて冗談じゃありませんからね、とも言っていた」

「それはわかるよ。俺も同感だ」

北野は口に放り込んだそら豆をビールと一緒に喉《のど》へ流し込んで、話をつづけた。

「中澤さんの目がなくなったことは間違いないと俺も思う。西田じゃないけど、森田さんがオポチュニストであることは間違いないとして、片山が石井さんをなぜ見直したのか、よくわからんねぇ」

「中澤専務の代表取締役の全員辞任論に賛成したんだ。北野も俺も、ずっと反対し続けてきたが、この問題で石井さんはいままで特に発言しなかったけど、きょう専務室で、本部長のおっしゃることは正論だと思います、と明言した」

「森田部長は、どう反応したんですか」

西田が表情をひきしめて質問した。

片山が口へ運んだぐいのみをテーブルに戻して、西田に目を流した。

「いい質問だ。西田は森田さんがどう反応したと思うんだ」

「莫迦《ばか》なことを言うな、とでも言ったんでしょうねぇ」

「きみはACBのゆくすえについて、考えてないのかって怒鳴ったよ。いま、中澤専務を失ったら、ACBはどうなっちゃうんだ、とも言ってたな」

北野が片山に酌をしながら訊いた。

「石井副部長は、反論したのか」

「そうなんだ。きちっと反論した。ACBのゆくすえを考えない者が一人でもいるんでしょうか。本部長の危機感は痛いほどよくわかります。危機に瀕《ひん》しているACBのゆくすえをいちばん考えておられる本部長の意見を重く受け止めざるを得ないじゃありませんか……。たしかそんな言い回しだった。中澤専務は、石井君よくぞ言ってくれた、結果的にACBは取り返しのつかない錯誤を犯したことになると思う、って言ってたよ。森田さんは黙っちゃった」

「片山次長は石井副部長を見直しただけで、なんにも言わなかったんですか」

意表を衝《つ》く西田の質問に、片山は渋い顔をした。

「口を挟める状況じゃなかったよ。というより、どっちがいいのかよくわからんのだ」

「片山の気持ちは俺にも通じるものがあるよ。けさの役員連絡会で今井会長が、ロスに出張中の吉野副頭取に電話をかけなかったら、執行部の〝総辞職〟に決定してたと思うが、そのほうがよかったんじゃないかっていう気がしないでもない。川上多治郎や小田島敬太郎に守られてきた総会で選任された役員は全員辞任すべきだ、とまで中澤専務は言及した。ACBを取り巻く環境の厳しさを強調して、若い人たちにACBマンとしての誇りを取り戻してもらうためにも、われわれは去るべきだ、という本部長の発言をメモしながら、俺は目頭が熱くなったよ」

北野は胸が熱くなり、口をつぐんだ。片山も西田も沈黙した。

片山が思い出したように、刺身の大皿に箸《はし》を伸ばした。

沈黙を破ったのは西田である。

「森田さんは信頼できませんよ。ACBが未曾有《みぞう》の危機に直面しているときに、どう泳いだらいいのか、どう立ち回ったらいいのか、自己の栄達、出世しか考えていない人ですよ。両先輩がなんで森田さんに傾倒しているのか、不思議に思ってたんです」

「それにしても、片山が石井副部長を見直すとは夢にも思わなかったよ」

「いつもおどおどしてるとばかり思ってた石井さんが、中澤専務と森田取締役企画部長の前で、あんなに毅然《きぜん》とした態度を見せるとは、正直びっくりしたよ」

「片山が本部長の部屋に呼ばれたのは、両副頭取の昇格をMOFがどう見ているか意見を求められたからなんだろう」

「うん。MOFは、そんな程度でいいのかって大いに不満なんだが、ま、しょうがないかっていう感じだった。新聞記者がうるさいから、今井会長と坂本頭取のMOFへの挨拶《あいさつ》は電話で済ませたけど」

「片山は中澤専務から聞いてると思うが、今井会長、坂本頭取、岡田、吉野両副頭取の辞任論もあったんだ。せめてそうすべきだったよなぁ。MOFの受けもそのほうがよかっただろう」

「そのとおりだ」

片山が打てば響くように、北野に応じた。

「〝A〟と〝C〟のたすき掛け人事にこだわらなければ、会長を空席にして〝中澤頭取〟の線もあったんじゃないか。〝千久〟とのかねあいはあるが、惜しいことをしたよなぁ」

「片山さん、それはあり得ませんよ」

したり顔で西田がつづけた。

「旧〝A〟と旧〝C〟の人たちが全員卒業するまで、たすき掛けに固執し続けると思うんです。莫迦《ばか》は死ぬまで直らない、のと一緒で、これはACBの持って生まれた体質であり、宿命なんですよ。だから、四人の退任があったとしても〝中澤会長〟〝池田頭取〟以外に考えられませんん」

北野が口の中の筍を始末して、言った。

「イフの話をしても虚《むな》しいからやめようや。それより佐々木相談役の処遇はどうなったんだ」

「中澤専務によると、今井会長と坂本頭取は最高顧問か特別顧問の肩書を与える意向のようだな」

「それに対して中澤専務と森田企画部長の意見はどうだった」

北野は左の耳たぶに手が触れたが、引っ張るまではしなかった。

中澤は反対し、森田は賛成するはずだ、と北野は思いながら、片山の返事を待った。

「中澤さんは激怒してたよ。森田さんも、久山さんをはじめ五人の相談役が収まるんでしょうか、と首をかしげてたな」

「それは食言だ！」

北野は自分の声の大きさに、きまり悪くなって、照れ笑いを浮かべながら声量を落とした。

「俺には、相談役辞任を引き出したんだから特別顧問で問題はない、わざわざ発表する必要もないから、と中澤専務に話したようなことを言ってたけどねぇ」

「それは事実だろう。タイムラグがあるよ。佐々木相談役の最高顧問だか特別顧問だかが決定的になったことでもあるし、激怒した中澤さんに調子を合わせただけのことだろう。食言とはちょっと違うな。ただ、森田さんのオポチュニズムとずるがしこさだけは確認できた。彼は中澤寄りのスタンスを変えていくに違いない。〝岡田頭取〟にすり寄っていくはずだ」

「片山さんの見方は正鵠《せいこく》を射てると思います。ついでにお訊きしますが、石井副部長はなにか発言しましたか」

「検察の強制捜査によって小田島の呪縛《じゅばく》は解けるでしょうが、内部の呪縛は解けないんですか、とか言ってたよ」

「呪縛という言葉を誰が言い出したのか知りませんが、石井副部長はさすがですよ。見るところは見てますもの」

「多分俺だろうな。先週の土曜日に佐々木相談役と対峙《たいじ》したとき、ACBは川上と小田島の呪縛にがんじがらめになっている、と言ってやったんだ」

あのときの場面を目に浮かべながら、北野は耳たぶを引っ張った。

3

〝中里〟の座敷はテーブルが掘り火燵《ごたつ》式だったので、脚が楽だった。

北野は片山と西田が相手なので緊張感もなく、耳たぶを引っ張る癖もほとんど出なかった。

三人ともワイシャツ姿で、片山と西田はネクタイをゆるめていた。

唐突に片山が言った。

「俺は今夜から変心する。森田さんとの距離を置くことに決めた。あんな人が何年か先にACBのトップになったら、ACBの未来はないものな。石井さんをフォローすることにしよう」

西田が応じた。

「賛成です。元を糺《ただ》せば、変心したのは森田部長のほうなんですよ。もっとも、あの人は年がら年中変心してますけど」

「俺も片山と西田に同調するよ。森田さんをボイコットしよう。敵は権力者の一人でもあるから、うまくやらないとこっちの首が危ないけどな」

北野は肩をすくめて、小さく笑った。

片山がぐいのみを呷《あお》った。

「石井さんを莫迦にしてた自分が情けないよ。人間なんて、わからないものだなぁ」

「その点は、俺《おれ》も同罪だよ。片山と俺の目は節穴で、西田はそうじゃなかったってことだものなぁ」

「そこまで言われると、ちょっと照れますよ」

西田は右手で後頭部を押さえた。

北野が、並んで座っている西田の方へ首をねじった。

「西田でも照れることがあるのか。それはそうと、広報部の様子はどうだった」

「火事場騒ぎですよ。火をつけておいて、妙な言い方ですけど、気の毒っていうか、申し訳ないっていうか。石川広報部長は心身症寸前ですよ。あれじゃあもたないんじゃないですか。松原さんを呼び戻すべきですよ」

「松原さんねぇ。あの人は修羅場に強そうだな」

松原秀樹は昭和四十八年の入行で、二年ほど前に広報部次長から、営業部門の副部長に異動した。

北野が金属製のとっくりを持ち上げて片山と西田に酌をしてから、自分のぐいのみを満たした。

「人間関係は、ウマが合うとか、好き嫌いかで、決まるんだろうけど、俺は石井さんが嫌いだったが、好きになれそうだ。松原さんはもともと好きだ。松原さんもACBのゆくすえを危機感をもって見つめてる人だと思うよ。二人を軸にヤングパワーを結集するのがいいんじゃないか。片山はどう思う」

「うん。これから広報の出番は多くなるからなぁ。それと人事部門、国際部門の副部長、次長クラスを取り込む必要があるな」

片山は真顔だった。

北野も表情をひきしめて、腕を組んだ。

「森田企画部長によると俺は〝千久〟に紅衛兵だと言われてるらしいが、なんと言われようと、ACBは俺たちの手で改革しなければならない。検察の強制捜査はあらゆる呪縛を排除するチャンスを神から与えられたと思わなければいけないような気がしてきたよ。そうしなければACBの再生はないと思うんだ」

「まったく同感だ。この期に及んで、自己の栄達しか考えていない人もついでに排除できればいいんだけど。それはそうと西田に頼みたいことがあるんだ」

「なにを」

「西田とペアを組みたいんだ。俺は連日連夜MOFに呼びつけられて、がんがんやられてる。それこそ心身症寸前だよ。これからはMOFのプレッシャーはもっとひどいことになるから、西田に助けてもらいたいんだ」

「え！　わたしがMOF担ですか」

「おまえは東大法科だったよなぁ」

「ええ」

西田が片山にうなずき返した。

「西田の同期でＭＯＦのキャリアで誰かいないのか」

片山に訊《き》かれて、西田が答えた。

「銀行局に課長補佐が一人いますよ」

「名前は」

「梶原《かじわら》太一です」

「梶原かあ。いちばん怖い人だよ。使命感が強いっていうか、正義派っていうか」

北野が口を挟んだ。

「その梶原さんにがんがんやられてるわけだな」

「梶原だけじゃないよ。なんせ、前代未聞の強制捜査だからなぁ。ＡＣＢなんてふざけた銀行は銀行法二十七条を発動して免許を取り消すとか、自己改革できない銀行は存在する意義がないとか、こてんぱんにやられてるよ。Ｂ新聞がＡＣＢの総会屋への融資をスクープしたのは四月だが、その事実関係さえ把握できない調査委員会の報告にも、ＭＯＦは怒り心頭に発してるよ」

「片山みたいなタフな男が心身症になるとも思えないが、ＭＯＦとの折衝は力仕事になるから、西田に手伝わせるのはしょうがないかねぇ」

北野は西田に目を流しながら、話をつづけた。

「松原さんのことも石井副部長に話しておこう。同期の誼《よしみ》で内諾を取りつけて、最終的には中澤専務に動いてもらうのがいいのかねぇ。それと森田さんを企画部長からどうやって外そうか」

　北野はぐいのみを口へ運んで、思案顔を天井に向けた。

　こんな大それたことを平気で口にできるのは、危急存亡の秋《とき》だからこそだろう。平時ではあり得ない——。

「中澤さんも、森田さんには罰点をつけてるんじゃないかな。森田さん自身は旧〝A〟のエース格と思ってるから始末が悪いよ。中澤さんは旧〝C〟だから、森田さんクラスを動かすのは、坂本頭取しかいないんじゃないか」

「片山の意見に賛成できないね。去っていく人の出番があるとは思えないもの」

　片山は首をかしげてからぐいのみを呷った。

「坂本頭取は、影響力を温存しようとしている。いわば〝岡田頭取〟の後見人だろう。森田さんのことは急がないほうがいいかもなぁ。それより、佐々木さんにお引き取り願うほうが先だろう。あの人がACBの本館から出て行ってくれないことには、ACBの改革はない。肩書が相談役から最高顧問か特別顧問に替わるだけでいいわけがないよ」

「それは賛成だ。俺も必死で方法論を考えるよ。ACBを傾かせた元凶だものなぁ」

「娘婿がこんなことを言ってるとは夢にも思ってないだろう」

「どうかな。A新聞にリークしたのはおまえかって言われたが、中《あた》らずといえども遠からずだからね」

　片山がうなずいた。

「まあなぁ。おまえはリーク犯と思われても仕方がないけど、その点俺と西田は気が楽だよ」

焼きおむすびを運んできた女将《おかみ》が、小さな欠伸《あくび》を洩《も》らした。

口をつぐんでいた西田が眉《まゆ》をひそめて、言った。

「わたしのMOF担は決まりですかぁ。片山さんの後じゃ、割り食っちゃいますねぇ。わたしみたいな若造でよろしいんですか」

「入行して十年近く経つんだから問題ない。勘違いしてもらっちゃ困るが、MOF担はあくまでも俺だ。おまえは俺のアシスタントだよ」

片山は焼きおむすびに手を伸ばしながら、西田から北野の方へ目を移した。

「今夜中にも石井さんに電話を入れといてくれよ。ことは急を要する」

「うん。しかし、人事部と話をつけるのは、石井さんでいいんだろうか」

「石井さんの判断にまかせたらいいよ。彼のことだから森田さんを無視することはあり得ないだろう」

西田が焼きおむすびを食べ終えて、上体を乗り出した。

「その前に、MOF担のアシスタントは甘んじて受けさせてもらいますけど、統括グループと兼務でお願いできませんか」

「俺も、そのほうがいいと思う。MOF担をアシストするほうにウエイトを置くのは仕方がないが、西田には統括グループでやってもらうこともたくさんあるからねぇ。西田に負担がかかるが、この際西田には力仕事を頼まざるを得ないよな」

北野はぽんと西田の背中を叩《たた》いた。

西田が話題を変えた。

「ところでA新聞にリークした件は、ここにいる三人限りなんですか」

「念を押すまでもないだろう。察するに西田は石井副部長にタネ明かししたい気持ちになってるんだろうが、そんな必要はないと思う」

「俺も北野の意見に賛成だ。石井さんが初めから仲間に入っていたんならともかく、後になって、それはないよ」

「わかりました」

北野は耳たぶを引っ張りながら、考える顔になった。

「ただねぇ。久山相談役が疑われてるのがつらいところだよなぁ。久山相談役には申し訳ない気持ちでいっぱいだよ」

北野は、「きみはわたしなどと違って、勇気がありますねぇ」と言ったときの久山の笑顔が眼底に焼きついていた。しんみりした口調にならざるを得ない。

片山が笑い飛ばした。

「久山相談役は佐々木相談役のコピーであり過ぎたんだから、その程度のことは我慢してもらおうじゃないの。西田、新聞辞令のアイデアを出したのは俺なんだから、俺を差し置いて、余計なことをしゃべったら許さんからな」

「わかりましたよ。三人限りでいきましょう」

北野が話を蒸し返した。

「全相談役の辞任が、実は見てくれだけだったなんてことにしてはいけないと俺は思う。さっきも言ったが、行内が収まるはずがないよ」

「北野の言うとおりだ。それと、中澤専務は代表取締役の総辞職をまだ諦《あきら》めてないような気がする」

片山は虚空を睨《にら》んだ。


北野は〝中里〟を出て、片山、西田と別れた直後、タクシーに乗車する前に携帯電話で石井副部長宅を呼び出した。時刻は午前零時二十分。

三度の呼び出し音で、石井が直接電話に出た。

「こんな時間に申し訳ありません」

「いや、起きてたよ。非常時だから気にしなくていいからね」

「恐縮です。片山と西田と一杯やって、いま別れたところなんですが、副部長にお願いしたいことがあります。行内では話しにくいと思いまして」

「お願いって、なにごと」

「片山が西田をMOF担補佐にしてもらえないかって言い出しまして、わたしから副部長に話すようにと……」

「そう。片山がねぇ」

「片山の言葉を借りれば、ことは急を要するということになります」

「わかるよ。森田部長に話して、人事部長と話をつけてもらおう。部長が嫌がったら、わたしが動く」

「よろしくお願いします」

「きみ、佐々木相談役のことは、あっぱれだったねぇ」

「とんでもない。ご本人は最高顧問か特別顧問で残るようなことを言ってましたが、それを許してはならないと思うんです。それを許すようなことを言ってる森田部長はどうかしてるんじゃないでしょうか」

「きみはラジカルだねぇ」

「副部長はほんとうにわたしがラジカルだと思ってるんですか」

北野は絡むような言い方になっていた。相当アルコールが入っているので、抑えがきかなかった。声の調子から察して、石井も同様だろう。

「失言だ。いまのは撤回する。きみの言ってることは正論だよ。実を言うと、わたしも森田部長には失望してる口なんだ。あの人をあんまり買い被《かぶ》ると、ひどい目にあいそうだよねぇ」

石井は笑いながら話しているが、北野は初めて石井と心が通ったような思いにとらわれた。

「MOF担補佐の件、よろしくお願いします」

「あすじゅうにやろう。森田部長が四の五の言うようだったら、中澤本部長を動かすよ。約束する。ただ、心配過多かもしれないが、森田部長に対して、必要以上に感情的にならないほうがいいと思うが。きみから直接、話したほうがベターなんじゃないのか」

「ご配慮、感謝します。しかし、本件は副部長におまかせしたいと思います。この非常時に、森田さんが取締役企画部長だったことを不幸だと思うしかありません」

「北野、気持ちはよくわかるが、抑えて抑えて。きみはすぐ気持ちを顔に出しちゃうからなぁ。

ま、ＭＯＦ担補佐の件はまかせてもらおうか」

「それと、松原さんを広報部に戻せませんかねぇ」

北野は、西田から聞いた広報部の様子を詳しく石井に伝えた。

「わかった。考えておく。躰《からだ》に気をつけてな」

「はい。遅い時間にどうも。おやすみなさい」

電話を切ったあとで、北野はしばらく放心していた。

石井は凄《すご》い人だ。修羅場で輝く人に相違ない、と北野は思った。

第七章　記者会見

1

五月二十日火曜日の朝八時過ぎに、北野は西田、永山、大津、皆川、林の五人の部下を企画本部の小会議室に集めた。

図らずもきのうの朝、役員連絡会の書記役を務めたため、議事録をまとめる必要があったからだ。昨日は超多忙で、それどころではなかった。

西田以外の四人にとっては、初めて聞く話だから、驚くのも無理はない。

もっとも、新聞各紙はスクープを放ったA新聞を含めて、一面トップで、ＡＣＢのトップ人事を報じた。

当然のことながら、佐々木相談役が最高顧問か特別顧問で残留することはどの新聞も書いていなかった。正式な発表は今夜七時に新旧経営トップ四人が記者会見することになっていた。

臨時取締役会は午後二時に開かれる。

「ＡＣＢの上層部は危機感が欠如しているね。この程度で、お茶を濁せると思ってるとしたら、大間違いだ。世の中はそんなに甘くないと思う。手ひどいシッペ返しを受けるんじゃないか、俺《おれ》は心配で心配で夜も眠れないよ」

「それにしちゃあ、元気そうに見えますけど」

「こんなときに減らず口をたたける西田のずぶとい神経の一パーセントでももらいたいなあ」

北野の冗談で、みんなの気分がほぐれたとき、ノックの音が聞こえた。

「どうぞ」

西田が大声を放った。

統括グループ付の若い女性行員の顔が覗《のぞ》いた。

「次長、部長がお呼びです」

「そう。すぐ行きます。西田、議事録をまとめておいてくれ」

北野は、ワイシャツ姿で、会議室から部長席へ直行した。

「なにか」

「まあ、座れよ」

北野は、石井副部長と目礼を交わしながら部長席の前のソファに腰をおろした。

「西田をMOF《モフ》担補佐に付ける必要があるのかねぇ」

「あると思いますが」

「片山からはなにも言ってきてないけど」

「MOFに直行するようなことを言ってましたけど。ゆうべ片山と一杯やったときに出た話なんです」

「MOFのことは、片山にまかせておけばいいんじゃないのか」

森田は眉間《みけん》にたてじわを刻んだ。

「片山が可哀相《かわいそう》ですよ。たった一人で矢面に立たせておくなんて」

「石井の意見と同じだな。しょうがないか。石井にまかせるよ。人事部長に話してくれ。わたしはOKだ」

「さっそく動きますが、中澤本部長には部長から話してくださいますか」

「そうねぇ。黙ってるわけにもいかんだろうな。いや、それも石井にまかせるよ」

森田はしかめっ面で言って、つとソファから腰をあげた。トイレでも行ったのだろう。

「松原さんの件はどうなりますか」

「石川広報部長とも話したよ。願ってもないことだと言ってたし、松原もOKだ。この件も至急人事部長と話す」

石井の行動力は、水際立っていた。

午前十時過ぎに企画本部長の中澤専務から北野に呼び出しがかかった。

北野が部長席に目を遣《や》ると、森田は席を外していた。副部長の石井の姿もなかった。

多分、二人とも中澤専務室で話し込んでいるに相違ない。そう思いながら、北野は背広の袖《そで》に手を通した。

専務室では中澤、森田、石井、それに石川広報部長の四人が会議中だった。

「ご苦労さま。どうぞ座ってください」

中澤が石井の左隣のソファを手で示した。

「失礼します」

北野は一揖《いちゆう》して、着席した。

「今夜七時に会長、頭取、両副頭取の四人そろって記者会見するが、頭取が読み上げるステートメント（声明書）をどういう内容にするか、話し合っているところです。森田君と石川君は総務部門の独走ということでまとめたらどうか、という意見ですが、石井君は歴代トップの責任論に固執している。北野君はどう思いますか」

「総務部門の独走ということですと、丸野証券とまったく変わらないことになりますねぇ。丸野証券の社長は、国会で〝個人ぐるみ〟と珍妙な証言をして世間のモノ笑いのタネにされました。ACBも丸野証券と同じ轍《てつ》を踏むことになりますから、そんなことはあり得ないんじゃないでしょうか。歴代トップの相談役が全員辞任するのは、川上、小田島との関係を断ち切れなかったことを認めた証左です。歴代トップの責任を明確に謳《うた》うべきだと思います」

中澤と石井はうんうん、と大きくうなずいた。

森田はしかめっ面で、天井を仰いでいる。

石川はどっちつかずに表情を動かさなかった。

中澤が発言した。

「実は、昨夜久山相談役と話したんだが、久山相談役は、歴代トップの責任は重大だという意見でした。念のため今井会長、坂本頭取のお二人にも意見を聞いたが、今井会長は久山相談役の意見に同調された。坂本頭取はちょっと違うニュアンスでしたが」

「いま、北野君から川上、小田島との関係を断ち切れなかったという言葉が出ましたけれど、正にそのことこそがACBを揺るがす不祥事を引き起こしたんです。総務部門が独走したなどというステートメントを出したら、マスコミに叩《たた》かれて、それこそ命取りになりかねませんよ」

石井は、森田と石川にこもごも目を遣《や》りながら、話をつづけた。

「六相談役の辞任をアピールしない手はないと思います」

「佐々木相談役は、責任を取らされるいわれはないという意見ですよ。それに、最高顧問で残ることになってますよねぇ」

森田は皮肉っぽく言って、石井を凝視した。

すかさず石井は言い返した。

「佐々木相談役が最高顧問で残るのは、とりあえずということで、責任がないとおっしゃってるとしたら、無責任ということになりませんか」

「わたしの責任でステートメントをまとめさせていただく。このことは会長、頭取も了解済みです。歴代トップの責任は重大だとステートメントに織り込んでください。草稿は北野君にまかせます」

中澤がしめくくった。

2

中澤専務の部屋から自席に戻った北野は、ステートメントの草稿作りに取りかかった。

ステートメントは大袈裟《おおげさ》かもしれない。頭取発言ぐらいのところだろう。まずそんなことを考えた。

要点をメモし始めたとき、電話が鳴った。

「はい。企画部です」

「北野君はおるの」

ちょっとしゃがれ気味の聞き慣れない声だった。

「北野ですが」

「久山です。記者会見用のメモをまとめるそうだが……」

「はぁ、はい」

北野は思わず立ち上がっていた。

久山が秘書を通さず直接電話をかけてくるなんて、通常は考えられない。

「どういう内容になるのか、気になってねぇ。電話でもいいと思ったが……。お手数だが、わたしの部屋に来てもらえるかね」

「はい。すぐお伺いします」

「忙しいのに悪いねぇ。じゃあ、よろしくお願いする」

北野は、「久山相談役に呼ばれたから」と統括グループ付の女性行員に言い置いて席を立った。

二十七階の秘書室受付で、久山付の女性秘書が待っていた。

たしか名前は佐藤弘子。年齢は四十五か六のはずだ。

久山の個室も、スペースは佐々木相談役室と同じで広かった。

「忙しいのに悪いねぇ」

久山は灰皿を左手に持って煙草をせわしげに吸いながら、デスクを離れて、スリムな躰《からだ》をソファに運んできた。久山のヘビースモーカーぶりは、つとに知られていたが、北野は初めて目の当たりにして仰天した。

きのう今井会長室で会ったときは、久山は喫煙しなかった。短時間ということもあったのだろうが、もの凄《すご》いチェーンスモーカーぶりだ。

「さっそくだが、川上氏、小田島氏の窓口になった総務部門だけに責任を負わせることはできない。牧野、松村両名誉会長が川上氏に懐深く飛び込まれてしまったことがことの発端だが、亡くなった人を貶《おとし》めるのはもっと辛《つら》いよなぁ。佐々木相談役とわたしの二人の罪がいちばん重いような気がしてるんだが、佐々木さんが責任回避の姿勢を変えようとしないのは気になるねぇ」

「おっしゃるとおりです。ただ、わたしは、久山相談役の責任よりも佐々木相談役のほうが何倍も大きいと思っています。千久の木下社長の関係一つを取っても、このことはよくわかります」

「〝千久〟のことはいずれ考えなければならないが、この際、措《お》くとして……。総務部門の関係者の逮捕が迫っていると聞いているが、かれらは川上氏との関係を断ち切れなかったわれわれ経営トップの被害者なんだ。そのへんのところを記者会見で、坂本君がどう表現すればいいんだろうか」

久山の声も表情も苦渋に満ちていた。

久山が新しい煙草に火をつけた。

「ＡＣＢから逮捕者を出すなんて慚愧《ざんき》に堪えない。死にたいくらいだ。昔だったら、佐々木さんも、わたしも腹を切らなければいけなかったんだろうねぇ」

紫煙を吐き出しながら、久山は遠くを見る目をして、しばらく口をつぐんだ。

北野は返事のしようがなかった。

それこそ、岳父の佐々木に聞かせてやりたいくらいだ。

なんという違いだろう。

恥を知る人と知らない人の差としか言いようがない。一方は恬《てん》として恥じないどころか、「不祥事の責任を取るいわれはない」と開き直っている。鉄面皮、厚顔無恥にもほどがあるというものだ。

そして、もう一方は、断腸の思いで、のたうっている。

「北野君はわれわれの責任をどう表現したらいいと思う。二十数年前のしがらみを断ち切れずに、今日に至るまで連綿と引き摺《ず》ってきた、われわれ歴代トップの過ち、罪を……。われわれは川上氏の幻影に脅えていた。われながら情けないと思うよ」

北野は口に溜《た》まった唾液《だえき》を呑《の》み込んだ。

「先週の土曜日に、箱根で佐々木相談役とお会いしたときに、図らずも、わたしの口をついて出た言葉なんですが、ＡＣＢは川上、小田島の呪縛《じゅばく》にがんじがらめになっている、と申しました」

「呪縛……」

「はい」

「そのとき、佐々木さんはなんと答えたのかな」

「言いがかりを言うなと……」

事実は「呪縛にとらわれているやつがまだおるとしたら、久山と今井ぐらいだろう」と佐々木は言い放ったのだが、北野は、そこまでは口にできなかった。

「呪縛……。呪縛、そう、そんな感じだ。佐々木さんも、わたしも呪縛が解けなかったんだよ」

久山の指の間でふすぶる煙草の灰が長くなった。灰が落ちそうになったので、北野はソファから腰を上げた。

「相談役、煙草の灰が……」

久山が煙草を灰皿に捨てた。

「うん。呪縛という言葉で表現してもらったら、いいと思う。世間様にはわかりにくいだろうし、一般にはなじまない言葉だが、そんな感じはたしかにある」

「呪縛を解くどころか、逆に呪縛を膨らませた人が佐々木相談役なんじゃないでしょうか。そんな人が最高顧問で残るのは、どうしても納得できません」

「義父《おとう》さんをそこまで客観視できるきみは、立派だねぇ。その点は、わたしにおまかせいただこう。佐々木さんについては、わたしが責任をもつ。まだ、ここだけの話だよ」

久山が初めて笑顔を見せた。

「はい」

「いろいろありがとう」

「とんでもない。失礼しました」

北野は、〝呪縛〟は、久山のうめき声だと思いながら、ドアを閉めた。

3

北野がACB本店ビル十四階の行員食堂で昼食にありつけたのは午後一時過ぎだ。カレーライスを食べているとき、不意に頭上で声がした。

「ここ、いいか」

北野が見上げると営業五部副部長の松原秀樹だった。

「あっ、松原さん、どうぞ」

北野は起立して、右隣の椅子《いす》を引いた。向かい側のテーブルも空いていたが、松原は内緒話がしたいらしい。

「ありがとう」

松原はトレーをテーブルに置いて、腰をおろした。トレーの上はやはりカレーライスだった。

松原はワイシャツの袖《そで》をまくった。北野もワイシャツ姿である。

「きょう付で広報部への出戻りが決まったよ。ひどいことになったな。きみが仕掛け人だってねぇ」

言葉とは裏腹に、メタルフレームの奥で松原の二重瞼《ふたえまぶた》の優しい目が和んでいた。

「否定はしませんが、発案者はもっと若い連中です。彼らの危機感は相当なものですよ」

「人事部長が気を遣ってくれて、部長含みで広報に行ってもらうと言ってたが、石川広報部長も三年になるから、そういうことなのかねぇ。しかし、火事場騒ぎの広報とは驚いたよ」

「だからこそ修羅場に強い松原さんの出番なんじゃないですか」

「お世辞のつもりか」

「いいえ。それも調査役クラスの意見です。若い連中はよく見てますよ」

松原がスプーンを置いて、水を飲んだ。そして、左側へ首をねじった。

「MOF担の片山は大変だろうなぁ。西田にアシストさせてるらしいが」

「ACBのような悪しき銀行は免許の取り消しが妥当だと威《おど》されてるようです。ACB上層部、特に某相談役の危機感の欠如にMOFもいらだっているんじゃないでしょうか」

「MOFは島中―谷田の過剰接待問題で威信が低下したけど、まだまだ絶大な権力を保持してるし、若い官僚で使命感に燃えてる人もけっこう多いだろうからねぇ」

北野もスプーンを置いて、ティッシュで口の周りを拭《ふ》いた。

「しかし、MOFが箸《はし》のあげおろしにまで介入してくるのはいかがなものでしょうか」

「それで安心してる面が銀行側にもあるからなぁ。長年の金融行政のスタンスを簡単に変えるわけにもいかんだろう」

「MOFが銀行法第二十七条を発動する可能性はありますかねぇ」

『内閣総理大臣は、銀行が法令、定款若しくは法令に基づく内閣総理大臣の処分に違反したとき又は公益を害する行為をしたときは、当該銀行に対し、その業務の全部若しくは一部の停止若しくは取締役若しくは監査役の解任を命じ、又は第四条第一項の免許を取り消すことができる』

これが第二十七条の条文である。

「いきなり免許を取り消すなんてことはあるはずがない。しかし、大銀行に検察の強制捜査が入ったのは前代未聞だから、MOFも頭に血を上らせていることはたしかだろう」

松原は残りのカレーライスをかき込んで、水を飲んだ。

行員食堂は一時を過ぎて、空席が目立つ。

「もちろん、なんらかの処分は当然あるだろう。第二十六条で業務の停止等を謳《うた》ってるんだから」

銀行法第二十六条の条文はこうだ。

『内閣総理大臣は、銀行の業務又は財産の状況に照らして、銀行の業務の健全かつ適切な運営を確保するため必要があると認めるときは、当該銀行に対し、措置を講ずべき事項及び期限を示して、経営の健全性を確保するための改善計画の提出を求め、若しくは提出された改善計画の変更を命じ、又はその必要の限度において、期限を付して業務の全部若しくは一部の停止を命じ、若しくは財産の供託その他監督上必要な措置を命ずることができる』

「行内の調査委員会が杜撰《ずさん》であり過ぎた点が問題ですよ。小田島に対するACBの巨額融資が発覚した時点で事実関係の追及を急がなければ組織が壊滅すると、わたしは意見具申しました。会長、頭取にも届いているはずです。たしか、五月の連休前だったと思いますが」

北野は再びコップを口へ運んだ。

「そんなことがあったのか。片山によるとMOFは副頭取の順送り人事を微温的と見ているそうだが、中澤専務の〝総辞職〟案を否定した咎《とが》めを受けることになるかもなぁ」

「片山と話したんですか」

「うん。先手を打って電話をかけてきたよ。〝総辞職〟のことは石井から聞いた。とにかくわたしも頑張るが、わたしを引っ張り出した北野と片山にはわたしの倍は働いてもらわんとな」

松原が北野の肩を叩《たた》いた。

「スーパーマンの松原さんの倍なんて、とんでもない。死んじゃいますよ。松原さんの半分ってとこでしょう」

「冗談はともかく、広報がやるべき記者会見のステートメント作りを北野にまかせたらしいねぇ。MOFとの意見調整も大変らしいが……。ステートメントは五月に出した意見具申がものをいうな」

「余計なことを言うんじゃありませんでした。口は災いのもとですよ」

減らず口をたたきながらも、北野は松原の出現に意を強くしていた。

松原の広報部時代、部下たちはひそかに〝豆タンク〟のニックネームを呈していた。筋肉質でずんぐり型の体型は、野暮《やぼ》ったくもあるが、北野の目には頼母《たのも》しく映る。

「石井とも話したが、ここで対応をしくじったら、ACBは危ない。われわれは捨て石になるぐらいの覚悟がなければダメだ。くどいようだが北野と片山には特に頑張ってもらうからな。きみには仕掛け人としての責任も取ってもらわないと」

「松原さんと石井さんの命令に従いますよ」

「ステートメントはまとまったのか」

「ええ、一応は。あとは片山待ちです。MOFの意向がどうなりますか」

「厳しい状況が続くと思うが、歯をくいしばって頑張ろう」

「はい」

松原が分厚い手を伸ばしてきた。北野は右手で強く握り返した。

4

坂本頭取が記者会見で読み上げるステートメントを北野がワープロで打ち終えたのは午後三時近かった。

森田企画部長、石井副部長、片山次長、石川広報部長、松原副部長が目を通し、中澤専務がOKを出したが、大蔵省の承諾を取り付けるため、片山が西田を伴って外出したのは三時四十分。

片山たちは、大蔵省の担当官に、ACBが大蔵省から平成二年十月と平成六年九月のMOF検（大蔵省検査）を受けた際、小田島敬太郎側に対する貸出し実行について隠蔽《いんぺい》工作した疑念のあることを指摘された。

「意図的に隠そうとしてるんですか。悪質ですねぇ。ACBはまったく反省が足りない」

若い担当官は嵩《かさ》にかかって、責め立てた。

「まだ調査中で、事実関係が明確に把握されてないんですよ」

「抽出、分類を回避したことは明々白々ですよ。この点は記者会見で必ず明らかにしてくださ い。どう表現するか、あとで報告するように」

「わかりました」

「総会屋の小田島をACBに紹介した川上多治郎も総会屋じゃないんですか」

「川上が総会屋をしていた時期に、当行とお取引きがあった事実はありません。新聞なども元出版社社長と書いてますので……。大物フィクサーというのも、なんだか変ですから」

「元出版社社長なんて、釈然としませんねぇ」

若い担当官とこんなやりとりをして、片山たちが銀行に戻ったのは五時近かった。

小田島側に対する貸出し実行後、平成二年十月と平成六年九月に大蔵省検査を受けたこと、二回の大蔵省検査の資産査定において、本件債務者の抽出、分類を回避した疑念があること、本件については目下調査中であることをステートメントの中に織り込むことでACBが大蔵省と合意に達したのは午後五時半過ぎだ。MOF担の片山はこのために二度も三度も大蔵省の担当官と電話で連絡を取らなければならなかった。

最終稿をワープロで打ち終わったあとで、北野が片山に言った。

「反社会的勢力の排除、再発防止策の確立、開かれた株主総会の三点がステートメントのポイントだが、マスコミはACBを叩こうと手ぐすね引いている。この程度の頭取発言で記者会見を乗り切れるかどうか心配だよ」

「うん。テレビカメラも入るしねぇ。坂本頭取は記者会見慣れしてないしなぁ」

「出たとこ勝負で行くしかないわけだが、会長も頭取も、いまだに危機感が欠如している。そこが問題なんだ。代表取締役の一斉辞任以外に選択肢がないことを早い機会から発言していた中澤専務は凄《すご》い人だよなぁ。片山も俺《おれ》も、考えが甘かったたな」

「MOFも、副頭取は辞任すべきだという意見だったことを考えると、なんだか厭《いや》な予感がするよ」

「うん。ただ松原さんが広報に戻ってくれたことは大きいぞ。捨て石になる覚悟が要るって言われたが、われわれミドルがそういう危機感を持つことから、ACBの改革、再生が始まるんじゃないだろうか」

北野は肩に力が入り過ぎていると思って、照れ笑いを浮かべたが、片山の表情は厳しかった。

北野は、ワープロで打ち終わったステートメントを読み返した。

はじめに、いわゆる特殊株主とされている小田島敬太郎氏に対する当行の融資が社会的に厳しく批判され、東京地方検察庁の強制捜査を受ける事態を招いたことにつきまして、深くお詫《わ》び致します。

当行が元出版社社長の故川上多治郎氏から依頼を受けて、小田島氏の株式購入等の資金として多額の融資を長年にわたって実行してきたことは本来、あってはならないことであり、私を含めた歴代経営トップの経営責任はきわめて重大であります。経営責任を明確にするために、今井、私坂本は会長、頭取職を六月二十七日の株主総会後に辞任致します。今井会長は顧問、私は相談役として、次期経営陣をサポートしてゆきます。会長、頭取経験者の全相談役も同日付で辞任致します。

後任の会長、頭取には、それぞれ吉野修三、岡田勝久が就任します。当行の全役職員は吉野会長、岡田頭取の下で、失われた信頼を取り戻し、ACBを再生するために、心を一《いっ》にして懸命に努力致す所存であります。

今後、さまざまな困難が予想されますが、全行一丸となってあらゆる反社会的勢力との関係を排除し、再発防止に万全を期して、社会の公器として再生することをお誓い致します。

元出版社社長川上多治郎氏の死後も同氏の呪縛《じゅばく》が解けず、小田島氏への対応を変えられなかったことが、不祥事の原因として考えられます。

当行の創業者である牧野幸治、松村道正両氏が川上氏と親密な関係にあったと伝えられてきたことが、同氏の窓口となっていた総務部の判断を誤らせたと思われます。

同氏が当行の経営にどのように関与してきたか等、事実関係の全貌《ぜんぼう》を明らかにすることは同氏および牧野、松村両氏が鬼籍入りしてしまった今となっては望むべくもありません。

ただ、同氏が牧野、松村両氏との親密ぶりを誇大に伝え、総務部がそれを鵜呑《うの》みにしてきたこと、そしてチェック機能が働かないほど同氏の存在感を膨らませてしまったことは千載の痛恨事として、私どもは胸に刻まなければならないと思います。

今後、私どもはあらゆる負の遺産を断ち切るために、第三者の協力も得まして、再発防止に取り組んで参ります。総務部の機能を抜本的に見直します。これは来年からになりますが、開かれた株主総会にすべく総会集中日の回避、さらには来る六月二十七日の株主総会のマスコミへの公開などは、この場でお約束致します。

なお、小田島氏への貸出し実行後、当行は平成二年十月、平成六年九月の二回、大蔵省検査を受けましたが、大蔵省検査の資産査定におきまして、本件債務者に関連する抽出、分類を回避した疑念があります。現在調査中であることを申し添え、明らかになり次第、ご報告させていただきます。

午後六時前、会長室から戻ってきた石井が北野に言った。

「ステートメント、なかなかの力作と思うが微調整を要する。川上多治郎を特定するのはまずいと会長が言い出してねぇ。元出版社社長の個人名は消そう」

「元出版社社長でも特定したのと同じですよ」

「そう言わずに頼むよ」

「わかりました」

首をかしげながらも、北野は応じざるを得なかった。

川上多治郎を元総会屋、大物フィクサーとしてもおかしくないのに、元出版社社長は、相当配慮しているつもりだが……。

しかし、たしかに川上多治郎の名前を出すことには、問題があるかもしれない。川上の周辺に反社会的勢力が存在する可能性を否定し切れないことを考慮すれば、妥当な線だろう。トップはそのへんを気にしているに相違なかった。

川上多治郎の名前は、すでに一部の新聞で報道されていた。

ＡＣＢにとって川上が呪縛の最たるものであることはたしかだが、川上—小田島グループとの親密度を増幅させた元凶は岳父の佐々木相談役にほかならない。

佐々木こそ内なる呪縛のＡ級戦犯だ。

そして千久の木下社長。佐々木と木下は同じ穴の狢《むじな》である。下品な言い方になるが、金玉を握り合う仲だ。恥部を握られている度合いは、佐々木のほうが上かもしれない。

箱根の旅館〝一葉苑〟の女将《おかみ》、青木伸枝の美しい顔が、北野の目に浮かんだ。

木下が佐々木と青木の関係を知らぬはずがなかった。

ＡＣＢの千久への融資が膨張したのは、佐々木の頭取時代だ。

北野は、昭和四十年代の初期、旧朝日銀行直系の不動産会社、朝日開発が経営難に陥ったとき、取引先の千久に救済合併を働きかけたのは、当時京橋支店長の佐々木だと誰かに聞いた記憶があった。爾来《じらい》、千久優位の癒着関係が連綿と続いていた。

ＡＣＢは木下率いる千久グループに巨額の融資を行なっている。ほとんど青天井に近い状態だ。金利、預金等の取引条件はむろん最優遇扱いである。

千久グループ向け融資で巨額の不良債権が発生し、その相当部分が償却されていることは、北野でさえ把握していた。人事にまで介入するに及んでは言語道断ではないか。

佐々木と〝千久〟を退治しなければ、ＡＣＢの再生はない、と北野は思う。

佐々木を筆頭に〝千久〟を利用しようとする人たちがＡＣＢの中に存在することが、そもそも問題なのだ。

北野は〝千久〟に逸《そ》れかかった思考を急いで、一時間後に迫った記者会見に戻した。

新旧トップ四人の記者会見をなんとしても成功させなければならない——。

北野は気を取り直してワープロに向かい、ステートメントの一部を打ち直した。

5

午後六時過ぎたころからACB本店ビルはざわめき始めた。

行員通用口からマスコミ関係者の出入りが激しくなっている。

在京テレビ局六社のカメラが入るため、陣取りやら、配線やらの準備が始まったのだ。

新聞社、通信社、週刊誌、経済誌、金融専門紙・誌。それにカメラマン、テレビの技術関係者など約二百人の大報道陣が十五階の大会議室に集結したのは午後六時四十五分。

七時に今井会長、坂本頭取、吉野、岡田両副頭取が入場し、報道陣に向かって、吉野、今井、坂本、岡田の順に林立するマイクの前に腰をおろした。

前方に陣取ったテレビカメラが回り、写真班のフラッシュが焚《た》かれる。

会場内はむんむんする人いきれと熱気で、異様な雰囲気に包まれていた。

司会役の石川広報部長が開会を宣し、四人を紹介したあと、坂本が老眼鏡をかけて、ステートメントを一気に読み上げた。

テレビカメラのライトやフラッシュを浴びて、坂本のひたいに汗が浮き出ている。それは坂本に限らなかった。

四人とも気持ちの高ぶりを制しかね、顔が上気していた。

石井や松原と会場の後方で、記者会見を見守っていた北野も、胸がドキドキしていた。

質疑応答が始まった。

——小田島氏のほかにも、不透明な融資があったのかどうか、あったとしたら具体的にどう対応するんですか。

坂本　行内調査で本件以外にも公共性に反すると思える取引がありました。今回の事件を機に、当行は不透明な取引を根絶すべく、あらゆる努力を致す覚悟でございます。具体策の検討に着手しました。

——出版社社長の死後も融資を続けた理由として呪縛が解けなかったと言いましたが、どういう意味ですか。

坂本　元出版社社長から、面倒を見てほしいとご依頼を受けた大切なお客様という認識がありましたので、亡くなられたといって急に方向転換するわけには参りませんでした。

——元出版社社長の亡霊が現れたわけでもあるまいし、もう少し一般国民にわかりやすい言葉で話してください。

坂本　融資額が相当な額になっておりましたので、債権保全ということも考えていかなければなりません。元出版社社長が亡くなられたから、一切かかわりませんというようなことを言いますと、債権が回収できなくなる恐れも出てきます。ですから、そういう側面も考えまして、いろいろ手を打っていたということで理解しております。

〝呪縛〟は、ACB歴代トップのうめき声なのだ。それを外部の人たちに理解させるのは、きわめて難しい。坂本の答弁も、答弁になっていなかった。

しかし、〝呪縛〟は歴代トップの反省を込めた言葉です、と坂本に答えてほしかった――。

二人目の記者が質問した。

――尾崎首相がほんとうの責任の取り方は辞めることではなくて、留《とど》まって事件を究明し、二度とこうした事件を起こさせないことだ、と発言していますが、どう考えますか。

今井　わたくしから説明させていただきます。当行が行なった小田島氏に対する融資が社会に与えた影響はきわめて甚大であり、社会的、道義的責任を痛感致しております。このような不祥事を招いた原因が長年にわたり当行組織の一部について経営のチェック機能が働かなかったという不備もあります。それを改革できなかった歴代の経営者の経営責任も重大でありますから、相談役も全員辞任し、経営責任を明確にするためにも、わたくしと坂本が辞任させていただくわけでございます。もちろん、それだけで責任を果たし得たとは考えておりません。引き続き新体制をサポートしていくのがわたくしどもの責務だと承知致しております。

尾崎護首相の発言は、一国の総理だけに、それなりに重みがあるとしても、質問者の若い記者のこだわり方は尋常ならざるものがあった。

居直って、あるいは居座り続けて経営責任を取ろうとしないトップを庇《かば》うとは、記者センスを疑いたくなる、と北野は思う。
だいたい尾崎首相は〝ビッグバン〟を突然問題提起したが、金融界に混乱をもたらすのではないか、と北野は危惧《きぐ》していた。護送船団から一挙に市場経済に移行できるものなのだろうか。周到な準備と相当な助走期間を要すると思える。

——なぜ今の現職に残られて責任を全うするという方法を採らないのか、もう少し説明してください。

大蔵省当局は会長、頭取の辞任だけでは微温的だと見ている。坂本だって一年ちょっとで頭取を辞任したくなかったのだ。〝総辞職〟論者の中澤が記者会見場にいたら、どんな顔をするだろうか。

今井　わたくしどもは六月二十七日の総会後に正式に辞任するわけでございます。その間真相の究明に努め、再発防止策等についても、わたくしたちなりに助言もしアドバイスもしたいと考えています。株主の皆さまに、こういうことでありましたという報告を致しまして、わたくしどもは責任を取って辞任する、ということでございます。
——尾崎首相に責任逃れだと言われていることについて、簡単にお願いします。
今井　坂本はまだ六十歳になっておりません。年齢的にも全力で、新体制を支えていけると信じております。

——今井会長は小田島敬太郎をご存じですか。

やっと別の記者の質問に変わった。

今井　まったく存じません。

——元出版社社長と面識はありましたか。

今井　頭取就任前に一度、就任後二度お会いしたことがあります。

——小田島氏がＡＣＢに出入りしていたと言われてますが、本当に会ったことはないんですか。

今井　ありません。

記者が質問を変えた。

——今回の不祥事は、合併当時の牧野―松村時代に、元出版社社長との関係から始まったと思いますが、政治家が何らかの形で関与していたということはありませんか。

坂本　当時の歴代トップがいろいろな形で政治家と交友があったとは思いますが、頼み事とか頼まれ事はなかったと聞いております。政治家の関与は一切ございません。

——そう言い切れるんですか。歴史的経緯の中で、金融行政の許認可権に絡んで、総会屋と政治家の結びつきみたいなものがあったんじゃないんですか。

坂本　わたくしどもが聞いている範囲ではそういうことはございません。
――経営トップのスキャンダルめいた話が元出版社社長につけ入られたと解釈してよろしいですか。
坂本　そういうことはなかったと聞いております。友好的な関係でありまして、礼儀正しい方なので、当方も礼を失しないように気を配ったと思いますが。
――友好的関係が泥沼に入っていくとは考えにくいですねぇ。
坂本　トップは友好的でした。総務部門にはトップと親密な関係にあることを増幅して伝えてたような印象を受けております。
――元出版社社長が亡くなった九五年以降もなぜ、ＡＣＢと小田島氏との関係が継続されたんですか。
坂本　ＡＣＢ本体では大きな貸出しは一切しておりません。ただ、小田島氏の実弟の小田島恵三氏が経営している三田ビルディングに対しましては、ＡＣＢ系列のノンバンクのアサヒリースが貸し出しております。
――つまり迂回《うかい》融資ですね。
坂本　アサヒリースをご紹介したということです。小田島氏に対して、ＡＣＢは一切融資しておりません。
　そう言い切ってよいのだろうか、と北野は首をかしげた。記者は地検筋から正確な情報を入手しているとも考えられる。ここは、調査中で逃げるべきではないのか――。

——アサヒリースに対してACBは債務保証しているのではありませんか。

坂本　ご迷惑はおかけしません、という程度のことは口頭で申し上げた形跡はございますが、正式な債務保証とは考えておりません。

——大蔵省検査で、抽出、分類を回避した疑いがあると、当初の頭取発言にありましたが。

坂本　疑義のある可能性があり、目下調査中です。

——大蔵省に報告しましたか。

坂本　もちろんご報告致しました。

岡田　この点は、わたくしが補足させていただきます。いわゆるMOF検ですが、ACBは平成二年十月と平成六年九月に大蔵省検査を受けております。平成二年では抽出しないように、貸出し金を減らすなどの操作を行ない、MOF検を回避した疑義があります。また、平成六年のMOF検時におきましては延滞が解消していなかったために、貸し出したものがあります。いずれにしましても、大蔵省が見逃したということではありません。大蔵省検査は完璧《かんぺき》でしたが、ACBが回避したという疑義はきわめて重大と受けとめ、目下調査中です。

岡田副頭取がなぜ強引に口を挟んだのか、北野にはわからなかった。「大蔵省検査は完璧でした」は、言わずもがなのように思える。

大蔵省を怒らせてはならない、という配慮があるにしても、岡田の発言は不用意であり過ぎる。

なにかそわそわしてて、様子もおかしい。

別の記者が質問した。

——小田島グループに対して総額でどのくらい融資したんですか。

岡田　累積で約三百億円と聞いております。出たり入ったりしてますが、トータルでは、そんなところだと思います。

——それだけですか。それ以外にもあるんじゃないですか。

坂本　ゼロではないかもしれません。

——相当あるんですか。

今井　個々の債権は内容を精査してみないとわかりません。返済は順調かどうか、担保は充分なのかどうか、どういう人なのか、そうした細かい調査を貸出しの経緯に遡及《そきゆう》して調査しませんと、断定できないわけです。細かい調査を現在進めております。

岡田　結果を公表するかどうかわかりませんが、社会的にやや問題のある貸出し先とは訣別《けつべつ》したいと決意致しております。残念ながら小田島氏のグループ以外にはありません、とは申し上げられない状況です。

坂本　普通のお客さまではない取引先も若干ございますので、現在調査中です。たとえば支店でトラブルになっている案件もございます。属性別に調査致しております。

——属性別にわかるんですか。

坂本　多少はあるかな、という心証をもっている程度です。

——何件ぐらいあるんですか。

今井　公序良俗に反する貸出しであるかどうかは、貸出し経緯まで遡《さかのぼ》り、いろいろなことを調査した上でなければ、はっきりしたことは申し上げられません。

——皆さんにお訊《き》きします。小田島グループに融資があることをいつ知り、償却を含めてその後どんな対応をしたんですか。

坂本　まったく知りませんでした。

岡田　審査担当役員をしていた平成七年秋ごろに知りました。平成八年一月に日銀考査が入ったときに、総務部門から説明を受けました。日銀考査では分類されてます。同年三月には償却しませんでした。小田島氏が総会屋であることは承知してましたが、弟の恵三氏に対する融資という認識でした。

記者団が色めきだった。どよめきの中で、北野は背筋に戦慄《せんりつ》が走るのを覚えた。

石井が北野に躰《からだ》を寄せてきた。

「岡田副頭取は大変なことを話してるぞ。えらいことになるな」

「ええ」

「見ちゃあいられないなぁ」

松原の表情も深刻に歪《ゆが》んでいる。

——ほかの人より早くお知りになったわけですが、その後の対応についてはどうなんですか。

岡田　回収の指示をより明確に指示すればよかったと反省しております。

場内が騒然として記者の質問も、岡田の応答も後方の北野にはよく聞き取れなかった。

6

ＡＣＢ十五階大会議室の記者会見場は騒然とした異様な雰囲気に包まれていた。

矢継ぎ早に質問する記者たちの声が聴取不能なほど、怒号ともヤジともつかぬ罵声《ばせい》が乱れ飛んでいる。

――岡田さんは頭取に伝えたのか。

――組織ぐるみではないか。

――経営トップが知らなかった、なんてあり得ない。

記者たちの質問はそんな内容と推測された。

それに対して岡田の答弁も怒号にかき消されて北野たちには聞き取れなかったが、「頭取には伝えませんでした」と言っているように見てとれた。

「お静かにお願いします」

司会の石川広報部長がマイクに向かって声を張り上げた。場内がいくらか静かになった。

――坂本頭取に伺いますが、新しく頭取になられる岡田さんは、この問題に深くかかわっていたように思えます。こういう方を後任に指名することを、なんとも思わないのですか。岡田さんを後任に選ばれた最大の理由はなんなのですか。

坂本　ビッグバンに向けて、ACBは思い切った若返りを進めるべきとするご意見があるかもしれませんが、わたくしは吉野会長、岡田頭取のコンビでなければこの難局を乗り切れないという認識をもっております。今井会長もわたくしと同意見です。ベストの人選をしたと自負しております。

――今回の事件を機にもっと経営の刷新を図るべきではなかったんじゃないですか。日銀考査のときに分類を指示した人が新頭取に就任するのは不適当と思いますが。

岡田　日銀考査時に、すでに延滞していたので、わたくしが指示しなくても分類されたわけです。責任を回避するつもりはありませんが、わたくしが新しく貸出しをしたとか、考査のときになにか疑義があるようなことをしたということは一切ございません。

坂本　補足させていただきます。最近知ったことですが、平成七年の疑義につきましては、察するに岡田副頭取はそれほど実感がなかったと思います。平成八年の日銀考査時には岡田君は疑義に気付いて、そういうものは絶対に隠すべきではないと強く主張し、ACBはすべてディスクローズしたわけであります。審査の役員としてその点を強く主張したということを最近知りまして、こういう人こそリーダーたり得ると考えた次第です。

吉野　経営責任についてわたくしからも一言申し上げます。わたくしは関係部門の所管をしていたことはございませんが、経営責任があるか、と問われれば、経営の一端を担っていた者として、責任は深く重いと受け止めざるを得ません。

――東京地検の強制捜査がなかったら、いつまでも隠していたんですか。

坂本　そんなことはございません。銀行は債権管理をやっているわけですから、隠すというようなことは基本的にはあり得ないわけでございます。

記者会見が始まって一時間ほど経っていた。

松原広報部副部長がずんぐりした躰を石井企画副部長に密着させた。

「打ち切ろう。岡田副頭取が事前に承知していたとしたら由々《ゆゆ》しきことだなぁ」

「うん。記者会見は失敗だった」

石井は口をへの字にひん曲げた。

二人のやりとりは北野にも聞こえた。耳たぶを引っ張りながら北野も胸が疼《うず》くような手ひどい深手を負ったような思いで沈んでいた。

松原が足早に石川に近づいて、耳打ちした。

石川がうなずき返した。

「申し訳ありませんが、だいぶお時間も経ちましたので、このへんで記者会見を終わらせていただきます。ありがとうございました」

記者たちが一斉に立ち上がって、わめいた。

「ふざけるな」

「まだ終わってないぞ」

「逃げるのか」

「ちょっと待て」

広報、企画、総務などの行員に二重、三重にガードされて、今井、坂本、吉野、岡田の四人が退場して行く。

テレビカメラがその後を追い、カメラマンが人垣を割って入ろうともがいている。

出入口の揉《も》み合いを呆然《ぼうぜん》と見やっている北野が肩を叩《たた》かれた。振り向くと、C新聞経済部の河村編集委員だった。一度会っただけなのに河村は北野を覚えていた。

「こういう結果になることを予想してなかったんですか」

「………」

「株主総会ではリハーサルを何回もやるんでしょ」

「そのようですねぇ」

「記者会見のリハーサルはやらなかったんですか」

「ええ」

「岡田さんは死に体ですよ。もちませんよ。社会部の記者の話では、東京地検特捜部はすべて把握してるようですよ」

「どういう意味ですか」

「間もなく特捜部の事情聴取が始まるんじゃないですか。身柄拘束もあり得ると思います」

「まさか。そんな」

北野は息を呑《の》んだ。

「岡田ほど潔癖な人はいません」

「しかし、審査担当の専務時代に小田島グループへの融資を知っていたことを自ら認めたわけですよねぇ。万一、特捜部が大目に見るようなことがあったとしても、次期頭取として相応《ふさわ》しいとは誰も思わないんじゃないですか」

「岡田が頭取不適格だとC新聞もお書きになるんですか」

「もちろん書きます。ウチだけじゃないと思いますけど」

中澤が提唱している代表取締役全員辞任、〝総辞職〟が現実味を帯びてきた、と北野は思わざるを得なかった。

「あなた方マスコミは、ACBを潰《つぶ》したほうがよいと思ってるんでしょうか」

「巨大なるがゆえに、影響するところ大ですから、そこまでは考えてませんよ。しかし、ACBが悪質な銀行であることは疑う余地がないでしょう。社会的制裁を受けるのは当然です」

「すでに十分受けてますよ」

北野は身内のふるえを河村にさとられまいとして、深呼吸を繰り返した。


モニタールームの大型受像機で記者会見の模様を見ていた二十数人の役職員の中から、石川広報部長が閉会を宣した直前に、抜け出した者が二人いた。

池田専務と森田取締役企画部長だ。示し合わせたわけではなかったが、二人とも事前に佐々木から呼びつけられていたのである。

池田は専用車で、森田はタクシーで大手町のACB本店ビルから帝国ホテルへ向かった。スウィートルームで佐々木相談役が二人を待っていた。

森田のほうがひと足先に着いた。

ソファをすすめながら、佐々木が訊《き》いた。

「記者会見はどんな様子だったの」

「岡田副頭取がボロを出して、収拾がつかなくなりました……」

森田が記者会見の内容を詳細に報告し終えたのを見計らったようなタイミングで、池田があらわれた。

「〝岡田頭取〟はなくなったと思います」

池田が興奮した面持ちで話をつづけた。

「間違いなく、そういうことになると思います。〝吉野会長〟〝池田頭取〟でよろしいんじゃないでしょうか」

「吉野と岡田はセットなんじゃないのかね。二人とも不適任と思うが」

「お言葉ですが、吉野副頭取は無傷ですし、ご本人が降りると言わない限り、引き摺《ず》り降ろすわけにもいかないと思いますが」

佐々木は、一瞬、森田に向けた厭《いや》な目を伏せて、腕を組んだ。

「池田君は〝吉野会長〟でもいいの」

「は、はい。わ、わたしはどなたでも大丈夫です。相談役のお力で頭取にならせていただければ、全身全霊で相談役をお守りし、ACBのために粉骨砕身、頑張ります」

池田の大仰なもの言いに、森田は思わず、冷笑を浮かべたが、すぐに表情を引き締めた。

「〝池田頭取〟の実現に、お力添えをお願いします」

「わかった。いいだろう。千久の木下社長から今井に電話を入れてもらおう。わたしは坂本と連絡を取る。きみら、食事はまだなんだろう」

池田と森田がうなずいた。

「前祝いにワインでも飲もうかねぇ」

「ありがとうございます」

池田はすっかりその気になっていた。

〝池田頭取〟は軽い、と思いながらも、森田もまんざらではなかった。

旧〝A〟側では次の次は俺しかいない、と森田は思っていた。池田なら、確実に俺を後継者に指名するはずだ。

軽いと言えば、坂本頭取はもっと軽い。さっきの記者会見の対応ぶりがそれを証明した。坂本でも務まるのだから、池田に務まらないはずがない――。

「森田君、ルームサービス係を呼びなさい」

「はい」

森田がソファから腰をあげた。

佐々木が森田から池田に目を移した。

「総務部門におった者が、OBまで東京地検の事情聴取を受けているらしいねぇ」

「ええ。OBを含めて三、四人の逮捕は仕方がないと思います」

「岡田君は大丈夫なんだろうね」

「そう思います。いくらなんでも審査部門まで司直の手が及ぶことはないと思いますけど」

ソファに戻った森田が首をかしげた。

「岡田副頭取は微妙なんじゃないでしょうか」

「特捜部はそこまではやらんでしょう」

池田の見通しは甘かった。

第八章　急　転

1

五月二十一日付朝刊各紙の朝日中央銀行バッシングは、北野たちの予想を超えて、手ひどいものだった。

テレビ各局が前夜ニュース番組で、すでに新旧トップ四人の記者会見のぶざまぶりを映像に映し出していたのだから、ある程度は予測できたが、後追いする形になる活字のほうがより過激になるのは仕方がなかった。

北野たちがいちばんこたえたのは、〝岡田次期頭取、不正融資を事前に承知〟の報道である。どの新聞も頭取不適格を印象づける書きっぷりだった。

岡田は記者会見後、「自信がない」と吉野に洩《も》らしていた。

「岡田さんが頭取を受けないのなら、わたしも受けません。二人はあくまでもセットなんです。この難局を乗り切るために頑張りましょうよ」

吉野は岡田に釘《くぎ》を刺したが、吉野の判断が甘かったことは、翌朝の新聞各紙の岡田バッシングもさることながら、この日の午後には証明された。

岡田が東京地検特捜部から出頭するよう求められたのだ。

ＡＣＢは東京地検の強制捜査直後、総務部に専従班を設けた。専従班は特捜部の窓口である。他部門からの寄せ集めで部長、副部長クラス四人のチームだ。

総務部の会議室が専従班の専用室だった。デスクと直通電話が設置され、特捜部と連絡を取り合っていた。

連絡を取り合うというのとは少し違う。

専従班から、特捜部に電話をかけることはなかったので、一方通行である。

「岡田副頭取にお尋ねしたいことがあります。あす五月二十二日午後二時に加納検事のところへ出頭してください」

特捜部の検察事務官から専従班に電話がかかったのは二十一日の午後一時過ぎのことだ。

電話を受けた専従班の担当者は「承知しました」と答えるしかない。否《いや》も応もなかった。

検察の出頭要請、事情聴取は強制力を伴っていた。

担当者は直ちに、この旨を岡田に報告した。

通常の連絡事項なら秘書を通すのが筋だが、特捜部関係は専従班が直接、本人に伝える仕組みになっていた。

ＡＣＢの総務部門関係者は、すでに延べ数十人が事情聴取を受けていたが、審査部門に初めて、検察の追及が迫ったことを意味している。しかも、次期頭取候補が出頭を命じられたのだから、一大事であった。

岡田は、新聞報道などで逮捕もあり得るとは思っていたが、道義的責任程度の問題なのだから目こぼしされるだろう、とそれを否定する気持ちのほうが強かった。それが虚《むな》しい期待に終わってしまったのだ。

特捜部の岡田に対する出頭命令は、総会屋への利益供与、商法違反の容疑を裏付けたことになる。

特捜部の事情聴取が即逮捕に直結するとは限らないが、少なくとも岡田の次期頭取が白紙還元になったことだけは否定しようがなかった。

岡田は専従班から連絡を受けたとき、さすがに身内のふるえを制しかねた。

だが、じたばたしても始まらない。岡田は女性秘書を呼んで、「あすの午後以降のスケジュールは全部キャンセルしてください」と伝えた。

「吉野副頭取は在席してますか。確認して、至急、時間をあけるようにお願いしてください。時間は五分とはかかりません。それから会長と頭取のアポも取るようにお願いします」

「はい」

女性秘書は、岡田の様子がおかしい、と首をかしげながら退出した。

午後一時二十分過ぎに、吉野副頭取が岡田副頭取の部屋にやってきた。

「わたしがお訪ねしなければいけませんのに」

「隣じゃないですか。どっちでもいいですよ」

二人はソファで向かい合った。

「さっそくですが、東京地検の特捜部から呼び出しがかかりました。あすの午後二時に出頭しろっていうことです」

　岡田の声がうわずっている。

　吉野のほうがもっと調子が乱れた。

「きのうの、きょうですか」

　記者会見した翌日に、特捜部から出頭を命じられたことに、吉野が驚くのも無理はなかった。特捜部が記者会見のいかんにかかわらず、岡田逮捕をすでに視野に入れていたことを、二人とも知る由はなかった。

「あなたは、二人はセットだとおっしゃったが、そういうことですから、セットは解消してください。これから会長と頭取にも話さなければならんのですが、わたしの意見を言わせていただけるんなら、〝吉野頭取〟がベストだと思います。会長は空席でもよろしいんじゃないでしょうか。それとも、あなたが会長と頭取を兼務する手もありますかねぇ」

「ちょ、ちょっと、待ってください……」

　吉野が両手をひろげて、突き出した。

「そんな、変なことを言われても困りますよ。検察の事情聴取で、そんなにあたふたしなければいけないんですか」

　あたふたしているのは岡田も吉野も同様だった。

「即逮捕かどうかはわかりませんけど、それもないとは言い切れないんじゃないでしょうか。いずれにしても、わたしは降ります。新聞も書いてますが、頭取不適格なんですよ。初めから、断るべきだったと後悔してます」

「そ、それを言われたら、わたしの立場はどうなるんですか。今井会長から、おもしろおかしく言われましたが、執行部の〝総辞職〟に決まりかかったのを、わたしの電話がひっくり返したそうじゃないですか。穴があったら入りたい心境ですよ。きのうも申しましたが……」

吉野は、岡田の胸に突きつけた右手の人差し指を自分の方に向けて、つづけた。

「あなたとわたしは、あくまでもセットです。会長、頭取を受けるのも受けないのも一緒に行動しましょう。いずれにしても、ここで出処進退を決める必要があるんでしょうか。検察の事情聴取を受けてみなければなんにもわからないんじゃないですか。ばたばたするのはやめましょうよ」

「………」

岡田が掠《かす》れ声を押し出した。

「いま、わたしがおかれている立場も考えてください。態度をあいまいにしたまま検察に出頭できるわけがないじゃないですか。お察しください」

「とにかくセットはなかったことにしていただけませんか。このことが言いたくて、あなたにお会いしたかったんです」

吉野の声が、岡田に聞き取れないほど、低く、くぐもった。

「わたしの〝頭取〟はあり得ませんよ。〝A〟と〝C〟のバランス上も、それはないんです。会長、頭取の兼務も、ノーです。そんなことが通るわけはないですよ」

吉野も岡田も旧行意識にとらわれていた。それも呪縛《じゅばく》といって言えないことはない。

「ACB一の人格者が、司直の手にかかるなんてことがあっていいんでしょうか」

吉野が天井を見上げながら慨嘆したとき、ノックの音が聞こえた。

岡田付の女性秘書だった。

「今井会長がお呼びです。坂本頭取もいらっしゃいますが、吉野副頭取もご一緒にどうぞとのことです」

「そう」

岡田が答えて、ソファから腰を上げかけたが、吉野は手で制した。

「その前に、両者で合意しておきましょうよ」

「セットはありません。どうかそういうことでお願いします」

「それでは合意できませんねぇ。人事権者の会長と頭取の意見も聞きましょう」

岡田に続いて、吉野も立ち上がった。

会長室のソファで、今井と坂本が向かい合っていた。

「失礼します」

吉野が今井と坂本を左右に見る形で、吉野の対面に岡田が腰をおろした。

「けさホテルに木下社長から電話があったよ。いま、坂本君に話しかけたところだが、マスコミ報道を見る限り〝岡田頭取〟はやめたほうがよい、というご託宣だった。〝吉野会長―池田頭取〟でどうか、とご親切に進言してくれたが、わたしは、ご意見はご意見として承っておく、と答えた。ご機嫌斜めだったよ」

坂本が今井の話を引き取った。

「わたしには昨夜遅く佐々木相談役から電話がありました。木下社長とまったく同じご意見です。佐々木相談役と〝千久〟はつるんでいるとしか思えませんねぇ」

「きみはなんと答えたの」

今井に訊《き》かれて、坂本が答えた。

「もちろん、記者会見で公言したことをイージーに撤回できませんって言いましたよ」

「佐々木相談役のことだから、簡単には引き下がらんだろう」

「おっしゃるとおりです。〝岡田頭取〟は不適格だ。最高顧問の意見を尊重してもらいたいと執拗《しつよう》に繰り返してました」

岡田がたまりかねたように口を挟んだ。

「佐々木相談役と木下社長がおっしゃるとおりです。わたしは不適格です。頭取はお受けできません。実は、東京地検特捜部から、あすの午後二時に出頭するように命じられました」

「ええっ!」

「なんだって!」

坂本と今井が調子っ外れな声を発した。

「きみが、わたしに会いたいと言ってきたのは、そのことなのか」

「会長」

岡田は今井と坂本にこもごも目を遣《や》った。

「頭取、申し訳ございません。こんなことになりまして、お詫《わ》びの申しようもありません。初めから辞退すべきだったと後悔しております。実は、いま吉野副頭取と……」

吉野が岡田の話をさえぎった。

「そこから先はわたしが話します。岡田さんとわたしは一体です。〝岡田頭取〟がないということでしたら〝吉野会長〟もありません。そういうことで、岡田さんとの間で、合意が得られてます。それと申しにくいのですが、池田君とコンビを組む気にはなれませんので」

岡田は、吉野が、池田のことをカウントして、「セット」を強調したのだと合点がいった。

二人はソリが合うほうではなかった。

今井がむすっとした顔で言った。

「池田も頭取不適格ということだな」

「そう思います。佐々木相談役に、あんなに露骨にすり寄るようでは、彼が頭取になりましたら、佐々木相談役の操り人形にされてしまうんじゃないかと心配になりますよ」

吉野は皮肉たっぷりに言い放った。

岡田が端正な顔を歪《ゆが》めた。

「わたしも池田さんは論外だと思いますが、〝吉野会長兼頭取〟でよろしいんじゃないでしょうか。兼務は暫定的なことになりますけど」

「そういうわけにもねぇ。頭取は〝A〟から出したほうが収まりもいいだろう」

坂本も、旧行意識が躰《からだ》に染みついている口だった。

吉野が苦笑を滲《にじ》ませた。

「繰り返しますが、わたしと岡田さんとはセットで考えてください。単なる事情聴取で終わるような気もしますけどねぇ」

「それは楽観的過ぎますよ。特捜部がわたしに出頭を求めてきたのは、よくよくのことですよ。

即逮捕もあり得ると覚悟してます」

岡田は無理に笑顔をつくった。

坂本が長い顔を斜めに倒した。

「それはないだろう。高橋総務部長は十回以上、特捜部に呼びつけられてるからねぇ」

今井が唐突に、吉野に訊《き》いた。

「きみ、そんなに会長になるのは厭《いや》なのか」

吉野は今井の胸中を測りかねて、首をかしげた。

「池田のように、なりたがってるのはいくらでもいると思うがねぇ」

「さあ、どうでしょうか。ACBの現状を考えますと、二の足を踏んで当然と思いますが。池田君の気が知れませんよ」

今井が声を励ました。

「ACBはそんなに駄目な銀行なのか。沈没しかかってるドロ船とでも言うのかね」

「いいえ、そこまでは……。ただ、検察の強制捜査を受けたことのダメージは少なくないと思います。わたし自身、責任を痛感してます」

「たしかに、きみは身ぎれいだよ。しかし、たまたま川上さんや小田島とかかわりをもつポストにいなかったからこそで、岡田君のような人格高潔な人でさえ、小田島との関係をチェックできなかった。わたしも然《しか》りだが……」

今井は吐息をついて、話をつづけた。

「ほんとうに慚愧《ざんき》に堪えない。だが、わたしが言いたいのは、そんなことじゃないんだ。岡田君が言ったが、吉野君に会長兼頭取を考えてもらいたいんだ。坂本君は異論があるようだが、危急存亡の秋《とき》に〝A〟とか〝C〟とか言うのはこの際やめよう」

「ご趣旨はごもっともです。しかし、わたしはお受けできません。中澤説を尊重すべきだと思います」

「宗旨《しゅうし》変《が》えか」

「会長のおっしゃるとおりです。国際的に信任を得られない、などと言ったことは、わたしの思い違い、あるいは思い上がりでした。撤回させていただきます」

「わかった。頭取、意見があればどうぞ」

「岡田君の事情聴取の結果を見ましょうよ。いくらなんでも、きのうのきょうはないでしょう」

「〝岡田頭取〟は無理なんじゃないのか。諦《あきら》めざるを得ないと思うが」

坂本はなにか言いたそうだったが、下を向いてしまった。

2

北野が〝岡田事情聴取〟の報に接したのは、その日の午後五時過ぎだ。

中澤専務から森田、石井、北野、片山の四人に呼び出しがかかったのだ。

中澤が沈痛な面持ちで切り出した。

「岡田副頭取があす東京地検特捜部に出頭します。いま、ご本人と話してきましたが、即逮捕もあり得ると言ってました。総務部門の関係者の逮捕は秒読みの段階に入ったと思うが、岡田副頭取の場合は思い過ごしでしょう」

森田がすかさず発言した。

「〝岡田頭取〟は白紙になったわけですね」

「残念ながら、そういうことになるんでしょうねぇ。きみは、なにか聞いてますか」

「なにかと言いますと」

「〝岡田頭取〟に代わる頭取候補のことです」

「いいえ。なにも聞いてません」

中澤付の女性秘書が緑茶を運んできた。小柄で可愛《かわい》い女性だ。

湯《ゆ》呑《の》みをセンターテーブルに並べ終えるまで、重苦しい沈黙が続いた。

「いろんな筋から、池田専務を頭取に推挙する声があるようだが、森田君は当然賛成でしょうねぇ」

森田は思案顔で、湯呑みに手を伸ばした。

ひと口すすって、茶托《ちゃたく》に戻すまで、十数秒も要した。

「消去法でいきますと、そういうことになるんでしょうかねぇ」

「石井君はどう思いますか」

「中澤専務がかねて主張しておられる〝総辞職〟しかないと思います」

「北野君は」

「石井副部長の意見に賛成です」

「片山君はどうですか」

「右同じです。ついでに申しますと、MOFは一日も早く〝総辞職〟すべきという意向です。地検の捜査結果を待ってACBの処分を決めることになると思いますが、相当厳しい処分が出るんじゃないでしょうか」

北野が緑茶をがぶっと飲んだ。

「本部長はいろいろな筋とおっしゃいましたが、たとえば誰と誰なんでしょうか」

「お祭しのとおりですよ」

「佐々木相談役と千久の木下社長ですか」

森田が声高に北野を咎《とが》めた。

「言葉が過ぎるぞ。もう少し立場をわきまえたら、どうなんだ」

中澤が森田をたしなめた。

「大きな声を出さないで。北野君が立場をわきまえていないとは思えませんが……。北野君、そのとおりですよ」

「もし、佐々木相談役と木下社長の横ヤリに屈したら、ACBのあしたはないと思います」

石井がやんわりと北野に加勢した。

「会長も頭取も、そういう筋の言いなりになるほど甘くはないと思いますけどねぇ」

森田がきっとした顔で言った。

「専務にお伺いしますが、トップ人事に、われわれクラスが容喙《ようかい》する余地があるんでしょうか」

「森田君、お気持ちはわかるが、ACBが生き残れるかどうかというときに、杓子定規《しゃくしじょうぎ》でもないでしょう。わたしに対する批判は甘んじて受けるが、いまは若い人たちの力が必要なんです。はっきり言うが、常務クラスの中から、会長、頭取を人選せざるを得ないと思う」

中澤の口調はいつになくきびしかった。

ノックの音が聞こえた。

「どうぞ」

中澤が返事をした。

女性秘書の顔が覗《のぞ》いた。

「高橋総務部長が専務に至急お目にかかりたいそうですが」

「そう。ちょっと待ってもらってください」

中澤は秘書に答えてから、一同を見回した。

「じゃあこれで。皆さんに集まってもらったのは、岡田副頭取のことを知らせたかったからです。森田君、〝総辞職〟あくまでも反対ですか」

「そんなことは……」

森田は言葉を濁した。

北野たちが中澤専務室を退出すると、ドアの前に取締役総務部長の高橋博がぼんやり立っていた。

黙礼したが、高橋は心ここにないのか、こっちを見なかった。

歩きながら片山が北野に肩を寄せてきた。

「正に秒読みなんじゃないのか」

「うん。そんな感じだな」

最後に退出した森田が高橋に声をかけた。

「やあ、元気か」

「ええ」

高橋はわれに返ったようだが、憔悴《しょうすい》し切って、メタルフレームの眼鏡の奥で目がくぼんでいた。

「さあ、どうぞ」

「どうも。急に押しかけまして」

高橋はソファに腰をおろして、居ずまいを正した。

「あす逮捕されそうです。それでご挨拶《あいさつ》に参上しました」

中澤は言葉を失った。

「わたくし以外では森さん、吉本君、須藤君の三人がやはり……」

森司郎は元総務担当常務、吉本康夫は営業八部長で前総務部副部長、須藤明は総務部副部長である。

「佐々木相談役にもお別れのご挨拶をしてきましたが、わざわざ挨拶にくる必要はない、と叱《しか》られました。佐々木相談役には、言いたいことが山ほどありますけれど。久山相談役は、きみはわたしたち歴代トップの犠牲者だ、申し訳ない気持ちでいっぱいだとおっしゃってくださいました。久山相談役は涙をこぼされて……」

高橋はこみあげてくるものを抑えかねて、ハンカチを口にあてがった。

「なんとお慰めしてよいのかわかりませんが、久山相談役のおっしゃったとおりだと思います。ACBはあなた方を見捨てるようなことはしませんよ。これだけはお約束できると思います」

「佐々木さん以外の相談役は、皆さん、同情してくれました」

「……………」

「高校生の息子がこんな父親を見たら、なんと思いますか。家族のことを考えますと、辛《つら》い気持ちになります」

「高橋君、ACBを救うために、逮捕され、勾留《こうりゅう》されると考えてくださいよ。こんなことを言っても、なんのたしにもならないことはわかってるが。岡田副頭取があす特捜部に出頭することは聞いてますか」

「はい」

「彼も、そういうことになるんでしょうか」

「そんな気がしますが」

中澤はいっそう気持ちが滅入《めい》った。

3

五月二十一日の夜、森田は早めに退行した。まっすぐ帰宅したわけではない。

岡田副頭取の東京地検出頭が明日に迫ったため、佐々木相談役と木下・千久社長の後押しで池田専務が次期頭取候補として急浮上したとばっかり思っていたが、なにやら雲行きが怪しくなってきた。

中澤専務が主張する専務以上八名の代表取締役全員が辞任するようなことになれば、森田の頭取の目はなくなる。

なぜなら、昭和四十一、二年入行組の常務クラスから次期頭取が選出されることになれば、昭和四十三年入行組の森田は、確実に飛ばされてしまう。

〝吉野会長〟〝池田頭取〟は暫定政権だ。〝池田頭取〟の次は〝C〟側の頭取で、池田が会長を経て取締役相談役に退《の》くときに、森田を〝C〟の次の〝A〟の頭取に指名するという計算が成り立つ。

〝A〟と〝C〟のたすき掛け人事が連綿と踏襲されているので、旧〝A〟の森田にとって、〝池田頭取〟は、きわめて都合のいい存在だった。

しかし、中澤専務の動きに石井、北野、片山などの元気なミドルが同調しているだけに、森田としては安閑としていられなかった。

さらに広報部副部長に、松原が就いたことも、森田にとって気がかりな人事だった。

森田が、新橋の小料理屋で池田と密会している同時刻、石井、松原、北野、片山の四人が広報部の会議室で、ひたいを寄せ合っていた。四人ともワイシャツ姿だった。

招集をかけたのは松原である。

「総務部関係者があす逮捕されることは、どうやら間違いないようだ。岡田副頭取の逮捕も時間の問題になってきた」

「マスコミもキャッチしてるのかねぇ」

石井の質問に、松原はしかめっ面でうなずいた。

「岡田副頭取の事情聴取もか」

「うん。特捜部は間違いなくリークしてるよ。複数の社会部記者があした記者会見するように要求してきた。いま、石川広報部長がパレスホテルで今井会長と坂本頭取に会ってるが、きのうの記者会見で懲りてるから、二人とも逃げるだろう。問題は、じゃあどうしたらいいかだ」

「吉野副頭取しかいないと思いますけどねぇ」

片山がウーロン茶の缶を掌でもてあそびながら言うと、松原は手を振った。

「会長になりたくないと固辞してる人が受けると思うか」

「仮に会長にならないとしても、いま現在、吉野副頭取が会長に擬せられてることは周知の事実でしょう。元はといえば〝岡田頭取〟を担ぎ出したのも、あの人ですよ。記者会見を断れた義理じゃないと思いますけどねぇ」

片山はウーロン茶をぐぐっと飲んでつづけた。

「会長も頭取も副頭取も、皆《み》んな逃げちゃったら、ACBバッシングはもの凄《すご》いことになると思いますよ」

「吉野副頭取にお願いするのは筋が違うような気がしますけどねぇ。頭取が記者会見に応じるべきですよ。お詫《わ》びの会見をしたらいいんですよ。ただただ、ひたすら頭を下げるしかないと思いますけど」

北野も、センターテーブルのウーロン茶の缶に手を伸ばした。

松原が時計に目を落とした。

「北野の言うとおりだが、頭取の首に縄をつけて会見場に引っ張り出すわけにもいかんだろう」

石井、北野、片山も時計を見た。時刻は午後七時四十分。

「ACBのトップとして最後を全うしてもらいたいのはやまやまだよ。広報部長は必死に説得してると思うが、おそらく会長も頭取も拒否するだろうな。片山じゃないが、やっぱり吉野副頭取にお願いするしかないか」

「松原、この際、中澤専務に記者会見に出てもらう手があるんじゃないのか」

意表を衝く石井の発言に北野と片山が顔を見合わせた。

「あした臨時取締役会を開催して、一挙に〝総辞職〟を決めてしまう。問題は誰が会長、頭取になるかだが……。中澤専務に記者会見に出てもらう意味はその点にある。池田専務を担ごうとしている勢力はあなどれないが、八代表取締役が全員辞任して、清新な執行部で出直すことがACBの再生につながるんじゃないだろうか」

「限られた時間内に、人選ができますかねぇ」

北野は、石井の意見に与《くみ》しながらも、時間が足りないとあやぶんだ。

石井が咳払《せきばら》いをして、表情を恐いほど引き締めた。

「中山常務しかいない、とわたしは思う。陣内常務も有力な候補だが、彼は心臓病を理由に受けないと思うんだ」

中山公平は業務推進部門の担当常務だ。総務、審査、営業などの部門とは無縁だった。中山は国際部門、人事部門の部長職も経験しているが、人事部長時代に北野は仕えたことがあった。昭和四十一年東大法学部出身で、旧〝C〟。名前のとおり、好き嫌いを出さず、公平な人だった。

陣内誠二は、中山と同期だ。京大経済学部出身で、旧〝A〟。財務・経理部門を担当している。

松原が腕組みして、ぼやいた。

「中山常務は修羅場に強そうだし、悪くないが、〝C〟側であることがネックにならないか。上の方は〝A〟と〝C〟のたすき掛けに固執する人ばっかりだからねぇ」

「副頭取を三人にして、二人を〝A〟側から出すとか、なんとか調整できるんじゃないかなぁ。この非常時だからこそ、旧行意識を払拭《ふっしょく》するチャンスでもあると思うが」

「今夜中にトップを説得して、あしたの記者会見までにすべてを決められますかねぇ。中山常務の固辞も考えられますよ」

北野はどう考えても時間が足りないと思わざるを得なかった。

「やってみなければわからんよ。中澤専務にここへ来てもらおう。〝総辞職〟を提唱している人の出番だよ」

石井は断定的な言い方をして、松原に目を流した。

「わたしも石井の意見に賛成だ。石井がそこまで、考えていたとはねぇ」

「中澤専務から内々相談を受けていたが、消去法でいくと、中山常務しかいない」

「会長はどうする」

「空席か、会長、頭取の兼任かどっちかだろう。〝A〟と〝C〟のバランスにこだわる人が多いから、坂本頭取の分も含めて中山常務は一期半三年で会長になると含みを滲《にじ》ませることが必要かもなぁ」

松原が北野に目を向けた。

「中澤専務もパレスホテルだろう。北野、電話をかけてくれないか」

「はい」

北野がソファから腰をあげたとき、松原の携帯電話が振動した。

電話をかけてきたのは、石川広報部長だった。

「松原です」

「石川だけど、三人とも勘弁してほしいの一点張りだ。ACBのゆくすえを考えてるのか疑いたくなるよ」

「恥ずかしくて人前に顔を出せないっていう心境なんですね。もうたっぷり恥をかいてるんだから、ついでにもうひと恥かいても、どうということはないと思いますけど」

「誰を代打に立てたらいいかねぇ」

「いま、石井、北野、片山の三人に広報部に集まってもらってるんですが、中澤専務に出てもらったらどうかという案が出てます」

「中澤専務ねぇ。それも一案だな」

「どうします。銀行に戻りませんか。重要な話が出てますけど」

「松原にすべてまかせるよ。今夜はヘトヘトだ。家に帰らせてもらう。なにかあったら電話してくれよ」

「わかりました。じゃあ」

松原は電話を切って、話の内容を説明した。

「すべて松原にまかせるか。企画部長とえらい違いだなあ」

片山が石井に同調した。

「森田企画部長に一日も早くどいてもらうことが、ACBのためになるんですけどねぇ。大型営業店の支店長にどうですか。それこそ中澤専務の出番だと思いますけど。いまACBで頼りになるのは中澤専務だけでしょう」

「中澤専務が頭取になるのが、いちばんいいんでしょうねぇ」

「北野、ないものねだりみたいなことを言っても始まらんよ。それより、中澤専務に電話をかけてくれ」

松原に促されて、北野が応接室の電話の前に立ったとき、「ちょっと待って」と片山が止めた。

「〝総辞職〟となれば、副頭取の名前ぐらいは挙げておく必要があるんじゃないかなぁ。代表取締役が八人もいる必要はないと思うけど、中澤専務の負担を軽くしてあげたらどうですか」

「なるほど。西田に、全常務のキャリア表を持ってくるように言ってくれ」

石井はひとうなずきして、北野に指示した。

西田は三分後にファイルを持って会議室に駆けつけてきた。

「西田にも知恵を出してもらおうか。座ってくれよ」

石井が退出しようとした西田を引き止めてから、話をつづけた。

「中澤案を押し通すしかACBが生き残る道はない、ということで衆議一決した。会長は空席とするか、兼務とするか意見が分かれてるが、常務クラスから頭取を選出するとすれば、中山常務しかいないっていうところまでは話が出てる。問題は副頭取だ」

「実は統括グループで話してたんですけど、岡田副頭取でさえ危ないわけですから、営業、審査、総務の問題部門に在籍した常務は頭取候補から除外せざるを得ませんよねぇ。稟議《りんぎ》書に押印してたなんてことが検察に押収された書類の中にあったら、えらいことになりますよ。消去法でいくと、十二名中七名の常務は対象外です」

「営業とか審査はエリートコースだからなぁ。それにしても、ふるいにかけたら、五人しか残らないとはお寒い限りだねぇ」

片山の話を北野が引き取った。

「バブル期の無茶苦茶な融資に疑問を呈したり、佐々木相談役や〝千久〟に睨《にら》まれて、追放された人たちの中に、立派な人がけっこういるんですよねぇ。残ってるのは、ゴマ擂《す》りとイエスマンばっかりか。いや、中山常務と陣内常務は、ちょっと違うな」

「会長にOBを持ってくる手があるんじゃないか」

片山は冗談ともつかずに言った。

松原が猪首《いくび》を左右に振った。

「あくまで清新でいこう。消去法で残った五人が全員代表取締役に就任すればいいわけだよ。

たしかに八人は多すぎる」

石井がキャリア表から目を上げた。

「見るまでもないか。西田、五人の名前を挙げてくれないか」

「われわれ調査役、副調査役クラスの採点順に名前を挙げますと中山、陣内、水島、矢野、白《しら》幡《はた》の五常務です。言うまでもありませんが、中山、矢野、白幡の三人が旧〝C〟、陣内、水島が旧〝A〟ですが、問題は昭和四十一年入行組が三人もいることです。中山頭取はやりにくいでしょうねぇ」

「その程度は辛抱してもらうしかないだろう。この非常時にアンバランスもくそもないよ」

片山が決めつけるように言うと、石井も松原も仏頂面でうなずいた。

「陣内常務も、頭取は無理でしょうけど、副頭取なら受けるんじゃないでしょうか」

「北野の言うとおりだ。俺《おれ》も、それを考えてた。トップは全力疾走しなければならないが、副頭取はそんなこともない。とにかく、これでいこうや。北野、中澤専務に電話をかけてもらおうか」

松原に命じられて、北野が時計を見ながら立ち上がった。時刻は午後八時二十分。

「北野ですが、松原副部長から声をかけられまして、いま石井副部長と片山、西田の五人で広報部の会議室で話してるんですけれど、至急専務にご相談したいことがございます」

「きみたち、食事まだなんだろう」

「はい」

「わたしもこれからなんだ。よかったらホテルのわたしの部屋にこないか」

「少々お待ちください」

北野は受話器を手で押さえた。

「ホテルで食事をしないか、とおっしゃってますが」

「いいだろう、行こう」

石井が答えた。

「それでは、お言葉に甘えさせていただきます。十分後には着くと思いますが」

「じゃあ、お待ちしてます」

ばたばた、と五人が会議室を出た。

「五人一緒だと目につくから、各自ばらばらに行こうか。部屋は何号室なの」

「六一八号室」

片山が松原に答えた。

デスクを片付けながら片山が北野に話しかけた。

「五月十五日の強制捜査の前夜を思い出すなあ。あれからずいぶん経ったような気がしてたが、まだ六日しか経ってないんだ」

「うん。そんな感じは俺もある。一生に一度あるかなしかの経験をしたからなぁ」

北野は下着とワイシャツの着替えの入ったカバンを抱えて、ひと足先にパレスホテルへ向かった。

時刻は午後八時半だが、強制捜査以来ACB本店ビルの周辺は、いつも人だかりがしていた。

警備員の数も大幅に増強された。行員通用口と駐車場の出入口付近は特に目立つ。

あす五月二十二日は、どういうことになるのだろうか。マスコミのACBバッシングはエスカレートしていくに相違なかった。

北野は、うつむき気味にACB本店ビルから足早に遠ざかった。

4

六一八号室は二人掛けと一人掛けのソファが一つずつしかなかったので、ソファに石井と松原が並んで座り、北野、片山、西田の三人は椅子《いす》をセンターテーブルに寄せた。

「ご苦労さま。二時間ほど久山相談役と話して、いましがた戻ったところなんです。いいタイミングで電話をもらいました」

中澤は北野に話しかけた。スーツ姿なのは、脱ぐのを忘れているのだろう。

松原が中澤に訊《き》いた。

「久山相談役はお元気ですか」

「少し痩《や》せたかねぇ。もともと少食だが、食欲がないそうです。風呂《ふろ》に入ってから、サンドイッチでも食べるようなことを言ってたが……。岡田副頭取と、総務関係者のことを非常に心配してました」

「〝総辞職〟の件で、久山相談役はなにかおっしゃいましたか」

質問したのは石井である。中澤が久山に面会した目的は、その点にあったに相違なかった。

「ええ。賛成してもらえました。きみたちの相談も、そのことですか」

石井が答えた。

「はい。あす逮捕者が出ると予想されますが、会長と頭取は記者会見に出ることを拒んでます。中澤専務に記者会見に出ていただくわけにはいきませんか」

「会長、頭取、副頭取を差し置いて、わたしがですか」

「三人ともノーなんです。順序としても筆頭専務の中澤専務ということになりますが」

「石井、その前提を先に話せよ」

松原が左肘《ひじ》で石井を小突いた。

「そうだな」

「その前に、ルームサービスの食事を頼みますか」

「いや、先に話をさせてください。ビールをいただいてよろしいですか」

「どうぞ」

北野が冷蔵庫から缶ビールを取り出した。

三百五十ミリの缶ビールが五缶入っていた。

洗面所用のグラスを二つ、片山が持ってきたので、グラスは四つになった。北野と西田は湯《ゆ》呑《の》み茶碗《ぢゃわん》をあてがわれた。

北野と西田がビールを注いだ。

「いただきます」

「どうも」

中澤がビールをひと口飲んで、グラスをセンターテーブルに置いた。

「石井君、前提の話を聞きましょう」

「十二人の常務から、消去法でピックアップしますと中山常務と陣内常務が残ります。ただ、陣内常務は専務もご存じのようにバイパス手術をしてますから、頭取は無理だと思うのです。中山常務にトップになっていただくのがよろしいのではないかと……。われわれの立場で、僭《せん》越《えつ》もいいところですが、非常時なるがゆえに許されると思ったのです。〝A〟と〝C〟の旧行意識に固執する人はたくさんいますが、旧弊を打破するチャンスと考えるべきなんじゃないでしょうか」

「僭越なんてことはありません。久山相談役とわたしの意見と、きみたちの意見が一致しているとは思いませんでした。しかし、誰が見てもそういうことになるんでしょうねぇ」

北野は思わず頬《ほお》をゆるめて、片山と握手していた。

「まだ先があります」

石井の声も心なしか弾んでいた。

「あした取締役会を招集していただけないでしょうか。〝総辞職〟と、後任のトップ人事を決めて、記者会見で発表する。そういう段取りで、専務に頑張っていただきたいと思って、押しかけてきました」

「ふうーん」

中澤が唸《うな》り声を発し、背広を脱いだ。

「相当な力仕事になりますねぇ。今井会長と坂本頭取、吉野、岡田両副頭取の合意が取りつけられるかどうか。中山君を説得するのはもっと大変でしょう」

松原が上体を乗り出した。

「しかし、根回しに時間をかけますと、必ず横ヤリが入って、潰《つぶ》されると思います。〝千久〟と佐々木相談役の動きを封じるためにも、今夜が勝負です。まだ九時ちょっと過ぎですから、間に合うんじゃないでしょうか」

「今井会長と坂本頭取は〝吉野会長〟〝池田頭取〟の線でまとめたがってるんですよ。吉野副頭取が抵抗してるので、これも簡単ではないが」

「〝総辞職〟は、いわば最後のカードです。いまカードを切らなかったら、ACBは沈んでしまいます。専務の危機感がやっとわかりかけてきました」

北野は湯呑みを握り締めて、話をつづけた。

「〝千久〟や佐々木相談役の影響力を排除しなければ、ACBの再生はおぼつかないと思います」

石井の声に気魄《きはく》がこもった。

「今夜中に決着をつけてください。われわれ五人は、捨て石になる覚悟です。北野も言いましたが、このままではACB丸は沈没してしまいます」

「専務、お願いします。MOFも、〝総辞職〟が妥当だと見てるんです。それぐらいのけじめをつけませんと、MOFも納得しないと思います」

片山は椅子からずり落ちそうなほど、躰を中澤の方へ寄せた。

「二、三日かかると思ってたが、やってみますかねぇ。まず両副頭取を味方につけて、三人掛かりで会長と頭取を口説きます。中山君はなんとでもなるでしょう。こうなると食事どころではなくなったかな」

「わたしも部屋を取ってますから、われわれはこれで失礼します」

「さすがMOF担だな」

松原が片山の肩を叩《たた》いた。

五人が退出したあとで、中澤は一分ほど思案した。シナリオを変えて、久山の力を借りようか迷ったのだ。しかし、まず吉野だ、と考えを元に戻した。

中澤は電話で吉野を呼び出した。

「中澤です。いまから、お会いできませんか」

「どうぞ、どうぞ。あれこれ考えて、どうせしばらく眠れないから、話し相手がほしかったところなんだ」

「ありがとうございます」

中澤は背広を抱えて、スウィートルームへ向かった。

吉野は浴衣《ゆかた》からスーツに着替えて、中澤を迎えた。

中澤は空いている長椅子に腰をおろした。

「たったいま、石井、松原、北野、片山、西田の五人に吊《つ》るし上げられて、往生しました。今夜中に決着をつけろ、と焚《た》きつけられましたよ……」

中澤の話を聞いて、吉野もその気になった。

「岡田さんにも来てもらおう」

岡田もパレスホテルに宿泊していた。

5

今井が宿泊しているパレスホテルのスウィートルームで、五月二十一日午後十時二十分から始まった、今井、坂本、吉野、岡田、中澤の五者会談が、延々と続いていた。

文字どおりの小田原評定で、二十二日の午前五時になっても、結論を見出せなかった。

今井と坂本は〝吉野会長―池田頭取〟を主張し、吉野、岡田、中澤は〝総辞職〟による〝中山頭取〟を主張して譲らなかったからだ。

「今井会長は月曜日の役員懇談会で、たしか〝総辞職〟を容認される発言もされました。それが、なぜドラスティックだとかラジカルという発言になるんでしょうか」

その後、佐々木相談役と千久の木下社長の圧力で今井が気持ちを変えたことを百も承知で、中澤は皮肉たっぷりに言った。

吉野も中澤をフォローした。

「しかも、わたしはお受けできませんと再三、再四申し上げてるんですよ。間もなく高橋君たちが逮捕され、岡田副頭取の事情聴取が始まろうとしているときに、ラジカルもドラスティックもないと思うのですが」

黙ってトイレに立った坂本を目で追いながら、今井が言った。

「池田の頭取はともかく、吉野は会長を受ける責務があると思うが。妥協案として〝吉野会長―中山頭取〟はどうかねぇ」

吉野が岡田をちらちら見ながら、言い返した。

「あり得ませんよ。〝C〟と〝C〟でコンビを組んだら、〝A〟側が黙ってません。行内が大混乱します。それ以上に佐々木相談役と〝千久〟が怒り狂うでしょう」

今井が気まずそうな渋面を吉野に向けた。

「それもそうだなぁ」

疲労で頭の中が混乱し、うっかり〝A〟と〝C〟のたすき掛けを忘れてしまったのだ。

今井が声をひそめた。

「坂本君があんまりしゃべらんのは、どうしてなのかねぇ。岡田君の胸中は察して余りあるが」

「元気がないのはお互いさまですよ」

中澤が、岡田に優しい目を向けて、話をつなげた。

「久山相談役をお呼びしましょうか。久山さんは取締役相談役でもありますし、長い間、今井会長とコンビを組んできました。佐々木相談役以上に重みがある存在です」

中澤は、久山が〝総辞職〟に賛成の態度を表明していることを打ち明けていなかった。

カードにしよう、と咄嗟《とっさ》に思ったのだ。

トイレからソファに戻った坂本が欠伸《あくび》まじりに言った。

「いずれにしても、きょう取締役会を開催するのは無理でしょう。岡田君がどういうことになろうと、おとといの記者会見で発表したトップ人事をきょうくつがえすなんて考えられますか。記者会見は広報部長と広報担当でもある中澤専務にまかせますよ」

中澤が右手と首を激しく左右に振った。

「お詫《わ》びの記者会見はトップがやるべきです」

「そんなに、きみはわたしに恥をかかせたいのかね」

坂本は語気を荒げた。

「その点は、わたしも同感だ。坂本君とわたしは去っていく身だよ。人民裁判みたいな記者会見は、もう懲り懲りだ。勘弁してもらいたい」

今井が投げやりな口調で言った。

中澤は負けていなかった。

「ＡＣＢは天下に恥を晒《さら》したんですよ。まだまだ恥をかかなければなりません。そのけじめが〝総辞職〟なんです」

堂々めぐりはいつ果てるともなく続いた。

中澤が時計に目を落とした。時刻は午前六時十分。

「久山相談役に来ていただきましょう。もう起きてると思います」

今井も坂本も反対しなかった。

中澤はサイドテーブルの電話で久山のスウィートルームを呼び出した。

「はい」

「おはようございます。中澤ですが、早い時間に申し訳ありません」

「いや、とっくに起きてましたよ。わたしも、きみに電話をかけようと思ってたところです」

「今井会長の部屋で夜を徹してしまったのですが、会長、頭取、両副頭取と、そちらへお邪魔してよろしいでしょうか」

「わたしがそこへ行きましょう。じゃあ」

久山は十分ほどで、あらわれた。むろん、ネクタイを着けたスーツ姿である。

「皆さん、お疲れのようですねぇ。わたしはクスリを服《の》んで、十二時には寝ましたから、このとおり元気です」

中澤が手短に状況を説明した。

紫煙をくゆらせながら耳を傾けていた久山が、煙草を灰皿にこすりつけた。

「いまさっき、C新聞の河村記者が電話をかけてきて、教えてくれたんだが、岡田君はきょう逮捕されるそうだ。社会部の同僚が知らせてくれたようなことを話してたが、特捜部は一昨夜の記者会見と関係なく、もともとそのつもりだったらしい。ネタ元は教えてもらえなかったが、総務関係の四人と合わせて、ACBから五人の逮捕者が出ることは間違いないようです」

久山は突然、ソファから立ち上がって、岡田に向かって、深々と頭を下げた。

「岡田君、ほんとうに申し訳ない気持ちでいっぱいです。なんとお詫びしていいかわかりません。われわれの責任をきみたちに押しつけるような結果になってしまって」

「相談役、どうぞお座りになってください。わたしは覚悟ができています。どんなことになろうと、誰かを恨むようなことはしません。厳粛に受けとめざるを得ないと思うのです。ACBが中山君たちの手で再生されることを信じて……」

岡田は感きわまって、嗚咽《おえつ》の声を洩《も》らした。

久山はまだ立ち尽くしている。

今井は血の気の引いた顔を両手で覆い、坂本は放心して、目がうつろだった。

吉野が声をしぼり出した。

「岡田さんも即逮捕もあり得ると言いましたが、まさかそんなことになるなんて」

「嘆いてばかりもいられません。取締役会を招集しましょう。〝総辞職〟以外に選択肢はありません」

中澤は自らを鼓舞するように、声をはげました。

久山が新しい煙草に火をつけた。

「佐々木相談役と木下社長は、わたしにおまかせ願おう。あの二人にきみたちが脅《おび》えるのもわかるし、わたしも怖い。だが二人に対して、開き直らなければいけないと、わたしは決心しました。わたしが責任をもちます。〝総辞職〟と〝中山頭取〟を決めたらいいと思う。今井君、坂本君、そういうことでどうですか」

「はい」

「けっこうです」

今井も坂本も、あっけなく折れた。

久山は中澤の方へ目を遣《や》った。

「取締役会は午後一時ということでどうですか」

「………」

「皆さん、少し休まないと……。秘書室長にはわたしが連絡しよう。差し出がましいとは思うが、六月二十七日の総会後とせずに、きょう取締役会で〝中山頭取〟を選任したらどうですか。

相談役の辞任もきょう付で決めた方がよいのでは」

誰も反対しなかった。

土壇場で、久山はリーダーシップを発揮したことになる。


菅野秘書室長への連絡を久山にやらせるわけにもいかなかったので、中澤は自分のツインルームに戻った。菅野もパレスホテルに泊まっていた。

「今井会長、坂本頭取からの伝言ですが、午後一時に取締役会を招集してください。それから、すぐ中山常務に電話して八時に銀行のわたしの部屋に来るように伝えてください。よろしくお願いします」

中澤は事務的な口調で菅野に告げた。

中澤には、中山を説得する大仕事が残っていたので、仮眠を取るどころではなかった。

中山を口説き落とせなかったら、すべてシナリオが狂ってしまう。若い連中の力を借りよう、と中澤は思いながら、片山のツインルームを呼び出した。

「もしもし……」

「中澤ですが」

「片山です。おはようございます」

「石井君たちはどうしました」

「五人とも、このホテルに泊まりました」

「三十分後にホテルのわたしの部屋に集まってください」

「承知しました」

中澤はルームサービスに六人分の朝食をオーダーしてから、トイレで用を足し、シャワーを浴びて、顔を当たった。新聞を読んでいるとき、五人があらわれた。

「やっと結論が出ました。きみたちの進言どおりになりましたよ。最後に久山相談役に来ていただいて、取り仕切ってもらいました。久山さんの佐々木相談役と木下社長はわたしにおまかせ願いたいの一言が、流れを変えたんでしょうねぇ。それと、岡田副頭取がきょう逮捕されるという情報も影響したんじゃないかな」

「やっぱり、そうなんですか」

松原の口を衝《つ》いて出た言葉に反応したのは、中澤だけだった。

松原は昨夜零時前に、E新聞社会部の記者から情報を入手していた。むろん石井、北野、片山、西田にも伝わっていた。

「久山相談役にけさ電話をかけてきた新聞記者はC新聞の人らしいが、松原君のニュースソースも同じですか」

「いいえ。E新聞です。昨夜遅い時間に」

「風雲、急を告げてきましたねぇ」

二人のルームサービス係がワゴンテーブル二台に、洋定食を運んできた。

「いま、七時十分だが、八時に銀行に行かなければならないので、少し急ぎましょう」

食事を摂《と》りながら、中澤は深夜から朝にかけて、どんな話をしたか、そして、久山が〝総辞職〟もトップ人事も相談役辞任もきょう、五月二十二日付で決めるべきだと発議したことなどを話して聞かせた。

「中山君を説得しなければなりません。これが失敗したら、元も子もないからねぇ」

中澤は笑いながら言ったが、北野は久山の顔を目に浮かべていた。「呪縛《じゅばく》」とうめくように発したときの苦渋に満ちた久山の顔を。

「きみたち五人の力を借りなければ、中山君を説得することはできないからねぇ。六人がかりなら、なんとかなるでしょう」

ミルクティーをすすりながらしきりに小首をかしげている石井の顔を、北野は耳たぶを引っ張りながら気にしていた。

石井がティーカップをソーサーに戻した。そして、中澤をまっすぐとらえた。

「陣内常務にも来ていただいたほうがよろしいんじゃないでしょうか。〝A〟とか〝C〟とか言いたくありませんが、中山常務がそのことを気にしないはずがないと思うのです。策を弄《ろう》するようで、なんですけれど、まず陣内常務に頭取就任をお願いする……」

「当て馬ねぇ」

松原がハムエッグに取りかかっていたナイフとフォークを置いて、話をつづけた。

「陣内常務と中山常務は昭和四十一年組の〝A〟と〝C〟の双璧《そうへき》だから、中山常務が陣内常務の立場を気にしないはずがない。健康上の問題で陣内常務が頭取を受けるとは考えにくいから、陣内常務の納得ずくで中山常務を引っ張り出す……。それが石井の戦術だな」

「戦術なんてオーバーなものじゃないが、〝A〟と〝C〟の呪縛に思いを致すと、中山常務が受けやすい環境づくりは必要だろう。しかも一時の取締役会まで五時間余しかない。一発勝負だが、中山新執行部に、陣内常務の協力は不可欠なんだから、陣内常務にも危機感をもってもらうってことだよ」

北野は石井の読みの深さに感服した。

「グッドアイデアです。それいただこう。陣内君は出勤途中と思うが、自動車電話の番号を知っている人はいますか」

「はい。存じてます」

松原が背広の内ポケットから手帳を取り出した。

プッシュホンのボタンを押したのは松原だが、つながったので、受話器を中澤に手渡した。

電話に出たのは運転手だった。

「はい」

「中澤ですが、陣内君に替わってください」

「はい。常務に替わります」

「陣内ですが」

「きょう一時から取締役会があることは聞きましたか」

「ええ、たったいま」

「そう。それで、折り入って相談したいことがあるんだが、八時に銀行のわたしの部屋に来ていただきたいんです」

「会議が入ってますが……」

「申し訳ないがキャンセルしてください」

「承知しました」

中澤がワゴンテーブルに戻った。

「お聞きのとおりです。正念場というか勝負所というか。失敗はゆるされません」

「マスコミに岡田副頭取のことは洩《も》れてるわけだから、ACB本店ビルは報道陣に包囲されてるんでしょうねぇ」

北野が松原に話しかけた。

松原は厳しい顔でうなずいてから、中澤をとらえた。

「記者会見はどういうことになるんでしょうか」

「わたしが出ます。当然、中山常務、いや〝中山新頭取〟にも出てもらうことになると思うが」

「時間はどうしましょうか」

「取締役会が終わらないことにはなんとも言えないし、地検特捜部とのかねあいもあるから、夜七時以降になるのかなぁ」

第九章　新執行部誕生

1

五月二十二日午前七時五十五分に六人は、ＡＣＢ本店ビル内になんとか辿《たど》り着いた。

中澤はむろん専用車で、石井、松原、北野、片山、西田の五人は徒歩で、報道陣の包囲網をかいくぐった。ＡＣＢマンは、連日マスコミにまとわりつかれ、無言の入退行を強いられていた。石を投げられないだけでも、よしとしなければ、と北野は思う。

パレスホテルからＡＣＢ本店ビルへ向かう道すがら、石井が松原に話しかけた。

「企画部長と広報部長を蚊帳《かや》の外にしておいて、いいのかねぇ」

「広報部長は俺にまかせると言ってるんだし、企画部長は取締役会のメンバーなんだから、蚊帳の外ってことはないよ。だいいち、森田さんはスタンスがおかしいんだろう」

「そうだな」

二人の話を聞きながら、北野は森田取締役企画部長の処遇が新執行部でどうなるか、気になった。

八時二分前に中山が、一分前に陣内が中澤専務室に駆けつけてきた。中山も陣内もメタルフレームの眼鏡をかけていたが、穏やかな風貌《ふうぼう》の中山と対照的に、陣内は鋭角的な顔付きだった。

西田は自ら外れたが、石井、松原、北野、片山の四人がソファの外側の椅子《いす》に控えていることに、二人とも怪訝《けげん》そうな顔をした。

「お呼びたてしてどうも。さっそくですが、きょう取締役会で、代表権をもった専務以上八人の辞任と、相談役六人の辞任を決定します。いずれもきょう五月二十二日付で辞任しますが、ついてはお二人に新執行部をおまかせしたい、と考えた次第です。わたしはかねて〝総辞職〟を主張してきたが、会長、頭取、副頭取の合意をやっと取り付けることができました。常務クラスから会長、頭取を選任しなければなりませんが、石井君、松原君たちの強力な推薦があり、上層部もあなた方の会長、頭取に異存はありません。副頭取、専務については、あなた方におまかせしたほうがよろしいでしょう」

中山も陣内も想像だにしていなかったに違いない。まるで木偶《でく》のように身じろぎもせず、中澤をぼんやり見ていた。

「青天の霹靂《へきれき》ですか」

中澤に笑顔を向けられて、まず中山が反応した。

「わたしの気持ちをどう表現してよいのかわかりません。わたしのような者が、どうしてそんなことに。信じられません。光栄と思わなければいけないのでしょうけれど、わたしには荷が勝ち過ぎます。ご容赦ください」

陣内は余裕を取り戻して、ひと理屈こねた。

「〝総辞職〟のことは、わたしの耳にも聞こえてきました。失礼ながらさすがは中澤専務だと感心しましたが、わたしに白羽の矢が立つとは夢にも思いませんでした。わたしがバイパス手術をしていることは専務もご存じのはずだからです。トップの重責を担うのは、体力的に不可能です」

内務官僚タイプの陣内らしいもの言いだったが、北野はドキドキしながらも内心しめたと思った。

なぜなら、陣内は中澤専務の〝総辞職〟論を評価していたからだ。中澤が陣内を味方に引き入れたことになる。眉間《みけん》にしわを刻んで、貧乏ゆすりをしている中山がどう出るか。ここからが中澤の腕の見せどころだ――。

「不可能。そんなに悪いんですか……」

中澤が深い吐息を洩《も》らした。

陣内は小さく笑った。

「なんとか生きながらえている、というのが実情です。ま、二年や三年は保《も》つと思いますが」

中澤は天井を仰いで、しばらく間を取った。

北野にはやけに長く感じられたが、せいぜい十数秒だろう。

「〝中山頭取〟はどうですかねぇ」

中澤がつぶやくように言うと、「よろしいんじゃないでしょうか」と、陣内が答えた。

「〝中山頭取〟に賛成です。たすき掛けからの脱皮を印象づけますし、わたしも副頭取で補佐するぐらいは、なんとかやらせていただけると思います」

陣内は、中山の方へ上体をひねった。

「中山さん、あなたしかいませんよ。お受けになったらどうですか」

「冗談じゃありませんよ。わたしごときに、そんな大役が務まるはずがないじゃないですか」

果たせるかな中山は固辞した。

「ACBの再生がどんなに大変なことかを考えれば、誰だってトップになんかなりたくないでしょう。しかし、ここにいる若い諸君はACBに希望を託して入行したんですよ。われわれはかれらを裏切ってしまったが、だからこそACBを立て直すために次のリーダーにつなげることが、わたしの使命だと考えました……」

中澤は、「石井君、松原君、北野君、片山君……」と一人一人ゆっくり名前を呼んで、話をつづけた。

「かれらは身を挺《てい》して、ACBの再生に取り組もうとしてくれてます。次のリーダーに中山君と陣内君を見出してくれたのも、この人たちです。現執行部も、お二人の力量を評価してます。陣内君は、自分の体力の限界に挑戦し、副頭取として〝中山頭取〟を補佐すると言ってくれた。よくぞ言ってくれたと思います。中山君、きょう取締役会で今井会長と坂本頭取から指名されます。なんとしても受けてもらわなければ困ります」

中澤は、石井、松原、北野、片山にゆっくり目を遣《や》った。

「かれらの期待を裏切らないでもらいたい。ぜひとも、われわれの願いを聞き届けていただきたいのです。このとおりです」

中澤に深々と頭を下げられて、中山は切なそうに顔を歪《ゆが》めて、眼鏡を外し、目をこすった。

そして、眼鏡をかけ直して、背筋を伸ばした。

「申し訳ありません。わたしは自分の力量をわきまえているつもりです。大ＡＣＢのトップたり得る器ではありません」

「それでは、きみに代わる人を推薦してくれませんか」

中山は進退谷《きわ》まったように、目を瞑《つむ》った。

「多分、答えられないと思いますよ」

「専務、よろしいでしょうか」

石井が腰を浮かせて、発言を求めた。

「どうぞ」

「僭越《せんえつ》とは思いますが、ひとこと申し述べさせていただきます。強制捜査以来、ＡＣＢのゆくすえについて、わたしたちなりに懸命に考えてきました。ここにいる四人だけではなく、心あるＡＣＢマンは明けても暮れても、ＡＣＢの再生を信じて闘わなければならない、と心に誓ったはずです。わたしたち四人は、中山常務にリーダーになっていただけなければ、ＡＣＢを去ります。なぜならば、それなくしてＡＣＢの再生は期し難いと思うからです。以上です」

北野は、石井の発言を聞いていて、胸が熱くなった。片山と目が合った。

片山の顔にも、石井は凄《すご》い男だ、と書いてある。

「きみたち、ご苦労さま。退席してけっこうです。あとは、陣内君とわたしにまかせてもらいましょう」

中澤に促されて、四人が一斉に起立した。

やにわに中山の前に進み出た北野が最敬礼してから、言った。

「中山常務、なにとぞよろしくお願いします。実を申しますと調査役、副調査役クラスのもっと若い人たちが〝中山頭取〟待望論だったんです。われわれは、かれらに従っただけです」

北野にならって、片山、松原、石井が続いた。

「お受けいただけると信じています」

「わたしたちを裏切るようなことがありましたらゆるしませんよ」

「よろしくお願いします」

四人が退出したあとで、中澤は女性秘書を呼んだ。

中澤は時計に目を落とした。十時五分前。二時間も話していたことになる。

ノックの音が聞こえ、秘書が顔を出した。

「吉野副頭取は在席してますか」

「はい。いらっしゃいます」

「いまから、三人でお伺いしたいが、都合のほどを聞いてください」

「かしこまりました」

二分後に再び女性秘書がやってきた。

「すぐここへおいでになるとおっしゃってます」

「そう。申し訳ないですねぇ」

ノックと同時に、吉野があらわれた。

三人はソファから腰をあげて、吉野を迎えた。

「失礼する」

吉野はソファに腰をおろして、中山をまっすぐとらえた。

「そのまさか、往生際が悪いわけじゃないんだろうねぇ」

「そのまさかなんですよ」

中澤は真顔だったが、陣内が冗談めかして言った。

「まだ揺れてますが、あとひと押しですよ」

「陣内さんは気楽でいいですよ。あなたが頭取になったほうが収まりがいいと思いますけど」

「わたしを殺したいんですか」

吉野が表情をひきしめた。

「冗談を言ってる場合じゃない。時間がないぞ。中澤君、どういうことになったの」

「なんとか〝中山頭取〟〝陣内副頭取〟の線でまとめたいのですが」

「それでもいいが、副頭取は二人のほうがいいでしょう。いま、岡田さんと話してたんだが、国際部門担当の矢野常務が適任と思うが」

中澤が苦笑を洩らした。

「まず中山君がイエスと言ってくれないことには」

「否《いや》も応もない。〝千久〟と佐々木相談役が横車を押してくる前に決めないと、お家騒動みたいなことになるぞ」

「会長、頭取はどんな様子ですか」

「正午まで、休んでもらってる。きみは一睡もしてないんだろう。わたしは二時間ほど仮眠を取ったが」

吉野が腫《は》れぼったい瞼《まぶた》を左手の親指と人差し指で押さえたとき、ノックの音が聞こえた。

岡田副頭取だった。

ソファに座るなり、岡田が中澤に訊《き》いた。

「どういうことになりました」

中澤はゆっくりと首を左右に振った。

岡田が優しく中山に語りかけた。

「きみの気持ちは痛いほどよくわかりますよ。わたしもそうだった……。火中の栗を拾いたくない、と思いました。しかし、ACBのために死ぬ気で頑張ろうと考え直して、受ける気になったんです。結果的に恥の上塗りみたいなことになってしまったが、わたしが安心して特捜部に出頭できるようにしてもらえませんか。新執行部の体制も決まらず、うしろ髪を引かれる思いで、検察に出頭しなければならないなんて、切な過ぎますよ。わたしに免じて、どうか頭取職を受けてください」

中山の視線がさまよった。

吉野が口添えした。

「きみがノーだと臨時取締役会を開けなくなる。岡田さんもさることながら、間もなく東京地検特捜部に逮捕される総務部門の関係者を少しでも安心させてやりたいとは思わないのか」

中山がこわばった顔で、ソファから腰をあげた。

「わたしのような者に、こんなにまで言っていただいて、身に余る光栄です。わたしで務まるかどうか心配で心配でなりませんが、石井君や北野君などの若い人たちに恨まれるのは辛《つら》いので、お受けさせていただきます。ご指導のほどよろしくお願いします」

「ありがとう」

「中山君、ありがとうございます」

吉野、中澤、岡田も起立し、最後に陣内が腰をあげて、中山に握手を求めた。

2

正午過ぎに会長室で、ざる蕎麦《そば》を食べながら、今井会長、坂本頭取、吉野副頭取、岡田副頭取、中澤専務の五者会談が始まった。

「中山は了承したのかね」

今井は寝不足の不機嫌そうな顔を中澤に向けた。

「はい。吉野副頭取と岡田副頭取が説得してくれました」

「いや、わたしたちはちょこっと背中を押しただけですよ」

吉野が岡田と顔を見合わせながら答えた。

「それで、〝中山頭取〟はよいとして、会長はどうするの」

坂本も不機嫌そうな声だった。

中澤が吉野と岡田にこもごも目を遣ると、二人の目と手がきみにまかせると言っていた。

「会長と頭取の判断におまかせしますが、空席とするか兼務とするかのいずれかでしょう。定款との整合性を考えますと、兼務もありますが、空席でよろしいと思います。ついでに申しますが、〝中山会長―陣内頭取〟の案もありましたが、陣内常務が〝中山頭取〟を強く押し、副頭取として、中山君を補佐したいと……」

陣内は旧〝A〟のエース格だ。健康上の問題がなければ、バランス的には〝陣内頭取〟のほうが収まりはよい。陣内の名前が出たことが、坂本の心象風景を変えたのか、頬《ほお》がゆるんだ。

「陣内は副頭取を受けると言ったのかね」

中澤が坂本に答えた。

「ええ。たすき掛けと訣別《けつべつ》したことをアピールする結果にもなるので、〝中山頭取〟にエールを送るっていうところでしょう。旧行意識がまったくないとは思えないが、〝中山頭取〟は悪くないと思います」

今井が両手で顔を洗うように、ごしごしこすった。

「それにしても中山君は慎重居士《こじ》だと思ってたが、よく受けたねぇ」

「はい。若い人たちのお陰です。われわれは安心してACBを去ることができますよ」

中澤は、石井や北野の顔を目に浮かべていた。

「とりあえず会長は空席でいいんじゃないか」

坂本は今井に顔を覗《のぞ》かれて、黙ってうなずいた。

今井が時計に目を落としながら、中澤に訊いた。

「もう一人の副頭取はどうする」

「吉野副頭取から、お願いします」

「岡田さんとも意見が一致しましたが、国際部門を担当している矢野君がよろしいと思います」

「頭取が〝C〟で、副頭取にも〝C〟が入るのかね」

「坂本君、きみは相談役で残るんだ。〝A〟〝C〟二人ずつと考えたらいいじゃないか」

坂本はバツが悪そうに顔をしかめた。

岡田は終始無言だった。ざる蕎麦を半分以上残した。

「取締役会には出席できませんが、よろしくお願いします。新執行部が決まったことが、せめてもの救いです」

今井、坂本、吉野、中澤の四人が会長室のドアの前で、岡田に別れを告げた。

「ご家族のことは、心配しないように」

吉野が岡田の背中を撫《な》でながら言った。

「くれぐれもお躰《からだ》に気をつけてください」

中澤が低頭し、今井と坂本は目礼を交わしただけだった。

慰める言葉を知らなかったのだ。

四人がドアの前からソファに戻った。

緑茶をすすりながら、今井が時計に目を落とした。

「久山相談役は、佐々木相談役と〝千久〟と会食中だが、どういうことになってるのかねぇ」

坂本も時計を見た。午後零時五十二分。

「取締役会には出席できないかもしれないが、シナリオどおり進めてけっこう、と言ってましたよ」

中澤がしみじみとした口調で言った。

「久山相談役は躰を張って、頑張ってくれたんでしょう。もっと早く、そうしていただきたかったと思いますが」

今井が緑茶を飲みながら応じた。

「久山さんも、わたしも、初めから開き直っていれば、もう少しなんとかなったのかねぇ。佐々木相談役に遠慮し過ぎたというか、顔色を窺《うかが》い過ぎたことは間違いないからなぁ」

「その点はわたしも同罪ですよ」

坂本は渋面をあらぬ方へ向けた。

久山、今井、坂本の三人が佐々木に頭を押さえつけられていたことは、間違いない――。吉野も、中澤も、思いは同じだった。

ノックの音が聞こえた。

取締役秘書室長の菅野だった。

「ただいま久山相談役から電話がございました。すべて順調の旨、会長、頭取、副頭取、中澤専務にお伝えするように、とおっしゃいました」

今井が菅野に訊いた。

「岡田君には伝えたのか」

「いまからお伝えします。失礼しました」

菅野は、四人がうなずき合ったのがなぜなのか、呑《の》み込めず、しきりに首をかしげながら、岡田副頭取室へ向かった。

午後一時に、今井、坂本、吉野、中澤の四人は会長室から役員会議室に移動した。

三十五名の取締役中、欠席者は海外駐在の三名と久山、岡田の計五名。

二十六名はすでに所定の位置に着席していた。

今井がO字型大テーブルの議長席に着いた。

取締役会の議長は会長、株主総会と常務会の議長は頭取と役割分担されていた。

「お待たせしました。ただいまから臨時取締役会を開催します」

咳払《せきばら》いを一つして、今井がメモを見ながらゆっくりとつづけた。

「一昨日の臨時取締役会で六月二十七日付をもって会長、頭取および全相談役の辞任と、会長、頭取の後任に吉野、岡田両副頭取が就任することを決めましたが、未曾有《みぞう》の厳しい情勢に鑑《かんが》みまして、代表権をもつ全役員の辞任を本日、五月二十二日付をもって、お願いする次第であります」

凍りついたように張り詰めた空気が会議室を覆った。

坂本が今井に躰を寄せて、なにやら耳打ちした。

今井がうんうんとうなずいた。

「坂本頭取、岡田、吉野両副頭取と中澤専務には、すでに辞表を出してもらいました。池田、大竹、秋山の三専務も直ちに辞表を出してください。さて、問題は後任人事ですが、会長は空席とし、頭取に中山常務、副頭取に陣内、矢野両常務を選任させていただきます。なお、相談役六名の辞任も五月二十二日付とさせていただきます」

池田専務が血相を変えて、挙手をした。

「どうぞ」

「一昨日の取締役会で、〝吉野会長〟〝岡田頭取〟を決めておきながら、たった二日で、首をすげかえるなんて聞いたことがありません。他行とのバランス上も、五十三、四の若い人で頭取が務まるんですか。だいたい、わたしは辞任するいわれはないと思ってます。辞表を出す気はありません」

「おい！　池田！　きみはなにを言ってるんだ！」

度を失った今井が大声を放った。マイクに口を寄せ過ぎて、キーンという金属音が響き、声が割れた。

「佐々木相談役の意見はお聞きしたのでしょうか」

「もちろんだ。問題はない」

「とにかくわたしは、朝令暮改みたいなトップ人事に反対です」

会議室がざわつき始めた。取締役会が紛糾することなど驚天動地の大事件だ。取締役会の形《けい》骸化《がいか》がいわれるようになって久しい。

ＡＣＢ始まって以来の椿事《ちんじ》である。

「静粛に！」

今井が叫んだ。

「池田、きみはクビだ。解任するぞ！　それでもいいのか！」

池田の表情が蒼《あお》ざめた。

「辞表を出すのか出さないのか！」

「出します」

蚊の啼《な》くような小さな声だった。

池田は呆気《あっけ》なく旗を巻いてしまった。池田の反乱も五分とはもたなかったことになる。

今井が菅野を指差しながら、照れくさそうに言った。

「議長と池田専務の不規則発言は、議事録から消すように」

坂本が今井に替わって、マイクに口を近づけた。

「われわれは、昨夜、一睡もせずに論議しました。池田君が朝令暮改だと言いましたが、おっしゃるとおりで深く反省しております。しかし、ACB丸を沈没から救うためには、全代表取締役の辞任しかない、という結論に到達しました。中山君には大変な負担を強いることになりますが、頑張っていただきたい」

中山は黙って、低頭した。

「退任後の処遇はどういうことになるんでしょうか」

大竹専務の質問に坂本が答えた。

「今後のことについては、今井さんとわたしが責任をもって考えますが、とりあえずは本日付で顧問ということでお願いします」

今井が池田の方に目を投げた。一瞬、目がぶつかったが、池田はすぐに顔をうつむけた。

森田も敗北感に打ちのめされていた。池田が発言したとき、擁護しようかとも考えたが、沈黙してたのはせめてもの救いだ。まだ先はある。

だが、中山新執行部の誕生劇に関与できなかったことは、取締役企画部長として悔いが残る――。

「なお、今夜の記者会見は中澤顧問と中山新頭取におまかせしたいと思います。ご意見がないようなので、以上で取締役会を終わらせていただきます。ご苦労さまでした」

今井が閉会を宣した。

3

五月二十二日午前八時に、帝国ホテルのスウィートルームに宿泊している佐々木に電話がかかった。

「はい。佐々木だが」

「おはようございます。久山ですが、至急お話ししたいことがありまして」

「きみ、いま何時だと思ってるの。こんな時間に非常識だよ」

「もう八時ですが、まだおやすみでしたか。喫緊事で……」

「十時にここへ来なさい。じゃあ」

佐々木は受話器を叩《たた》きつけた。

佐々木はベッドの中だった。ダブルベッドには全裸の女がもぐり込んでいた。房事の最中に電話をかけられたのだから、不機嫌になるのも無理はなかった。

萎《な》えた下半身を女の手がまさぐっていたが、すぐには反応しなかった。

女は、青木伸枝ではなかった。赤坂の芸者で、伸枝より一回り以上若い。名前は美奈子。

赤坂では美人芸者で知られていた。

美奈子には複数の馴染《なじ》みの男がいる。政府高官、大手商社の社長、大手総合重機会社の会長、そして佐々木。手玉に取られている男たちは横の関係は分からない。中には美奈子を独占していると信じ込んでいる莫迦《ばか》もいる。

佐々木にとって美奈子は、年に数回つまみ食いする女の一人に過ぎなかった。

美奈子は昨夜、帝国ホテルに電話をかけてきた。

「サーさま。お逢《あ》いしたいわ。ずいぶんお見限りじゃないですか」

「ご存じのようなことで、お座敷には行けないが、よかったらいらっしゃいよ」

「ほんとによろしいの」

「わたしのほうは願ってもないことですよ。一人で悶々《もんもん》と悩んでるのもうんざりだしねぇ」

「お慰めにまいりまーす。十一時過ぎますけどぉ」

美奈子は佐々木が帝国ホテルを常宿としていることを承知していた。不祥事で揺れているACBのドンが、在宅しているはずがないと思って当然だ。

美奈子は十一時過ぎにスーツ姿でスウィートルームにやってきた。

赤坂の売れっ子芸者がOLに化けてあらわれるのだから、女は魔物である。

佐々木はわれながら呆《あき》れるほど女が好きだった。

妻の静子は空気みたいなものだ。夫婦のいとなみがなくなって、十年にはなる。

青木伸枝が女房的存在で、あとは浮気である。

美奈子と二回戦に及んでいたときに、久山の電話に邪魔をされたのだ。

ベッドの中で佐々木の下半身はいじけたままで、回復することはなかった。

身勝手にも、久山の野郎！　と佐々木は思った。

バスルームでいじりあっているうちに佐々木はその気になりかけたが、到達しなかった。

「でも元気よねぇ。きのうして、けさ勃《た》つんだもの」

「きみの躰《からだ》がいいからだよ」

「ううーん。だめぇ。だめよおぅっ」

美奈子は躰をのけぞらした。

伸枝ほどの迫力はないが、佐々木が過去につきあった女の中では上等の部類だった。

佐々木は、伸枝に懐しさのようなものを覚えた。その瞬間、佐々木の下半身は萎えてしまった。

佐々木が赤坂の芸者とスウィートルームで朝食を摂《と》っている同時刻、久山は京橋の千久本社社長室で、木下と対峙《たいじ》していた。

むろん、久山は電話で木下のアポを取って、乗り込んできたのだ。

久山は、昨夜から今朝にかけて、中澤案がまとまるまでの経緯を説明し、木下に理解を求めた。

「四十一年組の若造頭取で、取り仕切れるのかねぇ」

「若返りが活力になると思います。中山はできる男です。受けてくれるかどうか心配ですが、中澤が必ず説得してくれると思います」

「〝C〟でよろしいのか。年次も気に入らんが、ものごとには順序があるでしょうが。頭取は〝A〟であるべきと思うが。なんで池田君じゃいかんのかね」

久山は口へ運んだ湯呑《ゆの》みを静かに茶托《ちゃたく》に戻した。

「佐々木さんの情実人事は目に余ります。池田君では〝C〟側が収まりませんし、若手の人望もありません。情実人事を断ち切るチャンスです。今度の不祥事は、〝A〟側が蒔《ま》いたタネですから、〝A〟は少しは遠慮しませんと」

「佐々木君の情実人事ねぇ。あんたはどうなの」

木下の右手がピストル状になって、久山の胸に突きつけられた。

一瞬、久山はひるんだが、なんとか言い返した。

「おっしゃるとおりです。わたしも、佐々木さんに引き上げられた一人です。ただ、わたしの場合は牧野名誉会長が……」

久山は言葉を濁した。

たしかに、佐々木の引きがないとは言わないが、牧野名誉会長の秘書役時代に牧野に目をかけられたことのほうがもっと影響している、と久山は思うのだ。

久山は少し話題を変えた。

「ご存じかどうか、岡田副頭取がきょう東京地検に逮捕される可能性が強くなってきました」

「ええっ！　岡田が！」

「はい。そのことの危機感で中澤君のいう〝総辞職〟を、今井会長も坂本頭取も受け入れざるを得なくなったとおぼしめしください」

〝岡田逮捕〟を切り札に使いたかったので、久山はまだ話していなかった。

「岡田君は、われわれ歴代トップの犠牲者です。申し訳なくて、わたしは死んでお詫《わ》びしたいくらいですよ。わたしだってつい最近まで会長をしてたんですから、地検特捜部の事情聴取を受けることにならないとも限りません。木下社長とACBはいろいろありますが、どんなことになろうとも、木下社長を貶《おとし》めるようなことだけは致しません。佐々木さんの京橋支店長時代に川上多治郎さんから木下社長を紹介していただいたと聞いた記憶がありますが、すべて忘れます」

「あんた、わたしを恫喝《どうかつ》しているつもりなのか」

凄《すご》みのある目とドスの利いた声だった。

久山は、その目を見返した。

「めっそうもない。わたしが申し上げたいのは、木下社長に新執行部をあたたかく見守っていただきたい、ということです」

「きみ、佐々木君にも同じようなことが言えるのかね」

「もちろんです。十時に帝国ホテルで、佐々木さんと会うことになってます」

久山が、検察の事情聴取を覚悟したのは、けさ新聞記者から「岡田逮捕」を電話で聞いたときだ。

「あんたの気持ちはよくわかった。きょう佐々木君と昼食を一緒にどうかな」

「よろこんでお受けします」

「わたしは、あんたに与《くみ》するよ。佐々木君は怒るだろうが、岡田君まで逮捕されるとなると、話が違う」

「ご理解たまわりましてありがとうございます」

久山は、丁寧に頭を下げた。


佐々木に対する久山の気魄《きはく》は、対〝千久〟以上だった。佐々木と〝千久〟を分断できたのだから、久山の気持ちが高揚するのも無理からぬことだった。

「〝池田頭取〟では、ACBはもちませんよ。岡田副頭取が逮捕されるとなれば、状況は一変します。最前、木下社長も中山新執行部を支援すると、おっしゃってくれました」

「木下さんに、もう会ったの」

佐々木は厭《いや》な目で久山をとらえた。

二人とも、スーツ姿だが、佐々木のスウィートルームは清掃前のせいで、どことなく淫靡《いんび》な雰囲気が漂っていた。箱根から青木伸枝を呼び出したのだろうか。

久山は、佐々木の女癖の悪さに、どれほど悩まされてきたことか。いく度もその尻《しり》ぬぐいをやらされた。久山は、あたりを見回しながら、言い返した。

「お言葉ですが、十時に来いとおっしゃったのは、あなたのほうですよ。たしか喫緊事と申し上げたはずですが。あなたもわたしもそうですが、歴代トップが犯した罪は万死に値すると思います。じたばたせずに静かに退場すべきなんです」

「何度も言うが、小田島との関係を断ち切らなかったのは、きみと今井だ。わたしに責任はない」

「それならそれでけっこうですが、中山新執行部をバックアップしてあげてください。最高顧問で残るのは、あなただけなんですから」

久山は、こんな大層な口がきける自分を不思議に思った。

「そのわたしに相談もなく、よく中澤案を押し通せたねぇ」

「北野君もそうですが、若い人たちの力が中澤君の気持ちを駆り立てたんですよ。若い人たちの危機感は、ACB再生のバネになると思います。われわれ敗軍の将は、ただ消え去るのみですよ」

「木下さんじゃないが、北野なんかの紅衛兵に振り回されるきみも中澤も、どうかしてるんじゃないか」

「北野君だけじゃありません。ACBの若手には人材が掃いて捨てるほど大勢います。安心して退場できますよ」

佐々木がふたたび厭な目をくれた。

「木下さんを味方につけて、だいぶ意気が上がってるようだが、中山は、わたしも、きみも嫌いな東大だよ。それでもいいの」

「消え去る者に、なにが言えるんですか。あのとき今井君を後継者に指名したのは、間違っていたかもしれませんねぇ。考えが浅かったと後悔してます」

「副頭取は誰なの」

「陣内だと聞いてますが」

「経理のスペシャリストとは聞いてるが、陣内に副頭取が務まるのかね」

「陣内君は〝A〟側のエース格ですよ。心臓病がなければ、頭取でもよかったくらいです。いずれにしても、佐々木さんはこの際、沈黙してください。なんだかんだ言っても、今井君も坂本君も、あなたに脅《おび》えてます。だからこそ、わたしみたいな者が出しゃばらざるを得ないんですよ」

久山は、我慢し切れなくなって、煙草を咥《くわ》えた。

紫煙を吐き出してから、久山は佐々木をじっと見つめた。

「あなたがわかったとおっしゃってくださるまで、わたしはここから動きませんよ」

「それで、木下さんとはどこでめしを食うことになってるの」

「築地の〝たむら〟に部屋を取ると言ってました」

「岡田のチョンボで、状況ががらっと変わっちゃったねぇ。あいつは墓穴を掘ってしまった」

「チョンボとは思いません。岡田君なりに考えがあってのことでしょう」

これで勝負はついた、と久山は思いながら、煙草を灰皿に捨てた。

4

朝日中央銀行と系列ノンバンクが総会屋グループの小田島敬太郎グループに巨額の融資をしていた事件で、東京地検特捜部は二十二日夜、同行の副頭取、取締役ら五人を商法違反

（総会屋への利益供与）の容疑で逮捕した。逮捕されたのは……

通信社のテロップが端末に流れたのは五月二十二日夜八時過ぎだ。

衝撃と戦慄《せんりつ》が、ACB本店内に奔《はし》った。マスコミ報道はどうあれ、次期頭取に決定していた岡田副頭取の逮捕を予想しているACBマンはごく限られていたので、巨大な本店ビルが音を立てて、崩れてゆくような錯覚に陥った行員も少なくなかった。残業している行員は多かった。

「来るべきものが来ましたねぇ」

新執行部の報告やらなにやらで大蔵省から帰ってきたばかりの西田が北野に話しかけてきた。

「うん。ただの寝不足とは思うけど、なんだか、めまいがしてねぇ」

北野はデスクに両肘《りょうひじ》を突いて、頭を抱えた。

「気のせいでしょう」

「そうかもしれない」

森田も石井も席を外していた。

北野も出たり入ったりしていたので、森田と顔を合わせていなかった。

森田のことだから、新執行部で常務への昇格を狙《ねら》わぬはずがない。代表取締役の全取っ替えは、大銀行では例がないので、行内世論やマスコミの評価が気になるが、暴挙ではなく、快挙だ、と北野は思う。

九時のニュースで、東京地検から東京拘置所へ移送される車中の岡田、高橋、森、吉本、須藤の五人が次々とブラウン管に映し出された。

スーツに白いシャツのノーネクタイ姿は、あわれで、痛々しい。北野は胸を圧《お》しつけられるような辛《つら》い気持ちで、目を瞑《つむ》った。

北野のデスクで電話が鳴った。

「北野か」

「はい」

「石井だが、九時半から記者会見が始まるぞ。中山頭取のバージンスピーチのステートメント、よくできてるじゃないか」

「どうも。すぐ会場へ行きます」

記者会見の頭取発言は北野がワープロでまとめ、石井と松原が手を入れた。

十五階の大会議室は二百人以上の大報道陣が押しかけていた。

「会長も頭取もいないじゃないか」

「お詫《わ》びの記者会見で、こんなのあるか」

「われわれを舐《な》めてるんじゃないのか」

記者たちの話し声を聞きながら、北野と西田は後方の椅子《いす》に座った。

壇上に六人が座っていた。右から中澤、陣内、中山、矢野、水島、白幡。どの顔もこわばっている。

中澤がマイクに上体を寄せた。

「本日、当行の現職の役職員ならびに元役員の逮捕という事態を招きましたことは、まことに痛恨の極みであります。株主の皆さま、お取引きをいただいておりますお客さまをはじめ、社会の皆さまに深くお詫び申し上げます……」

六人は一斉に起立して、報道陣に向かって最敬礼し、五秒ほどしてから腰をおろした。

「当行は本日取締役会を開催し、代表取締役全員の即時辞任を決定致しました。会長、頭取、二副頭取、四専務の八名であります。相談役の辞任も同じく本日、五月二十二日付と致しました。申すまでもなく、経営責任を明確にするためであります。それでは中山新頭取を紹介させていただきます。申し遅れました。わたくしは前専務の中澤です。前会長、前頭取がお詫びすべきは重々承知しておりますが、体調を崩し、記者会見に出席できる状態ではありませんので、広報も担当しておりましたわたくしが代行させていただきました」

中山が緊張し切った顔で起立した。

「本日、取締役会におきまして、頭取に選任された中山でございます。どうぞよろしくお願い致します。本席には本日付で就任した五人の代表取締役が出席しております。紹介させていただきます。副頭取に就任しました陣内誠二でございます」

「陣内です。よろしくお願い致します」

「同じく副頭取に就任しました矢野健固でございます」

「よろしくお願いします」

「専務取締役の水島雅夫でございます」

「よろしくお願いします」

「同じく専務取締役に就任しました白幡正徳でございます」

「よろしくお願い致します」

五人は一斉に、お辞儀をしてから、腰をおろした。

記者団は静かだった。代表取締役全員の辞任が発表され、新執行部の五人が記者会見にあらわれたのだから、意表を衝《つ》かれたともいえる。

「この度の不祥事につきまして、あらためて深く深くお詫び申し上げる次第でございます」

中山は何度も何度も、両手をデスクに突いて、低頭を繰り返した。ほかの五人も同様だった。

「検察ご当局におきまして捜査が続けられておりますが、当行は引き続き、捜査に全面的に協力致しているところでございます。今回の事件の事実関係を自ら明らかにし、社会の皆さまに対しまして、きちんとご説明することが、当行に課されました責務でございます。したがいまして、本日、五月二十二日付で第三者の法律家を含めまして調査委員会を新たに発足させました。あらゆる手段を尽くしまして、実態を解明すべく、鋭意調査をすすめまして、可及的速やかにご報告させていただく所存でございます。なにとぞご理解たまわりたいと存じます」

中山はコップの水を飲んで、発言をつづけた。

「今回の事件によりまして、当行は社会の信用・信頼を大きく傷つけてしまいました。身を引き裂かれる以上に辛いことでございます。信頼回復の道程《みちのり》は長く、険しいものであることは十分承知致しております。このような極めて厳しい環境下で、ACBの全役職員が一丸となりまして、信頼回復、再生に向けそれぞれの持ち場で懸命の努力を行なっております。わたくしはその先頭に立ちます。一身を擲《なげう》って責任を全うする覚悟でございます。わたくしは、本日を朝日中央銀行の再生に向けたスタートの日、新生ACBの創業の日とする決意でございます。わたくしども新執行部一同は、信頼回復と新生ACBの創造に向けて、あらん限りの力をふりしぼって取り組んで参る所存です。わたくしどもの決意のほどをお汲《く》み取りいただきまして、なにとぞ、ご理解、ご支援をたまわりますようお願い申し上げる次第でございます」

質疑応答に移った。記者団と中山のやりとりが一時間以上も続いたが、〝組織ぐるみ〟をめぐる答弁は北野の印象に残った。

「組織ぐるみという批判は甘んじて受けなければならないと思います。しかしながらほとんどの行員にとりましては、酷な響きが伴います。九十九パーセントのACBマンはまじめに、懸命に仕事をしています。呪縛《じゅばく》を断ち切らなかった歴代トップの責任はきわめて重大です。代表取締役全員の辞任は、そのけじめをつけるために、断腸の思いで決断したということをご理解たまわりたいと存じます」

中山は記者会見を無難にこなしたかに見えたが、マスコミの論調は厳しかった。

二十二日夜十時以降のテレビニュースは、どのチャンネルも、ACBバッシング一色だった。

「ACBのような銀行は潰《つぶ》れたほうが社会のためだ」

「ACBに預金する気がしない」

「頭取に内定していた副頭取が逮捕されたというのに、会長、頭取が記者会見に出てこないとは、呆《あき》れてものが言えない」

キャスターや評論家たちは口をきわめてACBを罵倒《ばとう》した。

北野たちは、企画部の会議室でテレビニュースを見ていた。

「前会長、前頭取の間違いじゃないか。このキャスターなんにもわかってないな」

西田が画面に向かって毒づいた。

「『ＡＣＢに預金する気がしない』には参ったなぁ。取付けに近い状態になることもあり得るな」

北野に永山が応じた。

「どのくらい流出するでしょうか。問題は個人預金でしょう」

「想像もつかない大きな額になるかもなぁ。岡田さんを即刻、逮捕した検察のやり方は、ＡＣＢを潰そうとしている、としか俺《おれ》には思えないよ」

北野は嘆いた。悔しくて、口惜しくて、やりきれなくて、涙がこぼれそうになる。

北野の腰で携帯電話が振動した。

「はい」

「あなた」

「ああ」

今日子だった。

北野は会議室の隅の方へ移動した。

「今夜は帰れるの」

「ＭＯＦに呼ばれてる片山がまだ帰ってこないからなぁ」

北野は声をひそめて話していたが、西田に聞こえたらしい。大きな声を放ってきた。

「片山さんは直帰です。さっき電話がありました」

北野は西田に向かって右手をあげた。

「いま、十時五十分か。帰るよ。京浜東北の最終で帰る」

「わかったわ。じゃあ本郷台に迎えに行く」

「なにかあったのか」

「たいしたことじゃないから、あとでいいわ」

今日子は、初めはつっけんどんだったが、優しい声になっていた。

北野が電話を腰に戻して、テレビの前に戻ったとき、石井の顔が覗《のぞ》いた。

「北野、ちょっと」

「はい」

石井に手招きされて、北野は会議室を出た。

二人は応接室に移動した。

「中山頭取は、修羅場に強いな。マスコミのACBバッシングは半年は続くと見てるよ。一兆円は覚悟しようときた……」

「個人預金の流出ですか」

「政府や自治体関係もあるだろうが、なんぼなんでも一兆円はないと思うけど」

「その大部分は、東都光陵に行くんでしょうねぇ」

旧光陵銀行と旧東都銀行が合併して、東都光陵銀行が誕生したのは平成八年四月一日だ。都銀首位で安定度ナンバーワンを自他共に認めていた。

「そういうことになるかもな」

「旧東都系行員のいびり出し方はひどいことになってるらしいじゃないですか。バブル期の悪さの仕方もACBの比じゃないでしょう。あんな銀行のどこがいいんですかねぇ」

「気持ちはわかるが、抑えて。用件を言うぞ」

「…………」

「二十六日付で大きな異動をやる……」

「企画部長はどうなるんですか。常務に昇格するんでしょうか」

「話の腰を折るな。わたしが話したいのは北野のことだよ」

北野は背広を脱いでいたが、石井は着ていた。会議中に抜け出してきたと見受けられた。

北野がネクタイのゆるみを直した。

「どういうことですか」

「中山頭取が、きみに秘書役を頼みたいと言い出したんだ。頭取から秘書役を指名されるなんて、身に余る光栄っていうやつだな」

北野はむすっとした顔で言い返した。

「おっしゃるとおり光栄なんでしょうけど、わたしは秘書タイプじゃないと思いますが」

「うぅーん」

「いつでしたか副部長に、おまえはすぐ顔に出すから気をつけろって注意されたことがありますよねぇ」

「そんなこと言ったっけか」

「ご忠告を肝に銘じて、努めてにこやかにしてるつもりですが、付け焼き刃は駄目ですねぇ。いまも、厭《いや》な顔をしましたもの。自分でもわかりますよ。わたしみたいに血の気の多い者は秘書役は無理ですよ」

石井は思案顔で腕組みした。

「秘書役の適任者はいくらでもいますよ。どうかご容赦ください」

「そんなに厭か」

「ええ」

「頭取秘書役は側近中の側近だぞ。頭取に見込まれたら、悪い気はしないと思ったが。ま、断って断れないことはないだろうよ。断ろう。わたしとしても、北野を手放したくないからねぇ」

「ひょっとして、企画部長に昇格ですか」

石井は照れ隠しに、眉《まゆ》をひそめた。

「ま、そんなところだ。こんな時期の企画部長は割りを食うけどな」

「おめでとうございます」

「思い違いしないでくれよ。取締役が付くわけじゃないからな」

「それも時間の問題でしょう。森田さんの後任なら、絶対損はありませんよ」

「そうでもないだろう。森田さんは常務に昇格する可能性大だよ」

「まさか」

「坂本相談役が強力に推してるんだよなぁ。佐々木最高顧問の意向を体しているのかねぇ。五代表取締役と今井、坂本、吉野、中澤の九人で意見調整中だが、なぜか松原とわたしにオブザーバーとして出るように頭取に言われてねぇ。北野の秘書役の話は、会議が始まる前に頭取から耳打ちされたんだが」

「中座したんですか」

「松原を書記役に残して、わたしは退席した。北野のほうが心配だからな」

「広報部副部長の書記役はおかしいですよ。企画部長ないし、副部長でしょう」

石井はにやっと相好《そうごう》を崩した。

「きみも役員懇談会の書記をやったことがあるじゃないか」

「あのときは、佐々木相談役のことがありましたから、ゆきがかり上、やむを得なかったんです」

「………」

「それにしても坂本相談役の気が知れませんねぇ」

「頭取と中澤さんがさかんに首をかしげていた。八人の代表取締役を含めて、二十人の役員がACBを離れることになりそうだよ。営業、審査、総務の三部門に在籍した役員は、全員辞任することになる。中山頭取は徹底的にクリーンにしたいらしい。どう見ても灰色にも見えない人まで例外なしに排除する。めぐり合わせとはいえ、気の毒としか言いようがないよなぁ」

時計を見ながら北野が腰を浮かした。

「よろしいですか。今夜は帰らせていただいて」

「そう言うな。今晩ひと晩つきあってくれ。なにが飛び出すか、目が離せない。わたし一人置き去りにするっていう法はないだろうや」

石井は、北野の両肩に手を添えて、押しとどめた。

5

時刻は午後十一時十五分。北野は自席から自宅へ電話をかけた。周辺に誰もいなかった。

「はい。北野ですが」

北野はおもねる口調になった。

「僕だけど、やっぱり帰れそうもないよ。たったいま石井副部長に足留めをくらっちゃった」

「ふうーん、そうなの。さっきから母とずっとテレビを観てるんだけど、わかるわ。でも片山さんは帰宅できたんでしょ」

「あいつは僕よりもっと泊まり込みが続いてるからねぇ」

「あの岡田さんが逮捕されたなんて、ほんと信じられないわ。母が父のことを心配してるけど、父は大丈夫なのかしら」

「商法違反は五年が時効だったかな。まったく運の強い人だよ。子供たちの様子はどう」

「史歩は登校拒否寸前。浩一も、土曜日と日曜日に賃貸マンションを探しに行こうって言ってるわよ。わたしもそのつもりよ」

「おい、マジなのかぁ」

「母も、その気になってるわ」

「二、三か月の辛抱と思うけどねぇ。ACBは世界一クリーンな銀行に再生するよ。いっとき、苦しい思いをするけど、必ず再生する。新しい頭取は凄《すご》い人だよ」

「あなた、子供たちの身にもなってよ。副頭取が逮捕されて、テレビでこんなにたたかれてるのよ」

「…………」

「もしもし」

「聞いてるよ。あしたは必ず帰るから、ゆっくり話そう」

「ちょっと待ってよ。父はどこにいるの」

「帝国ホテルに宿泊してると思うけど。元頭取として、悩みは尽きないだろう。悶々《もんもん》として、夜も眠れないんじゃないか」

「帝国ホテルにはいないわよ。九時ごろだったかな、電話をかけてみたの。五時にチェックアウトしたそうよ」

北野はドキッとした。

「なにか急用でもあるわけ」

「特にないけど、チェックしたっていいでしょ。母は〝一葉苑〟の女のところだろうって」

「それはないと思うけど」

「どうしてそんなことがわかるのよ」

「〝一葉苑〟は、きみやお母さんが考えてるようなところじゃないって」

今日子の声量が落ちた。

「母がまたごねだしたのよ。四六時中、母の愚痴を聞かされる身にもなってよ」

「きみの身も、子供たちの身も察して余りあるよ。しかし、僕の身にもなってくれ。昨夜はほとんど寝てない。もっとも上層部は徹夜だったようだけど」

「ACBもガタガタしてるけど、わが北野家も、ガタガタしてきたわねぇ」

お父さんのことは、あんまりナーバスになるなよ。実を言うと、ピンチに立たされてるんだ。お父さんの意見が全部ひっくり返されてねぇ。永福町に帰るとは思えないけど。とにかく気の回し過ぎだよ」

「あなたはどこに泊まるの」

「昨夜はパレスホテルだった。今夜も多分そうなると思うけど、あと、一、二時間は銀行にいるよ」

「泊まるときは電話ぐらいかけてよ。ワイシャツと下着を持っていってるのはわかってるけど、電話もかける時間がないなんてことないでしょ」

今日子の声がいらだっていた。

気が立っているのはお互いさまだが、当たりたくなる今日子の気持ちは理解できた。

北野は電話を切ったあとで、箱根の隠れ家に引き籠《こ》もりたくなった佐々木の気持ちもわかるような気がしていた。

しかし、困った人であることはたしかだ。

ふと久山の温容が北野の目に浮かんだ。

北野が久山に思いを馳《は》せているとき、副部長席の電話が鳴った。近くに誰もいないので北野が受話器を取りに行った。

「はい。副部長席ですが」

「松原ですが、どなた」

「北野ですが」

「石井は」

「二人で広報部の会議室にいます。呼んできます」

「会議室に来てくれないか」

「承知しました」

北野は、石井に用件を伝えて、かれの退出を見届けてから、会議室にいる十数人の部員の中に入った。もちろん統括グループだけではない。

「石井副部長、なにか話したの」

「いいえ」

西田がテレビのボリュームを下げた。

テレビは東京地検から東京拘置所へ移送される岡田副頭取を映し出していた。

「西田、消せよ」

テレビが消え、緊張した面持ちで、西田が訊《き》いた。

「どうしたんですか」

「どうせわかることだから、一応オフレコということで話すが、二十六日付で大規模な人事異動があるらしい。八代表取締役以外に営業、審査、総務部門に在籍した常務と取締役が辞任するということだ。企画部長も交代する可能性が強い。みんな気が滅入《めい》るやら、気が立っているやらで、眠れないかもしれないが、もう遅いから帰ったらいいよ」

「副部長の昇格と思うが……。じゃあ、おやすみなさい」

「部長は誰ですか」

北野が広報部の会議室に行くと、松原と石井が話し込んでいた。

石井が北野を見上げた。

「新旧執行部の綱引きも大変らしいぞ。もっとも中澤さんだけは、新執行部寄りらしいが」

「森田部長はどうなったんですか」

松原がむすっとした顔で言った。

「北野の関心はその一点か」

「そんなこともありませんけど」

「中山頭取はおまかせ願いたいで、一歩も引かなかったよ」

「けっこうやりますねぇ」

「森田さんも、過去に輝いてた面もあるからねぇ。ないがしろにはできないと思うが、常務昇格は見送られるだろう。審議役のポストを新設することになりそうだ」

「無任所みたいな感じですねぇ。懲罰的な意味あいがあるんでしょうか」

「常務昇格を一年遅らせるっていうことなんじゃないかな。松原も言ったが、過去の功績はあるし、坂本前頭取の顔も少しは立てないと」

「石川広報部長は日本橋支店長だ。六月二十七日の総会で取締役に選任されるんじゃないか」

「後任はどなたですか」

「わたしだ。企画部長は石井。ついでに言うと、北野は頭取付の秘書役だ。石井は押し返すって言ってるが、そういうわがままは通らんと思うよ」

松原は組んだ両手に頭をもたせて、厳しい顔でつづけた。

「北野、頭取命令にさからえるわけないだろうや」

「そんな……」

「一応やってみるよ。たしかに北野は秘書タイプじゃないし、わたしもいま北野を失うのはきついからねぇ」

「どうしても、いやなら中澤さんを使うしかないな」

「うん。わたしもそう思う」

「両副部長が今夜中に、中澤専務と接触していただけませんかねぇ」

「あした朝イチでやるよ。今夜はホテルで一杯飲んで寝ようや」

松原が時計に目を落とした。

午前零時十分前だ。

6

五月二十四日土曜日朝九時に北野は、今日子に起こされた。

「あなた電話よ」

「誰から」

「中山頭取」

　北野は飛び起きて、今日子からコードレスの受話器をひったくった。

「はい。北野ですが」

「おやすみのところ申し訳ない。これでも気を遣って九時になるまで待ってたんだ」

「……」

「昨夜、中澤さんから話を聞いたよ。中澤さんはなんとか聞き届けてもらえないか、と言ってたが、わたしは諦《あきら》めるわけにはいかない。もしもし……」

「はい。聞いてます」

「きみはわたしを担ぎ出した一人でもあるんだから、わたしに全面協力する責任があると思うが、違うかね」

「頭取にそんなにまでおっしゃっていただいて、光栄に思います。ただ、わたしのようなものに務まるかどうか心配です」

「わたしに頭取を押しつけておいて、否《いや》も応もないと思うが。ちょっと高圧的かねぇ。訂正する。なんとしても秘書役を受けていただきたい。きみ、お願いするよ」

北野は観念した。頭取にここまで言われたら断れっこない。

「承知しました。至りませんが、お仕えさせていただきます。一所懸命やらせていただきます」

「ありがとう。感謝するよ」

「わがままを申しまして、申し訳ございませんでした」

「二十六日付で発令する。人事部長に話すからね。わたしも元気が出てきたよ。きみと二人三脚で頑張ろう。トップの言いなりになってる秘書役じゃ駄目だからね。きみなら、意見も言ってくれるだろう。ほんとうにありがとう」

　中山の弾んだ声を聞いていて、北野もいくらか元気が出てきた。

「ほんとうにお役に立てるかどうか心配ですが、頭取の足を引っ張らないように、頑張ります」

「中澤さんから、きみがあの佐々木さんに立ち向かっていったという話を聞いて、涙がこぼれたよ。知らなかった。実は、昨夜久山さんに中澤さんと二人でご馳走《ちそう》になったんだが、久山さんも褒《ほ》めていた。北野君のような秘書役に恵まれて、おまえは果報者だと言われてねぇ。それにひきかえ、自分は秘書役として中の下だったとか謙遜《けんそん》してたが、〝久山の前に久山なし、久山の後に久山なし〟は、語り草だからねぇ」

「久山さんの十分の一も無理だと思います」

　久山が秘書役時代にどれほどゆきとどいた男だったか、出来物《できぶつ》だったか、いまや伝説になっている。久山の真似《まね》などできるはずがない――。

　北野は両肩に重いものを感じた。

「気配りは久山さんの十分の一でけっこうだよ。わたしがきみに期待するのはむしろ、勇気づけてもらいたいっていうか、助言してもらいたいっていうか、ま、いろいろだ。ありがとう。引き受けてもらって、こんなうれしいことはない。きみにACBを辞めるって言われやせんか、これでもドキドキしてたんだ。ほんとうにありがとう。おやすみのところを申し訳なかった。

じゃあ」

電話が切れた。

北野はパジャマ姿で、しばらく浩一のベッドに座り込んでいた。

中山はACBの再生に命を懸けようとしている。全力で中山をサポートしよう、と北野は歯をくいしばり、両手を握りしめながら、そうわが胸に言い聞かせた。

第十章　調査委員会

1

六月二日月曜日の夜九時過ぎに、北野は片山と銀座七丁目のバー〝西川〟で会った。片山に呼び出されたのだ。

〝西川〟はコリドー街に近い雑居ビルの地下二階にあった。への字型のカウンター席しかない。十人で満席だ。

カウンターの中にマスター兼バーテンダーの西川と、ママ兼ホステスの早智子《さちこ》の夫婦がいるだけだ。年齢は、二人とも五十五、六だろうか。

北野は初めてだが、小ざっぱりしたところに好感をもった。

「片山のことだから、ガチャガチャした店だと思ってたが、カラオケはないし、落ち着けて、雰囲気はいいねぇ」

おしぼりで手を拭《ふ》きながら、北野が言うと片山は真顔で答えた。

「カクテルを飲みながら、ひとりで静かに瞑想《めいそう》にふけるのもいいし、西ちゃんとママを相手に雑談するのも悪くない。ここへはＭＯＦの人たちは連れてこないことにしてるんだ。疲れたときに心を休めるのに最適の店だよ。ここへはいつもひとりでくる」

「さしずめオアシスってところだな」

北野がまぜっかえすと、片山は深くうなずいた。

「ひとりで瞑想にふけるねぇ。MOF担で肩で風切ってるだけでもないんだ。片山の意外な一面を見たっていう感じだよ」

「〝西川〟は、おまえと俺《おれ》が内緒話をする場所だから、ACBの連中には秘密にしとけよな」

「そうだな。いい店は荒されないようにしよう」

北野は〝バラライカ〟をオーダーした。

片山が〝ソルティドッグ〟を飲んでいたので、ウォッカ系のカクテルに合わせたまでだ。

客はカウンターの長いほうの席に二人連れがもう一組。早智子はもっぱらそっちを相手にしているので、短いほうの北野と片山には都合がよかった。

「頭取秘書役は、どう。企画本部の統括グループより大変か」

「あっという間の一週間だったよ。頭取の挨拶《あいさつ》回りにもつきあわされたからねぇ。全銀連会長をしてる共和銀行の頭取には頭にきた。役員応接室にあらわれるなり『迷惑千万だ。いい加減にしてもらいたいねぇ』って頭ごなしにやられた。ACBの不祥事のお陰で、全銀連の会長として大いに迷惑していると言いたいのはわかるけど、ほかの都銀の頭取は、『大変ですねぇ。頑張ってください』って、みんな中山頭取に同情的だった。あの頭取だけが、偉そうに、ふんぞりかえって……。しかも、帰るときもソファから立とうともしなかった。いつだったかテレビで、総会屋とつきあってるのはACBだけだ、なんて発言してたけど、ぶんなぐってやりたいくらい横柄だった。頭取があんなふうじゃ下の方は推して知るべしだろう。ほんと厭《いや》な銀行っていうか、変な銀行だよなぁ。合併しなくてよかったよ」

「たしかあの銀行の頭取はMOF担上がりだったはずだが、相当なタマっていうかワルっていうか。質《たち》が悪いよなぁ。都銀でMOFを抱き込んでることにかけては、最右翼だろう。俺なんか足下にも及ばないパワーのあるMOF担が、暗躍してるよ」

「片山ほどの男が負けるとは、凄《すご》いMOF担だなぁ」

「いくらなんでもやり過ぎっていう感じで、数多《あまた》のMOFが呆《あき》れてるんじゃないかな」

片山は顔をゆがめながら〝ソルティドッグ〟を飲んだ。

北野が〝バラライカ〟をひと口飲んで、グラスをカウンターに戻した。

「MOFは〝総辞職〟を評価してくれてるんだろう」

「〝岡田副頭取逮捕〟のほうが衝撃度は大きいからなぁ。マスコミも、〝総辞職〟のほうは小さな扱いだったから、あんまりアピールしないよ。MOF検（大蔵省検査）の問題でもナーバスになってるし、MOFとの関係修復は容易じゃないな」

片山は投げやりに言って、ピーナッツを一粒口の中へ放り込んだ。

北野が話題を変えた。

「片山のところは男の子一人で高一だったよなぁ」

「うん」

「ウチは長男が中三、長女は小五だが、下のほうが学校でいじめにあってねぇ。引っ越し騒ぎで、ひどいことになってるよ。ワイフはきのう引っ越しするようなことを言ってたが。ここんところ土日も帰宅できなかったから、どういうことになってるのか、よくわからんのだが、佐々木の婆さんがわが家に避難してきてるやら、なんやらで、ワイフはノイローゼ気味っていうか、情緒不安定になってて、怖いくらいだよ」

「今日子さんほどの才媛《さいえん》がノイローゼはないだろう」

「佐々木の爺《じい》さんと婆さんの関係がややっこしいことになってるから、ワイフに負担がかかってるんだろうなあ。七十二と六十七で、別れるの別れないのっていう話になってるんだ。オフレコだぞ」

「佐々木さんの女癖の悪さは、知る人ぞ知るだろう。そもそもACBが川上多治郎や小田島敬太郎に懐深く飛び込まれた原因の相当部分は、その点にあるんじゃないのか」

「否定しないよ」

「それにしても、離婚騒動になってるとはねぇ。おまえも苦労するなぁ」

北野は〝バラライカ〟を飲み乾して、片山に訊《き》いた。

「ウイスキーのボトルはキープしてるのか」

「もちろん」

「口の中が甘ったるくなったから、ウイスキーの水割りをいただくかなぁ」

「どうぞ」

西川が水割りの準備にかかった。

ボトルはサントリーの〝響〟だった。

「ついでに水割りをもう一つお願いします。静かにカクテルを味わうムードでもないしねぇ」

片山が舌を出すと、西川はにこっと笑った。

北野が片山の耳もとで声をひそめた。

「ワイフのやつ、おとといの土曜日に箱根の旅館に乗り込んだらしいよ。俺に踏み込まれて、懲りてるから、こんどは、居留守を使ったらしい」

「ふうーん」

片山は驚愕《きようがく》を表現するためにのけぞった。

「今日子さんもやるねぇ。箱根とは聞いてたし、箱根の女将《おかみ》が佐々木さんの愛人だとも聞いてるが、美人らしいじゃないの」

「うん。たしかに水もしたたるいい女だよ。相当な年増《としま》だけど」

「今日子さんは女将とは会ったのか」

「ロビーのソファで十分ほど話したらしいよ。『佐々木先生にはごひいきになってます。くれぐれもよろしくお伝えください』とか、適当にあしらわれて、ワイフはカリカリして帰ってきた。携帯電話で、俺に当たりちらしてねえ。『父とあなたはグルになって、母とわたしをだましてる』って、ヒステリックにわめいてたよ。女将が美人だから、よけい逆上したんじゃないかな」

2

バー〝西川〟のカウンターで水割りウイスキーを飲みながら、北野は二日前の土曜日の夕刻、今日子と電話でやりとりしたことを思い出していた。

「きょうは帰れるの」

「そのつもりだけど」

「でも、当てにならないわね。日曜日に家を飛び出して、きょうで一週間家に帰ってないのよ」

「仕事量がそれだけ多いっていうことだよ。非常時の頭取秘書役だから、大変なんだ。なんせACBは火事場騒ぎだからねぇ」

「きょう箱根に行って来たわよ。父には会えなかったけど、青木伸枝とかいう女には会ってきたわ。『佐々木先生にはいつもお世話になってますが、このところお見えになっていません』なんて、しゃあしゃあとした顔で言ってたわ……」

その直後、今日子はきんきんした声でヒステリックにわめき出したのだ。

「きみやお母さんが考えてるような関係じゃないと思うけどねぇ」

「なにを空々しいこと言ってるの。あなた秘書なんでしょう。それなら、父がいまどこにいるか言いなさいよ」

「僕は佐々木最高顧問付の秘書じゃないからねぇ。銀行には出てきてるようだから、なんなら訊いてあげようか」

「母が家裁に離婚の調停を申し立てても、しょうがないわね。わたしもサジを投げたわ」

「おい、なにを莫迦《ばか》なこと言ってるんだ。もっと冷静になれよ」

「それから、引っ越し先決めたからね。保土ケ谷《ほどがや》に、適当な賃貸マンションがあったから、あした引っ越しするわよ」

「僕に相談もなく、そこまでやるのか。おまえどうかしてるぞ」

北野も声を荒らげたが、今日子は倍以上の声で言い返してきた。

「一週間も家に帰らないあなたに、そんなこと言われる覚えはないわ。母親として子供を守ってやるのは当然でしょ」

「………」

「頭金とか敷金とかは母が払ってくれたわ」

「もう契約したのか」

「そうよ。六月分の家賃も払ったわ。あした日曜日の引っ越しも、引っ越しセンターで全部やってくれるから、なんなら帰らなくてもけっこうよ」

一方的に電話が切れた。


片山が水割りのグラスをカウンターのコースターに戻した。

「それにしても、今日子さんもやるねぇ。父親の愛人と対面したり、亭主抜きで引っ越しまでするとはねぇ」

「やり過ぎもいいところだ。以前ワイフも言ってたが、北野家もガタついてきたよ。いくらなんでも引っ越しのことはゆるせんよ」

「今夜は帰れよ」

「どこへ」

「引っ越し先に決まってるだろう」

「俺は本郷台《ほんごうだい》のマンションに帰るつもりだけど。寝具がどうなってるかわからんが」

「そんなことやってたら、おまえも〝火宅の人〟になっちゃうぞ」

「親子そろって、それもいいんじゃないのか。しかし、俺は女の問題はないけどねぇ」

「そんなやけを起こすなよ。きのうの日曜日は、なんで帰らなかったんだ」

「頭取と話し込んでて、気が付いたら、夜十時だものねぇ。頭取がホテルに泊まるのはわかってたし、帰りそびれたっていうか、帰る気がしなくなったというか」

北野は、今夜どうするか迷っていた。

北野と片山の水割りウイスキーが二杯目になった。バー〝西川〟では一杯ごとにグラスと氷を取り替えてくれる。

「朝十時の忙しいときに、佐々木の爺さんに呼びつけられて、なんくせつけられた。今日子が旅館に押しかけてきたことを俺の責任みたいに言われたよ。親娘《おやこ》そろって、ひどいもんだよなぁ」

「今日子さんと佐々木最高顧問を一緒にしちゃあ、可哀相《かわいそう》だよ。今日子さんの行動も、突飛っていうか不可解だが、賢い人だから、彼女なりの計算があるのかもなぁ。親父を攻めながら、亭主を牽制《けんせい》してるっていうことは考えられないか」

北野は首をひと振りして、右手でグラスをつかんだ。

「俺に女の影でもあればともかく、まったくないのに、なんで牽制する必要があるんだ」

「そうなってからじゃ手遅れだから、釘《くぎ》をさしたんだろう」

北野はふんという顔をしたが、左側の耳たぶを引っ張っていた。『あなたが父と同じような真似《まね》をしたら絞め殺してやるからね』と、今日子に言われたことを思い出したのだ。しかし、口には出さなかった。

「佐々木最高顧問は、女性問題を奥さんと今日子さんにどう取り繕おうとしているの」

「麻布《あざぶ》のゲストハウスに泊まったことにして、おまえが連絡するのを忘れたことにしろ、とさ」

麻布にある旧中央銀行時代の頭取公邸はゲストハウスとして会長や頭取が海外の要人の接待で利用することはしばしばあった。宿泊も可能で、佐々木は何度も使っていた。

「なるほど。さすがACBのドンだけあって知恵が回るなぁ」

「しらじらしいと思われるだけだよ。もう勝負はついてるんだ。それにしても、今日子が箱根に乗り込むとはねぇ……。あいつはなにを考えてるんだろう。離婚沙汰《ざた》にしたくないという点で、俺とあいつは考えが一致してるはずなのに、なんで佐々木の爺さんを追い詰めるようなことをするのか俺には理解できないよ」

「だから、おまえに対する牽制球を放ってるっていう解釈が成り立つわけよ。今日子さんがお母さんに箱根のことを話してない可能性もあるんじゃないのか」

唐突に北野が訊《き》いた。

「俺になにか話したいことがあったんじゃないのか」

「ああ。もう終わったよ」

「終わった……」

「うん。今日子さんから、夕方電話があったんだ。『主人は土曜も日曜も帰宅できないほど忙しいんでしょうか』と訊かれた。『申し訳ありません、頭取になり代わってお詫《わ》びします』って答えておいたが、日曜日に帰らなかったのはまずいよなぁ」

北野は、片山が二度も『牽制……』と言った意味がやっとわかった。

「ACBがこんな状態になってるときに、亭主の俺に無断で引っ越しするほうがどうかしているとは思わないのか」

「でも、先週の日曜日にマンション探しをする約束になっていたのをすっぽかしたのは、おまえのほうだよなぁ。今日子さんによれば、おまえは『まかせる』と言ったそうじゃないか」

北野は思案顔で、水割りウイスキーをすすった。

中山頭取から電話で、招集がかかったのは午前十時を回ったころだ。

中山頭取が、石井、松原、北野、片山の四人を丸ノ内ホテルの一室に集めたのだ。

北野は咄嗟《とっさ》の判断でボストンバッグに、ワイシャツ、下着、電気カミソリなどを詰め込んで家を飛び出した。

今日子が血相を変えて、『引っ越しのほうはどうなるの』と、詰《なじ》った。そのとき北野は『まかせる』と口走ったに相違なかった。

3

バー〝西川〟の長いほうのカウンターは、客が二人組から三人組に入れ替わった。いずれも中年のサラリーマン風である。

　北野と片山はもう一時間以上も話し込んでいた。

「秘書役の北野が張り切るのはわかるし、実際問題として、ホテルで缶詰めにならなければならなかったのも事実だが、何度も言うけど、きのうの日曜日は頭取を振り切って帰宅すべきだったな。引っ越しの話をすれば済むことじゃないか」

「それがそうでもないんだよなぁ。中山頭取は明るく振る舞ってるけど、大変なプレッシャーがかかってる。ACBのゆくすえを考えたら夜も眠れないだろう。この修羅場をどう乗り切るか、命がけで取り組んでいる人をひとりにするのは、忍びないよ。昨夜も十時に別れたあとで、午前零時に呼び出される始末だった」

　中山はマスコミを避けるために丸ノ内ホテルのツインルームに宿泊していた。

　秘書役の北野も、そうせざるを得ない。

　パレスホテルは旧執行部の人たちと久山顧問が宿泊していたので、中山は遠慮してホテルを変えたのである。

　五月二十二日の夜から中山の生活は一変した。マスコミにマークされる立場になったのだから、仕方がない。

　宿泊中の丸ノ内ホテルのツインルームに、中山頭取が石井企画部長、松原広報部長、北野秘書役、片山MOF担の四人を招集したのは八日前の五月二十五日日曜日の昼前だ。

　中山が放った第一声を生涯忘れることはないだろうと北野は思う。

「きみたちは紅衛兵と言われてるそうだねぇ。そうなると、さしずめわたしは毛沢東ってことになるのかな」

みんなを笑わせたあとも、中山は終始笑顔を絶やさなかった。

「きのうの土曜日は、朝十時から夜十時まで、ずっと中澤顧問のレクチャーを聞いてたが、中澤さんときみたちが新執行部の生みの親だと思うけれど、中澤さんのためにも、頑張らなければ、という気にさせられたよ。中澤さんときみたちのお陰で、檜舞台《ひのきぶたい》ならぬ修羅場に引っ張り出されてしまったが、きみたちも修羅場から逃れることはできないからね。このことを言いたくて、わたしは皆さんに集まってもらったんだ。頭取のわたしはどんな場合でも矢面《やおもて》に立たなければならない。きみたち四人は頭取代行のつもりになってもらわなければならんからな。このことは中澤さんの入れ知恵でもあるんだ。紅衛兵けっこう、毛沢東けっこうじゃないか。四人をフルに使えって、中澤さんに教えられた」

狭いツインルームなので、北野と片山はベッドを椅子《いす》代わりにしていた。

五人はルームサービスのミルクティーとコーヒーを飲んでいたが、北野と片山はセンターテーブルのティーカップとコーヒーカップを取ったり置いたりするのに、いちいち起《た》ち上がらなければならなかった。

北野がティーカップをセンターテーブルのソーサーに戻して、ベッドに座った。

「最高顧問を交替する必要があるんじゃないでしょうか」

「北野、いいことを言うねぇ。わたしもそれは考えたんだ」

中山はコーヒーをすすりながら、話をつづけた。

「中澤さんに話したら、難しいんじゃないかって言われたよ。佐々木最高顧問は、〝千久《せんきゅう》〟の後押しもあって、居残り続けるんだろうねぇ。最高顧問については旧執行部が機関決定をしていることでもあるから、そう簡単には排除できない。〝千久〟と佐々木最高顧問は最後までこずりそうだねぇ」

千久株式会社は資本金十二億円、年間売上高約百二十億円の中堅デベロッパーで、非上場企業である。

創業社長の木下久蔵は株式の三〇パーセントを保有する筆頭株主だが、木下一族全体では五一パーセントの過半数を保有していた。

ACBは千久株式の五パーセント、百二十万株を保有しているに過ぎない。しかし、千久フロントを含めた〝千久〟グループ全体で約一千億円の融資残高で、資産デフレの進行によって、そのうちの相当部分が不良債権化し、すでに巨額の不良債権が償却されていた。

にもかかわらず、なぜACBに対して、〝千久〟は圧力企業たり得るのか。

昭和四十年代に旧朝日銀行は、直系の不動産会社、朝日開発が経営危機に見舞われた際、取引先の千久に救済合併を働きかけ、成功した。木下との難交渉をまとめたのが、当時朝日銀行京橋支店長の佐々木だった。

旧朝日銀行は〝千久〟グループに、相当数の行員を出向させたが、旧中央銀行との合併後も、行員出向は踏襲され、〝千久〟出向は、出世コースといわれるようになった。

ACBは〝千久〟グループに対して人も資金も注ぎ込みながら、なぜか口は出せない。木下の強烈なカリスマ性もさることながら、元はといえば「不良債権を押しつけられた」という被害者意識が〝千久〟側にあるからだろう。

それ以上に、佐々木をはじめ、〝千久〟にカネをつかまされるなど弱みを握られているACBマンが存在していたことも〝千久〟優位の癒着関係を構築する結果をもたらせたといえる。

〝千久〟は、ACBの〝ブラックボックス〟とする見方さえあるほどなのだ。

中山がコーヒーカップをセンターテーブルに戻した。

「〝千久〟と佐々木最高顧問のことは、宿題にしよう。問題は、いま、われわれはなにをなすべきかだ。言うまでもないが、五月二十二日の記者会見で、わたしが公約したことを実行することだと思う。まず第一に総会屋に高額の融資をした不祥事の解明を一刻も早くやらなければならない。わたしは調査委員会の委員長になるつもりでいたが、陣内副頭取が買って出てくれたので、おまかせすることにした。総会対策やら新組織づくりやら、やるべきことは山ほどあるが、不祥事の事実関係を六月六日までに中間報告のかたちで明らかにしたい。きみたち四人にも頑張ってもらわなければならないと思う。北野は、秘書役の立場があるので、ヒアリングに出るのは時間的にも無理と思うが、佐々木さん、久山さん、今井さんなどの重要人物には、頭取代行の立場でヒアリングには出てもらうからね」

中山は、北野を見ながら、話をつづけた。

「あの佐々木さんに引導を渡したことが、けっこう伝わってて、陣内副頭取も北野を頼りにしてるんだよ」

北野は耳たぶを引っ張りながら、苦笑を洩《も》らした。

陣内に伝えたのは、中山以外考えられない。

松原が中山に質問した。

「頭取を除く四人の代表取締役と弁護士八人の十二人で調査委員会が構成されてますが、事務局のわれわれに発言権はないのでしょうか」

「問題はそこだ。二十二日の段階では、陣内君もわたしも、そこまで考えなかったが、きみたち四人にも委員になってもらうのがいいと思う。中澤さんのサジェッションもあるが、陣内君の達《た》っての要請でもあるんだ。企画部の会議室を事務局にして、弁護士先生たちに常時詰めてもらおうと思ってるが、石井が委員兼事務局長っていうことになるのかねぇ」

中山に目を向けられて、石井はひとうなずきした。

「承知しました。東京地検特捜部にあらかた資料を押収されてしまいましたから、記憶だけが頼りということになりがちです。それに、特捜部の事情聴取が本格化してきてますから、スケジュール調整が難しくなりますが、企画部の全スタッフを動員して、なんとかこなしたいと思います」

ＡＣＢの顧問弁護士は、メンバーが一新された。東京地検特捜部の強制捜査はない、と判断した顧問弁護士たちは解任され、新たに八名の弁護士が顧問に迎えられた。

行内調査委員会が組織的に機能するのは、五月二十六日の月曜日からだが、デイリーワークを抱えながら十日間で中間報告をまとめなければならないのだから、陣内委員長をはじめ委員の負担は少なからぬものがあった。

頭取秘書役の北野が躰《からだ》がいくつあっても足りない、と思うのもやむを得ない。

家庭も大事だし、子供のことも心配だが、いまはＡＣＢのほうが大事だった。戦争で戦っているときに、引っ越しもくそもあるか、と北野は思うのだ。

「そろそろ帰ります」

片山がママの早智子に右手をあげた。

早智子が数字を書いたメモをカウンターに置いた。

片山が背広の内ポケットからサイフを出したので、北野はびっくりした。

「ここは身銭で飲む店なんだ」

「割り勘にしよう」

「いいから、いいから」

片山は北野を押しのけた。

4

地下二階から地上に出たコリドー街に近い路地裏で、片山が北野の肩を叩《たた》いた。

「今日子さんに電話かけろよ。今夜は帰宅しろ。ホテルのチェックアウトはしてきたんだろう」

「一応はな」

北野はしかめっ面でボストンバッグを持ち上げた。時計を見ると午後十時四十分だった。

「着たきり雀のスーツも替えたほうがいいんじゃないのか。少しは秘書役の体面も考えないとねぇ」

「余計なお世話だよ。ホテルでプレスに出してるから、きれいなものだ」

「とにかく電話しろよ」

「わかった。おまえ先に帰っていいよ」

「新橋《しんばし》まで、送ってやる。早く電話しろって」

「うるさいやつだなぁ」

北野はボストンバッグを地面に置き、腰の携帯電話を外した。ノートに控えた保土ケ谷桜ケ丘の賃貸マンションの電話番号を確認してナンバーを押した。

五度の呼び出し音で、今日子の声が聞こえた。

「はい。北野です」

「僕だけど、いま片山と新橋駅に向かってるが、横須賀《よこすか》線の保土ケ谷駅でいいのか」

「違うわ。相鉄《そうてつ》線の天王町《てんのうちょう》よ。横浜駅から三つ目。進行方向に向かって左側の改札口。横浜に着いたら電話して」

「わかった。じゃあ」

北野が電話を切ると、片山はにやっと笑いかけた。

「奥方のご機嫌はどう」

「わからんが、相鉄線の天王町駅に迎えに来るとさ」

「じゃあ、悪くないんだな」

「片山に電話なんかかけたから、バツが悪いんだろう」

コリドー街を肩を並べて歩きながら片山が話しかけた。

「六月二十七日の株主総会を乗り切るまでは、苦労するなぁ」

「旧執行部で、新執行部にしゃかりきになって応援してくれてるのは、中澤さん一人だものなぁ。坂本相談役は、いまや佐々木最高顧問と〝千久〟の代弁者だよ。審議役で無任所になるはずだった森田さんが、土壇場で、証券部門担当の常務になったのには恐れ入ったなぁ」

「中山頭取の腰が砕けたのはどうしてなんだ」

「俺《おれ》も、頭取に納得できません、ってずいぶん言ったんだが……。〝千久〟―佐々木―坂本の〝A〟側ラインに押し切られたらしいんだ。中澤さんも、この程度のことでエネルギーを消耗するのは愚かだ、と中山頭取に進言した。中山頭取から直接聞いたので、間違いないと思う。頭取は納得できないのはお互いさまだとも言っていた。この話が洩《も》れたら、犯人は片山だからな。俺は秘書役として口が軽すぎる、と反省してるよ」

「誰が見たって察しはつくよ。森田さんの常務昇格で佐々木最高顧問の存在感を見せつけたことだけはたしかだな」

「ついでにもう一つオフレコの話をすると、池田顧問は、六月二十日付で〝千久〟の副社長になる。代表権までもつそうだ。この点は、ACBにとって、森田常務以上に禍根を残すことになるような気がするよ。ミドルが〝千久〟へ出向するのとは訳が違うもの」

「ややっこしいことになってくるなぁ。頭取になりそこねた池田が〝千久〟の副社長ねぇ。これも佐々木の得点じゃないか」

片山は言いざま、唾《つば》を吐いた。

コリドー街からJR新橋駅へ向かう道すがら、北野と片山は話しつづけた。

「いよいよ、あしたが佐々木最高顧問のヒアリングだけど、そのことで北野になにか言ってなかったか」

「愛人問題だけだった。ヒアリングなんて、屁《へ》とも思ってないんじゃないのか。久山さんと今井さんは相当緊張してる様子だったけど。お二人に検察の事情聴取はあるんだろうか」

「当然あるさ。問題はタイミングだろう。まさか逮捕まではないと思うけど」

「〝岡田副頭取〟も、そのまさかだったからねぇ」

北野は不安でならなかった。審査部門を担当した経歴のある中澤のことも気になるが、怖くて口にするのも憚《はばか》られた。

「久山さんに会ったのか」

「けさ、二十七階のエレベーターホールで、偶然会って、ちょっと立ち話しただけだが、相当面《おも》やつれしてたし、元気がなかったよ」

五月二十二日付で辞任した六人の相談役も旧執行部の八人も、六月三十日まで、個室をそのまま使用できることになっていた。

秘書室は二十七階にあるが、二十六階の旧専・常務室が頭取室、副頭取室という変則的なかたちになっていた。

「親子対決は見ものだよなぁ」

「ふざけるなよ。秘書役の俺がヒアリングに出るのはいかがなものかねぇ。悪趣味っていうか……」

「そんなことはない。北野は黙って座ってるだけでも、意味があるんだ。いわば、おまえは中山頭取の代理っていうわけよ。大きな顔して座ってればいいんだ」

土、日も返上で行内調査委員会はヒアリングをつづけ、六月二日までに四十数人の関係者との面談を終えていた。調査委員会は四班に分け、弁護士が一名ないし二名、代表権をもつ委員が一名、そして石井、松原、北野、片山の誰かが一名出席し、対象者一名に対して一時間三十分から二時間かけてヒアリングしていた。書記役は企画本部の西田、永山、大津ら調査役が担当した。

佐々木、安原、久山、今井などの大物は、ACBの委員側は全員出席する手はずになっていた。

「安原顧問は実に堂々としてたねぇ」

「北野の言うとおりだ。あの人は、旧〝C〟側の重鎮だが、川上―小田島事件を〝A〟が蒔《ま》いたタネで、今井前会長は無理矢理、引っ張り込まれた被害者という認識なんじゃないかねぇ」

「京橋支店と川上多治郎との取引きについて、見て見ぬ振りをしてきた認識はあるか、という陣内副頭取の質問に対して『ない』と明言したうえで、『わたしは松村頭取時代、四年間秘書役をやったが、松村頭取から川上の名前は一度も聞いたことがない。松村頭取のスケジュール関係はすべて、わたしが見ていたが、川上の名前は見たことがない』と胸を張って答えてたねぇ。だとしたら、松村さんと川上の交際があったとすれば、松村名誉会長時代っていうことになるんだろうか」

「小田島に対する巨額の融資について、いったいどこに重大な責任があると考えるか、の質問については『重大というより、とんでもないことをしでかした、という認識だ』って答えてたなぁ。安原さんの会長時代に、ニセ預金証書を担保に銀行から融資を引き出していた〝小野ひろ事件〟が起きたが、事前に相談があったので、融資をストップさせたのは安原さんだ。そのときの秘書役は中澤さんだから、中澤さんの進言もあったような気がするけど。トップに川上―小田島案件が上がっていれば、何とかストップできたはずだ、というのが安原さんの意見だった」

北野と片山はJR新橋駅構内で立ち話をつづけた。

「片山は中澤さんのヒアリングには出席したのか」

「白幡専務と石井さんが出た。石井さんによると、審査担当の専務時代に小田島グループへの融資が実行された事実はあるが、中澤さんは総務部門から聞いた記憶がないそうだよ。MOF検逃れについては『どうしてこんなひどいことをやってるんだ』って、叱《しか》りつけた記憶があると話したそうだ。中澤さんは検察の事情聴取があっても、クリアできると思う」

「そうかぁ」

北野はどれほど安堵《あんど》したかわからなかった。十時五十六分の東海道線に間にあいそうだ。

「じゃあ。あしたな。今夜はごちそうさま。心配かけて悪かった」

「今日子さんには下手に出ろよ」

「ああ。そうするよ」

北野は手を振りながら、改札口を通過した。

湘南《しょうなん》電車は混んでいた。北野はボストンバッグを左脇《ひだりわき》に抱えて、吊《つ》り革をつかみながら、時折膝《ひざ》がガクッと崩れるのを覚えた。居眠りが出るからだ。

横浜までの二十五分間で、北野は立ったまま、十分は居眠りしていたかもしれない。

5

北野が横浜駅で、今日子に電話をかけ、相鉄線の天王町駅の改札口を出ると、〝ブルーバード〟が待っていた。

「しばらくねぇ」

「そうだなぁ」

お互いなにかしら、照れくさくて、他人行儀な挨拶《あいさつ》になった。今日子は北野の顔を見ようともせず、アクセルを踏んだ。

「車で五分足らずよ。歩いても十分ちょっとかしら」

「ドア・ツー・ドアで一時間かからないな。本郷台に比べて、近くなるねぇ」

北野は今日子の顔色を窺《うかが》う口調になっていた。

「引っ越し大変だっただろうなぁ。悪かったよ。でも、戦場から離脱するわけにもいかなくてねぇ」

「父はどうなの。やっぱり戦場から離脱できなかったの」

「お父さんにきょう会ったよ。麻布のゲストハウスに泊まってるようなことを言ってたけど」

今日子が初めて、ちらっと助手席の北野に目を流した。

「そんなの嘘《うそ》に決まってるじゃない」

「きみ、箱根の旅館に乗り込んだことは、お母さんに話したのか」

「まさか。それほど莫迦《ばか》じゃないわよ。娘として確認したかっただけよ」

「片山が言ったとおりだったなぁ」

「片山さんがなんだって」

「今日子さんは、箱根に行ったことをお母さんに話してないんじゃないかって。片山はいい勘してるよ」

今日子が厭《いや》な顔をしたが、北野にはわからなかった。

「父のことを片山さんに話したの」

今日子の咎《とが》める口調に、北野はしゃべり過ぎたことを後悔した。

「お父さんが箱根の〝一葉苑《いちようえん》〟をひいきにしてることは、ACBでけっこう知られてるからねえ。女将《おかみ》と男女関係があるなんて、誰も思ってないんじゃないかな。そんなことあり得ないしね」

「もういい加減に白状しなさいよ」

「以前にも話したと思うが、多少のことがあったとしても、離婚沙汰《ざた》は回避しないとな」

〝ブルーバード〟が四階建てのマンションの前に着いた。

「裏の駐車場に置いてくるわ。先に行ってて。二階の205よ」

北野はキイを手渡された。

桜ケ丘の賃貸マンションは、4LDKで一一〇平方メートル。リビングもけっこうスペースがあった。ソファもテレビも食卓の位置も、本郷台のマンションと同じだった。

北野がソファでぼんやりしていると、今日子が車を置いてきて、隣に腰をおろした。綿のセーターにジーンズ姿で、化粧っけはまったくなかった。

「あなたも戦争だったらしいけど、わたしだって、この九日間、戦争みたいなものよ。4LDKのこんな物件にめぐりあうなんて、ツイてたと思うわ。環境も悪くないし、学校も、レベルは高いみたいよ」

「転校手続きも終わったのか」

「浩一は、本郷台の中学に通うことにしたわ。受験生だし、史歩ほどのいじめもないから、いいんじゃないの。史歩の転校手続きはきょう終わったわ」

「こんな大きなマンションじゃあ、家賃が大変だろう」

「十八万五千円。築十年にしちゃあ、きれいなマンションよ」

「払えるのか。だいたい、本郷台のマンションはどうするんだ」

「もちろん処分するのよ。不動産屋の話だと三千万円を切るか切らないかですって。ローンを返済してチャラっていうところね」

「………」

「母が家賃の半分負担してくれるそうよ」

「それはないよ。頭金や敷金を出してもらっただけでも、お母さんに甘え過ぎる」

「母はけっこうへそくりを持ってるから、どうってことないわよ。ただ、子供たちの手がかからなくなったから、わたしもアルバイトをするわ。学習塾で英語の先生をしようと思うの」

「きみの英語力、錆《さ》びついてないのかね」

「NHKの海外放送やCNNを聞いてるし、浩一にも教えてるのよ。TOEICも八百五十点は取れると思うわ」

「なにからなにまでゆき届いたことで、恐れ入りました。きみも修羅場に強いんだ」

北野の口調が皮肉っぽくなったのは、少しく頭に血をのぼらせていたからだ。

亭主をないがしろにして、ここまでやるか、と北野が思うのも無理はなかった。

「十日も帰ってこない人を当てにしても、しょうがないでしょ」

今日子に逆《さか》ネジを食らったが、北野は言い返した。

「ACBがどういうことになってるか、きみはわかってないのか。倒産もあり得るんだぞ。そうしないために、頭取以下、必死に頑張ってるんだ。秘書役になってなければ引っ越しをすっぽかすことはなかったと思うが、さっきも言ったけど戦場から離脱することはできないんだ。総会が終わるまでの一か月間、きみにも子供たちにも辛抱してもらわなければならない」

「あなたがどんなに苦労してるか、少しはわかっているつもりだけど、きのうの日曜日にあなたが帰ってこなかったのは、やっぱりショックだったわ」

「海外出張してるとでも思ってもらうしかないかもなぁ。ま、今夜は遅いし、あしたも早いから、寝かしてもらうぞ」

「お風呂《ふろ》は」

「朝、ホテルで入ったから、いいよ」

北野は目がくっつきそうだった。

6

佐々木最高顧問のヒアリングが始まろうとしていた。

六月三日午後二時五分前に陣内副頭取を委員長とする調査委員会の面々は、二十七階の最高顧問室に集合した。

顧問室に会議用のテーブルはなかったので、弁護士二名を含む十人の委員がソファで佐々木を取り囲んだ。もっとも、北野秘書役、片山企画部次長の二人はソファからはみ出したので、椅子《いす》席だった。

「ずいぶん仰々しいんだねぇ」

佐々木がデスクから移動してきて、どすんと中央のソファに腰をおろした。

「早速ですが……」

こわばった顔で切り出した陣内を佐々木が指差した。

「きみは誰だったかねぇ」

「陣内です」

「ああ、陣内君か。副頭取になったんだってねぇ。きみを取締役に推したのはわたしだが、莫迦に偉くなっちゃったねぇ」

「どうも」

佐々木は陣内の右隣の矢野副頭取を指差した。

「きみは」

「矢野です」

「そうだったな。きみも副頭取になったんだね」

「はい」

佐々木の右手の人差し指が水島専務と白幡専務に順々に向けられた。

「きみときみは誰だったかねぇ」

「水島です」

「白幡です」

佐々木は薄ら笑いを浮かべた。

「二人は専務になったんだな。四人とも、わたしが取締役にしてあげた人ばかりじゃないか。きょうまでなんの挨拶もなかったが、やっと挨拶に来たわけかね」

佐々木は、石井、松原、片山には目を流したが、北野には目もくれなかった。

陣内が居ずまいを正した。

「調査委員会の委員長として、佐々木最高顧問にお尋ねしたいことがあります。時間も限られておりますので、質問させていただきます。総務部から株主総会に総会屋が出席していたことなどについて、説明を受けたことはありましたか」

「覚えておらん。きみも、つまらん質問をするねぇ。ただ、わたしが頭取になったのは商法改正後の昭和五十九年だから、総会屋といわれるような人たちと、つきあわんほうがいいと常々みんなに注意していた」

「川上氏とは面識がありましたか」

「牧野名誉会長の紹介で会った。二、三度食事をしたことがあるかねぇ」

「小田島氏に会ったことはありますか」

「ない。名前ぐらいは知ってるが……」

佐々木のひたいに静脈が浮き上がり、声が高くなった。

「だいたい、わたしはきみらに査問されるような覚えもないし、その立場にもない。失礼とは思わんのか。わたしが他の連中と違う点は、ACBのイメージアップのために財界活動をやらせてもらってるが、いかがわしい人たちとは会わないようにしたことだ。わたしの後の久山と今井は脇が甘かったが。もうちょっと、厳しく注意するんだった。久山たちは牧野名誉会長に気を遣い過ぎたとも言えるが、川上氏が危ない人であることはわかってたはずなんだ。わたしぐらいACBのために躰《からだ》を張ったトップが過去におったら教えてもらいたい。小田島と会ったかなどと失礼なことを訊《き》くんじゃない！」

「佐々木最高顧問にお尋ねします」

佐々木は、陣内の胸板めがけて、ピストル状の右手を突きつけた。

「陣内に助け船を出すかたちで、質問したのは北野だった。

「小田島氏と面識がないというのは事実に反していませんか。正直にお答えいただきたいと思います」

「なんだと！　おまえはオブザーバーなんじゃないのか」

「調査委員会のメンバーです。わたしは、最高顧問から直接、小田島氏と親密な仲だったと聞いた記憶がありますが」

北野は耳たぶを引っ張りながら、うわずった声で話をつづけた。

「本年五月十七日土曜日の午後、箱根の〝一葉苑〟で、お会いしたときにしかとお聞きしました。どうか、当委員会に対しても真実を話してください」

「おい！　ふざけるな」

佐々木は血相を変えて、猛《たけ》り立った。

「貴様！　そんな作り話をして、わたしを侮辱するのか。なんの恨みがあって、わたしを陥れようとするんだ！　名誉毀損《きそん》で訴えるぞ！」

小田島と親密な仲、と佐々木が話した事実はなかった。しかし、親密な仲に違いないと北野は信じて疑わなかったし、佐々木が小田島と面識があることを否定しなかったことは事実である。

「どうぞ。そのほうがかえってすっきりするんじゃないでしょうか。われわれ、調査委員会はなんとしても、もやもやしたものを一掃したいと願っています」

北野は耳たぶを引っ張り続けていたが、声は落ち着きを取り戻していた。

「佐々木最高顧問が、小田島氏と近い関係にあることを証言する人は、ほかにいくらでもいらっしゃると思います。質問に正直に答えていただきたいと存じます。ACBは、不祥事の事実関係を自らの手で明らかにすると、公表しています。もう一度お尋ねしますが、小田島氏と面識がありますか」

佐々木はすさまじい形相を、北野に向けてから、正面の陣内をとらえた。

「恥を知れ！　なにを血迷ってるんだ！　天地神明に誓って申し上げるが、小田島氏と会ってない。記憶にない」

「小田島氏は、検察の取り調べの中で、佐々木さんと面識がある、と証言してますが」

「陣内までなんだ！」

北野は、青木伸枝との関係をばらしたい衝動に駆られた。

佐々木は窮地に立つ。むろん言い逃れするだろうが、岳父に対して、それはない――。

北野がふたたび質問した。

「おっしゃることが事実だとすれば、わたしが嘘《うそ》をついていることになります。佐々木最高顧問の記憶違いではありませんか。どうか思い出してください」

「おまえの記憶違いだろう。秘書役に抜擢《ばってき》されていいところを見せたかった気持ちもわからんわけではないが、言ってよいことと、悪いことがある。白を黒というのは、後者だ。いい気にならんことだな」

佐々木が、つくり笑いを浮かべて、陣内に訊いた。

「記録に残すのかね」

「ええ」

「北野の発言は記録に残さんほうがよくはないかね」

「その必要はないと思います」

「おまえに訊いてるんじゃない！　委員長に訊いてるんだ！」

佐々木が大声を発した。

「後刻、委員会で検討させていただきます」

中年の弁護士が佐々木に質問した。

「小田島氏とは面識がないということですが、頭取時代も含めまして、総会屋に会ったことはありませんか」

「記憶にないですねぇ。わたしより前のトップ、つまり商法改正以前は、島田氏、栗山氏、大川氏などの大物総会屋とゴルフをしたり、会食したり、いろいろあったようだが、わたしがトップになってからは、そういう筋の人たちとつきあってはいけないと行内で声を大にして言ってましたからねぇ。だから、小田島グループに対する巨額融資を聞いたときは、わが耳を疑いましたよ」

わが耳を疑いたいのはわがほうだ、と頭に血をのぼらせながら、北野は佐々木を睨《にら》みつけていたが、佐々木はしゃあしゃあとした顔で弁護士に対応していた。

「ACBの審査部門の審査能力は高いレベルにあると思いますが、なぜ審査部門の判断が歪《ゆが》められてしまったのでしょうか」

「右肩上がりの経済の中で、営業優先で利益を増やさなければ、他行との競争に負けると考えたのはどこの銀行も同じでしょう。つまりACBに限らず、審査部門から営業部門へとヘゲモニーの移行があったということなんでしょうねぇ。営業至上主義の時代に、総務部門も取り込まれてしまった。右肩上がりであれば株を担保で貸し出しても、担保割れの心配はないが、バブル崩壊後、担保不足に陥り、混乱したということなんでしょうねぇ」

「川上氏と小田島氏の案件について、巨額の融資を実行した総務部門と融資を承認した審査部門の責任についてどう思いますか」

「ここまでは譲っても、ここから先は絶対に譲れないという信念があれば、かれらとの取引きを断つことはできたんじゃないですか」

北野がふたたび強引に口を挟んだ。

「他人事《ひとごと》みたいにおっしゃいますが、川上氏とも小田島氏とも親密な佐々木相談役の立場で、どうして執行部に対して、注意するなり警告するなりということができなかったのでしょうか」

佐々木はたるんだ頰《ほお》をぶるぶるふるわせた。

「無礼者！　わたしを貶《おとし》めようとする質問に返答するいわれはない」

北野はなおも食い下がった。

「佐々木最高顧問には記憶がよみがえることを祈りたいと思います。質問を変えます。五人の逮捕者について、どんなお気持ちなんでしょうか」

「気の毒とは思うが、身から出た錆《さび》とも言えるな」

佐々木は冷めた煎茶《せんちゃ》をがぶっと飲んで、湯呑《ゆの》みをセンターテーブルに叩《たた》きつけるように置いた。

「調査委員会が、わたしのような者をヒアリングの対象者にすること自体おかしい。まったく不愉快だ。しかも、妙な先入観をもって、わたしに質問する非常識きわまりない者までがメンバーの中におるとは言語道断だ！　以後、調査委員会との接触は一切お断りする……」

佐々木はすさまじい形相で陣内を指差した。

「おい！　陣内！　わたしを侮辱するような調書を残したら、許さんからな！」

若いほうの弁護士が顔面を紅潮させて、佐々木に言った。

「佐々木氏よりも先輩の歴代のトップは、どなたも、調査委員会のヒアリングに協力的です。調査委員会に協力できないとおっしゃるんでしょうか」

「わたしを陥れるようなヒアリングに協力するつもりはない。そういうことだ」

佐々木は二人の弁護士に鋭い一瞥《いちべつ》をくれてソファから腰をあげた。

7

久山顧問に対する調査委員会のヒアリングは六月四日の午後二時から久山顧問室で行なわれた。

久山は川上、島田、栗山、大川などの大物総会屋と面識があり、特に川上とは会食したこともゴルフをしたことも認めたが、「頭取―会長時代はできる限りセーブしました」と話した。

そして、「総会屋に対する総務部門の融資が存在していたことを承知していましたか」の陣内委員長の質問に、次のように答えた。

「存在していたことは認識していませんでした。しかし、認識していなかったことに責任を痛感しています。商法改正を遵守する風土を作らなかったことも、わたしの責任です」

陣内は、佐々木のヒアリングのときとは人が違ったように、攻撃的で、さながら〝陣内検事〟だった。

「川上氏および小田島氏の案件について、関係部門から事前に報告を受けていたことはありませんか」

「ありません。しかし、総会屋の対応に総務部門が苦労していることは、聞いていました」

「小田島グループに迂回《うかい》融資を含めて巨額の融資をした総務部門および融資を承認した審査部門の責任について、どう思いますか」

「小田島グループがらみの疑義が表面化するにつれて、ことは並々ならぬ重大問題だと思うようになりました。結果として、トップの責任は重大であり、不明を恥じ入るばかりです」

「小田島敬太郎氏とは面識がおありですか」

陣内の質問に久山は遠くを見る目をして、五秒ほど間を取った。

「なにかのパーティーか結婚式で、あの人が小田島という人かっていうようなことはあったかもしれません。川上氏の弟子で、商法改正前は颯爽《さっそう》たるものがあったようですからねぇ。ただ、名刺まで交わしたかどうか、覚えてないんですよ」

「ACBから五人の逮捕者が出たことについて、なにか思うところはありませんか」

久山はうつむき気味に、ぼそぼそと答えた。

「可哀相《かわいそう》でなりません。とくに裏の事情を知らずに、姿勢を正そうとしていた岡田さんについては、申し訳ない気持ちで一杯です」

「本件は久山氏を含めた歴代トップが川上氏と親密だったために、起きたとは考えませんか」

「おっしゃるとおりです。総務部門が慮《おもんぱか》ったのだと思います。わたしや佐々木さんと川上氏の親密な関係が呪縛《じゅばく》を深めたのです」

　北野は胸がドキドキしていた。佐々木のときとは明らかに異なる胸のざわつきだった。耳たぶをさかんに引っ張りながら、久山を追い詰めている陣内を憎らしく思う自分を不思議に思っていた。

「久山さんは平成七年三月時に、ＡＣＢが一千億円近い不良債権を償却したことはご存じですか」

「ええ。まだ会長でしたから」

「その中に、小田島氏の弟の恵三氏の三田ビルディング関係も含まれていますが、当然ご存じだったんでしょう。問題案件として当時、常務会に諮った九件の中に小田島グループ案件が入っていたことになりますが、常務会で問題にならなかったのですか」

「個別の案件までは覚えてません」

「会長も、頭取も、そして当時の常務会メンバーも無責任とは思いませんか」

「責任は認めます。しかし、事前に説明があればともかく、個別の案件までは……」

　北野は、久山に同情した。たしかに、陣内は平成七年三月時点で常務会のメンバーではなかったが、取締役経理部長として、当該案件を知り得る立場にあったようにも思える。そのときなぜ声を大にして問題提起しなかったのか――。

　久山に対するヒアリングで、舌鋒《ぜっぽう》鋭い陣内の質問が続いていた。

「今回の事件で、ＡＣＢは崖《がけ》っぷちに立たされています。逮捕者まで出るに及んで、行員や家族がどんな思いをしているか、考えていただきたい。ＡＣＢで初めて頭取職と会長職を経験されるなど長年ＡＣＢの経営トップにあった久山さんの経営責任は、きわめて重大だと思いますが、その点、どう認識されていますか」

「取締役相談役を辞任しただけで、責任を取ったとは、もとより思っておりません。逮捕されたかたがたと家族の皆さんに、どうお詫《わ》びしてよいかわかりません。代わりに勾留《こうりゅう》されるものなら、そうしたいくらいです。切腹して済むのなら、そのほうがどれほど楽か……」

久山はしぼり出すように言って、絶句した。

「久山さんは、ＡＣＢを揺るがすこの事件を事前に知り得る立場にあったと思います。事前に把握していた事実はないのですか」

「確信をもって否定することはできませんが、明確な記憶はありません」

「後日、あらためてお尋ねします。ぜひとも記憶を再生していただきたい。わたしの質問は以上です。先生、どうぞ」

陣内が右隣の弁護士のほうへ首をねじった。

久山は痺《しび》れを切らしたように煙草を咥《くわ》えた。

ライターで煙草に火をつける久山の手が小刻みにふるえている。

弁護士が質問しようとしたとき、ノックの音が聞こえ、女性弁護士が顔を出した。三十二、三歳だろうか。

「先生ちょっと」

緊張した面持ちの女性弁護士に手招きされて、中年二人の男性弁護士が廊下へ出た。

二十数秒後に、眼鏡をかけたほうの弁護士がノックと同時に入室し、陣内に歩み寄った。

なにごとか耳打ちされた陣内が席を立った。

陣内は二分ほどで久山の前に戻ってきた。

「久山顧問、ヒヤリングを中断しますが、このあとの予定はどうなってますか」

「とくにありませんが」

「恐縮ですが、このままお待ちください。調査委員会のかたがたは退出するように」

北野はいちばん最後に起立し、久山の前に進み出て、低頭した。

「お気にさわったと思いますが、おゆるしください」

久山が煙草を灰皿に捨てて、ソファから腰をあげた。

「とんでもない。忙しいのにご苦労さま。わたしはずっとこの部屋におるから、いつでもけっこうですよ」

「恐縮です」

北野はふたたび低頭した。そして、ドアの前で、もう一度お辞儀をした。

久山は二本目の煙草を咥えたが、心ここにないのか、こっちを見なかった。


北野が廊下へ出ると、片山が待っていた。

「今井さんが突然、企画本部にやってきて、大変なことを口走ったらしいんだ」

十八階にある企画本部の会議室が改造されて、調査委員会室になっていたが、片山がすぐに背中を向けたので、北野も片山に続き、二十七階のエレベーターホールに急いだ。

エレベーターに乗り切れなかったのか、二人を待っていたのか定かではないが、石井と松原が立ち話をしていた。

「大変なことって、なんでしょうか」

北野の質問に石井が答えた。

「岡田さんが審査担当の専務時代に、久山会長と二人で、岡田専務から、小田島グループに対する融資案件を聞いた記憶がある、と申し出たらしい。問題はどう対処するかだ。岡田さんたちが逮捕されて、十二日経つが、きょう現在、岡田さんがこのことを供述した事実はない。二人の弁護士が四度、岡田さんに接見しているが、岡田さんは久山さんと今井さんを庇《かば》っているんだろうか」

北野が時計を見ると、午後二時四十三分だった。北野は、所用で外出中の中山頭取が銀行に戻っているかどうか気になったのだ。

「わたしは、今井さんの認識をマスコミに公表するのが筋だと思うが」

「松原の言ってることは正論だが、問題は久山さんとのギャップをどうするかだ。ここは高度な政治的判断が求められるんじゃないのか」

石井が松原に疑問を呈した。北野も内心、石井の意見に与《くみ》していた。公表するには、久山と今井の認識の一致が不可欠とも思える。

「片山の意見は」

「公表すべきでしょう」

石井が北野にも訊《き》いた。

「北野はどう思う」

「今井さんの記憶違いだったら、どうなるんでしょうか。岡田さんは、検察の厳しい取り調べに対して、そのことに触れていません。そうした事実がないから、とは考えられませんか」

松原が、エレベーターのボタンを押しながら言った。

「迷うところだな。わたしと石井は、調査委員会室に行って、今井さんのヒアリングに参加する。片山は、中澤さんの意見を聞いてもらいたい。北野は、頭取の意見を聞いてくれ。判断は、陣内委員長と弁護士たちにまかせるとしても、中澤さんと頭取の意見はカウントすべきだと思うんだ」

北野も片山も黙って、うなずいた。

中山頭取は在席していた。

北野の話を聞いて、中山は唸《うな》り声を発し、腕を組んで、しばし目を瞑《つむ》っていた。

北野は耳たぶを引っ張り、胸をどきつかせながら、中山の返事を待った。

目をあけた中山がつぶやくように言った。

「公表することは、久山さん、今井さんにまで司直の手が及ぶことを覚悟しなければならんなあ。前トップが逮捕されるようなことになると、ACBはいっそう窮地に立たされるぞ。存続さえもが危ぶまれるような気がしないでもないが。北野の意見を聞かせてくれないか」

「久山顧問と今井顧問の認識の不一致は気になりますし、頭取と同じ危機感もあります。最前、石井部長、松原部長、片山次長と話したときは、公表することに懐疑的でした。しかし、気持ちが変わりました。ひらき直るしかないと思います。公表の先送りはACBにとって、もっとリスキィです。とりあえず今井顧問の件を切り離して公表すべきではないでしょうか」

「わたしは調査委員会の判断を追認する。逃げを打っていると取られたとしたら心外だが、陣内委員長にまかせるのがいいと思う。強いて言えば公表に消極的賛成かねぇ」

北野は思わず吐息を洩《も》らしていた。

久山と今井を徹底的に追い詰めようとしている陣内の判断は、〝公表〟に決まっている——。

北野は同じフロアの中澤顧問室に向かった。

中澤と片山が話し込んでいたが、北野は硬い顔で片山の隣に腰をおろした。

「頭取はなんて言ってましたか」

「調査委員会におまかせする、ということです。強いて言えば、公表に消極的賛成という意見でした」

「いま、片山君にも話したが、わたしも公表したほうがいいと思いますよ。岡田さんの性格からみて、久山さんと今井さんを庇っていることは明々白々です」

北野は耳たぶを引っ張りながら中澤に訊いた。

「久山さんが嘘《うそ》をついている、ということになるんでしょうか」

「そうは言いません。神ならぬ人間です。記憶再生は、そんな生やさしいことではありませんよ。今井さんは記憶を再生し、久山さんは再生できないっていうことなんじゃないでしょうか」

中澤が時計を見ながらにこやかに言った。

「きみたち、調査委員会に出なくていいんですか」

北野と片山が顔を見合わせて、うなずき合った。

「失礼しました」

「今井さんがどんな言い訳をするか、とくと拝聴してきます」

二人は十八階の企画本部内にある調査委員会室に急いだ。

「久山さんのヒアリングが中断してから、すでに三十分経ってるぞ」

片山に言われて、北野が時計を見ると午後三時を過ぎていた。

北野が今井のヒアリングが続けられている調査委員会室のドアに、こぶしが触れる程度の軽いノックをした。

むろん応答はなかった。北野と片山は黙って入室した。二人は今井に向かって一揖《いちゆう》し、後方の椅子《いす》に座った。

三人の弁護士と、陣内、矢野両副頭取、水島、白幡両専務、石井、松原の合計九人の委員に、北野と片山が加わった。

陣内が厳しい表情で、詰問していた。

「平成四年、九二年十月下旬の〝かねなか〟における川上氏を囲む会食に出席したACB側のメンバーは、今井顧問以外には誰と誰ですか」

「五年も前のことなのでよく覚えていないが、久山会長、関口副頭取、水谷総務部長、高橋部長の五人だったように思うが」

水谷は当時取締役総務部長、高橋は総務部付部長だった。水谷はその後、総務担当常務に昇格したが、六月二十七日の株主総会後に辞任することになっている。取締役選任は総会承認事項なので、代表取締役以外の役員人事は、総会後の取締役会で行なわれる手はずだった。

関口は、四年前にACB系列の不動産会社の社長に転出していた。

「川上氏との会食に、小田島氏は出席していなかったのですか」

「もちろんだ。小田島氏に、わたしは会ったことはない」

「記憶違いということはありませんか。今井顧問は、小田島グループに対する融資案件について、記憶を再生されました。小田島氏も、その場に居合わせたんじゃありませんか」

「小田島とは会ってない。何度も言わせないでくれ」

今井はむっとした顔で、語気を荒らげた。

陣内が今井を鋭く見返した。

「そのときの川上氏との会食で、なにか依頼されたことはありましたか」

「小田島の面倒をみてやってくれ……そんなようなことを言われたような気がする」

「最前、小田島氏の案件を岡田専務から聞いたのは平成七年の一月ごろと言われましたが、間違いありませんか」

「そう記憶している。メモを残したわけじゃないから、正確かどうか自信はないが」

水谷も高橋も、これまで何度となく東京地検特捜部の事情聴取を受けていた。関口も然《しか》りである。しかも、高橋は逮捕、勾留《こうりゅう》されていた。

しかし、川上と会食したことが検察に伝わった形跡はなかった。

「小田島案件の認識および川上氏との会食は、非常に重大なことです。いつ、いかなるときに思い出したんですか」

「この一週間ほど、ずっと昔のことを考えていた。小田島の件について記憶がよみがえったのは、けさ、トイレで小便をしているときだ。川上氏との会食のことは、銀行に来る車の中だが、ぼんやりしたものは五月二十日の記者会見のときからあった」

今井は疲労の色濃い顔を両手で洗うようにこすった。げっそりした顎《あご》のあたりに、剃《そ》り残した髭《ひげ》が目につく。

8

今井が調査委員会室を退出したのは午後四時二十分だった。四時半から、久山のヒアリングが再開された。

陣内から今井のヒアリング内容を聞き入っている久山の表情が翳《かげ》ってゆく。

久山は堪《たま》りかねたように煙草を吸い始めた。

「今井さんの話には説得力もあり、臨場感もありました。われわれ調査委員会は、今井さんはほぼ正確に記憶を再生された、という心証を得ています。久山さんの記憶の再生はいかがでしょうか」

「平成七年一月というと、神戸で大震災があった年だが……。地震は十七日でしたから、その前後のことはよく覚えているはずだが……」

久山はしきりに首をかしげた。

「今井さんの記憶違いじゃないでしょうか。わたしは岡田君からそんな話を聞いた記憶はありません」

「時点はともかくとして、小田島案件について、久山さんが認識していた事実はおありですか」

久山は二、三服で煙草の火を消した。

「小田島氏の案件について、聞いたとすれば岡田さんじゃないと思うが。たしか今井さんか坂本さんから、アサヒリースの融資なので問題はないというような言い回しで……。平成七年よりもっと後、平成八年、それも、わたしが会長から取相《とりそう》になったか、ならないか……」

「わずか一年前ということになりますよ。アサヒリースの迂回融資の認識と、小田島案件がごちゃまぜになっていることはありませんか。どうか真実を語っていただきたい」

久山は二本目の煙草を咥《くわ》えたが、こんどは一服しただけで灰皿にこすりつけた。

「繰り返しますが、小田島案件を岡田さんから聞いた記憶はありません。今井さんの記憶違いだと思いますが」

「今井さんが小田島案件を認識していたことについて、調査委員会は公表せざるを得ないと考えています。当然のことながら検察は、勾留中の岡田さんを厳しく尋問すると思います。岡田さんが、今井さんの認識と一致する供述をしたときに、久山さんは認識を変えるのですか」

「ふうぅーん」

久山は腕を組んで、虚空を睨《にら》んだ。

「記憶にはないが、変えざるを得ないんですかねぇ」

「いま、この場で記憶を呼び戻すことはできませんか」

久山は腕組みしたまま、陣内をまっすぐとらえた。

「覚えていないものを、この場で再生しろと言われてもねぇ」

久山の目が陣内から、年長の弁護士に移った。

「先生、ぜひとも岡田さんに確認してください。わたしは、小田島氏のことは記憶にないのです。このことは責任逃れで申し上げているのではありません。何度も申し上げているが、トップとして、責任を痛感しております」

石井が口を挟んだ。

「質問を変えさせていただきます。川上氏との会食の件はいかがでしょうか。平成四年十月ごろに、当時の久山会長、今井頭取、関口副頭取、水谷取締役総務部長、高橋総務部部長の五人で、川上氏と会食したと今井さんはおっしゃってますが」

「覚えてます。夜ではなく、昼食だったと思いますが。場所は新橋の〝かねなか〟です」

「そのときに川上氏から小田島案件について、なにか頼まれたことはございましたか」

この質問も石井だった。

「関口さんや水谷さんはどういうふうに話してるんですか」

「二人ともこれまでのヒアリングでは、触れてません。一両日中にヒアリングします。もう一度、お尋ねしますが、今井さんの証言を否定されるんですか」

「否定というより、記憶にないということです」

久山は陣内に言い返して、三本目の煙草に火をつけた。

北野が耳たぶを引っ張りながら、久山に訊《き》いた。

「川上氏との会食は、どなたの発意で実現したのでしょうか。会食に出席しなかった人からサジェッションがあったということはなかったのでしょうか」

久山の表情が動いた。少なくとも北野にはそう見えた。

久山は吸い込んだ煙を吐き出して、煙草を消した。

北野の質問の意図が奈辺《なへん》にあるかは、久山はもとより、その場に居合わせた全員に理解できた。

固唾《かたず》を呑《の》んだのは北野だけではない。しかし、久山はなかなか返事をしなかった。

「いかがでしょうか」

北野に返事を促されて、久山が溜《た》め息とも、うめきともつかぬ声を洩らした。

「五年も昔の話なので、なにぶんにも記憶があいまいだが、たしか胆石かなにかで入院されてた川上氏の快気祝いだったように覚えてます。夜の会食は勘弁してもらいたい、と言われて……。言われてみれば、そういうことがあったかもしれないが、はっきり記憶にありません」

北野と久山の目がぶつかった。久山のほうが視線を外した。

「久山顧問は、そういうことがあったかもしれない、とおっしゃいましたが、あったとすればどなたですか。たとえば当時の佐々木相談役からサジェッションがあったという認識はありませんか」

「否定も肯定もできません。なぜなら、よく覚えていないからです。佐々木さんに相談したということはあったかもしれないが、発意したのはわたしだと思います」

陣内が話を蒸し返した。

「川上氏との会食中に、小田島氏のことが話題にならなかったのでしょうか」

「あなたがたが見える前に、一、二分今井さんと立ち話をしたんだが、わたしは小田島さんの名前は出なかったと記憶している。『なにの件よろしく』『なにをよろしく』。そんな言い回しで、川上氏は話したかもしれない。今井さんは小田島氏がらみだとぴんときて、小田島氏の名前が出たと錯覚されたんじゃないでしょうか。さっきも言いましたが、関口さんたちにぜひとも確認していただきたい」

「川上氏が〝久山会長〟と〝今井頭取〟にとくに耳打ちした、ということはありませんか」

「小田島氏の名前が特定されたという記憶はないのです。申し訳ないが……」

北野は、久山と陣内のやりとりを聞いていて、今井よりも久山の話に説得力があるような気がしていた。

ただ、久山は佐々木を庇《かば》っているように思えてならない。陣内がなぜ、佐々木についてもっと突っ込んでくれないのか不満も残る。

佐々木から陣内に圧力がかかったのだろうか。時効の壁があるにしても、佐々木に対する陣内の姿勢に、北野は疑問符をつけていた。

佐々木のヒアリングをもう一度すべきではないか、と北野は陣内に問題提起するつもりだった。

事実、北野は久山のヒアリング終了後、歩きながら陣内に「佐々木最高顧問を放置しておく手はないと思いますが」と伝えたが、「変に構えるのも考えものだな」と、まるでとりあってもらえなかった。

「佐々木さんのことなんか、この際どうでもいい。問題は今井さんの認識をどうするかだよ。中山頭取の時間は取れるのか」

「七時過ぎなら取れます」

「それまでに、関口氏と水谷氏から、確認を取ろう。頭取に入ってもらって調査委員会を開く。そのつもりで」

「承知しました」

北野は、陣内たちとエレベーターホールで別れ、いったん秘書室に戻った。

秘書室には男性秘書が五名、女性秘書が二十一名いる。

菅野取締役秘書室長は留任したが、古参秘書役の飯島泰之と石塚秘書役は、五月二十六日付で人事部付部長と検査部付次長に異動した。

菅野は旧〝A〟、飯島は旧〝C〟。中山の意向で、秘書室のたすき掛け人事が解消されたことになる。

宇田川明と印南雅司は北野より一年と二年後輩。清水賢治は四年後輩だ。

北野は、室長席に椅子《いす》を寄せて、この日の調査委員会の動きをかいつまんで菅野に話した。

男性秘書は誰も席にいなかった。

「大変なことになってきたねぇ。弁護士先生たちは、どういう意見なの」

「当然コンプライアンス（法律遵守）との関係で、公表すべきという意見でしょう。中山頭取も、消極的賛成でした」

「今夜、頭取の記者会見ということになるのかねぇ」

ろです」

「調査委員会は揉《も》めると思います。相当複雑な問題ですからねぇ。岡田さんとの弁護士接見が先ですよ。それと、久山顧問と今井顧問の認識のギャップをどうするかも議論が分かれるとこ

　菅野が時計を見ながら言った。

「頭取にメモを入れようか」

「ええ。接客中でしたねぇ」

「ここんところ、いろんなＯＢが会いに来てるが、たいした人じゃない。廊下に呼び出して、北野から話したらいいよ」

　北野は、中山頭取付の平山秀子を手招きした。平山は二十六歳。短大を出てから、ＹＷＣＡで秘書業を研修した。すらっとした美人だ。

「頭取にわたしの名前でメモを入れてください。至急ご相談したいことがあります、と。頭取は何号室ですか」

「三号室です」

「五号室はあいてるの」

「はい」

「五号室でお待ちします」

　役員応接室のフロアは二十六階にある。

　会長、頭取、副頭取、相談役等の応接室は二十七階だが、中山は接客や面談で二十六階の役員応接室を使用していた。

北野は平山秀子と二十六階へ向かい、五号室で立ったまま待機した。

中山はほどなくあらわれた。

「どうしたの」

「今井さんの認識をどう取り扱うか、陣内副頭取も判断しかねているようです。久山さんとのギャップも埋まりません。七時以降、頭取にも出席していただいて、調査委員会を開きたいということですが」

「いいよ。七時半からにしてもらえれば、ありがたいが」

「けっこうです。今夜遅い時間の記者会見もあり得ると思いますが」

中山は首をかしげながら、北野に背を向けてしまった。

9

六月四日午後七時半から役員会議室で始まった行内調査委員会に、中山頭取も出席した。

委員長の陣内副頭取が厳しい表情で切り出した。

「今井顧問の認識を公表するかどうか、方針を決めなければなりません。本案件は大変重大な問題なので、中山頭取にも出席していただきました。まず、川上氏との会食の件について、水谷常務から、わたしと石井企画部長がヒアリングしましたので、その結果について石井君に報告してもらいます……」

陣内は議長席から石井に目を向けた。

石井がおやっという顔をしたのは、自分に振られるとは思っていなかったからだろう。

「水谷常務のヒアリング内容についてご報告します。水谷常務は日時まで正確に覚えてました。九二年、平成四年十月二十二日正午から約二時間、場所は新橋の〝かねなか〟。当行側の出席者は、当時の久山会長、今井頭取、関口副頭取、水谷取締役総務部長、高橋部長の五人。会食の目的は川上氏の快気祝いですが、終始和やかに懇談したということです。ほとんどは病気、健康に関する話で、川上氏から小田島グループに対する融資案件が提起されたことはない、ということでした。以上です」

北野は少しくホッとした。今井の記憶違いの可能性が濃厚ではないか。

陣内が白幡専務に目を流した。

「次に、関口さんから電話でヒアリングした白幡専務に報告してもらいます」

「関口さんと電話で三十分ほど話しましたが、日時については、十月中旬か下旬でよく覚えていないそうです。しかし、当行側の出席者、場所、川上氏を囲む昼の会食、それと小田島グループに対する融資案件が話題になったことはないと思う、という点では水谷さんと同じでした」

陣内が白幡の話を引き取った。

「水谷、関口両氏のヒアリングは同時刻に行ないましたので、二人が口裏を合わせたことはないと思います。そうなると川上氏は会食時に、トップの久山さんと今井さんだけに、耳打ちしたということになると考えられますが、小田島を特定したかどうかはわかりません。しかし、当時のトップに、川上氏が小田島への融資案件でなんらかのプレッシャーをかけた可能性は強いと思わざるを得ません。このことは平成四年十一月に、アサヒリースの迂回《うかい》融資が実行されたことからも明らかです。さて、問題は今井顧問が小田島案件を認識していた件をどう取り扱うかです」

矢野副頭取が挙手した。

「どうぞ」

「久山顧問と今井顧問の認識ギャップのまま公表するのはどうでしょうか。岡田さんと接見して、確認してからでよろしいんじゃないですか」

「わたしも矢野副頭取の意見に賛成です」

矢野に与《くみ》した水島専務を陣内がジロッとした目でとらえてから、白幡を指差した。

「白幡専務はどうですか」

「今夜、発表しなければいけませんかねぇ。一日か二日待ってもよろしいんじゃないですか」

陣内が石井に目を遣《や》った。

「石井君はどう考えてるんだ」

「今夜、マスコミに発表しましょう。今井顧問からかくかくしかじかの申し出があった、ということでよろしいんじゃないですか」

私語を交わす者、溜《た》め息をつく者、会議が乱れた。

「そこまでやるのかねぇ」

「今夜ってことはどうかなぁ」

矢野と白幡のやりとりが北野にも聞こえた。

片山が北野に上体を寄せて、ささやいた。

「見てろ。松原さんはもっときついことを言うから」

果たせるかな松原が大声を放って、挙手をした。

「委員長！」

「どうぞ」

「久山顧問と今井顧問の認識ギャップをそのまま今夜、発表したらどうですか。ついでに佐々木最高顧問が総会屋とつきあってはいかんと注意したと調査委員会に話したことも、オープンにしたらよろしいと思います」

役員会議室はシーンとなった。

今度は北野が片山に躰《からだ》を近づけた。

「松原さんが〝S〟を出した狙《ねら》いはなんだ」

「皮肉だろ。陣内さんは〝S〟に弱いからねぇ」

〝S〟とは佐々木のことだ。

陣内が右隣の中山頭取のほうへ首をねじった。

「頭取、なにか」

「今夜、発表しなければいけませんかねぇ。委員長はどう考えてるんですか」

「わたしも、どちらかと言えば、一日だけ待ってもいいかなと……。つまり、岡田さんに確認することによって、久山さんの認識が変わらないとも限りませんからねぇ」

北野が挙手をした。

「委員長、よろしいでしょうか」

陣内がしかめっ面で、うなずいた。

「わたしは、発表の内容はもう少し詰める必要があるとしても、タイミングは早ければ早いほどベターではないかと思います。つまり今夜、発表すべきです。なぜならば、本日、岡田さんが供述している可能性もゼロではないからです。後手を取ることのマイナスは回避すべきなんじゃないでしょうか」

「北野君の意見に賛成です。歴代トップの判断ミスなり、過失を公表することはACBの再生に不可欠です」

片山がフォローすると、すかさず松原も同調した。

「石井君が言いましたが、今井顧問の認識だけでも発表したらどうですか。後で恥をかくことのないように」

「記者会見の名目はどうするの」

中山の質問に、松原が答えた。

「調査委員会の中間報告でよろしいと思います。ACBと元出版社社長関係の取引きの経緯については、ほぼ把握されてますし、広報でまとめておきました」

「ずいぶん手回しがいいねぇ」

陣内が皮肉ともつかずに言って、中山の顔を窺《うかが》った。

「頭取が記者会見しますか」

「委員長の陣内副頭取にお願いします」

北野がふたたび挙手をした。

「うん」

陣内が北野に顎をしゃくった。

「頭取が記者会見すべきだと思います。どんな場合でも、頭取が矢面《やおもて》に立つ姿勢をつらぬくことがよろしいんじゃないでしょうか」

中山が苦笑を滲《にじ》ませた顔を北野に向けた。

「わかりました。わたしが記者会見します」

北野は中山に目礼した。

「新聞に一面トップのネタを提供することになるねぇ」

「そこまではどうかなぁ」

石井と松原の私語を聞きながら、北野はどっちみちACBはマスコミの袋叩《ふくろだた》きに合うだろう、と肚《はら》をくくった。

「せっかく頭取が記者会見するんなら、久山顧問のことにも触れたらどうですか」

陣内が一同を見回しながらつづけた。

「久山さんはクロですよ。シラを切っているとしか思えない。皆さんの心証もそんな感じなんじゃないの。小田島に関する認識の相違、記憶の再生と不再生を公表しちゃったほうが、先行きACBにとって都合がいいんじゃないですか。岡田さんの供述も時間の問題でしょう。だって、今井顧問の認識を発表したら、検察は黙ってませんよ」

松原が半ば同調し、半ば反対する微妙な発言をした。

「おっしゃるとおりです。ただ、佐々木最高顧問はどう扱いますか。北野じゃないですけど、佐々木最高顧問が小田島と親密だったことも、間違いないでしょう」

「ま、頭取におまかせしましょう」

陣内は、中山に振って、態度を曖昧《あいまい》にした。

松原が中腰で言った。

「マスコミとの連絡がありますから、わたしはこれで」

時刻は、午後九時に近かった。

10

記者クラブなどへは幹事社に、雑誌関係は、個別に広報部員が手分けして、連絡を取った。

十時過ぎから中山頭取の緊急記者会見が始まった。遅い時間にもかかわらず、百人以上の報道陣がACB本店ビル十五階の大会議室に押し寄せた。むろんテレビカメラも入った。

報道陣に向かって、中山の右隣に松原広報部長が座っていた。

北野は、石井や片山たちと会場の後方で見守っていた。

まず中山が短いステートメントを読み上げた。

「本日は遅い時間にお集まりいただき、ありがとうございます。行内調査委員会のこれまでの調査結果を中間報告のかたちで発表させていただきます。お配りした資料は、当行と元出版社社長関連の融資に関する取引きの経緯をまとめたものでございます。のちほど松原広報部長が説明致しますが、その前に本日、前会長の今井顧問から、調査委員会に対して、過去において審査担当役員より元出版社社長関連の問題融資に関する説明を受けた記憶がある旨の申し出がありましたことをご報告させていただきます……」

そこここで、どよめきの声があがり、報道陣の中から、席を立つ者が続出した。

会場後方のテレホンボックスに駆け込む者、廊下に出て携帯電話をかける者、記者会見場は混乱に陥った。

「今井、承認！」

「今井が黙認していたと、中山頭取が発表しました」

記者たちが電話で記者クラブのキャップや、新聞社のデスクに送稿している声が、北野たちの耳にも聞こえた。

中山は声を張り上げて、ステートメントを読み続けた。

「経営トップが不透明な取引きの存在を知り得ていたという事実をわたくしどもは重く受けとめております。調査委員会は引き続き、事態の把握、原因の究明に注力致す所存です。また本行は今後不透明な取引きを一切断ち切ることをあらためてお約束申し上げます。わたくしは、いかなる困難に遭遇しようとも、事件の再発防止に向けて、経営組織の刷新に不退転の決意で取り組む覚悟であります。役職員一同、皆様の信頼を取り戻すために全身全霊を擲《なげう》って、懸命の努力を続けて参ります。以上でございます」

堰《せき》を切ったように、記者たちが中山に質問を浴びせかけた。

――今井前会長は頭取時代に問題融資にかかわっていたと理解してよろしいんですね。

「平成七年初めごろに報告を受けた記憶があるということで、関与していた事実はないと思います。記憶の糸をたぐっていくと、元出版社社長関連の融資が存在すると説明を受けた、という申し出がございました」

――頭取時代に説明を受けておきながら、黙認していたということですね。

「説明を受けた時点では、不正融資という認識をもたれたことはないようです」

――どういう認識だったんですか。

「元出版社社長関連の融資ということだと思います」

――小田島グループ、すなわち総会屋という認識だったんじゃないのですか。

「そうした明確な認識があったとは思えませんが」

――当時の佐々木相談役、久山会長は、審査担当役員の報告を受けていたんですか。

「元出版社社長と年に一、二回お会いしていたことはあったようですが、融資自体について記憶はないということです」

――当時の今井頭取に問題の融資について報告をした審査担当役員はどなたですか。

中山は、松原の方へ上体を寄せて、小声で助言を求めた。

「名前を出していいのかねぇ。岡田さんは供述していないし、久山さんは記憶していないと言っている。今井さんの記憶違いも否定し切れないと思うが」

この点は、先刻の調査委員会でも揉《も》めた。

「特定せざるを得ないと思います。検察が今井さんを事情聴取することは、いずれにしても避けられません。結果は同じです」

　中山は意を決したように、質問した記者をまっすぐとらえた。

「当時、審査担当専務の岡田さんから聞いた記憶がある、ということでした」

――小田島グループに対するアサヒリースの迂回融資についても〝今井頭取〟は報告を受けていたんじゃありませんか。

「そういう事実はございません。最前も申し上げましたが、〝今井頭取〟は元出版社社長関連融資の報告を受けた記憶がある、ということだけです」

――〝今井頭取〟が問題の融資案件の報告を受けたのは九五年初めということですが、何月何日ですか。

「二年以上も前の話ですし、記録も残っておりませんから、日時の特定はまだできておりません。一月か二月ということだと思います」

――〝今井頭取〟の認識はともかく、その問題融資が小田島グループがらみだったと中山頭取も理解してるわけですね。

「まだ全体像を把握し切れていませんので、明確に理解するまでに至っておりません」

　中山の口調は歯切れが悪かった。

「それでは行内調査委員会の中間報告を読み上げます」

　松原が強引に中山頭取の質疑応答を打ち切ったが、報道陣の数は半分以下に減っていた。

　中には資料を椅《い》子《す》に置き忘れて、退席した記者もいる。

中山頭取の記者会見の内容は、当然のことながら、その夜のうちに東京地検特捜部に伝わった。

自宅で夜回りの記者たちに囲まれてウイスキーの水割りを飲んでいた堀切特捜部長が、驚愕《きようがく》のあまり、グラスを取り落としたという尾ひれのついた情報が、後日、新聞記者経由でACBの北野たちにもたらされたほどだから、検察は今井の認識を把握していなかったことになる。ついきのうまで、正確には十三日前の五月二十二日までACBの会長職に在った者が、二年前に反社会的勢力の小田島グループに対する不正融資案件を承知していた、とすれば、トップを含めた組織ぐるみの犯罪と見做《みな》されても仕方がなかった。

十一時以降のテレビのニュース番組は各局とも中山頭取の記者会見の模様と五月二十日の記者会見時の〝今井会長〟を画面にクローズアップして、〝ACB総会屋不正融資事件〟で新事実が発覚したことをトップニュースで報じた。

六月五日付朝刊の新聞各紙が、一面トップないし、準トップの扱いで〝朝日中央銀行、今井前会長が黙認〟〝95年に報告受ける〟〝東京地検、今井氏を事情聴取へ〟〝底知れぬ汚染の深さ〟などと書き立てた。経済面、社会面を割いて、嵐《あらし》のようなACBバッシングである。

中間報告書はほとんどマスコミに無視されたが、この中で調査委員会は節目節目で元出版社社長が介在していたことを明らかにしていた。

調査委員会が、〝元出版社社長関連の問題融資事件〟と規定したのもうなずける。

川上多治郎を特定していないのは、川上の背後の暴力団との関係上、やむを得ないが、川上の強大なパワーを見せつけて余りあった。

川上が小田島グループの背後で、いかに睨《にら》みを利かせていたかの例を資料から引く。

一、昭和六十年四月、当行取引先の元出版社社長から、総務部が小田島恵三氏の紹介を受け、営業第一部扱いで、証券投資資金一億円の新規投資が同月二十六日から実行された。

一、平成元年四月に元出版社社長から総務部に対し、小田島恵三氏が四大証券の株式を三十万株ずつ購入するので、融資してやって欲しいとの依頼があった。元出版社社長は常々「これからは証券の時代」と言っていた。

一、平成二年二月、元出版社社長から総務部に対し、小田島敬太郎氏が自宅マンションを購入したいと言っているので、ローンを組んでもらいたいと依頼があった。総務部は小田島敬太郎氏は総会屋であり、かつ当行の株主でもあることから、当行が融資することは困難と判断した。しかし、元出版社社長の依頼にゼロ回答は避けたいとの判断もあり、当行の関連ノンバンクのアサヒリースを紹介、小田島敬太郎氏とアサヒリースの取引きが開始された。

一、平成四年九月に元出版社社長から総務部に、同氏が懇意にしているスターライト社が手がけているゴルフ場開発への投資資金三十億円を小田島恵三氏に融資して欲しいとの依頼があり、同年十一月、アサヒリースの迂回融資が実行された。

また、大蔵省検査の次のような記述が目を引く。

一、平成六年六月、総務部は大蔵省検査の抽出をまぬがれるため、延滞解消について、小田島恵三氏と交渉したところ、同氏から延滞解消のための利息分の借り入れを申し込まれた。そこで総務部はアサヒリースに同氏への融資を依頼、利息分六億二千六百万円の融資が実行された。

一、平成六年九月の大蔵省検査で、三田ビルディングの融資四十億円のうち、三十二億八千万円が第四分類（不良債権）に査定された。

第十一章　組織改革

1

六月七日土曜日の午後に、石井、松原、北野、片山、西田の五人が丸ノ内ホテルの一室に集まった。

招集したのは石井だが、仕掛けたのは北野である。

前夜遅い時間に、北野は保土ヶ谷《ほどがや》桜ヶ丘の賃貸マンションから石井宅に電話をかけた。

「頭取が調査委員会と併行して、組織改革のほうも頼む、と言ってました。あすの土曜日はヒアリングはありませんから、石井部長もなんとか、時間を取っていただけると思いまして……」

「いいだろう。松原と片山にはわたしが連絡する。書記役で西田にも出てもらおう。MOF《モフ》担補佐やら調査委員会事務局やらで、あいつも大変だけど、それはお互いさまだよなぁ。とくに北野には負担をかけ過ぎると同情してるよ」

「頭取の心労を考えれば、我慢できますよ。並の神経、体力じゃ、とっくに潰《つぶ》れてるんじゃないですか」

「頭取は今夜もホテルか」

「さすがに今夜はお宅に帰られました。マスコミに見張られてるので、途中から歩いて、裏口から入るようなことを言ってましたよ」

「ところで、夫婦喧嘩《げんか》は収まったのか」

「参ったなぁ。片山のやつ、口が軽くて。しょうがないやつですよ」

北野は笑いにまぎらわしたが、石井の口調は真剣だった。

「引っ越しの件で、奥さんから片山に電話があった、と聞いただけだが、わたしからも奥さんにお詫《わ》びしておいたほうがいいんじゃないか」

「ご心配なく。片山への電話はやり過ぎだったと女房も反省してますよ」

北野は声量を落とした。

今日子が反省しているとは思えない。しかし口もきかないような状況ではなかった。

「それならいいが。片山を責めるんじゃないぞ。片山はほんとうに北野のことを心配してるんだから」

「はい。よくわかってます。ところであしたの場所と時間ですが、午後二時にわたしの名前で丸ノ内ホテルをお取りしておきました。変更できますが、よろしいでしょうか」

「うん、いいよ。じゃあ、あすの午後二時に丸ノ内ホテルで」

「おやすみなさい」

「おやすみ」

石井とそんなやりとりをしたが、北野は片山と顔を合わせたとき、笑いかけただけで、口の軽さを詰《なじ》ったりはしなかった。だいたい、どっちもどっちなのだ。

土曜日なのに、五人ともスーツ姿だった。

丸ノ内ホテルの一室で、五人の会議が始まったのは午後一時五十分からだ。

「〝毛沢東〟抜きで、紅衛兵が五人集まったわけだな」

松原が冗談を飛ばすと、「〝紅衛兵〟は可哀相《かわいそう》なんじゃないですか。〝四人組〟ならぬ〝五人組〟でしょう」と、片山が応じた。

西田がわざとらしく、表情をひきしめた。

「わたしは、ついでに呼び出された口ですから、正に〝四人組〟ですよ」

「相変わらず口の減らないやつだ。だったら、西田はオブザーバーだぞ」

北野が、西田をひと睨《にら》みして、冗談ともなくつづけた。

「きょう一日ぐらい休養させてあげないと、さすがの〝毛沢東〟も過労死になりかねません。われわれは非常時の経営執行部のつもりで、頭取を補佐しましょう。石井部長、議長をお願いします」

「頭取命令で、組織改革について方向づけをしておこうということだ。フリートーキングで、どんどん意見を出してもらいたい。松原からどうぞ」

「昨夜、石井から電話をもらったあとで、つらつら考えてみたんだが、今回の総会屋事件の真の原因は、銀行の心臓部門ともいうべき融資を審査がチェックできなかった点に尽きると思うんだ」

松原の意見に、片山が反論した。

「おっしゃるとおりですが、〝S〟みたいなカリスマ性の強いトップが事件に絡んでたとしたら、審査のチェック機能は働かないんじゃないですか。チェックは不可能ということになりませんかねぇ」

北野が深くうなずいた。

「〝S〟は別格で、あんな凄《すご》いのはそうそういるもんじゃないですよ。しかし、たとえサラリーマン経営者でも、トップに昇りつめると、人事も経営もしたい放題ということになりがちですよねぇ。中には不法行為を平気でする人だっているわけです。トップの暴走を誰も止められないのが現実ですよ」

北野や片山が佐々木最高顧問を〝S〟と呼ぶようになったのは、つい最近のことだ。

「株主はどうなんですか。株主代表訴訟っていうのは、けっこう効くんじゃないですかねぇ」

西田が考える顔で自問自答した。

「株主代表訴訟はごく特殊なケースで、形骸《けいがい》化した株主総会や、株の値上がり期待ばっかしの投資家に、経営のチェックを望むのは無理ですね」

「取締役会はどうなんだ」

石井が西田に目を流した。

「ACBに限らず、どこもかしこも、文字どおり形骸化してると思いますけど。トップの顔色ばかり窺《うかが》ってるイエスマン役員やお稚児《ちご》さん役員が、トップにもの申すはずがないですよ」

松原が腕組みして、西田の話を引き取った。

「本来なら監査役の機能が働けばいいわけなんだろうが、社員や行員から上がった監査役というか、取締役になれなかった挫折《ざせつ》の人やトップに監査役にしてもらって大喜びしてる人たちに、トップの暴走を止められるはずがないか」

石井がつぶやくように言った。

「社外重役はどうだろう」

「株式の持ち合い会社や血族企業のトップに社外役員、社外監査役になってもらっても、トップの茶呑《の》み話の相手はできても、経営のチェックまでは無理ですよ。また、そんな自覚も責任感もないと思います。大事件が出来《しゅつたい》したら、真っ先に責任逃れをするのが落ちですよ」

「片山の言うとおりだな。そうなると誰にも経営をチェックできないのかね」

「松原、そう悲観したものでもないんじゃないか。公平、公正な第三者ということで、法律顧問に経営をコンプライアンス（法律遵守）の面からチェックしてもらうことはできるはずだ。現にACBは調査委員会で、それに近いことをやってるじゃないの」

石井の発言に、片山が首をかしげた。

「取締役でもない第三者に経営をチェックしてもらうなんて、無責任なんじゃないですか」

「無責任っていうことはないだろう。コンプライアンス面で責任のあるかたちにすれば問題はないと思うが」

「経営権の侵害になりませんかねぇ。トップを含めた役員たちが厭《いや》がるでしょう」

「法律面のチェック、いわゆるリーガルリスクのチェックなら、経営権の侵害にはならないよ。そもそも法律に違反することを経営がやろうとしているのを阻止したときに、経営権の侵害だと騒ぐほうがおかしいんだ」

石井と片山のやりとりを聞いていて、北野は、石井がシナリオを持って会議に臨んでいると思った。

「法律顧問団に、経営情報がうまく流れるかなぁ」

「松原の疑問はもっともだが、その点はトップの考え方次第なんじゃないのか。中山さんなら、ちゃんとやると思うけど」

石井は松原に笑いかけた。

北野が石井の意見に賛成した。

「常務会の案件はすべて法律顧問団による新組織のリーガルチェックを受けることにするのも、よろしいんじゃないですか」

「どんな些細《ささい》なことでも、法律違反は経営にとってダメージになりますからねぇ。ときと場合によっては致命傷にもなりかねません。石井さんはどういうネーミングを考えてるんですか」

西田の質問に石井が答えた。

「経営監査委員会はどうだろうか」

「経営監査委員会……。いいんじゃないか」

「経営監査委員会の設置は、他行にも義務づけられる可能性もあるんじゃないですか。ACBの先見性が評価されますよ」

松原も片山も賛成した。

石井が、しきりにメモを取っている書記役の西田を気にしながら言った。

「ネーミングは経営監査委員会以外にないかねぇ。もっと気の利いたのがありそうに思うが」

西田が石井の視線を頰《ほお》に感じて、面《おもて》を上げた。

「経営監査委員会でいいんじゃないですか」

松原、北野、片山の三人からも異論は出なかった。

石井が話題を変えた。

「北野が常務会の案件——と言ったが、常務会が充分に機能していない点に問題があるとは思わないか。ＡＣＢを揺るがす今回の不祥事、不正行為も、常務会で実質的な議論がなされていなかった点にあると、わたしは思うんだ。その理由は、常務以上が三十人近くもいれば、多過ぎて議論なんかできっこない……。せいぜい十人以内じゃなければ議論にならない、議論ができないとは思わないか。北野、どう思う」

「そうですねぇ。取締役会どころか常務会さえも形骸《けいがい》化してたっていうことになるわけですが、たしかにそんな感じはありますよ。いっそのこと常務会を廃止して、五人の代表取締役による経営会議を創設したらどうでしょうか」

片山が小首をかしげた。

「常務会の廃止も経営会議の創設も賛成するが、副頭取と専務が担当していないセクションの常務を外すわけにはいかんだろう。たとえば証券部門担当の森田常務は経営会議のメンバーに入ることになる。代表取締役が八人から五人に減ったこととも無関係じゃないが、そういう常務が四、五人いるじゃないか」

「ちょっといいですか」

西田が口を挟んだ。

「どうぞ。西田は書記役だけで参加してもらったわけじゃない。発言権はあるんだ」

「石井さん、そんなこと念を押すまでもないでしょう。西田はさっきから言いたいこと言ってるじゃないですか」

「そうだったな。ひとこと多かった」

「ひとこと多いのはお互いさまですけど」

片山と石井のやりとりで、ツインルームの雰囲気がなごんだ。

西田が咳払《せきばら》いをしてから、発言した。

「代表取締役と各セクションの常務、合わせて、ちょうど十人になりますから、中身の濃い議論もできますし、スピードのある経営判断もできると思います。しかし、経営会議のメンバーに入れない常務さんたちはおもしろくないでしょうねぇ。執行権のみで、経営権を奪われるようなものですから。情報過疎という問題もあるんじゃないですか」

松原が組んでいた脚をほどいて、石井の方へ首をねじった。

「責任は取りたくないのに、俺《おれ》は聞いていなかったという人ばかりだからなぁ。その点、〝総辞職〟をすぐに言い出した中澤さんは立派だったよなぁ」

「〝総辞職〟がどれほど、ACBマンに危機感をもたらしたか……」

石井は途中で口をつぐんだ。

2

松原がソファから立って、脱いだ背広をベッドに放り投げた。

「中山頭取と陣内副頭取の実力がぬきんでているから、他のメンバーがきちっと意見が言える人じゃないと、経営会議が中山—陣内の経営判断の事後承認機関に成り下がってしまうことも心配だよなぁ」

「心配しだしたら切りがないですよ。思い切った改革をするチャンスなんです。失ったものを取り戻すために改革するんですよ。改革なくして再生はあり得ません。経営会議に出ない人たちの気持ちまで心配してどうするんですか」

きつい言葉とは裏腹に北野の表情は穏やかだった。

片山が笑いながら北野に応じた。

「それもそうだな。俺たちは旧弊を打破するための〝紅衛兵〟だったんだ」

ドッとなったが、西田がすぐに雰囲気をひきしめた。

「さあ、どうなんですかねぇ。いまや、実質的にACBを動かすボードみたいな気がしてきましたよ。少なくとも、わたしを除く〝四人組〟はそうなんじゃないですか」

石井がしみじみとした口調で言った。

「サラリーマン生活で、こんな経験ができることを不思議に思わなくちゃいけないが、要はACB再生のために捨て石になろうとした初心を忘れないことだな。あんまりいい気になってもいかんよなぁ」

「石井さんは企画部長で、限りなくボードに近い立場ですから、そんなに謙遜《けんそん》することはないですよ。わたしや北野は、正に心しなければ……。な、北野」

「うん。MOF《モフ》担にしては、片山は謙虚なんだよなぁ。どこかの銀行のMOF担に教えてやりたいよ」

北野は、にこっと片山に笑いかけた。先日、〝西川〟で、カクテルと水割りウイスキーを奢《おご》られたことが思い出された。この場で話したいくらいだが、あのとき片山に〝西川〟は秘密の場所だと厳重に釘《くぎ》をさされた。

松原が北野に目を向けた。

「経営会議がきちっとワークしてるかどうかを経営監査委員会がチェックすることによって、この点はクリアできるんじゃないか。いずれにしても経営会議が実質的に機能して、中山体制に求心力が働くかどうかは中山頭取のリーダーシップ次第だ。北野から、きょうのやりとりを詳しく頭取に伝えてもらうのがいいと思うよ」

北野は居ずまいを正した。

「はい。私情を交えず、ニュアンスも含めて正確にお伝えします」

「経営監査委員会にしろ、常務会の廃止にしろ、経営会議にしても、中山頭取がその気にならなければ実現しないわけだ。中山頭取は陣内副頭取に相談するだろうが、わたしは、中山頭取は、われわれの提案を必ず採り入れると思う」

「石井の言うとおりだが、念のため中澤さんにも口添えしてもらったらどうだろうか。中山執行部生みの親を使わない手はないと思うけどねぇ」

松原の意見に石井が異議を唱えた。

「そんな必要はないよ。中山頭取はわれわれに組織改革を託してくれたんだからねぇ」

「ただ、中澤顧問に報告するのはよろしいんじゃないでしょうか。中澤顧問が中山執行部の後見人であることは誰が見ても明らかなんですから」

「北野の言うとおりだ。きょうのことは、わたしから中澤さんに報告しておくよ」

石井が北野にうなずき返した。


「少憩しようか。ちょっと疲れたなぁ」

石井が伸びをしながら、時計を見た。午後七時二十分。

五時間以上も議論していたことになる。

「お腹も空きましたねぇ」

「うん。一階の食堂で、めしを食おうか」

松原が西田に答えて、石井に目を流した。

片山が北野の背中を叩《たた》いた。

「家で夕食を摂《と》ることになってるんじゃないのか」

「いや。遅くなると言ってきたよ」

石井、松原、北野、片山、西田の五人はツインルームから一階のダイニングルームに移動した。

土曜日のせいか、五人座れるテーブルを確保できた。

ビールを飲みながら、松原が石井に話しかけた。

「きょう一日で組織改革の見通しをつけないといかんのか」

「そんなことはないだろう。一日でなにもかもっていうのは無理だよ」

石井が北野に目を向けた。

北野はグラスをテーブルのコースターに戻した。

「十日には、頭取に報告したいですねぇ。頭取は急いで欲しいと言ってました」

「土曜、日曜を返上しないといかんってことだな」

片山が口の泡を右手の甲で拭《ふ》きながら石井に訊《き》いた。

「今夜はこのぐらいにして、あしたまた集まればいいんじゃないですか」

「そうねぇ。松原、それでいいか」

「わたしはかまわんが」

「いいですよ」

「わたしも大丈夫です」

北野と西田が返事をした。

「集合時間はどうしますか」

北野の質問に石井が答えた。

「月曜日に時間を取るのは難しいよなァ。あしたじゅうに目処《めど》をつけなければならないから、十時には集まるとするか」

「わたしは九時でもいいけど」

「松原さん、十時でいいでしょう。日曜の九時はきついですよ」

「片山さん、ゴルフと思えば、九時でも遅いくらいですよ」

片山は西田を軽く睨《にら》むように見返した。

「ゴルフと会議を一緒にできるか」

北野が片山を肘《ひじ》で小突いた。

「片山は徹夜するつもりだったんじゃないのか」

「まぁな、北野は女房に尻《しり》に敷かれてるから、そういうわけにはいかんだろうけど」

北野はなにか言い返そうとしたが、石井にさえぎられた。

「あした九時に、このホテルに集合。そういうことでお願いする」

「わかりました」

西田は威勢のいい声で返事をしたが、あとの三人は黙ってうなずいた。

食事を摂りながらの話になった。

スパゲッティあり、ハヤシライスあり、サンドイッチあり。北野はハヤシライスだった。

「以前、片山か西田が言ったと思いますが、相談役制度を廃止する手はありませんかねぇ」

北野はコップの水を一口飲んで、話をつづけた。

「ACBは相談役について定款で制度化されてますから、総会案件ということになりますが、常務会で決めてしまえば、六月二十七日の定時株主総会で承認を取ることは問題ないと思うんです」

片山がミートソースのスパゲッティの皿にフォークを置いた。

「合併銀行だから相談役が多かったのは仕方がないが、今度の事件で、古手の相談役を一掃することができました。相談役になったばかりの坂本さんには気の毒だけど、相談役制度は権力の二重構造で、百害あって一利なしです。わたしも、いまが相談役制度を廃止するチャンスだと思いますけど」

「〝S〟氏みたいな怪物の存在を許さないためにも、相談役制度の廃止は必要だな」

「反対する理由はないねぇ」

松原も石井も賛成した。

3

六月八日日曜日午前九時の集合時間に遅刻したのは片山だけだった。この日も全員スーツ姿だ。

九時四十分に丸ノ内ホテルのツインルームにあらわれた片山は、悪びれた様子もなく、椅子《いす》に腰をおろした。

「どうも」

「おはよう。総務部をどうするか、話してたところだ。総務部を解体せざるを得ないという点で四人の意見は一致したが、片山はどう考えてるの」

石井の質問に片山は間髪を入れず答えた。

「当然ですよ。解体しなければ、ＡＣＢが総会屋や暴力団にどの程度侵食されていたかわかりませんからねぇ。ヤミの勢力と絶縁するためにも解体は不可欠ですよ。反社会的勢力との絶縁は、頭取の公約でもあるから、速やかに実行あるのみでしょう」

西田が新しい湯呑《ゆの》みに土瓶を傾け、ついでに四人の湯呑みに注ぎ足した。

石井が北野に顔を向けた。

「管理グループをどうするって。北野、発言をつづけてくれ」

「総務部の管理グループを部に昇格させたらどうでしょうか。名称は本店管理部とでもしますかねぇ。本店や支店の管理まわりの仕事や株式事務を担当させるわけです」

「株式事務は、ほとんどの銀行が信託銀行に代行させてるから、当行もそうしたらどうだ。定款の変更が必要になるから、いまから準備を始めて、来年の総会で決めればいいだろう」

「そうだな」

石井が松原に応じてから、表情をひきしめた。

「問題は、株主総会関係の渉外グループをどうするかだな。ＡＣＢがつきあっていた総会屋はざっと百人。いずれも背後に暴力団が控えていると考えなければならない。購読している情報紙誌は六百五十に及ぶ。かれらと絶縁するのは容易ならざることだが、絶縁しなければＡＣＢのあすはないのだから、やるっきゃないわけだ」

「暴力団に対する恐怖心で、つきあわざるを得なかったにしても、百人の総会屋と六百五十もの情報紙誌とは、ずいぶん広げちゃったものですねぇ。そのすべてを排除するのは、相当な力仕事になりますよ」

西田が吐息まじりにつづけた。

「渉外グループの人たちは、当然お役ご免ですねぇ。反社会的勢力を排除するとして、どういう組織をつくったらいいんでしょうか」

石井と松原が顔を見合わせた。そして、石井が、松原に目で、おまえ話せ、と合図した。

「昨夜、帰宅してから、石井と電話で長話をしたんだが、総務審議室を新設するのがいいだろう、ということになった。問題はメンバーだ。誰だって、絶対就きたくないポストだよなぁ。ほんとうにヤクザに殺されかねない場面に遭遇しないとも限らない。しかし、石井も言ったが、命がけで取り組まなければならないっていうか、命がいくつあっても足りないっていうか。反社会的勢力を排除しない限りＡＣＢの再生、復活はないんだから、誰かがやらなければならない」

松原は緑茶をすすって話をつづけた。

「総務審議室長は、早崎勝しかいないと思うんだが」

こんどは北野と片山が顔を見合わせた。

早崎は昭和五十三年入行組だから、二人と同期である。東北大学法学部出身で、大学時代ラグビーのレギュラーだった。現在のポストは川崎支店の副支店長だった。

「なるほど早崎ですか。早崎なら、受けてくれるかもしれませんねぇ」

北野に片山が呼応した。

「営業、審査のベテランだし、大型支店で修羅場もくぐってますからねぇ」

「片山も候補に挙がったが、おまえは体力がないからなぁ。ＭＯＦ担で酒色にふけり過ぎたのが、不合格の決め手になった」

松原が真顔だったので、片山はいくらかむきになった。

「酒色にふけるは、聞き捨てなりませんねぇ。ＡＣＢのために、好きでもない酒を飲んでる身にもなってくださいよ」

「〝ノーパンしゃぶしゃぶ〟に行かなかったとは言わせないぞ。あれはやり過ぎだ。わたしは、広報の次長時代に、新聞記者からMOF担が〝ノーパンしゃぶしゃぶ〟に入り浸ってると聞いて、困ったやつだと思ったものだよ」

片山の顔が赤く染まった。

「〝ノーパンしゃぶしゃぶ〟に入り浸りは、わたしの前任者も含めて濡《ぬ》れ衣《ぎぬ》もいいところですよ。ほんの二、三回、いや数回ですから。それも、やむなくというか、必要に迫られて」

片山がしどろもどろになるのも無理はなかった。

〝ノーパンしゃぶしゃぶ〟とは、新宿歌舞伎町《かぶきちよう》にあるアダルト割烹《かつぽう》〝ろうらん〟のことだ。しゃぶしゃぶを食べながら、風俗嬢のストリップショーまがいのサービスが受けられる趣向である。大企業の接待用で繁盛していた。

「石井と北野は、片山に一度ぐらい連れてってもらったんじゃないのか」

「まさか」

「冗談じゃないですよ」

石井と北野は苦笑した。

「MOF担補佐になったので、体験させてもらえるかと楽しみにしてたんですが、今度の事件で、MOFが乗ってきませんから、わたしもまだ未体験です」

「おまえ、余計なこと言うんじゃない」

片山は立ち上がって、西田の額を右手の人差し指で押した。

「時間が勿体《もったい》ない。話を元に戻そう……」

石井が笑いながら言った。

「松原とわたしが早崎を総務審議室長に就けたいと考えたのは、北野も片山もそうだけど、使命感もあるし、人物も大きいと見込んだからだよ」

片山が湯呑みをセンターテーブルに戻した。

「そんな取って付けたようなこと言わないでいいですよ」

「松原じゃないけど、体力差が決め手になったことはたしかだよ。早崎の下に、有能で体力もある担当を五人か六人つけよう。人選は難しいが、勇気があって、公正無私な人材はいくらでもいると思う」

「総務審議室は一日も早く立ち上げる必要があるんじゃないか。総会屋関連取引きや融資の解消に取り組んでもらわなければならないからなぁ。ACBのリスク管理の要になるわけだから、頭取直轄とするのがいいと思う。トップのために躰《からだ》を張るポストでもあるからねぇ」

松原の口調が熱っぽくなった。

片山がわざとらしく、頬《ほお》をふくらませて、投げやりに言った。

「石井さんと松原さんで描いたシナリオならまったく問題はないですよ。恐れ入りました」

「総務審議室に弁護士と総務部にいる警察のOBに顧問として入ってもらうのがよろしいと思いますが」

「北野、いいことを言うなぁ。わたしも、北野の意見に賛成だ」

松原が声高に言うと、石井は深くうなずいた。

高揚した松原の顔に朱が差した。

「昨夜、石井と電話で話してて、総務審議室長はわたしがなってもいいと言ったが、決していい加減な気持ちじゃなかった。ACBを再生するためと考えたら、意気に感じるじゃないの。いわばトップのお庭番みたいなものだ。中山頭取を命がけで守るっていうわけだから。広報部長なんかより、ずっとやり甲《が》斐《い》がある。躰を張れるなんて、ぞくぞくしてくるじゃないか。石井は冷静だから、おまえじゃ薹《とう》が立ち過ぎてるとか、抑えて抑えてなんて、くさしたが、早崎の顔が目に浮かばなかったら、ほんと、わたしは買って出るつもりだった」

「その調子で、早崎を口説いてくださいよ。迫力があるし、説得力もありますよ」

片山に半畳を入れられて、松原はしかめっ面で湯呑みを口へ運んだ。

石井の口調にも力がこもった。

「総務審議室と経営監査委員会の連携は欠かせないと思う。定期的に経営監査委員会に報告して進捗《しんちょく》状況をトレースさせよう。日本中の企業がやらなかった仕事だから、世間一般の注目度も高くなるに違いない。また、反社会的勢力と闘うわけだから、衆人環視でなければ、成し遂げられないとも言える」

「組織改革の目玉は、総務審議室ですね」

北野も、石井と松原にあおられて気持ちが高揚してきた。しばらく〝総務審議室〟で私語が続いた。

「さて、次に移ろう。株主総会のあり方について、意見を聞かせてもらおうか」

石井が北野に目を向けた。

でしょうか」

「開かれた総会ということで、マスコミに公開することを公約しましたが、それだけでいいん

「違うねぇ。一般の株主が自由に発言でき、情報がディスクロージャーされる総会でなければいかんのじゃないか」

片山が北野から石井に視線を移した。

「過去の総会はすべて二十分か三十分のシャンシャン総会でしたよねぇ。それを当然と思っていたわれわれも間違っていたし、総会屋との癒着の上で行なわれてきたことにそもそも問題があった。今回の事件の根っこは、その点にあったわけでしょう」

「そうねぇ」

西田が挙手をしてから発言した。

「まずマスコミに公開するのはよろしいんじゃないでしょうか。某デパートなどもマスコミ公開を実行してますが、おおむね好評のようです。それと議長である中山頭取には何時間もかかることを覚悟してもらう必要があると思うんです。どんな質問にも逃げずに、丁寧に答えるべきで、五時間ぐらいは覚悟してもらいましょう。それが厭《いや》なら、自分で総会屋に自分のおカネを配るか、頭取を降りるかのどっちかですよ」

松原が西田の話を引き取った。

「極論すれば西田の言うとおりだが、マスコミに公開するっていうことは、いい加減なシャンシャン総会にしないことが前提だろう。社員株主などの拍手で無理やり議事を進行することもできなくなるな」

北野が質問した。

「ところで総務部が解体されてしまうと、どこが総会を取り仕切るのかが問題になりますねぇ」

「総会の主管は企画部でいいと思うが、警備や運営は本店管理部。ま、両部の共同主管っていうことになるかな。マスコミ公開は当然広報部だろう」

石井は一同を見回しながら答えた。

「松原さんの出番でしょう。今回は非常時の総会ですから、松原さんが中心になるべきですよ」

「広報中心の総会ねぇ。悪くないなぁ」

石井が片山の意見に賛成した。

松原は逃げなかった。それどころか、どんと胸を叩《たた》いた。

「よし、受けよう。やらせてもらおうじゃないの」

「総務審議室を通じて渉外グループのノウハウも生かしたらいいよ。渉外グループの人たちにしてみれば、総会に関する限り最後のご奉公っていうことになるわけだ」

「石井は気楽に言うが、資料づくりなど企画部もやることは多いんだぞ」

「わかってる」

石井と松原のやりとりに、北野が口を挟んだ。

「ご両所が胸を叩いたんですから、総会を乗り切れないはずがありませんけど、適法にやることが大前提です。そのためには弁護士の力も借りなければならないし、必ず総会屋が乗り込んできますから、警察にも支援を要請すべきでしょう」

「ただですねぇ」

西田が引っ張った声でつづけた。

「商法改正時に、過去は問わずと言われて、総会屋との縁切りを警察から勧められましたよねぇ。それなのに、無視、無関心でいたACBにですよ、警察の支援を求める資格があるんでしょうか。虫のいいこと言うなって、突き放されるんじゃないですかねぇ」

「そうはいっても、ACBは危機に直面してるんだから、警察だって見捨てないだろう。誠実にお願いすれば、助けてくれると思うけど」

北野が西田に言い返すと、松原も北野に与《くみ》した。

「警察の力を頼るのは仕方がないだろう。総会屋を取り締まるのは警察の役目でもあるしねぇ」

「ま、松原にまかせるとしよう。株主総会のあり方に一石を投じるような見事な総会にしてくれることを期待するよ」

「石井と二人三脚でな」

「リーダーはあくまでも松原だよ」

片山が松原に訊《き》いた。

「リハーサルはやるんですか」

「当然やるんだろうな」

北野が唐突に言った。

「久山顧問に協力を求める手はないですかねぇ」

「何度も総会議長を経験している久山さんから、議長の心得みたいなものをお尋ねするのはいいが、シャンシャン総会を仕切ってきた人から学ぶものがあるんだろうか」

石井は辛辣《しんらつ》だった。

松原が「うん、うん」と二度うなずいた。

「わたしもそう思うなぁ。中山頭取は独自色を出さなければいかんわけだから」

「わかりました」

北野は引き下がった。たしかに久山から学ぶものはない、と考えるべきなのかもしれない。

石井が時計に目を落としたので、あとの四人も時計を見た。

時刻は午後一時十分過ぎ。

「組織改革について、ほかに意見があれば、どうぞ」

松原が石井のほうへ首をねじった。

「わずか二日間で、よくぞと褒《ほ》めたいくらい、ずいぶん出たじゃない。あとは北野と西田でうまくまとめてもらえばいいだろう。こんなところで、どうかねぇ」

「片山、北野どう」

「けっこうです」

「西田は」

「とくにありません」

石井が西田に訊いた。

「きょう中に議事録をまとめられるか」

「ええ。今夜、何時になるかわかりませんけど、皆さんのお宅にFAXしますよ。訂正があれば、電話なりFAXをお願いします」

「われわれの組織改革案をどこまで通してくれるか、だなぁ」

「松原部長、ご心配なく。百パーセント、クリアすると思います」

北野は自信たっぷりに断言した。

4

組織改革に関する中山頭取のリーダーシップぶりは、間然するところがなかった。中山はまず陣内副頭取の支持を取り付けた。

ただ、陣内は相談役制度の廃止については難色を示した。

「そこまでやらなければいけませんかねぇ。カドが立ちませんか」

陣内は、明らかに坂本を意識していた。旧〝A〟側の誼《よしみ》もある。

〝A〟と〝C〟のバランスを崩したくない、という思いも強かった。

頭取は本来なら〝A〟側の陣内自身であるべきだった、と考えたかもしれない。

「わたしも坂本さんの立場に思いを致しました。しかし、相談役制度を廃止することは、若い人たちのモラールアップをもたらすと思うんです。踏み切るんなら、いましかありませんよ」

「頭取を一年で辞めて、会長にもならず、相談役になった坂本さんに対して、余りの仕打ちと思うACBマンもけっこういるんじゃないですか」

「ACB再生のために人智《じんち》を尽くすべきです。このチャンスを逃す手はないと思います。わたしにまかせてもらえませんか」

「頭取がそこまでおっしゃるんなら、わたしは黙るしかありませんねぇ」

陣内は眉間《みけん》にしわを刻んで、皮肉っぽくつづけた。

「あなたが直接、坂本さんに引導を渡すんですか。それとも佐々木最高顧問を使いますか」

「少なくとも後者はないでしょう。わたしは久山顧問に口添えしていただくのはいいかなぁ、と考えてますが。久山さんは、坂本さんを頭取に推した一人でもあるんですから」

久山に協力を求めるべきだと中山に進言したのは、北野である。

「久山さんですかぁ。あの人は、今井さん同様、検察から事情聴取を受ける身ですよ。逮捕もあり得ないとは言えないでしょう。そんな人の容喙《ようかい》を許すんですか」

中山は、陣内のもの言いにむかっとしたが、表情には出さなかった。

「久山さんは、ACBの歴代トップの中でいちばん責任を痛感してる人ですよ。久山さんに花を持たせよう、という気持ちにはなれませんかねぇ」

「…………」

「久山さんに動いてもらうかどうかはともかくとして、わたしが直接、坂本さんと話します。どうしても相談役を降りたくないと言われたら、諦《あきら》めますが、ACBを取り巻く情勢が日々悪化していることを考えれば、納得していただけるような気がしますけど」

「わたしは、佐々木最高顧問の力を借りるべきだと思います。佐々木さんの出番ですよ」

「あなたとは、その点がちょっと違いますねぇ。わたしは、佐々木さんは最高顧問にとどまるべきではなかったと思ってます。佐々木さんは責任逃れをしている、と認識していないＡＣＢマンがいるとは思えません」

陣内は腕組みして、口をつぐんでしまった。

六月十日の朝九時に、中山は陣内副頭取室に自ら出向いてきたが、相談役制度の廃止について陣内が反対することは、昨夜、北野に話を聞いたときから、予想していた。

「この問題で陣内副頭取とわたしが対立するのは、よろしくないので、坂本さん次第ということでどうですか。石井、松原、北野、片山、西田の五人が土日を返上して知恵を絞った組織改革案を却下するわけにもまいらんでしょう」

「よくわかりました。私は常務会で反対しません。坂本さんを説得してください」

陣内は折れた。

午前十時すぎに、北野は頭取室に呼ばれた。

中山頭取が、組織改革に関する陣内副頭取との意見調整の内容を明かしたあとで、言った。

「久山顧問には、北野から話してもらうのがいいと思うが、どうだろうか」

「承知しました。頭取は過去との訣別《けつべつ》を強調されてますから、歴代トップとはなるべく距離を置いたほうがよろしいのではないかとわたしも思います。頭取の考えを久山顧問の耳に入れて、あとは久山顧問の判断におまかせしたらいかがでしょうか。つまり坂本相談役に接触すべきかどうかは久山顧問ご自身に決めていただくということです」

　中山は思案顔で腕組みした。

「久山顧問の気持ちをわずらわせるというか、悩ませるのも、なんだしねぇ。それと時間をかけたくないが……」

「あすの朝、頭取から相談役制度の廃止について坂本相談役に話します、と、あらかじめ久山顧問に伝えておけば、その点は問題ないと思いますが」

「そうだな。ただ、坂本相談役が〝千久〟と佐々木さんに言いつけることはないだろうか」

「坂本相談役がどうしてもノーということでしたら、実施を撤回するか、先送りすることになっているわけですから、その心配はないと思います。頭取は坂本相談役に対して、常務会で相談役の廃止を決めたい、と高飛車に出ていただいてよろしいと思います。それで坂本相談役が抵抗するのかどうか。わたしは抵抗できないと思いますけど」

「陣内副頭取は、佐々木最高顧問を使う手だと言ってたぞ」

「それはないと思いますが」

「同感だ。わたしも、明確に否定しておいた」

　中山は初めて笑顔を見せた。

　北野がソファから上体を乗り出した。

「先刻、九時半ごろでしたが石井企画部長から電話がありました。組織改革の件を中澤顧問に話したところ、全面的に賛成してもらえた、とのことでした」

「そう。心丈夫だねぇ。不退転の決意で、坂本さんを説得しなければならないな」

「はい」

北野はいったん秘書室の自席に戻って、久山付の佐藤弘子に、久山が在席していることを確認して、時間を取るよう指示した。

久山の部屋から戻った佐藤は、「すぐにどうぞ。久山顧問がお待ちしています」と北野に伝えた。

北野は笑顔で久山に迎えられた。

「頑張ってますね」

「恐れ入ります」

「さぁ、どうぞ」

「失礼します」

北野は久山に続いてソファに腰をおろした。

「さっそくですが……」

北野は、組織改革の要点を話した。

じっと耳を傾けて聞き入っていた久山が、最後の相談役廃止の件で、反応した。

「うーん。なるほどねぇ。意表を衝《つ》かれたというか、目から鱗《うろこ》が落ちるというか……。思いもよらぬことだが、よく考えつきましたねぇ」

「率直に申し上げますが、坂本相談役の存在はやはり気になります。久山顧問のお考えをお聞きしたいと思いまして」

「そうねぇ。ちょっとひっかかるかなぁ。でも、坂本君は理解してくれますよ。わたしからも、話しておきましょうかねぇ」

「中山頭取は、あすの朝、坂本相談役にお話ししたいと申しておりました」

「きょう中に、坂本君と会いますよ。佐々木さんが出てくると面倒だから、その点だけでも釘《くぎ》をさしておきます」

久山が煙草を咥《くわ》えた。

「ありがとうございました」

ソファから腰をあげて、一礼した北野を久山が押しとどめた。

「もう少しいいですか」

「はい」

北野は座り直した。

「岡田さんや高橋さんは元気にしてますか。かれらのことを思うと心配で夜も眠れないくらいなんだが……」

北野は、久山の気配りに感じ入った。

「皆さんお元気です。弁護士のかたがたの話ですと、どなたも冷静に淡々と検察の取り調べに応じているということですし、体調もよく、不眠を訴えるかたもいらっしゃいません」

「そう。せめてもの救いですねぇ」

久山がホッとした面持ちで、紫煙を吐き出した。

岡田は検事の尋問に対して、審査担当の専務時代に、当時の久山会長と今井頭取に小田島グループの融資案件を報告した記憶はない、と供述していた。このことは岡田と接見した弁護士から調査委員会に報告されたが、北野はこのときの感動を呼び起こし、久山を前にして、胸が熱くなった。

「岡田さんは、久山さんを庇《かば》ってるんだろう。記憶にない、で押し通せるかどうか疑問だな」

陣内はそんなふうにのたまったが、北野は「今井さんの記憶違いの可能性のほうが強いんじゃないでしょうか。久山さんが記憶を再生できなかったのも当然ですよ」と反論した。

四日前の六月六日の午後、岡田の供述内容を久山に伝えたのは、矢野副頭取だが、久山はひと言も発せず、煙草を吸っていたという。

北野はそのことを話していいものかどうか迷ったが、口にせずにはいられなかった。

「久山顧問と岡田さんの記憶が一致していてなによりと思います」

久山が煙草を灰皿に捨て、うつむいたまま言った。

「ありがとう。ただ、岡田さんと私の思い違いということも考えられるからねぇ。わたしなりに記憶の再生を一所懸命やってるんだが、どうしても思い出せなくて……」

「そうした事実がないからなんじゃありませんか」

「あのあと今井さんと、二度話したが、今井さんは、わたしと岡田さんの記憶違いだと言い張っていた」

久山が二本目の煙草に火をつけたのをしおに、北野は顧問室から退出した。

その日の夕刻、北野に久山から呼び出しがかかった。

「なにか」

「まぁ、座ってください」

「失礼します」

北野はソファに膝《ひざ》をそろえて座った。そして背筋を伸ばして、久山と向かい合った。

「坂本さんと話しましたよ。相談役廃止の件、快諾してもらえました」

事実は、昼食を挟んで四時間も話し込んで久山はやっと坂本から譲歩を引き出したのだ。

北野は、にわかには信じられなかった。

「佐々木さんが出てくることもないと思いますよ。その点も心配しないように。きみたちの原案どおり組織改革を進めてください」

「ありがとうございました。頭取がどんなによろこびますか。ほんとうに久山顧問のお陰です」

「少しはお役に立てて、わたしもうれしいですよ」

第十二章　〝五行通告〟

1

「総務審議室の早崎ですが、北野秘書役をお願いします」

「少々お待ちください。北野さん、早崎総務審議室長からお電話です」

若い女性秘書から名前を呼ばれて、北野は受話器を取った。

「はい。北野です」

「ちょっと話したいことがあるんだが、いまから秘書室へ行って、いいかねぇ」

「どうぞ。時間は十分か十五分しかないが」

「それで充分。じゃあ」

六月十三日付で総務審議室が新設された。早崎室長も同日付で発令された。きょうは六月十八日。時刻は午後四時二十分。

北野は秘書室に隣接している応接室で、早崎と面談した。

「例の〝五行通告〟の反響がもの凄《すご》いことになってるが、秘書室にもなにか来てるか」

「いやがらせの電話や、頭取に会わせろと要求してくる電話が、きのうからきょうにかけて、三十二本かかってきたよ。それと頭取宛《あて》に脅迫状が二通速達で郵送されてきた」

〝五行通告〟とは、広告出稿、情報誌紙の購読打ち切りを通告した以下五行の文面のことを指している。十六日付で郵送された。


謹啓　時下益々ご清祥のこととお慶《よろこ》び申し上げます。

さて、当行は従来総務部で扱っていた新聞、雑誌等の購読、及び広告等につきまして、本年六月末日をもちまして一切お断りすることに致しました。

当行のおかれている厳しい状況をご賢察の上、ご理解賜りたいと存じる次第です。

平成九年六月十六日
朝日中央銀行　総務審議室

「予想されたこととはいえ、ここまでやられるとは思わなかったよ。警察から株主総会後に通告したほうがいいんじゃないかと注意されたが、早まったかなぁ」

「いや、六月末の打ち切りを主張して譲らなかった早崎の判断は間違っていないと思うよ。早崎の意見を容《い》れた頭取も立派だった」

「株主総会が心配になってきたよ」

「頭取は何時間かかってもかまわないと覚悟している。検察の強制捜査を受け、逮捕者まで出したACBの総会は、揉《も》めて当然だし、反社会的勢力との絶縁を先送りしたら、もっともっとイメージが低下してたと思うけど」

早崎はメタルフレームの眼鏡を外して、瞼《まぶた》をこすった。眼光は鋭い。骨太の体型で、一メートル八十センチ、八十五キロはありそうだ。

早崎が眼鏡をかけ直した。

「実は三十分ほど前に〝帝都経済〟副社長の飯島がアポなしでやってきたんだ。受付でノーチェックだったところをみると、顔パスらしい。〝帝都経済〟を二流誌、三流誌、イエローペーパーの類《たぐ》いと一緒にするとはなにごとか、というのが発言の趣旨だった。話し方は丁寧だったけど、中山頭取によろしく、と言って帰ったが、どう対処すべきなのか、北野の意見を聞かせてくれよ」

「全情報誌紙の購読打ち切りの方針は絶対に曲げられない。警察の指導に従わざるを得ないので、とひらき直るしかないんじゃないのか。〝帝都経済〟は一流経済誌かもしれないし、主幹の藤村昭三氏は言論人として世に知られているが、だからといって、〝帝都経済〟を例外扱いにしたら、他誌が承知しないよ。飯島副社長のことを頭取の耳に入れる必要はないと思うが」

「〝帝都経済〟にACBが支払っている購読料と広告代は年間約二千万円で、突出してたが、なにか理由があるのか」

「佐々木最高顧問と藤村主幹の関係が深いっていうことかなぁ」

佐々木は頭取時代、〝帝都経済〟のカバー写真に何度も登場していた。

早崎ががっしりした上体を北野のほうへ寄せた。

「六百五十誌紙の購読と出稿を打ち切ることによって、年間約六億円の経費節減になるが、それ以上に、反社会的勢力と絶縁することの効果は、絶大なものがあるんだろうなぁ。われわれが命がけで取り組んでいるだけのことはあるんじゃないのか」

「おっしゃるとおりだ。中山頭取が総務審議室の創設を急いだのも、早崎に室長の要職を託したのも、役職員のモラールアップを考えたからこそだ。総務審議室の若い人たちの士気はどんな具合なの」

「みんなヤル気満々だ。これからが本番だが、怖《お》じ気《け》づいている者は一人もいないから安心してくれ」

「勇将の下に弱卒なしだな」

「じゃあ〝帝都経済〟の件は、そういうことで押し切るからな」

早崎がソファから腰をあげた。

北野と早崎が話していた同時刻、中山頭取と佐々木最高顧問が話していた。

佐々木が中山を呼びつけたのだ。

「〝帝都経済〟と、ことを構えんほうが無難だな。藤村さんほど政財界で顔が利く人はいない。ああいう人は大事にしなければねぇ。藤村さんから電話で、『〝帝都経済〟も落ちぶれたものですねぇ。ACBに購読を打ち切られるとは、世も末ですよ』って言われたときは、顔から火が出たよ。ACBは、藤村さんにはけっこう世話になってるんだ。購読打ち切りなんて、とんでもないことだぞ」

仏頂面で、佐々木の話を聞いていた中山が反論した。

「総務審議室にまかせてますから、わたしがいろいろ言うのはどうかと思います。せっかくのお話ですが、本件は聞かなかったことにさせてください。若い人たちの士気を殺《そ》ぐような真似《まね》はしたくありませんので」

「きみ、わたしの顔を潰《つぶ》そうっていうわけなのか」

佐々木の険のある目を中山は強く見返した。

「最高顧問の顔を潰すことになるんでしょうか」

「当たり前だろう。藤村さんが、わたしに電話をかけてきたのはどういうことなんだ。わたしに執りなしてくれと頭を下げてきたんだろうが」

「藤村さんのパワーは強大ですが、なるがゆえに〝取り屋的体質〟がうんぬんされてるんじゃないでしょうか。とにかく、本件は、総務審議室にまかせたいと思います。お役に立てなくて申し訳ありません」

中山はソファから立って、佐々木に深々と頭を下げた。

「失礼します」

佐々木が中山の背中に向かって、浴びせかけた。

「中山！　ちょっと待て！　〝帝都経済〟を敵に回すことの咎《とが》めを受けることになるぞ。責任が持てるのか！」

中山はドアの前で、振り返った。

「〝帝都経済〟に屈しますと、蟻の一穴で、総崩れになってしまいます。攻めてきていますのは、〝帝都経済〟だけではございません。ここは歯をくいしばって、頑張りたいと思ってます。

どうかご賢察ください」

「〝帝都経済〟は別格と思うが」

佐々木の声が低くなった。

「申し訳ありません」

中山はもう一度、最敬礼して、佐々木の部屋を退出した。

2

翌六月十九日の午前十時過ぎに、松原広報部長が秘書室にやってきた。

松原と目が合った北野が起立した。

「ちょっといいか」

「ええ」

北野は、応接室のソファで松原と向かい合った。

「〝帝都経済〟の藤村氏が中山頭取とインタビューしたいと言ってきたんだが」

「一般紙やテレビの取材も断ってるんじゃないんですか」

「早崎の話だと、購読など〝帝都経済〟とのつきあいはすべて、打ち切ったらしいが、インタビューは受けざるを得ないような気がしないでもないんだけどなぁ」

「松原さんにしては弱気ですねぇ。そうなると、他誌の取材も断れなくなりますよ」

「北野は反対なんだな」

「もちろんです。マスコミとの個別インタビューに応じる時間はないと思いますが」

松原は切なそうに顔を歪《ゆが》めた。

「広報の次長時代から、藤村氏を知ってるが、やっぱり怖い人だからねぇ。購読中止はやむを得ないが、インタビューまで断ると、リアクションがなぁ」

「ACBはマスコミの集中砲火を浴びてます。いくら叩《たた》かれたって平気ですよ」

「そう言わないで、頭取の意見を聞いてくれないか」

「経営会議が終わるのは正午です。それまで待てなければメモを入れますが」

北野はいくぶん投げやりな口調になった。

「そこまではいいよ。でも二時までに返事をよこせと言ってきてるから」

「松原さんの段階で、ブロックしていただきたかったですねぇ」

「そう言うな。頭取がノーなら、仕方がないが」

北野は経営会議終了後、直ちに中山に面会した。

北野の話を聞いて、中山が訊《き》いた。

「きみは、どうしたらいいと思うんだ」

「いまは行内の仕事に専念するときなんじゃないでしょうか」

「わたしが藤村さんに会わんほうがいいという意見だな」

「はい」

「それでいいじゃないか。松原の立場なり気持ちもわからんじゃないが、断ってもらっていいだろう」

「ではそういうことで対応させていただきます」

北野は頭取室を退出し、その足で広報部に立ち寄った。

松原は在席していた。昼食時間なので、広報部のフロアはがらんとしていた。

「申し訳ありません。藤村氏には断ってください。われわれがマスコミの取材攻勢をブロックしてあげませんと、頭取は躰《からだ》がいくつあっても保《も》たないと思うんです」

「頭取には話してくれたのか」

「もちろん話しましたよ。松原の立場なり気持ちもわからんわけじゃないが、って頭取はおっしゃってました。〝帝都経済〟で叩かれるぐらいどうってことないと思いますが」

「敵は陰湿だよ。普通の人じゃない」

「頭取が〝帝都経済〟に出ますと、ほかも断れません。このひと月ぐらいは勘弁してもらいましょうよ」

「そうだな。気は重いが、藤村氏に会ってくるか」

「電話では、いけませんか」

「藤村氏のインタビューの申し込みは必ず広報部長を呼びつけて、申し渡すんだ。ACBに限らず、どこの会社もそうされてるんじゃないかな。電話で断ろうものなら、無礼者って怒鳴られるよ」

「藤村氏って、そんなに凄《すご》い人なんですか」

「かつての川上多治郎といい勝負かもしれないな」

「松原さんほどの人が怖がるくらいだから、察しはつきますけど、ACBはいまやそれどころじゃありませんからねぇ。じゃあ、よろしくお願いします」

北野は、松原のデスクから離れた。

午後三時に、松原がふたたび秘書室にあらわれた。

「秘書室長にも話を聞いてもらいましょうか」

松原は在席していた菅野にも声をかけ、北野を含めた三人が応接室でひたいを寄せ合った。

「〝帝都経済〟は強硬ですよ。年間二千万円の財源を失うことになるんだから、それも当然でしょう。藤村主幹から頭取インタビューはなんとしても受けろ、と凄まれましたが、向こうの狙《ねら》いは、打ち切りを撤回しろっていうことですよ」

菅野は、北野から事情を聞いていた。

「〝帝都経済〟は特別扱いせざるを得ないんじゃないのか。総務扱いとしないで、秘書扱いで処理したらどうかねぇ」

北野は思わずきつい目で菅野をとらえた。

「冗談じゃないですよ。そんな弱腰で反社会的勢力と対峙《たいじ》できると思ってるんですか」

「名前は特定しなかったが、ある総会屋が〝帝都経済〟に千久の木下社長と佐々木最高顧問の癒着関係を記事にしろって売り込んできたそうです」

「まずいよ。いま、〝千久〟のことを書かれるのは、非常にまずい」

菅野は顔をしかめた。

松原も、いつになく弱腰だった。

「わたしも〝千久〟のことをこの時期に書かれるのは、リスキィだと思います。藤村氏は佐々木最高顧問に圧力をかけてくるんじゃないでしょうか」

「〝帝都経済〟だけを特別扱いにすることは不可能ですよ。必ず知れ渡ると考えるべきです。〝千久〟を書かれることと、反社会的勢力との関係を引きずることを天秤《てんびん》にかければ、どっちがよりマイナスが少ないかは誰の目にも明らかです。書かれることのリスクは、さほどのことはないと思います。ACBは遠からず〝千久〟との関係も清算する必要があるんですから、書かれる覚悟があってもよろしいんじゃないですか」

「北野は向こう見ずっていうか、強気過ぎるように思うが」

「室長も広報部長も弱気過ぎるんですよ。わたしは向こう見ずとは思いませんけど」

「北野、頭取の意見を聞いてくれよ。頭取に〝千久〟を書かれる覚悟があるとは思えないが」

「わかりました」

「待てよ。北野には先入観があるから、わたしも一緒に頭取と会わせてもらおうか」

「松原が直接、頭取に話すのがいいだろう。北野は同席せんほうがいいんじゃないか」

北野は苦笑まじりに、菅野に答えた。

「けっこうですよ。わたしの意見を頭取に伝える必要はまったくありません。ただし、ひと言申し上げておきますが、頭取もわたしと同じ意見でしょうね」

「さぁ、どうかな」

菅野は中腰で言って、松原に目を流した。

「四時から十五分間頭取の時間を取る。出直してもらおうか」

「承知しました」

中山は、松原の話を聞いても動じる様子はなかった。

「〝千久〟のことを書かれるのはおもしろくないが、ご勝手にとしか言いようがないなぁ。〝帝都経済〟の特別扱いはあり得ない。そんなことを許していたら、ACBの再生はおぼつかないんじゃなかろうか。それと、藤村氏とのインタビューもお断りしてくれ」

「藤村氏が佐々木最高顧問になにか言ってくるかもしれませんが」

「佐々木さんがなんと言おうと、わたしは態度を変えるつもりはないから、心配しなくてけっこうだ」

松原は、中山を見直す思いで頭取室から退出した。

3

その夜、北野が退行したのは十時過ぎだが、サラリーマン風の若い男に尾行されていることに気付いたのは横浜駅で、JR東海道線から相鉄線《そうてつ》に乗り換えたときだ。スリムな体型で、頭髪を七三に分け、眉毛が薄く、切れ長の目に険があった。

北野は湘南《しようなん》電車の中でも、その男の視線を感じていた。しかし、尾行されているとまでは思わなかった。

北野が相鉄線横浜駅のホームで、後方を振り返ったとき、その男と目が合った。男は伏目になったが、数秒後に北野がふたたび振り返ると、やはりこっちを見ていた。

天王町駅《てんのうちよう》で降車して、もう一度、振り返ると、すぐ後方に男がいた。

北野が改札口の手前で立ち止まって、回れ右をすると、男も足を止めて、横を向いた。

北野は、耳たぶを引っ張りながら、男に接近した。

「わたしになにか」

「いや」

男は、北野にジロッとした目をくれながら短く答えたが、動こうとしなかった。

北野は足早に改札口を通過し、息せき切って家路を急いだ。

三分ほど走って振り返ると、三十メートルほど後方に男の姿があった。

その男以外に、住宅街に人影はなかった。

北野は身に危険を感じ、マンションまで全力疾走した。

玄関のオートロックの鍵穴にキイを差し込むとき手がふるえて、手間取った。２０５号室の玄関ドアでも同様だった。

リビングからカーテン越しに外を覗《のぞ》くと、さっきの男がマンションの前をうろついていた。

バスローブ姿の今日子がタオルで髪を拭《ふ》きながら、北野に近寄ってきた。

「あなた、どうしたの」

「変な、男が……」

北野は息が切れて言葉にならなかった。

北野が指差した先で、男が腕を組んでマンションを見上げていた。

冷蔵庫のPETボトルのウーロン茶を飲んで、北野が窓際に戻ると、男の姿はなかった。

「誰なの。駅のほうへ戻ったわよ」

「銀行から、ずっと尾行されてたみたいだ」

「でも、なんだか変ねぇ。尾行って、気付かれないようにするものでしょう」

「そうだなぁ。見張られてたっていうことになるわけか」

北野はまだ胸がドキドキしていた。

「ウチでも、変なことがあったのよ」

「……………」

「黒塗りの大型セダンがマンションの前にずっと駐車してたの。最初に母が気付いたんだけど、窓がカーテンで覆われてて、車内が見えないようになってたわ。あの車も、ウチを見張ってたことになるのかしら」

「何時ごろ」

「母が気付いたのは午後二時ごろだったようだけど。夕方六時過ぎに、わたしが学習塾から帰ってきたときも駐車してたわ。母から話を聞いたので外へ出て、思い切って運転席のドアを叩《たた》いたら、サングラスの男が出てきたわ。黒っぽいスーツでネクタイもしてたけど、ヤクザっぽい感じだった」

今日子は十日ほど前から週三回、午後四時から六時まで近所の学習塾で、中学生に英語を教えていた。

「話をしたのか」

「うん。警察のかたですかって訊《き》いたら、うすら笑いを浮かべて、おまわりに見えるかって言ったわ。それだけで、運転席に戻って、ドアを閉められちゃった」

来るべきものが来た、いよいよ、総会屋たちのいやがらせが始まった、と北野は思った。

北野と今日子はリビングの長椅子《ながいす》に並び、深刻な面持ちで話し込んだ。北野はスーツ姿、今日子は湯上がりでバスローブをまとっていた。

「これから先、ずっとこんな怖い思いをしなければならないの」

「なんとも言えないが、あり得るだろうねぇ。ACBは総会屋などとのつきあいを一切断つことになったから、かれらのいやがらせはしばらく続くかもなぁ」

「あなた、なによ、他人事《ひとごと》みたいに。冗談じゃないわ。なんでウチだけが、ひどい目に遭わなければいけないのよ」

「ウチだけじゃないよ。総務審議室長になった早崎はこんな程度じゃないと思うよ。中山頭取も然《しか》りだ。警察とも相談して対応策を考えるが、株主総会が終わるまでは厭《いや》な思いをするかもなぁ」

突然、電話が鳴った。北野が時計を見ると午前零時ちょうどだった。

「僕が出よう」

北野が受話器を取った。

「はい。北野ですが」

応答はなかった。

「もしもし……もしもし……もしもし」

北野は三度呼びかけたが、返事はなかった。電話がつながった状態になっていることはたしかである。北野も無言で、受話器を耳に当てていた。二分ほどで、ツーツーという音に変わった。

「誰なの」

「わからん。無言電話だ。いやがらせの第三弾だな」

五分後にふたたび電話が鳴った。深夜の電話はけたたましい。北野は受話器を取って、黙っていた。その状態を三分ほど続けて、北野は受話器を戻した。

「消音にしておこう。この時間に、緊急電話はないだろう」

北野はひとりごちて、電話機を消音・録音にセットした。

「あしたもマンションの前に黒塗りのセダンが止まってたら、警察に連絡したほうがいいかしら」

「朝イチで、早崎や警察OBと相談してから、電話を入れるよ」

「子供たちは大丈夫かなぁ」

「そこまではやらんだろう。なにをやっても効果はないのにねぇ。われわれは、どんなことがあっても、絶対に屈しない」

北野は口をひき結んだ。

「そうも言ってられないんじゃないの。子供に万一のことがあったら、どうしてくれるのよ」

北野は返事のしようがなかった。

「父も、こんな目に遭ってるのかしら」

「現役じゃないから、それはないと思うけど」

「そう言えば、ずいぶん前だけど、父から電話があったわ。調査委員会であなたが跳ね上がってるから、おまえからも注意しとけとか言ってたわよ。老人をいじめても、しょうがないんじゃないの」

「いまごろ言われても遅いよ」

「忙しくて忘れてたのよ」

「困った人なんだよなぁ。ACBの危機的状況をつくり出した一人であることは間違いないからねぇ。僕たちが怖い思いをしているのも、お父さんと無関係ではないと思うよ」

佐々木が今日子に泣きついてきたとは意外である。北野は、佐々木の顔を目に浮かべたことで、緊張感が少しゆるんだ。

4

六月二十日金曜日の朝八時に、北野はACB本館ビル十四階フロアの総務審議室に出向き、室長の早崎と会った。

北野の話を聞いて、早崎は唸《うな》り声を発した。

「秘書役にまで、いやがらせが及ぶとはなぁ。われわれは、その程度は序の口で、『ぶっ殺してやる！』なんていう物騒な電話が家にも銀行にも年じゅうかかってきてるよ。警察とも相談して、当面、通勤は銀行の車を使ってるが、北野もそうしたらどうかねぇ」

「きみたち総務審議室のメンバーに比べれば、いやがらせの度合いも軽微だし都内の近いところならいざ知らず、横浜の保土ケ谷《ほどがや》だと通勤に時間がかかり過ぎるから、車でっていうわけにはいかないよ。駅までの往路はワイフに送ってもらい、帰りは駅からタクシーを使うとするか。徒歩十分足らずだが」

「さっそく総務審議室から警察に連絡しておこう。いわゆる〝マルタイ〟っていうか、北野家も保護対象にしてもらうわけだ。最寄りの警察署の監視下におかれることになるから、警察官がパトカーや自転車で一日何度か巡回してくれるよ」

「そこまでやらなければいけないかねぇ」

めんどうなことになった、と北野は思った。

「奥さんやお子さんの気持ちを考えたら、それで安心できる面もあるからなぁ。マンションの前に駐車している不審なセダンは排除されるんじゃないかな」

「それだけでも、保護対象者になる意味はあるわけか」

「大事を取るに越したことはないよ」

早崎が思案顔で話をつづけた。

「松原広報部長から聞いたが、北野は〝帝都経済〟の藤村主幹に厳しい態度で臨んだらしいじゃないか。そのことが〝帝都経済〟側に聞こえて、かれらが北野にいやがらせをしたなんてことは考えられないかねぇ」

「まさか……」

北野は吹き出した。

「わたしが強硬だと、わざわざ〝帝都経済〟に伝えた人が存在するとは思えないし、大物の藤村氏がわたしみたいな洟《はな》たれ小僧を相手にするわけがないだろう。考え過ぎもいいところだよ」

「まあ、そうだな。しかし、藤村氏に対してACBはよく頑張ったよなぁ。松原さんは報復を心配したようだが、目下のところ〝千久〟のことも書かれてないし、ホッとしてるんじゃないの」

「早崎たちが躰《からだ》を張って立ち向かってるのに、〝帝都経済〟ごときに腰が引けてるほうがおかしいんだよ」

ノックの音が聞こえ、女性行員が早崎に近付いて、メモを手渡した。

「頭取が呼んでるぞ。北野はわかるが、わたしまで、なんだろう」

「総務審議室は頭取直轄だから、格別驚くことはないだろう」

「だけど、秘書役の北野と一緒に来てくれっていうのが、気になるじゃない」

「うん」

北野は耳たぶを引っ張りながら、腰をあげた。

二人は二十六階の頭取室へ急いだ。

ワイシャツ姿で書類を読んでいた中山が、デスクを離れて、ソファに移動してきた。

「失礼します」

中山に続いて、北野と早崎がソファに座った。

「大騒ぎするほどのことでもないんだが、家内の対応がまずくてねぇ」

中山はワイシャツのポケットから三つに畳んだ紙片をひろげて、センターテーブルに置いた。

紙片は右翼の攻撃ビラだった。


バブル期に莫大《ばくだい》な不良債権を作りながら、反省せずに総会屋のような反社会的勢力に膨大な資金を提供した朝日中央銀行は、存在する価値が無い！

中山頭取は腹を切って天下に謝罪せよ！

朝日中央銀行は即刻、解散せよ！

大日本愛国同志会

「こんなものがきのうの午後わが家の近所一帯にばら撒《ま》かれたんだが、インターホンが鳴ったとき、家内はドアをあけて外に出た。SPがいるから油断したんだねぇ。迷彩服を着たサングラスの男にビラを手渡されたうえに、男は携帯スピーカーで、このビラを読み上げたそうだ。SPは男を取り押さえるわけにもいかんし、制止できなかったらしい。一瞬の出来事だったんだろうが……」

北野がビラを指差した。

「ビラを撒かれたのは、頭取のお宅だけなんでしょうか」

「陣内副頭取と矢野副頭取に訊いたが、目下のところ、こういう目には遭ってないそうだ。SPが家の前に立っているのを近所の人たちが薄気味悪いと言ってるらしい。家内も、SPを付けるのはやめてもらいたいという意見なんだがねぇ」

「警察のパトロールだけにまかせるわけにもいかないと思いますが」

早崎が小首をかしげた。

中山頭取を含めた代表取締役五人の自宅はACB側のSPにガードされていた。

「頭取、この際、麻布《あざぶ》のゲストハウスに避難されたらいかがでしょうか。もともと旧〝C〟の頭取公邸だったんですし、付近の環境やセキュリティの関係からみて、三鷹《みたか》のお宅よりよろしいんじゃないでしょうか」

北野の進言に、中山は考える顔になった。

早崎が膝《ひざ》を打った。

「グッドアイデアですよ。近くに大使館がいくつかありますから、街宣の心配もありません。ゲストハウスとしての利用率も低いようですし、頭取公邸として使ったほうがよっぽどましです。わたしも北野の意見に賛成です」

「こんなビラを撒かれたくらいで、三鷹の家を逃げ出すのは釈然とせんが、家内や子供たちがナーバスになってるからなぁ」

「大至急、そうなさってください。頭取をお守りできなかったら、それこそわたしは腹を切らなければなりません」

早崎はソファから身を乗り出して、真剣なまなざしを中山に向けた。

「ありがとう。ゲストハウスなら、すぐにでも引っ越しできるだろうねぇ」

北野が答えた。

「はい。とくに改築する必要もないと思います」

「北野と早崎の進言を容れさせてもらうとするか。ゲストハウスは気がつかなかったよ。近ごろのマンションはオートロックで安全だからマンションを探すつもりでいたんだが、ひとまずゲストハウスに避難させてもらおうか」

中山がソファから腰を浮かしかけたとき、ボリュームを一杯に上げた軍歌のメロディーが聞こえた。

「右翼の街宣車ですねぇ。ちょっと見てきます」

早崎が頭取室から、そそくさと退出した。

「実は……」

北野は、早崎が外の様子を見に行っている間に、尾行やら不審車やらの昨夜の出来事を中山に話して聞かせた。

中山が深刻な面持ちで、つぶやくように言った。

「それもこれも、〝五行通告〟の反動なんだろうねぇ。総会屋と縁を切るということは、大変なことだな」

「おっしゃるとおりです。だからこそ闘い甲斐《がい》もありますし、ACBのあすも、あるんじゃないでしょうか」

「そういうことだな。命がけだものねぇ」

十分ほどで早崎が戻ってきた。

「〝新日本憂国会〟なる右翼の大型街宣車が二台、ACB本館の周囲をぐるぐる回ってます。

たしか、大物総会屋グループの息がかかった右翼団体です。街宣のアナウンスの内容を書き取ってきました」

早崎がメモを中山に手渡した。

朝日中央銀行は、総会屋に巨額の資金を只《ただ》で提供できるほど大儲《おおもう》けしている銀行です。悪業の限りを尽くしたために、検察の家宅捜査を受けた朝日中央銀行は、取付けによって潰《つぶ》れたほうがよいのです。皆さん、朝日中央銀行から預金をおろしましょう。こんな銀行に預金をしていると、お金を取られてしまいます。

メモが中山から、北野に回ってきた。

北野は、メモに目を走らせて、顔をしかめた。

「ひどいもんですねぇ」

「うん。きょう一日で済むのかどうか」

「街宣車一台でけっこうなコストがかかるって聞いたことがありますが、ACBは決して屈伏しないんだから、新日本憂国会は丸損じゃないですか」

「わたしもそう思うが、ほかになにか狙《ねら》いがあるんですかねぇ」

北野と早崎のやりとりを聞いていた中山が、口を挟んだ。

「警察は街宣を取り締まってくれないのかね」

「ゲリラ的にやられますから、警察も手の打ちようがないようです」

早崎が答え、北野がうなずいた。

「検察の強制捜査の次は、右翼の街宣かね。〝五行通告〟は祟《たた》るなぁ」

「頭取、さっきも申しましたが、これは闘いなんです。どうか弱気にならないでください」

「そうだな。心しよう」

中山は腕組みして下唇を嚙《か》んだ。

早崎が北野の顔を覗《のぞ》き込んだ。

「〝帝都経済〟の件でも、突っ張ってよかったんじゃないですか」

「ええ。頭取の腰が砕けてたら、どうしようもなかったけれどねぇ。いまは、ひたすらひらき直ることが必要なんですよ」

「〝帝都経済〟から、なにもリアクションはなかったみたいですねぇ。松原広報部長は、まだ油断できないなんて言ってますけど」

中山が北野に目を遣《や》った。

「しかし、〝帝都経済〟はいずれ〝千久〟のことを書くんだろうねぇ。陣内副頭取ほどの人が、こと〝千久〟になると、けっこう慎重なんだよ。〝千久〟に挨拶《あいさつ》に行ったほうがいいんじゃないか、なんて言い出してるよ。佐々木さんと坂本さんからなにかプレッシャーがかかってるのかねぇ」

北野が中山に訊いた。

「頭取は木下社長に挨拶に行かれるおつもりですか」

「北野の考えは」

「その必要はないと思いますが」

「わたしも同感だが、悩むところだな。大株主でもあるし、取引先でもある。挨拶ぐらいはしても、許されるような気がしないでもない。変にかたくなになるのも、大人の対応じゃないような気もするが」

「〝千久〟の場合は、一般の取引先とはちょっと違うように思いますが。僭越《せんえつ》ですが、一線を画したほうがよろしいのではないでしょうか」

「うん」

中山はどっちつかずにうなずいて、ソファから腰をあげた。

5

頭取室から秘書室に戻った北野の顔を見るなり、電話の応対をしていた若い女性秘書が「少々お待ちください」と断ってから、北野に言った。

「論友会の峰岸さんとおっしゃるかたから、室長に電話がかかってますが……。頭取に面会したいと申されてます」

論友会の峰岸信義《しんぎ》なら、大物の総会屋として聞こえている。

「替わろう」

北野は自席で受話器を取った。

「秘書役の北野と申しますが」

「峰岸だが、菅野はおらんのか」

受話器を遠ざけたくなるほど、大きな声だった。

「あいにく菅野は席を外してますが、中山との面会でしたら、まことに申し訳ありませんが、すべてお断りさせていただいております」

「小田島なんて、あんな小物にひっかかるとは、ACBはなっちゃないじゃないか。小田島は、わしの弟子だぞ。それで、わしとの取引きを切るなんて言語道断だ！　わずか五行の通告で購読も出稿も打ち切るなどとふざけた真似《まね》をしたら、許さんぞ！」

「そういうことでしたら、担当は総務審議室です。この電話を総務審議室に回します」

「ちょっと待て！　おまえ、北野とか言ったが、わしが峰岸信義と知って、無礼な態度をとっとるのか！」

北野は堪《たま》りかねて、受話器を耳から離した。

「失礼の段は、幾重にもお詫《わ》びしますが、秘書室では対応しかねます」

「わしから抗議の電話があったことを中山に伝えたらいいな！」

「はい。もちろん伝えます」

「街宣を止めてもらいたいのと違うか」

「………」

「菅野が戻ったら、わしに電話するように言ってくれ」

北野が返事をする前に電話が切れた。

「室長は……」

北野が誰ともなしに訊《き》くと、最初に峰岸の電話に出た女性秘書が起立して、答えた。

「陣内副頭取とお話し中です」

「そう。陣内副頭取から呼び出しがかかったわけですか」

「はい」

「どうも」

北野は考える顔で、椅子《いす》を半回転させた。

峰岸からの電話を菅野に伝える必要があるだろうか。いちいち報告することもないようにも思う。

旧体制にどっぷり漬かっていた菅野が、峰岸の名前を聞いたら、強く反応するに違いない。菅野には刺激的であり過ぎる。黙っているほうが菅野のためかもしれない、と北野は思わぬでもなかった。

「北野さん、山野井代議士の事務所から室長に電話ですが、いかが致しましょうか」

女性秘書に名前を呼ばれて、北野はわれに返った。

菅野は、まだ陣内副頭取室から戻っていなかった。

「わたしが出ます。回してください」

電話がかかったときは必ず若手の女性秘書が出ることになっていた。

山野井大造は、与党の派閥の領袖《りょうしゅう》で、大蔵大臣、通産大臣、自民党幹事長などの要職を歴任した大物政治家だ。佐々木と近いことは、北野も承知していた。

「もしもし。秘書役の北野と申しますが」

「ああ、北野さん、山野井の秘書の太田です」

むろん面識はなかったが、太田はいやに馴《な》れ馴れしかった。

「山野井がACBのことを大変心配してるんですよ」

「恐れ入ります」

「中山頭取に議員会館のほうへ、一度挨拶《あいさつ》に来させたらどうですか」

「総会が終わり、落ち着きましたら、そうさせていただきます」

「その前にわたしがMOFの主計局長とか官房長を紹介しますよ。MOFとの関係が微妙になってるから、修復しといたほうがよろしいでしょう」

「ありがとうございます」

「善は急げです。六月はあと十日ありますが、中山さんの都合のいい日を聞かせてもらいましょうか」

「中山は多忙をきわめております。六月は、ちょっと時間が取れませんが」

「早いほうがよろしいと思いますよ。こういうことは早ければ早いほどいいんです。先約をキャンセルしてでも無理をして受けたほうがACBのためですよ」

太田は押しつけがましく、中山の日程調整を迫ってきた。

「中山とも相談しまして、後刻、お電話さしあげたいと存じますが」

「電話番号を言いますから、控えてください」

北野は、結局大物総会屋の峰岸と、山野井代議士の太田秘書からの電話を菅野秘書室長の耳に入れた。

「どっちも、黙殺するわけにはいかんだろう」

「そうでしょうか。峰岸氏のほうは黙殺してもよろしいと思いますけど」

「山野井先生の秘書のほうはどうするつもりなんだ」

「頭取に話しますが、鄭重《ていちょう》にお断りする手だと思います。政治家に借りをつくるのもなんですが、それ以上に頭取がMOFの高官に会う必要があるのかどうか疑問ですよ」

「頭取に話す前に片山の意見を聞いたらどうかなぁ」

「ええ」

北野は、さっそくMOF担の片山に電話をかけた。片山は在席していた。

「山野井代議士の秘書の太田っていう人、知ってるか」

「うん。二、三度会ったことがあるけど」

「MOFの主計局長や官房長を頭取に紹介したいと言ってきたんだが、どう思う」

「太田がなにを考えてるかよくわからんが、主計局長も官房長も、中山頭取に会う気があるんだろうか。俺《おれ》は逃げると思うけど。だいいち、頭取がいまMOFの幹部に会ってもしょうがないんじゃないかねぇ」

「俺も同感だ」

「会う必要があるんなら、俺がアレンジするよ。なにも、太田なんかに紹介してもらうことはないだろう」

「そうだよなぁ。MOF担のプライドが許さんっていうわけだ」

「まあな」

北野は片山と話していて、中山の耳に入れるまでもない、と思った。

6

この日午前十一時過ぎに、水谷常務から北野に電話がかかってきた。

「秘書役に抜擢《ばってき》された北野君を一度食事に誘いたかったんだが、きょうの昼食はどうかねぇ」

「ありがとうございます。お気持ちだけいただきます」

「パレスホテルでフランス料理のフルコースといきたいが、お互い時間がないから、わたしの部屋で弁当でもどうだろうか。ちょっときみに話しておきたいこともあるんだが」

北野は固辞するつもりだったが、「話しておきたいことがある」と言われては、そうもいかない。

「それではお言葉に甘えさせていただきます」

「正午に待ってるよ」

取締役総務部長を経て、総務担当常務になった水谷は、当然のことながらこれまでに何度となく東京地検特捜部の事情聴取を受けていた。高橋取締役総務部長が逮捕されて、水谷が逮捕されないことを不思議に思うACBマンは多かった。北野もその一人である。検察と司法取引きのようなことでもあったのだろうか、と勘繰りたくもなるし、要領のよさだけで常務にまでなった水谷だけに反感を覚えぬでもなかった。

北野は、いわば水谷と昼食を共にすることを潔《いさぎよ》しとしていなかったのだ。

北野が正午五分過ぎに二十六階の水谷常務室に入った途端に、右翼の街宣車がスピーカーのボリュームを一杯にして、がなり始めた。

「朝日中央銀行は、総会屋に巨額の資金を只《ただ》で提供できるほど大儲《おおもう》けしている……」

水谷がにやけ面を精いっぱいしかめて、北野に手でソファを勧めながら言った。

「新日本憂国会もしつこいねぇ」

「ええ。きょう二度目ですから。新日本憂国会は、論友会の峰岸信義氏の息がかかってるんですか」

「直接、関係はないが、まったく無関係かというとそうでもない。右翼とか総会屋はどこかでつるんでるよ」

「頭取が〝五行通告〟は祟《たた》るなぁ、と言ってました」

「街宣は序の口ぐらいに考えないといかんかもねぇ」

センターテーブルに、幕の内弁当が用意されていた。

「さあ、弁当を食べようか。きみも脱いだらいいね」

水谷が背広を脱いだので、北野もそれにならった。

弁当を食べながら、水谷が言った。

「小田島敬太郎と手を切るチャンスはあったが、いま考えると、ほんとに惜しいことをしたよなぁ」

「二年前の四月ですか」

「うん。川上多治郎さんが亡くなったとき、われわれ総務部門は、いまこそそのチャンスと思って、当時の久山会長と今井頭取に進言した。久山会長も今井頭取もその気になってくれたが、六月の株主総会で小田島が見せた強烈なパフォーマンスで、腰が砕けてしまったんだ」

「……」

「一匹狼の総会屋が、送り付けてきた質問状の中に、赤坂支店事件が含まれててねぇ……」

赤坂支店事件とは、数年前ACB赤坂支店の営業課長が独断で仕手筋に対して巨額の不正融資を行ない、世間を騒がせた事件のことだ。

「赤坂支店事件は、ACBの不祥事の中でも最大級の事件だから、総会でこれを蒸し返されるのは、なんとしても避けたかった。小田島はグループ配下の総会屋を総動員して、総会に乗り込んできた。十二、三人は会場に来てたと思うが、大会議室の右隅の指定席に小田島が陣取り、くだんの一匹狼の総会屋を包囲するかたちで、配下の総会屋に座らせ、無言の圧力をかけ続けた。一匹狼は小田島が睨《にら》みを利かせているだけで、ひと言も発言できなかった。あのとき、われわれACBの関係者は、どれほど小田島に感謝したかわからない。同時に小田島の底知れないパワーに怖れをなしたものだよ」

水谷が重箱を膝《ひざ》の上に置いて、椀《わん》に手を伸ばした。赤だしの味噌汁《みそしる》をすすり、椀をセンターテーブルに戻して、水谷が話をつづけた。

「それでも、われわれは融資の継続が困難なことと、元利の返済を小田島に要求したんだが、川上先生が亡くなったら、掌《てのひら》を返すような仕打ちをするのか、ACBと小田島グループはそんな仲なのかって、逆ネジを食らってねぇ。それと小田島は、きみの岳父に泣きついたんだよ」

　北野は、上目遣いの意味ありげな水谷の視線をハネ返すように強く見返した。

「ＡＣＢの歴代トップで、小田島敬太郎といちばん親しかったのは、佐々木最高顧問なんでしょうねぇ」

「いろいろと弱みを握られていたからねぇ。佐々木さんと川上―小田島ラインとは運命共同体みたいなものだったんじゃないか。佐々木さんが久山―今井の執行部に対して、小田島と手を切るなんてとんでもないことだと、圧力をかけたことは間違いないと思うなぁ」

　北野はセンターテーブルの重箱の蓋《ふた》の上に箸《はし》を放り投げて、水谷を睨《にら》みつけた。

「常務は調査委員会のヒアリングで、なぜそのことをおっしゃらなかったんですか」

　水谷が吐息まじりに言った。

「佐々木さんも怖いが、小田島を切れなかったのは、なんだかんだ言っても総務部門がだらしなかったからだと自責の念もあったからねぇ。トップを守るために、あるいはＡＣＢを守るために、小田島とつきあわざるを得ない、この腐れ縁は未来永劫《えいごう》に続くものだと諦《あきら》めてしまったんだろうねぇ」

　水谷は、緑茶をすすりながら、平成七年六月の総会後、小田島敬太郎に一席設けたことを思い出していた。七月上旬の某夜、水谷と高橋が赤坂の料亭で小田島をもてなしたのである。

　ダークブラウンのダブルのスーツ姿で、小田島は定刻の六時に料亭にあらわれた。そして、ビールを乾杯するなり、にこやかにのたまった。

「さっそくですが、佐々木さんによく話しておきましたけど、ご両所のご理解は賜ったんでしょうねぇ」

よく通る低い声だった。

「その前に、今回の総会で賜った先生のご支援に対しまして、心よりお礼申し上げます。ほんとうにありがとうございました」

水谷と高橋は畳にひたいをこすりつけて這《は》いつくばった。

「わたくしとACBさんの仲で、当然じゃないですか。あらためてお礼を言われるほどのことはございませんでしょう。そういうのを水くさいって言うんじゃないですか」

「恐れ入ります」

水谷と高橋は、まだ叩頭《こうとう》していた。

「とにかく手を上げてください。大先達のご両所にひれ伏される覚えはないんですけどねぇ。さあ、一杯受けてください」

「ありがとうございます」

水谷はテーブルへにじり寄った。高橋が水谷に続いた。

小田島からビールの酌を受けながら、水谷と高橋は何度も頭を下げた。

「まさか、あなたがたから、絶縁状を突きつけられるとは夢にも思いませんでしたよ。それとも久山会長と今井頭取が強硬なんですか」

言葉はきついが、小田島は整った顔に終始微笑を浮かべていた。

「小田島敬太郎は年齢のわりには、妙に貫禄《かんろく》があったねぇ」

水谷が遠くを見る目になって、つづけた。

「カワタジ先生が背後にいたこともあるんだろうが、大きく見せるなにかを持っていた。数字に強くて、頭が切れるってこともあったのかねぇ」

北野がセンターテーブルの湯呑《ゆの》みに手を伸ばした。

「検察の強制捜査を受けて、やっと目が覚めたわけですね。虚像と実像の落差の大きさにいまさらながら驚いてるんじゃないんですか」

「なんと言われても仕方がないよ。われわれが小田島を偶像視してたことは事実なんだから」

水谷は、赤坂の料亭で床柱を背に悠然と杯を重ねる小田島敬太郎をふたたび目に浮かべた。

「先日も佐々木さんに申し上げたんですが、ACBの上層部は、日本経済のおかれている現状を過度に悲観しているように思えてならんのですよ。過度なペシミズムは危険です。わたくしは、東京証券市場の平均株価にしても、いまが底で、必ず反転すると思ってます。地価も然《しか》りですよ。行き過ぎたインフレーションは、バブルになりますから困りますが、なだらかなカーブを描いて株価も地価も上昇していくんじゃないでしょうか。いま現在、わたくしがACBさんからお借りしている株購入資金は担保不足に陥っていますけれど、一年も経たないうちに解消しますよ」

人払いした広い座敷は、小田島、水谷、高橋の三人だけだった。

高橋の酌を受けながら、小田島がのたまった。

「それと、もう少し具体的な話をさせていただきましょうか。ここだけの話ですが、四大証券の某トップが株で大儲けさせてくれることをわたくしに約束してくれたんです。一年ほどでACBさんに耳をそろえて返済させていただけると思いますよ」

にたっと笑った小田島の目が光を放った。

「このことは、佐々木相談役にも話してません。どうか、ご両所限りにしてください。ご両所が心配されるので、ちょっとばかり手の内を明かしたまでです。いま、わたくしが話したことは忘れてくださらないと困りますよ」

ぐっと上体を下座の二人に寄せて、小田島は右目を眇《すが》めた。

あのときの自信満々の小田島は、水谷の気持ちを引きつけずにはおかなかった。

水谷も北野も、食欲がなかった。幕の内弁当の半分も食べなかった。

水谷が緑茶をすすりながら、こともなげに言った。

「総会後に退任することになってるので、なんとか総会まではACBの常務にとどまっていられると思ってたが、そうもいかなくなってねぇ。本日午後三時に検察に出頭するが、どうやらそのまま逮捕されるらしいんだ」

北野は息を呑んだ。

「それで、北野君と話したかったんだ。われわれの失敗は記録には残せないが、二度と繰り返してはならないと思う。わたしの気持ちを中山頭取にも伝えてくれないか。いわば、わたしの遺言だと思ってもらえればありがたい。きょうは忙しいのに無理を聞いてもらって、感謝しますよ」

「とんでもない」

北野は居ずまいを正した。

「逮捕されるのは、常務お一人なんでしょうか」

「中澤さんにも、特捜部から呼び出しがかかってると聞いてるが、事情聴取だけだと思うけど」

「しかし、岡田さんのようなケースもありますから」

北野は胸騒ぎを覚えた。

7

北野は、水谷常務室を退出したあと、同じフロアの中澤顧問室のドアをノックした。

「はい」

中澤の声が返ってきた。

ドアをあけると、中澤はデスクにファイルをひろげて、書類を整理していた。

「ぶしつけで恐縮ですが、ちょっと、よろしいでしょうか」

「どうぞどうぞ」

中澤の笑顔に接して、北野はなにやらホッとした。

「失礼します」

ソファで向かい合うなり、北野が表情をひきしめて切り出した。

「実は、いま水谷常務からお聞きしたのですが、中澤顧問にも東京地検から呼び出しが……」

「ええ。あすの午前十時に出頭を命じられました。水谷君はきょうの午後のようですねぇ」

「水谷常務は、岡田さんのように即逮捕されるとおっしゃってましたが」

「ふぅーん。その可能性もあるんでしょうねぇ。わたしも、然りですよ」

「まさか」

北野は耳たぶを引っ張りながら、顔色が変わるのを意識した。

「わたし自身は、思い当たるふしがないんですけどねぇ。しかし、審査を担当してましたから、なにか違法行為があったんでしょうか。ま、じたばたしても始まりませんよ。それより、専従班の話だと、片山君も事情聴取を受けるそうじゃないですか。聞いてませんか」

「はい。初耳です」

「どういうことなんだろう。わたしの場合は審査担当として、事情聴取ぐらいあっても不思議じゃないが、MOF担の片山君がねぇ」

「片山が不祥事にかかわっていることはあり得ません。なにかの間違いじゃないんでしょうか」

「さっき、本人に確かめようと思って電話したんだが、外出してました。確認して、電話をくれませんか。わたしは、きょうは書類の整理で席にいますから」

「わかりました。中澤顧問のことも気がかりです。あすの夜、お宅に電話をかけてよろしいでしょうか」

「何時になるかわからないから、わたしのほうから電話しますよ。在宅してますか」

「はい」

北野は、桜ケ丘の賃貸マンションと携帯電話の番号を手帳を千切ってメモした。

紙片を名刺入れに仕舞いながら、中澤が言った。

「右翼の街宣がかまびすしいですねぇ」

「はい。頭取はお宅の付近一帯に、ビラを撒《ま》かれたそうです。右翼や総会屋のいやがらせは、まだまだ続くんじゃないでしょうか」

「中山頭取は、街宣の攻撃も受けてるんですか」

「まだ街宣はないようです。しかし、エスカレートする可能性がありますから、麻布のゲストハウスに緊急避難していただくことになりました」

「なるほど。あそこなら安全でしょう。中山頭取はよくやってますねぇ。きみたちが躰《からだ》を張って支えてることもあるんでしょうが、支え甲斐《がい》のある人ですよ。しっかりしたリーダーに恵まれて、ＡＣＢの再生を確信できるので、われわれは後顧の憂いがありません。ありがたいことですよ」

しみじみとした中澤の口調には、実感が籠《こ》もっていた。

時計を見ながら、北野がいとまを告げた。

「突然押しかけまして、失礼しました。あすお電話をお待ちしています」

「その前に、片山君のことを連絡してください」

「ああ、そうでした。必ず連絡させていただきます」

北野はソファから腰をあげて、中澤に最敬礼した。

「もしもし……」

今日子の声を聞いた瞬間、北野はしまったと思った。午後五時を過ぎたところだ。

「朝、電話をくれるんじゃなかったの」

今日子の声は尖《とが》っていた。

「悪かった。無茶苦茶に忙しくて」

「あなたは銀行のことしか頭にないのよねぇ。家族のことなんかどうでもいいわけね」

「そんな皮肉を言いなさんな。また不審な車がマンションの前に駐車してるのか」

「そんなことより史歩がまだ学校から帰ってこないのよ」

「友達の家にでも寄ったんじゃないのか」

「それなら電話をかけてくると思うんだけど」

「そろそろ帰ってくるよ。心配するなって」

「でも心配だわ」

「うん」

「それから、お昼過ぎに警察の人が来てくれたわよ。私服の人と制服の人が二人見えて、家族構成とか、あなたの通勤経路、子供たちの通学経路などを訊《き》かれたわ。深夜も含めて一日七、八回、パトロールしてくれるそうよ。どんな些細《ささい》なことでも気になったことは交番に通報するように言われたから、不審車のことも話しておいたわ」

「早崎が警視庁に連絡してくれたんだよ」

北野は明らかに今日子への電話を失念していたのである。だが、忘れていた、とは言えなかった。

「電話する時間もないくらい忙しかったんだ。いまきみに電話しようと思ったんだが、先を越されてしまった。悪かったよ」

「今夜は帰れるんでしょ」

「うん。遅くなるが、帰るよ。史歩のことが気になるから、あとでもう一度電話をかけてくれないか」

「わかった。じゃあ」

北野が受話器を戻して数秒後に電話が鳴った。

「片山だけど、話し中だったなぁ」

「うん。ヤボ用だよ」

「検察から俺《おれ》に呼び出しがかかったよ。あしたの午後二時に出頭しろって。朝、管理部の専従班から電話で連絡してきた。企画部の俺なんかを呼び出して、なにを訊こうっていうのかねぇ」

「聞いてるよ。MOF担の片山から事情聴取することがあるんだろうか」

「秘書室は検察から誰も呼ばれてないんだろう」

「いまのところはな。しかし、片山まで呼ばれたとなると、秘書室にもなにか言ってくるかもねぇ。あしたの事情聴取の結果は必ず連絡してくれな。携帯電話を切らないようにしておくよ」

「ああ。俺の場合、いくら叩《たた》かれても埃《ほこり》は出ないから安心してくれ」

「そう思うけど、片山が検察に呼ばれたことは頭取にも報告しておくかねぇ」

「事情聴取が終わってからで、いいんじゃないのか」

「そうだな。中澤さんが、片山のことを心配してたぞ」

「いま、電話で話したところだ。中澤さんも検察に呼ばれてるそうじゃないの。俺よりも中澤さんのほうが心配だよ」

「うん。そうなんだ。あしたお互いに連絡を取り合おう」

片山との電話が終わってほどなく、北野にふたたび今日子から電話がかかった。

「いま、史歩が帰ってきたわよ。学校の帰りにお友達からお家に誘われたんだって。ケロッとしてるのよ」

「そんなところだろうな。よかったじゃないか」

「ええ。以上、お知らせまで」

今日子の笑い声を聞いて、北野はホッとしたが、これからも些細《ささい》なことに一喜一憂しなければならないだろう、との思いを強くしていた。

第十三章　尋　問

1

北野が自宅で中澤の電話を受けたのは、六月二十一日土曜日の夜九時四十分のことだ。挨拶《あいさつ》のあとで、中澤が淡々とした口調で言った。

「さっそくですが、どうやらわたしも逮捕をまぬがれないようです。総務部が小田島案件でアサヒリースの迂回《うかい》融資が存在する旨を記載した書類に、わたしがサインしていたことが判明したんです。動かぬ証拠を突きつけられたんですから、言い逃れ、責任逃れはできませんよ」

「なんですって！　中澤専務が逮捕されるんですか」

北野は動転して、顧問を専務と言い間違えた。

「来週の月曜日に検察から呼び出しを受けてますが、逮捕されると思います。担当検事の口吻《こうふん》から察して、そんな感じでした。水谷君も、昨日は帰宅したが、月曜日に出頭するように言われたようですから、わたしと同じだと思いますよ」

「そんな書類がどうして……」

「強制捜査のときに検察に押収されたんでしょうねぇ」

総務部は、強制捜査はあり得ないとしていた顧問弁護士団の判断を鵜呑《うの》みにして、最低限の対応を怠り、処分すべき書類の一切合切を検察に押収されてしまったのだ。

証拠隠滅などというレベルの問題ではない。その程度は許容範囲で、企業防衛策だったはずではないか。総務部の怠慢によって、中澤にまで累が及ぶとは——。

「平成七年七月の書類だが、わたしは記憶がないんですよ。海外出張が重なってたので、忙しさにかまけて、目を通さずにサインしたとしか思えないが、まさしく身から出た錆《さび》です。しかし、高橋君もわたしが承認したと検察に供述している以上、記憶にない、とは言えませんから、報告を受けた、と検事に答えました。つまり罪を認めたわけです」

北野は胸が一杯になり、目頭が熱くなった。

「もしもし……」

中澤に呼びかけられたが、北野は声を出せなかった。

「そんな次第で当分きみたちに会えそうもないから、できれば、あすの日曜日にでもお目にかかりたいんだが……」

「………」

「もしもし」

「は、はい」

「石井君や片山君にもぜひ会いたいですねぇ。夜は家族と食事をしたいので、昼食をどうですか」

「はい」

北野は返事をするのがやっとだった。

「石井君と片山君には、わたしから連絡しましょうか」

「とんでもない。わたしが連絡します」

「そう。じゃあ、わたしが一席もたせてもらいましょう。新宿あたりのホテルでどうですか」

「それもおまかせください。今夜中にお電話を差し上げます」

北野は電話を切って、茫然《ぼうぜん》と立ち尽くしていた。

「どなたからなの」

背後から今日子が声をかけた。

「中澤さんだ。きょう検察に呼び出されたんだが、逮捕されるらしいよ」

「あの中澤さんまでが」

「うん」

北野は目尻《めじり》に溜《た》まった涙を手の甲でぬぐった。

「参ったよ。中澤さんをいま失うのは辛《つら》い。中山頭取がショックを受けるだろうなぁ」

「あなたは大丈夫なの」

「片山が呼び出されたくらいだから、僕も検察の取り調べぐらいは覚悟しないとねぇ」

「あなた、まさか逮捕されるなんてことはないんでしょ」

「そう思うけど、東京地検特捜部は強引だからねぇ。どんなことでこじつけられるか見当がつかないよ」

北野は投げやりに言って、ベッドルームにアドレス帳を取りに行った。

「めそめそしてもいられないな。頭取や石井さんたちに連絡しなければ……」

電話機の前で、北野は気持ちを奮い立たせようと、ひとりごちた。

中山頭取は、この日は丸ノ内ホテルに宿泊していた。土曜、日曜の二日間で、麻布のゲストハウスに引っ越しすることになっている。

中山はホテルのスウィートルームに在室していた。電話に出たのは夫人だが、すぐに中山の声に替わった。

「もしもし、中山ですが」

「北野です。中澤顧問がきょう検察に呼び出されたことはお伝えしてありますが、いまご本人から電話がございました。来週月曜日、六月二十三日ですが、検察に出頭を命じられているそうです。総務部から事前に迂回融資の報告を受けていたということが判明し、逮捕はやむを得ないとおっしゃってました。月曜日に中澤さんと水谷さんのお二人が逮捕される公算が強くなりました」

「水谷常務は仕方がないと思うが、中澤さんは意外だねぇ。信じられない」

「中澤さんがサインした書類が検察に押収されてたんです。ご本人はもちろん記憶になかったようですが、高橋総務部長の供述との整合性を考えて、覚えていると証言したと話してました」

「ショックだねぇ。中澤さんが逮捕されるとは……。しかし、厳粛に重く受けとめざるを得ないだろう。なにかの間違いであることを祈りたいが」

「松原広報部長とも連絡を取りますが、頭取は、月曜日はお詫《わ》びの記者会見を覚悟しておいてください」

「談話だけで済ませるわけにはいかんかねぇ」

「現役の常務と前専務の逮捕となりますと、記者会見せざるを得ないと思います」

「わかった。ＡＣＢはぬかるみの中から抜け出せるんだろうか。このまま沈んでしまうんじゃないかと心配だよ」

「抜け出せますよ。頭取がどんな困難にも、逃げずに矢面に立つ限り、必ず再生できます」

「北野、頼りにしてるぞ」

中山の声はくぐもって張りがなかった。

北野は次いで石井企画部長に電話をかけた。

石井も動揺を隠さなかった。

「ただ、中澤さんは達観しているというか、淡々としてて、逆にうろたえるわたしを励ましてくれました。あしたの昼食をどうかと誘われたんですけど、いかがでしょうか。石井さん、片山たちとぜひ会いたいと……」

「けっこうだ。歓送会は変だなぁ。送別会っていうか、お別れ会かねぇ」

「しばしのお別れ会です。松原部長もお誘いしたほうが、よろしいんじゃないですか」

「賛成だ。松原にはわたしが電話する。片山から連絡は」

「それがまだなんです」

「いくらなんでも勾留《こうりゅう》されることはないだろう。場所と時間は北野と片山にまかせる。それから、前企画部長の森田常務にも出席してもらおうか。あの人も中澤さんの薫陶を受けてるんだから」

「森田さんは外しましょうよ」

「そう言うな。かつてわれわれの上司だった人なんだし、中澤さんもよろこぶんじゃないかな。中澤さんのこと、頭取の耳に入れたの」

「ええ。相当ショックを受けたようです」

「中澤さんは、中山頭取にとって精神的支柱だからねぇ」

ズボンのポケットで携帯電話が振動した。

「携帯電話が鳴ってます。多分片山でしょう。あとでまた連絡します」

北野は急いで、石井との電話を切り上げた。

電話をかけてきたのは、やはり片山だった。

「二時から十時近くまで、東京地検特捜部で若い検事に油をしぼられたよ。まるで犯人扱いだった。交通事故担当の検事が、特捜部に応援に来て張り切り過ぎてるから始末が悪いよ」

「ご苦労さま。片山の地検の取り調べについては、いずれゆっくり拝聴させてもらうが、いまはそれどころじゃない。中澤さんが逮捕されることになったんだ」

「嘘《うそ》だろう。俺《おれ》をかつぐんじゃないんだろうな」

「ほんとうだ。あさって六月二十三日の月曜日にふたたび検察に出頭するよう命じられてるが、即日逮捕される、とご本人が話してた。水谷常務も、同じらしい」

「水谷さんは捕まらないほうがおかしいが、中澤さんの容疑はなんだ」

「アサヒリースから小田島への迂回融資の報告を受けていた事実があったらしいんだ」

「そんな書類が出てきたのか」

「うん。強制捜査で押収された総務関係の資料に、紛れ込んでたらしい。それでねぇ、中澤さんが、片山や石井さんや俺に会いたいって言ってきた。あすの昼の時間しかないらしいけど」

「いいじゃないか。当分勾留されるんだろうから、旨《うま》いものをご馳走《ちそう》してあげようや。そうだなぁ。どこがいいかねぇ」

「………」

「ホテルオークラの鉄板焼きはどうだ。本館の十一階に〝さざんか〟っていう店がある。ここのステーキはちょっとしたもんだよ。シラク・フランス大統領が大のひいきにしてる店だ。北野、知らないか」

「行ったことないねぇ。さすがMOF担だけあって、超一流の店を知ってるなぁ。でも、MOF担にたかるわけにはいかんよ」

「当たり前だよ。割り勘で、中澤さんの分はみんなで負担するんだ。ランチタイムだと、一人七、八千円で、旨いステーキが食えるよ」

「個室もあるのか」

「もちろん」

「ホテルオークラの〝さざんか〟に決めよう。五、六人ということで予約してくれないか」

「よし、まかせてもらおう。時間は正午でいいな」

「うん」

「おまえ、十一時半に来ないか」

「いいけど、どうして」

「きょうの経験を北野に聞いてもらいたいんだ。そのうち北野も地検から呼び出しがかかるかもしれないから、後学のためになるだろう」

「なるほど」

「いや、十一時にしよう。本館の五階がロビーだが、奥のほうで落ち合おうか」

「いいよ。〝さざんか〟の予約は大丈夫なんだな」

「大丈夫だ。個室が取れなかったら、ダイニングルームになるが、日曜日の昼食なら、個室が取れないはずはない」

「それじゃあ、中澤さんや石井さんたちに連絡するからな」

「五、六人って、誰と誰なんだ」

「中澤、石井、松原、片山、北野の五人は問題ないが、森田常務を誘うべきだというのが石井さんの意見なんだ」

「飯が不味《まず》くならないか。森田はよそうや」

北野は、唇をひん曲げた片山の顔が見えるようだった。

「前企画部長だし、中澤さんの薫陶を受けた人でもあるからねぇ。もっとも、これは石井さんの受け売りで、俺も片山の気持ちに近いが」

「ま、しょうがないか。枯木も山のにぎわいっていうことで諦《あきら》めよう。北野と話して、元気が出てきたが、疲れたよ。じゃあ、あしたな」

2

六月二十二日日曜日、この日東京地方は真夏日で蒸し暑かった。

北野は午前十一時十分前に、ホテルオークラ本館に着いた。

北野は玄関から向かって、突き当たりが障子になっているロビーのソファで経済誌を読んでいた。肩を叩《たた》かれたので、顔を上げると片山だった。

時計を見ると十一時十分過ぎだ。

「十分前に来たから、二十分待たされたことになるな」

「十分も遅刻したか」

片山も時計に目を落として、背凭《せもた》れの低い椅子《いす》に腰をおろした。二人ともスーツ姿だ。

「八時間も、地検でなにを訊《き》かれたの」

「それが本筋と関係のないことばっかりなんだ。MOF《モフ》検の情報が事前にわかってたんじゃないか、とか、対MOF関係の接待費の予算はどのくらいあるのか、とか。一回の接待額はどうか、とか。ぐだぐだしつこく訊かれたよ。メモ帳を押収されてるから、走り書きの読めない部分の確認作業だけで何時間も延々と説明させられた。居丈高で厭《いや》な検事だったよ」

片山は八時間の尋問がよほどこたえたのか、何度も何度も大きな嘆息を洩《も》らした。

心なしか頬《ほお》のあたりがげっそりしたように見える。

「MOFの役人を接待することによって、なにか個別の案件を頼むのかって訊《き》かれたから、情報交換をするためだと答えたら、一人当たり三万円も五万円も接待費をかけて情報交換だけなんて考えられるかって、机を叩いて怒鳴られたよ。MOFの担当官から融資を依頼されたことはないか、とも訊かれたが、『ない』としか答えようがないよなぁ。実は一件あったが、咄嗟《とっさ》に思い出せなかった。飲食代の支払い方法まで訊かれた。ほとんどは振込みだが、次長以上はコーポレットカードを持たされてるので、カードを切ることもあると答えたが、こんなつまんことを根掘り葉掘り訊く検察の気が知れないよ」

「しかし、誰でもできる経験じゃないから、それこそ後学のために一度ぐらい経験しておくのも悪くないんじゃないのか」

「冗談じゃないよ。お尋ねしたいことがまだまだあるので、また来てもらうなんて言われたよ。日時は追って指定するとさ」

片山は頰をふくらませ、足を投げ出した。

北野が眉根《まゆね》を寄せて、訊いた。

「地検の狙《ねら》いは奈辺《なへん》にあるんだろうか。小田島事件と関係のないことを訊いて、どうしようっていうんだろう。MOF検について疑念をもってるとは察しがつくが、迂遠《うえん》過ぎないか」

「証券会社のVIP口座の解明と連動してるのかねぇ。だとしたら、そっぽもいいとこだけど。妙なプレッシャーのかけ方だよなぁ。MOF検前後にMOFの検査官の誰をいつどこで招待したか、ゴルフをいつどこのコースで接待したか、検事はリストを持ってて、リストを見ながら尋問するわけよ。やっぱりMOF検がらみで、俺を呼んだんだろうなぁ」

「企画部で地検に呼ばれるのは渉外グループだけだろう」

「さにあらずだ。統括グループ長の北野には確実に呼び出しがかかると思うけど。おまえが〝S〟の娘婿であることを地検は当然把握してるから、おまえに対する地検のマークは俺よりきついかもなぁ」

片山は冗談ともつかずに言って、足を引き上体を起こした。

「〝S〟を絡ませてくるなんて考えられんよ。MOF担の片山よりマークされることはないと思うけど」

そう言いながらも、北野は胸がざわついた。

日曜日の昼前のせいか、ホテルオークラのロビーは人影は少なかった。

「正午までまだ十五分あるが、そろそろ〝さざんか〟へ行こうか」

「そうだな」

北野と片山は肩を並べてエレベーターホールへ向かった。

エレベーターホールの前で、片山が声高に言った。

「あっ、石井さんだ」

北野は、片山が指差したほうへ目を遣《や》った。石井がハンカチで首筋の汗を拭《ふ》きながら、せかせかとこっちへやってくる。

石井も二人に気付いて手を挙げた。

「やあ」

「こんにちは」

「どうも」

北野はお辞儀をしたが、片山は石井に目礼を返した。

エレベーターの中で、石井が言った。

「森田さんはあらわれないから安心しろ」

「お誘いしなかったんですか」

北野に訊かれて、石井は黙って首を左右に振った。

片山がずけっと言った。

「断られたんでしょ」

石井は渋面でこっくりした。

エレベーターを降りて、絨毯《じゅうたん》を敷き詰めた長い廊下を歩きながら、石井が不愉快そうに話した。

「遠慮するってさ。そんな言い方はないよねぇ。嘘《うそ》でも先約があるとか、よんどころない用があるとか言うもんだろう。北野じゃないが、森田さんを誘うんじゃなかったよ」

「部長のお気持ちはよくわかりますよ。でも森田さんがいらしたら、飯が不味《まず》くなったと思います。片山が言ったことですけど」

「部長はいっとき厭《いや》な思いをされたと思いますけど、森田さんが出席したら、もっと厭な思いをしてたんじゃないですか」

片山のほうへ首をねじった石井の顔がほころんだ。

「最初から誘わなければ、もっとよかったわけだな。森田さんなんかに気を遣って、損しちゃったねぇ」

〝さざんか〟のダイニングルームはけっこう混んでいた。

「片山さん、ようこそおいでくださいました」

「伊藤さん、よろしくお願いします」

片山に伊藤と呼ばれた柔和な面立ちの若いコックが、三人を奥の個室に案内した。

カウンター状のコの字型のテーブルは十人は座れそうだ。

テーブルの手前にソファがしつらえてあった。

中澤と松原はまだ来ていなかったので、三人はソファに座った。

ウーロン茶を飲んでいるとき、中澤と松原が連れだってあらわれた。

「松原君と偶然トイレで一緒になってねぇ。〝さざんか〟とは、いいところに気付いてくれましたねぇ」

中澤もネクタイを着用していたが、濃紺のブレザー姿だった。

「きのうは八時間もしぼられました。中澤さんは、どうでした」

「三時間ぐらいですかねぇ」

「北野から厳しい話を聞きましたが、事実なんでしょうか。考え過ぎというか取り越し苦労っていうことはありませんか」

中澤は石井にやわらかいまなざしを注いだ。

「月曜日はホゾを固めて来なければいけませんか、と訊いたところ、敵はわずかにうなずいて見せましたからねぇ。証拠もあがっていることですし、間違いないと思いますよ」

中澤は明るい顔でつづけた。

「鉄板焼きで送別会をしていただけるとは、こんなうれしいことはありませんよ。持つべきはよき後輩です」

北野は胸が一杯になり、もう中澤の顔が滲《にじ》んでいた。

3

片山が中腰になって、四人を見回した。

「そろそろテーブルに移りましょうか」

「そうねぇ」

石井が応じ、五人は磨き込んだ鉄板の前に移動した。

中澤を挟んで石井と松原の三人が中央に、その手前に片山と北野が並んで座った。

片山が松原越しに、中澤を窺《うかが》う顔になった。

「ビールでよろしいですか」

「ええ。いただきます」

ビールの小瓶と大ぶりのグラスを運んできたのも、伊藤だった。

五人で酌をし合って、全員がグラスを手にした。

石井がグラスを一段と高く掲げた。

「それでは、中澤顧問のご健康とＡＣＢの再生を祈って、乾杯！」

「乾杯！」

「乾杯！」

喉《のど》を鳴らしながら、ビールを飲んで、中澤がしみじみと言った。

「ああ、美味《おい》しい。きょうはビールの飲み納めです。当分、飲めなくなりますからねぇ。せっかくの日曜日に、お呼び立てするようなことになって、申し訳ない。皆さんのお陰で、ACB再生の道筋がついて、思い残すことはありません。きょうは、ほんとうにありがとう」

「われわれは、中澤さんの指示どおりに動いただけですよ。中澤さんのリーダーシップがなかったら、ACBは再生のきっかけをつかめず、もっともっとのたうっていたと思います」

「石井の言うとおりですよ。中澤さんが背後で支えてくださったからこそ、われわれは存分に行動することができたんです」

松原がこっちに目を投げてきたので、北野はひとうなずきして、話を引き取った。

「〝総辞職〟がすべてなんじゃないでしょうか。中澤顧問の深い読みが、いまごろになって身に沁《し》みます」

「そうねぇ。石井さんをして捨て石になろうと言わしめたのも、〝総辞職〟があったからこそなんでしょうねぇ」

片山の視線を受けて、石井がこっくりして中澤のほうへ首をねじった。

「中澤さんは中山頭取の誕生を予期していらしたんですか」

「ええ。初めから中山君しかいない、と思ってました。その点は、きみたちと見事に一致してましたねぇ。今井さん、坂本さんに岡田さんを外す勇気があったら、もっとスムーズにいってたんでしょうけど、それでは話が巧《うま》すぎますからねぇ」

レタスを千切りにした和風サラダ、スモークドサーモン、テリーヌの前菜がテーブルに並んだ。

「伊藤さん、ビールを一本ずつ追加してください」

「はい。ただいま」

ビールの追加をオーダーしたあとで、片山が話題を変えた。

「中澤さんは、どんな検事でした。わたしは感じの悪い検事で、往生しましたけど」

「なかなか立派な人でしたよ。加納さんという検事ですが、実に紳士的でした。丁寧に対応されると、なにかこう親近感を覚えて、つつみ隠さずすべてをお話ししますっていう気持ちにさせられましたからねぇ。岡田さんも、加納検事が担当してると聞きましたが、例の久山さんと今井さんの記憶の違いについても、わたしは久山さんに軍配を上げたくなります。加納検事に対して、岡田さんが真実を語らないはずはないと思えるんです」

「そうかなぁ。人を見たらドロボーと思うのが検事だと思いますけどねぇ」

片山は腕組みしてさかんに首をひねった。

中澤がビールを飲みながら、話をつづけた。

「MOF検で抽出逃れの工作をしたことについても、加納検事の誘導尋問によって、記憶を再生させられる始末でねぇ。わたしはすっかり忘れてたんだが、総務部から報告を受けたとき、『どうしてこんなひどいことをしてるのか。日銀考査では出すべきだ』と、発言しませんでしたかと訊かれたんですよ。うろ覚えにそんなことを言ったような気もする、と答えたんだが、この点もすでに高橋総務部長が供述してたらしいんです」

石井が中澤のグラスにビール瓶を傾けながら訊《き》いた。

「総会屋関係の貸付けを解消しなければならない、という問題意識があったということなんじゃないですか」

「さにあらずです。問題意識の欠如を恥じてますよ。小田島のような総会屋を正面から見据える意識が希薄だったことの責任を痛感してます。だからこそ、わたしは罪を認める気になったんですよ」

中澤がグラスをテーブルに置いて、石井から片山へ視線を移した。

「片山君は担当検事に反感をもったようですが、どうしてなの」

「小田島案件とはまったく関係のないことを延々八時間も尋問されれば、頭に血がのぼりますよ。殆《ほとん》どはMOFとの関係を訊かれたんですけど」

「MOF検とかかわりがあるから、必ずしも無関係とも言えないんじゃないか」

片山は松原の質問を無視して、不味そうにビールを飲んだ。

スライスした大量のにんにくが鉄板の上で、ジュウジュウ音を立て始めた。

にんにく油で焼き上げたサーロインとフィレのステーキが、サイコロ状に切られてゆく。

「こたえられませんねぇ。にんにくが肉の風味を引き出すんでしょうか」

「ここのステーキは、世界に冠たるものがあるんじゃないですか」

「ほんとに旨《うま》いなぁ。天下一品の味ですよ」

中澤、石井、松原、北野、片山の五人は、極上のステーキに舌鼓を打った。

「せっかくですから、ワインを一杯だけ、どうですか」

「最後の晩餐《ばんさん》でもないが、ワインも飲み納めといきましょうか」

片山に促されて、中澤はジョークを飛ばした。

ことさらにそう振る舞っているのだろうが、中澤の明るさに救われる思いをしたのは北野だけではなかった。あす逮捕、勾留《こうりゅう》される傷心の中澤を囲んで、食事も喉《のど》を通らないのではないか、と北野は危惧《きぐ》したが、かくもうちとけて食事が進むとは——。

「伊藤さん、オークラ・ブランドのワインがあったよねぇ」

「はい。ボルドー産と国産とございますが」

「ボルドー産の赤ワインをお願いします」

片山は心得たものだ。

コックの伊藤が片山のワイングラスに少量の赤ワインを注いだ。

「試飲はパスしましょう。ちゃんと注いでください」

「はい。承知しました」

五つのワイングラスが満たされ、全員がグラスを持ち、相互に軽くグラスを触れ合わせた。

「乾杯」

「ハウスワインにしては美味《おい》しいじゃないですか」

「シャトウマルゴーというわけにはいきませんけどね」

片山が松原に応じた。

中澤がグラスをテーブルに戻して、石井の方へ目を遣《や》った。

「その後ゴルフはどうですか」

「この騒ぎですから、ゴルフはずいぶんしてません」

「ふと思い出したんですが、わたしが営業担当の常務のときに、大森支店長の石井君に頼まれて、お取引先のかたと一緒にゴルフをしたことがありましたねぇ。石井君はヘタでね、チョロチョロやるし、バンカーでは大叩《おおたた》きするし……」

「あのころはまだビギナーでしたから」

石井は、中澤の他愛ない話に、涙ぐんだ。他愛ない話のほうがむしろ涙腺《るいせん》がゆるむらしい。

北野も目頭が熱くなった。

中澤が北野のほうを窺《うかが》った。北野は急いで涙を拭《ふ》いて、中澤にやわらかいまなざしをそそいだ。

「佐々木さんと会ってますか」

「いいえ」

「猫の首に鈴を付けられる人が存在するとは思いませんでしたよ。佐々木さんを相談役から引きずり降ろした北野君は、立派でしたねぇ」

「こんどは最高顧問から降ろします。あの人くらいACBにとって邪魔な人はいませんから」

片山が北野の背中を叩いた。

「北野を焚《た》きつけたのはわたしだぞ。おまえなら、やると思ったんだ」

「そうだったねぇ。悲壮《ひそう》な決意で〝S〟にぶつかったんだ。われながら、よくやったと思うよ」

石井が口を挟んだ。

「あれは突破口になった。われわれはどんなに勇気づけられたかわからないよ」

松原が腕組みしてしみじみと言った。

「このひと月ほどは、信じられないようなことが、いろいろあったなぁ。石井が、逡巡《しゅんじゅん》する中山さんに『リーダーになっていただけなければ、わたしたち四人はACBを去ります』と言ったが、事前にそんな打ち合わせはしなかったけど、たしかに四人ともそういう気持ちになっていたと思うんだ」

「石井さんは常々捨て石になろう、と言ってましたから、まさにあのとおりなんですよ。四人の気持ちは一つになってたと思うし、みんなの気持ちを石井さんが代弁してくれたんです」

北野は、あのときの場面を思い出すと身内がふるえるような感動を覚えずにはいられなかった。

中澤がワイングラスを乾して、四人にこもごも目を遣った。

「きみたち四人の気魄《きはく》は凄《すご》かった。中山君があとでわたしに述懐したことだが、四人の気魄に圧倒されて、断るつもりが断れなくなったそうですよ。身命をACBに捧《ささ》げようという気持ちにさせられたって話してました」

「何度も言いますが、中澤さんが提唱した〝総辞職〟がすべてだと思います。ACBマンすべてが危機感をもったわけですから」

「一つだけ気がかりなことがあるんですが、それは千久の木下社長です。ACBにとって、最大の課題になると思うが、中山頭取なら木下社長と訣別《けつべつ》できるんじゃないか、とひそかに期待してるんですけどねぇ」

「手始めに千久への出向をやめるべきだと思います。人質を取られてるわけでしょう。しかも、千久は出世コースみたいなことになってます。おかしな話ですよ」

北野の話を片山が引き取った。

「中山頭取は〝千久〟へ挨拶《あいさつ》に行っていないらしいが、初志貫徹してもらいたいなぁ。のこのこ挨拶に行くようだったら、望みはないよ」

「北野君、わたしが懸念していると、中山頭取に伝えてください」

「はい。必ずお伝えしますし、中山頭取は〝千久〟との訣別を実行すると、わたしは確信してるんですけど」

中澤がしめくくった。

「名残りは尽きませんが、そろそろおひらきにしましょう。きょうはわが生涯の中で忘れ得ぬ一日になると思います。あなたがたのあたたかい友情に、心から感謝します。今度あなたたちとお会いするときは、出所祝いゴルフをたのしみにしてますから、よろしく。石井君、腕を上げておいてくださいよ」

北野は涙をこらえ切れなくなった。片山も、目をごしごしこすっていた。

4

翌六月二十三日月曜日の午前十時、北野に〝専従班〟から電話がかかった。

「専従班の古川です。さっそくですが、たったいま東京地検特捜部から連絡がありました。北野秘書役にお尋ねしたいことがあるので本日午後四時に出頭してもらいたい、とのことです。松本検事が担当です」

古川は部長クラスの行員である。事務的な口調で用件を伝えた。

北野は、菅野が在席していたので、室長席の前に立った。

「東京地検特捜部から本日午後四時に出頭を命じられました」

「そう。わたしより北野のほうが先に呼び出しがかかるとはねぇ」

「わたしは秘書役として呼び出されたわけではないと思います。MOF担の片山が一昨日出頭しましたが、企画部時代のことで尋問を受けるんだろうと思います」

「なるほど。そうじゃなければおかしいよねぇ。まぁ、座らないか」

北野は室長席前のソファで菅野と向かい合った。

「あとで頭取に話しますが、今夜、中澤顧問と水谷常務が逮捕されると予想されます。頭取がお詫《わ》びの記者会見をせざるを得ないと思いますが、尋問が長びくようですとわたしは間に合わないかもしれませんので、よろしくお願いします」

「わたしが記者会見に立ち会わなければいけないかねぇ」

「それは松原広報部長にまかせてよろしいと思いますが、記者会見が終わるまで、席にいらしてててください」

「わかった。そうするよ。水谷常務は仕方がないと思うけど、中澤さんが逮捕されるというのは、意外だなぁ。信じられんよ」

「頭取も室長と同じことをおっしゃいました。しかし、ご本人が間違いないとおっしゃってますからねぇ……」

北野はきのう、中澤から聞いた話のあらましを菅野に話した。

午後三時五十分に、北野は東京地検特捜部に出頭した。

北野は、専従班から渡された面会票を受付に提出してから、十二階の特捜部の待合室で三十分近く待たされた。

固定されたプラスチック製の椅子《いす》が左右に二十脚ほど据えられてあるが、待合室の中は北野一人だけだった。

〝出頭された皆さまへ〟と壁のボードに注意事項が書いてある。

一、「呼び出しはがき」又は「面会票」を受付か係官に提出してから、連絡のあるまでお待ちください。

一、取り調べについて不安のあるかたもおられると思いますが、聞かれたことについて、知っていることをありのままお話しください。

一、次のようなかたは遠慮なく受付か係官に申し出てください。

①体の具合の悪いかた　②長時間待たされたかた……。

北野は二十分ほど経ったとき、長時間待たされたことになるのかどうか思案した。

じっと座っていると不安感が募って、息苦しくなってくる。

それが次第に胸の中で広がり、嘔吐《おうと》感を覚えた。北野は椅子から立ち上がって、深呼吸を繰り返した。

罪を犯したわけでもなければ、容疑者でもないのだ。単なる事情聴取に過ぎない。

こんな気色の悪い待合室に閉じ込められるいわれはない——。北野は、そう思うことで、圧迫感のようなものが薄らいでいた。

待合室で三十分ほど待たされて、やっと北野は検事に呼ばれた。北野はネクタイのゆるみを直して、松本検事と対峙《たいじ》した。

「お待たせしました。松本です」

「朝日中央銀行秘書役の北野と申します。よろしくお願いします」

北野は名刺を出すべきかどうか迷ったが、出さなかった。松本が出さなかったから、北野もそうしたまでだ。

松本の年齢は、三十七、八歳だろうか。メタルフレームの眼鏡をかけ、切れ長の大きな目が射るように北野をとらえた。

中年の書記官が松本と北野を横から見る位置でデスクの前に座っていた。検事と書記官のデスクにパソコンが置かれていた。

松本が尖《とが》った顎《あご》を撫《な》でながら言った。

「煙草を吸うようなら、どうぞ」

「いいえ」

「そうですか。冷たい飲みものでも、どうですか」

「いただきます」

　松本が書記官に目配せした。

　書記官が麦茶を運んできた。

「ありがとうございます」

　北野は丁寧に礼を言って、低頭した。

「まず、あなたの経歴と家族構成を教えてください」

　北野は「はい」と答えて、居ずまいを正した。

「一九五六年一月十一日に千葉県市川市で生まれました。一九七八年三月に一橋大学経済学部を卒業し、四月に朝日中央銀行に入行しました。虎ノ門支店、本店営業部、人事部副調査役、横浜支店営業課長、本店経理部調査役、本店企画部次長を経て、一九九七年五月より現職に就きました。家族は、妻今日子、長男浩一中三、長女史歩小五の三人です」

「奥さんのお父さんはなんという名前ですか」

「佐々木英明です」

「どういう方ですか」

「朝日中央銀行の顧問をしてます」

「佐々木さんの略歴を教えてください」

　北野は、松本の目を見返した。佐々木に出頭を命じて、本人に尋問するべきではないか、と思ったのだ。

「朝日中央銀行の常務、専務、副頭取、頭取を歴任し、相談役を経て本年五月二十二日付で顧問に就任しました」

「只《ただ》の顧問ですか」

北野は、最高顧問などと気恥ずかしくて言えなかったので、最高を省いたが、松本にたたみかけられて、「最高顧問です」と小声で答えた。

だいたい特捜部はすべて把握しているに相違なかった。わざわざ訊《き》くまでもないのではないか。厭《いや》みとしか思えなかった。

松本は背中を椅子に凭《もた》せて、意味ありげに目を眇《すが》めた。

「佐々木さんはあなたの義父ですから、いろいろ仕事のことを話したりするんでしょうねぇ」

「ゼロではないかもしれませんが、殆《ほとん》ど話したことはありません。身分が違い過ぎますから」

「佐々木さんから、川上多治郎、小田島敬太郎のことを聞いてるんでしょう」

「いいえ」

「ほんとうですか」

「はい。わたしは行内調査委員会の委員でしたので、ヒアリングで、やりとりしたことはありますし、検察の家宅捜索後、義父に質問するかたちで川上氏、小田島氏との関係について話したことはありますが、それ以前は、まったく話題になったことはありません」

「佐々木さんが川上、小田島と特別親しい関係にあると思いますか」

「その点につきましては調査委員会のヒアリングで当人は否定し、八二年の商法改正後は、川上や小田島のような人たちとつきあってはならない、とみんなに注意していたようなことを話してました」

「佐々木さんが、小田島に対する融資について関与していたと思いますか」

北野は、松本の視線を外して、考える顔になった。ここは東京地検特捜部である。ＡＣＢで話しているのとは訳が違う。

「よくわかりませんが、当人は明確に否定してました」

「段落のあと、一行あけて」

松本検事がディスプレーを見ながら、書記官に指示した。

二台のパソコンは連動しているらしい。

書記官がパソコンに調書を入力していると気づいて、北野は緊張感を募らせた。

「川上多治郎の葬儀が平成七年四月二十二日に築地本願寺で行なわれましたが、佐々木さんが参列したかどうかご存じですか」

「いいえ。知りません」

「数年前まで、吉祥寺《きちじょうじ》の川上邸で例年桜の時期に観桜会が開かれてたようですが、佐々木さんは常連だったんでしょう」

「さぁ。わたしは存じませんが」

「牧野名誉会長の死後、朝日中央銀行の歴代トップの中で川上と最も親しくつきあっていたのは、佐々木さんだと思いますか」

「…………」

北野は無言で、小首をかしげた。

「小田島もそうなんでしょう」

「よくわかりません」

「川上の死後も、朝日中央銀行が小田島への融資を迂回《うかい》融資も含めて続けていたのは、佐々木さんの意思が働いていたのではありませんか」

松本が同じ質問を繰り返した。

東京地検特捜部は、佐々木に疑念を抱いているらしい。佐々木は時効に守られているとばかり思っていたが、時効の壁を突き崩すことは不可能ではない、との読みがあるのだろうか。水谷常務が「佐々木さんと川上―小田島ラインは運命共同体みたいなもの」と言ったが、水谷が逮捕され、特捜部の厳しい尋問を受けることになれば、検事に供述する可能性があると考えなければならない。問題は証拠だが、佐々木がメモを残しているとは考えにくい。

しかし、佐々木こそ元凶と思っているＡＣＢマンは少なくなかった。北野もその例外ではない。

北野の胸中は複雑に揺れていたが、佐々木を貶《おとし》めることはできない、と思った。ここはシラを切るしかない。

「その可能性がゼロではないかもしれません。しかしなにぶんにも、わたしは本件にはタッチしておりませんのでお答えする立場にはないと思います」

「可能性がゼロではないとする根拠はどういうことですか」

「根拠などありません。ゼロではないかもしれないと申し上げたのは、わたしの独断と偏見です」

「佐々木さんは、あなたの義父なんですからそう思うなにかがあるんじゃないんですか」

「いいえ。義父とは長い間、距離を置くことに腐心してきました。要するに仲のよくない親子ということになります」

松本が腕組みして、つぶやくように言った。

「小田島は、佐々木さんには親しくしていただいた、と供述しているんだが……」

「具体的に、融資について佐々木に依頼したと供述してるんですか」

北野は耳たぶを引っ張りながら、思わず上体を松本のほうへ寄せていた。

掬《すく》い上げるように北野をとらえた松本の目に険が出ていた。松本は北野の質問には返事をしなかった。

「〝二葉苑〟のことはご存じなんでしょう」

北野はドキッとした。耳たぶを引っ張りながら、どう答えるべきか思案した。

「箱根の旅館だと承知してますが……」

「〝二葉苑〟の女将《おかみ》は、青木伸枝という人ですが、女将と面識はありますか」

「いいえ」

「青木さんは、佐々木さんの愛人なんでしょ。川上が二人の仲を取りもったんじゃないんですか。あなたが知らないはずはないと思うが……」

松本の声が苛立《いらだ》っていた。

「朝日中央銀行は過去に青木伸枝に融資してるはずです。それがコゲついて、不良債権として償却されたんでしょ。あなた、そんなことも知らないんですか」

「……………」

「北野さんは、最近も青木伸枝に面会してるんじゃないですか」

「…………」

「水谷常務が供述してるんですよ。正直に答えてください」

北野はうろたえた。水谷がそんなことまで検察に供述しているとは夢にも思わなかった。

「青木さんとは一度だけ会いました」

「それなら、面識はあるということじゃないですか」

「たった一度ですし、親しく話したわけでもないものですから」

「大銀行のトップが、愛人の旅館の女将に貸出しをさせて、それが弱みになって、川上や小田島に乗じられる。こんな公私混同がゆるされるんですか。こんな腐り切った銀行が、存在する意義があるんですかねぇ。朝日中央銀行は保《も》たないんじゃないんですか。銀行は社会的信用機構とか経済の血液とかいわれてるが、反社会的勢力に与《くみ》するような朝日中央銀行は、淘汰《とうた》されて当然と思いますが」

北野がうつむき加減に、低い声で答えた。

「ごく一部のトップの姿勢には疑問があります。佐々木もその一人かもしれません。しかし、九九・九パーセントのACBマンは、不正を憎んでいますし、ACBの存在意義を信じています。わたしたちは、ACB再生のために身を挺《てい》して、頑張ろうと思ってます」

5

松本が質問を変えた。

「企画部の片山さんと親しいようですねぇ」

「はい。つい最近まで同僚でしたし、同期でもありましたから」

「あなたも赤坂や新橋の高級料亭にしばしば出入りしてるようですねぇ」

「いいえ。高級料亭に出入りできる身分ではありません」

「料亭で会食したことはありませんか」

「はい」

「一度も」

「はい」

「正直に答えてください。片山さんの手帳に〝K〟と書いてあるのは、北野さんのことなんじゃないんですか」

「片山と飲んだことは何度かありますが、ごく普通の飲み屋かバーです。片山に訊《き》いていただければわかります」

「ほかの検事が訊いてます。企画部の幹部と料亭で飲み食いしたことはけっこう多いと供述してますよ」

「しかし、わたしは片山と高級料亭で会食した覚えはないのですが」

「新宿の〝ろうらん〟という店はご存じですか」

「名前だけは存じてます」

「〝ろうらん〟で飲食したことはありませんか」

「一度もありません」

北野は「一度も」に力を入れて、答えた。

「片山さんと〝ろうらん〟に行ったんでしょ」

「一度もありません」

北野はさかんに首をひねった。

片山とは、きのうホテルオークラで長時間話し込んだが、赤坂・新橋の高級料亭のことも〝ろうらん〟のことも、まったく話題にのぼらなかった。

MOF担の片山は、むろん高級料亭に出入りしているし、〝ノーパンしゃぶしゃぶ〟の通称で知られている〝ろうらん〟へ大蔵省の官僚と何度となく繰り出したことも間違いない――。

北野はここまで考えて、ハッとした。接待した大蔵官僚を特定するのはまずいと考えて、俺《おれ》の名前を使ったとは考えられないだろうか。

手帳に〝K〟と記したのは、片山なりに配慮した結果ではないのか。

だが、それならば事前に断って然《しか》るべきだ。話すのを忘れたと思うしかない。

北野は咄嗟《とっさ》にそう判断した。ここは片山を庇《かば》おう――。

「申し訳ありません。高級料亭といえるかどうかわかりませんが、自費ではとても行けない店に連れて行かれたことはあります。〝ろうらん〟にも一、二度行きました」

松本の視線がディスプレーから北野に戻った。

「あなたは初めは『一度もありません』と答えたが、こんどは『〝ろうらん〟にも一、二度行きました』と言い直した。どっちが、ほんとうなんですか」

北野は返事ができなかった。

松本に凝視されて、北野は目をそむけた。

「それとも、片山さんを庇ってるんですか」

「そんなことはありません。〝ノーパンしゃぶしゃぶ〟などと言われている所に行ったことを恥ずかしいと思ったものですから、つい……」

「高級料亭や〝ろうらん〟の一人当たりの費用はどのくらいかかるんですか」

「よくわかりません。三万円ぐらいと思いますが」

「もっと高いでしょう」

「…………」

「そういう所で、行員同士で飲み食いをすることを、あなたはなんとも思ってないのですか。社会常識に照らして、どう思いますか」

北野は吐息をついた。どうにも言い返せない。

「非常識とは思いませんか」

「反省してます。襟を正していかなければならないと思います」

「〝ろうらん〟で大蔵省の役人が同席したこともあるんですか」

「ありません」

「MOFを接待するよりも、行員同士の飲み食いのほうが多かったということですか」

「MOF担の片山は、他行に比べてACBのMOF担の接待ぶりは地味だと言ってました。行員同士で飲食することはありますが、頻繁に行なわれているわけではありません」

「月に二、三度ですか」

「とんでもない。年に二、三度もないと思います」

「企画部の交際費は多いほうだと思いますか」

「総務部や国際統括部のほうが多いと思いますが」

「秘書室はどうですか」

「役員の交際費や寄付などの関係で、比較的多いと思います」

「予算の管理は誰が担当するのですか」

「部によって異なりますが、各部の庶務担当の次長が管理していると思います」

「企画部はどうですか」

「予算グループの次長です」

「総務部は」

「管理部の次長だと思います」

松本が背凭《せもた》れの高い椅子《いす》に背中を凭せて、腕組みした。

「行員同士の飲み食いが、裏金づくりをするために行なわれていることになるんじゃないですか」

「裏金づくりなどやっておりません」

北野は間髪を入れずに言い返した。

松本が思い出したように麦茶をひと口飲んだ。

「九三年から九六年までの日程を書き込んだ銀行の手帳を提出してください。北野さんの手帳は九七年分しか特捜部に保管されてませんので」

「旧い手帳はありません」

「銀行員が手帳を保存していない――。信じられませんねぇ」

「一年経てば処分することにしてます」

北野は咄嗟《とっさ》に嘘《うそ》をついた。不都合なことがメモしてないとも限らないと思ったからだ。

「朝日中央銀行では手帳を一年ごとに処分している人が多いが、警告しておきます。いいですか、嘘をついたり、みんなで話を合わせたりすると、罪証隠滅罪で逮捕することもあり得ますよ」

「…………」

「手帳はほんとうに処分したんですか」

「申し訳ありません」

北野は耳たぶを引っ張りながら、低頭した。

「あなたの思い違いかもしれませんから、よく調べたらどうですか。もう一度捜して、見つかったら提出してください」

松本は絡みつくような目で北野をとらえ続けた。

北野は嘘をついている負い目で、視線がさまよいがちだった。

松本が唐突に訊いた。

「あなたは秘書役でしたねぇ」

「はい」

「秘書室では裏金づくりは容易なんじゃないんですか」

「そういうことはないと思いますが」

「仮払いの台帳を見せてもらいましたが、交際費に分類される仮払いについては記載されているのに、それ以外は記載されてません。記載されていないものの中には五十万円から百万円の金額の大きいものも見受けられます。裏金づくりなんじゃないんですか」

「仮払伝票を扱ったことがないので、わかりません。わたしは秘書役になってひと月ほどにしかなりませんけれど、わたしが知る限り、裏金づくりの事実はありません」

松本が時計に目を落とした。

北野も時計を見た。午後八時四十分。尋問時間は四時間に及んだことになる。

「北野さんには、まだお尋ねしたいことがありますが、きょうはこれぐらいにしときましょう。調書も、きょうのところはよろしいと思います。長時間、ご苦労さまでした」

松本が腰をあげたので、北野も起立した。

6

北野は、大手町《おおてまち》のACB本店ビルに向かうタクシーの中から、秘書室に携帯電話をかけた。

「北野ですが、室長をお願いします」

「三十分ほど前にお帰りになりましたよ」

女性の声だった。

「失礼ですが、どなたですか」

「横井です」

「ああ横井さん、頭取の記者会見はどうでしたか」

「七時から三十分ほどで終わりました」

「やっぱり中澤さんと水谷さんが逮捕されたんですね」

「はい。夜七時のテレビニュースでとりあげられてました」

「五分ほどで銀行に戻りますが、横井さんはまだいますか」

「はい。佐藤さんとわたしの二人しかいませんが、二人ともあと一時間ほどはここにいます」

横井繁子は佐々木付、佐藤弘子は久山付の秘書である。二人とも年齢は四十五か六。ベテランの秘書だ。

「頭取は退行されたんですか」

「はい。頭取公邸にお帰りになりました」

「そうですか。どうも」

北野は電話を切って、なぜ横井繁子と佐藤弘子の二人がこんな時間まで残業しているのか、気になった。

北野は秘書室の次に広報部の部長席を呼び出した。

「もしもし、北野ですが」

「松原だが、いまどこにいるの」

「特捜部の尋問が終わって、銀行に戻るところです」

「すぐ広報部に来てくれないか。石井も片山もいるからな」

「承知しました」

夜九時近い大手町界隈《かいわい》は、交通量も少なく、静かだったが、ACB本館周辺だけがざわついていた。

行員通用口も、人影が多かった。マスコミの関係者もうろついている。

北野は下を向きっ放しで、通用口を通過した。

二十七階の秘書室のソファで横井繁子と佐藤弘子が深刻な面持ちで話していた。

二人ともブルーの制服姿だった。

「お帰りなさい」

横井が立ち上がって、北野に頭を下げた。

佐藤も腰をあげて、会釈した。

「どうも。お二人とも遅くまで、ご苦労さまです」

「秘書役こそ、大変でしたわねぇ。事情聴取どんなふうでした」

横井に訊かれて、北野は顔をしかめた。

「参りましたよ。三十分待たされて、四時間も油をしぼられました」

「四時間も、ですか」

横井も眉《まゆ》をひそめた。

「MOF担の片山は八時間も尋問されたということですから、四時間は短いほうなのかもしれませんよ」

「実は、わたくしも佐藤さんも、あした東京地検特捜部から出頭を命じられました。佐藤さんは午後一時三十分に、わたくしは午後三時です。秘書役が外出された直後に〝専従班〟から連絡がありました。それで、二人で相談してたところです」

横井も佐藤も顔色が優れないはずだった。

検察から呼び出されれば、動揺しないはずがない。

「あなたがたまで、特捜部に出頭するんですか。ついてませんねぇ」

佐藤が胸のあたりを両手で押さえた。

「憂鬱《ゆううつ》で憂鬱で、気が変になりそうです。どうして、こんなひどい目に遭わなければならないんでしょうか」

「佐藤さん、お気持ちはよくわかります。わたしも待合室で待たされていたとき、吐き気がしたほど気分が悪くなりました。でも、われわれは悪事を働いたわけではないんですから、自然体で検事に対するしかないと思うんです。わたしは深呼吸を何度もしたら、吐き気が収まりました。座りましょうか」

北野がソファに座ったので、横井と佐藤も腰をおろした。

「秘書室のことで、なにか訊《き》かれましたか」

「ええ。最後に少し。秘書室で裏金をつくってるんじゃないかって訊かれたので、もちろん、そんな事実はないと答えましたよ」

北野は、横井に答えてから、二人にこもごも目を遣《や》りながら、訊き返した。

「まさか裏金づくりをやってたわけじゃないんでしょ」

横井と佐藤が顔を見合わせた。

「もちろんですよ。ねぇ」

「ええ」

「横井さん、仮払いの台帳は検察に押収されたんですか」

「はい。ですから困ってるんです」

「交際費以外は記載されていないと検事が話してましたが、その点は突っ込まれるかもしれませんねぇ」

横井は困惑し切った顔を佐藤のほうへ向けて、溜《た》め息を洩らした。

「お茶を淹《い》れましょう」

横井繁子がソファから腰をあげかけたので、北野は手を振った。

「けっこうです。広報部長に呼ばれてますので」

横井は細面のきれいな顔をいっそう翳《かげ》らせた。

「資料という資料は検察に押収されてしまったので、ほんとうに困ってます。いちばん心配なのは、佐藤さんの話とわたくしの話がくい違ったときに、どうしたらいいか……」

「記憶違いがあっても不思議はないと思いますよ。現に久山さんと今井さんの間でも、そういうことがあったじゃありませんか。心配しだしたら、きりがないですよ。口裏合わせなどする必要はないと思います。お二人とも訊かれたことは、取り繕ったりしないで、答えたらどうですか」

佐藤弘子が伏目がちに言った。

「検事に不用意なことを話して、久山顧問を傷つけるようなことになったら、死んでも死に切れません。久山顧問のような良いかたを検察はほんとうに逮捕しようとしているのでしょうか」

「なんとも言えませんが、検察が佐藤さんに出頭を命じたのは、久山さんに関するなにかを訊くためと考えてよろしいんじゃないですか。しかし、無理に久山さんを庇《かば》って、逆にボロを出すことになっても、なんですしねぇ」

北野はわが身を顧みて、頬《ほお》を赤らめた。必要以上に佐々木を庇い過ぎたような気がしないでもなかったからだ。

「それじゃあ」

北野は時計を見ながら、ソファから腰をあげた。

時刻は午後九時三十五分。

北野は、デスクの上を片づけて秘書室を退出した。

7

北野が広報部に顔を出すと、部長席の前のソファで、松原、石井、片山、西田の四人がワイシャツ姿で話していた。

北野は背広を脱ぎながら、西田の隣に座った。

「鬼検事の尋問はどうだった」

「たいしたことはなかったよ。尋問時間も四時間で、片山の半分だったし」

北野は、片山に負け惜しみを言って、松原のほうへ目を向けた。

「お詫《わ》びの記者会見どうでした」

「頭取とわたしは、十回は頭を下げたんじゃないかな。岡田さんが逮捕されたときに比べれば、集まった記者の人数も少なかったし、頭取も多少は場数を踏んでるから、まああってところなんじゃないか。それより問題は久山さんと今井さんだよ」

「どういうことですか」

石井が沈痛な面持ちで答えた。

「二人の逮捕は間違いないらしいんだ。それも、総会当日の可能性が高いようだ」

「社会部の新聞記者の情報だが、総会前日の六月二十六日に出頭を求めて、翌日、逮捕というシナリオができているっていうんだけどねぇ」

松原は嘆息まじりに話をつづけた。

「たしかにACBをいちばん懲らしめるには、総会当日の逮捕かもしれんよなぁ。ダメージの大きさは測り知れないもの」

「検察はACBをぶっ潰《つぶ》したくて、しょうがないのかねぇ」

石井が仏頂面で天井を仰いだ。

「ベテランの女性秘書が二人、あした特捜部に出頭を命じられたのは、その前哨戦《ぜんしょうせん》なんでしょうか」

北野は喉《のど》が渇いて仕方がなかった。

「久山さん、今井さんの逮捕を匂《にお》わすような尋問はなかったんですか」

西田の質問に、北野は数秒間考えてから答えた。

「なかったねぇ。〝S〟がらみの質問がほとんどで、久山さんも今井さんの名前も、まったく出なかった。検察のターゲットが、久山さんや今井さんではなく、〝S〟なんじゃないか、と思えたくらい、根掘り葉掘り訊かれたよ」

片山が上体を起こしながら、北野に訊いた。

「たとえばどんなこと」

「〝S〟が川上や小田島と格別親しかったんじゃないか、とか。小田島に対する迂回《うかい》融資に〝S〟の意思は働いてないのか、とか。川上の葬式に〝S〟が出席したか、観桜会はどうだとか、四時間のうち三時間は〝S〟がらみの尋問だった」

「あとの一時間は」

片山にたたみかけられて、北野はよっぽど、高級料亭や、〝ノーパンしゃぶしゃぶ〟のことを話してしまおうかと思ったが、ぐっと抑えた。

片山に恥をかかせるのは本意ではない。

「秘書室の交際費のこととか、四年分の手帳をどうとか……。手帳は処分してありません、と答えたら、逮捕もあり得るって威《おど》かされたよ」

松原が伸びをしながら、投げやりに言った。

「どうにも手の打ちようがないよなぁ。検察には手も足も出ないじゃないか」

「頭取は、このことをご存じなんですか」

「話してない。未確認情報だしねぇ」

石井は、北野に答えてから、自答した。

「確認する手だてもないし、松原じゃないけど打つ手もないか」

松原の目が石井をとらえた。

「どうする。あしたのリハーサル」

「もちろんやらなきゃあ」

「久山さん、今井さんの逮捕を想定して、総会のリハーサルをやるんですか」

片山に訊かれて、石井も松原も思案顔を天井に向けた。

石井の方が先に天井から目をおろした。

「個人名を特定する必要はないだろう。トップの逮捕でいいんじゃないのか」

「質問するほうは、遠慮しないでしょう」

「それはそうだが、答弁する側は、特定しなくてもいいと思うけど」

北野が口を挟んだ。

「新聞記者情報は頭取の耳に入れておきましょう。さしつかえなければ社名を教えてください」

「C新聞の社会部の記者だよ。記者会見の前に、わたしに近づいてきて、耳打ちしてくれたんだ」

松原が答えると、石井が小さくうなずいた。

「北野の言うとおり、中山頭取には話しておいたほうがいいかねぇ。どっちにしてもショックを受けるのは同じだよなぁ」

「ガセネタっていうことはないですかねぇ。株主総会当日の逮捕なんて、劇画っぽいじゃないですか」

「片山さんのおっしゃるとおりですよ。検察はそこまでやらないような気がしますけど」

西田が片山の意見に与《くみ》した。

言われてみれば、そんなような気もしてくる。北野はいくらか気が楽になった。

「わたしは、厭な予感がしてならんのだが」

松原はつぶやくように言って、石井の顔を窺った。

「久山さんと今井さんの逮捕は避けられないとすれば、総会当日の可能性も否定しきれないんじゃないかねぇ。そうならないことを祈りたいが」

「うん。どっちみち、われわれが何時間話しても、解答は得られないわけだ。北野、お疲れのところを呼びつけて悪かったなぁ」

「どういたしまして」

北野は松原に会釈して、ソファから腰をあげた。


十八階のエレベーターホールで、北野と片山が一緒になった。

「まっすぐ帰るのか」

「もちろん。もう十時半じゃない」

北野が時計を見ながら答えた。

「まだ宵の口だよ。〝西川〟で一杯やる手はないか。おまえ、夕食まだなんだろう」

「うん」

北野は急に空腹を覚えた。

エレベーターの中で、片山が言った。

「〝西川〟で出前の鮨《すし》でも食べようや」

「気が進まんなぁ。鬼検事と四時間も対峙《たいじ》した俺《おれ》の身にもなってくれよ」

「だから、慰労してやろうっていうわけよ」

結局、北野は片山の誘いを断れなかった。

タクシーに乗車する前に、片山は携帯電話で〝西川〟を呼び出し、上鮨を二人前注文した。

銀座に向かうタクシーの中で、北野が片山に肘鉄《ひじてつ》を食らわせた。

「片山に鮨ぐらい奢《おご》ってもらうのは当然だよなぁ」

「なんで」

「おまえ、俺を赤坂や新橋の高級料亭に何度も連れてってくれたそうじゃない」

「…………」

「〝ノーパンしゃぶしゃぶ〟にも行ったことになってるらしいなぁ」

北野は、こんどは肩を片山にぶつけた。

片山が顔をしかめた。

「参ったなぁ。北野に口裏を合わせてくれって頼むのをすっかり忘れてたよ」

「初めは、高級料亭も〝ノーパンしゃぶしゃぶ〟も身に覚えがないって、言い張ったんだが、

MOFの役人の代行をさせられてるんじゃないかと気を回して、前言を取り消しといたよ。行員同士で飲み食いしてることを認めたわけよ。片山に相当な貸しができたなぁ」

「そうだな。〝西川〟で五、六回接待させてもらおうか」

「もっとも、MOF担の片山を庇ってるんじゃないかと、検事に思われたかもしれないぞ」

「むろんMOFの役人と飲み食いしたことは認めざるを得なかったが、あんまり頻繁でもまずいから、半分は北野や石井さんの名前を使わせてもらったんだ。手帳に、〝K〟とか〝I〟とか書いておいたが、それがよかったのか悪かったのかよくわからんけど」

「ま、よかったんじゃないのか。MOFに迷惑をかけるのはまずいだろう」

タクシーがコリドー街に着いた。

バー〝西川〟は、遅い時間なのに、三人組と二人組の客がカウンターの前に座っていた。

北野と片山がビールを飲み始めたときに、出前の鮨が届いた。

「グッドタイミングですね」

マスター兼バーテンの西川が片山に、にこっと笑いかけた。

「二人とも腹ぺこなんですよ。勝手をして申し訳ない」

片山は殊勝に西川に頭を下げた。

「お茶を淹《い》れましょうか」

「お茶は要りません。ビールの肴《さかな》にちょうどいいですよ」

カウンターに鮨桶《すしおけ》と醬油《しょうゆ》皿が二つずつ並んだ。

「美味《おい》しそうだなぁ」

「さっそく、いただくとするか」

片山が中トロを口の中へ放り込んだので、北野も割り箸《ばし》で中トロをつまみ上げた。

ビールと一緒に中トロの鮨を喉へ送りこんで、北野が言った。

「〝S〟の事情聴取は間違いなくあるだろうな」

「ただ、逮捕は考えられないよ。時効の壁は厚いからなぁ」

片山が北野の耳もとに口を近づけた。

「久山さんと今井さんの逮捕は、総会後なんじゃないかな。総会当日はないと思うけど」

「根拠は」

「ないけど、そんな気がする」

「久山さんと今井さんは〝S〟の犠牲者っていうわけだな」

「中澤さんも、そうだよ」

「うん」

北野は、勾留《こうりゅう》中の中澤を思い遣《や》って、胸が熱くなった。

8

北野が東京地検特捜部から二度目の出頭を命じられたのは、六月二十五日水曜日の午後三時のことだ。

二回目は待合室で五分しか待たされず、すぐに松本検事と向かい合った。

「手帳は見つかりましたか」

「申し訳ありません。やはり処分してました」

北野は嘘《うそ》をついている負い目で、耳たぶを引っ張りながら、伏目になった。

「非協力的ですねぇ。そういうことだと、何度もお呼びすることになりますよ」

「…………」

「ところで、川上と小田島はあなたの義父である佐々木さんに、絵画とか陶磁器など高価な品物を贈呈しているようですが、あなたのお宅にもあるんじゃないですか」

「佐々木から、そうした物が贈られたことは一切ありません」

「佐々木さんから贈り物の話ぐらいは聞いてるんでしょう」

「聞いてません。前回も申し上げましたが、わたしは義父とは努めて距離を置くように心がけてきました。義父が過去に自宅を訪ねてきたことも一度しかありません。それもごく最近のことです」

松本は尖《とが》った顎《あご》を撫《な》でながら、苦笑を洩《も》らした。

「絵画といえば、秘書室が総務部からの依頼で、過去に相当数の絵画を購入していることはご存じですか」

「いいえ。存じません」

「あなた秘書役じゃないんですか」

松本に皮肉っぽく訊《き》かれたが、北野は絵画の話など聞いていなかった。

「調査委員会のメンバーにされたり、ＡＣＢを再生するための組織改革などで忙殺されておりましで、引き継ぎも充分になされていないのが現実です」

「なぜ、総務部の依頼で秘書室が高価な絵画を買うのかわかりますか」

「察しはつきます」

「どう察しがつくんですか」

「総会屋や右翼などが介在していると思いますが……」

「企画部次長のときに、絵画のことを聞いてたんじゃありませんか」

「聞いてません」

「秘書役としての引き継ぎが充分なされていないということですが、東踊りのご祝儀のことも聞いてませんか」

北野は一瞬考える顔になった。例年、会長や頭取が馴染《なじ》みの芸妓が出演する東踊りに招待されるが、「只《ただ》ほど高いものはない」と久山だか今井が話していたことを森田から聞いた記憶があった。

しかし、余計なことを口にする手はない。

「聞いておりません」

「朝日中央銀行は東踊りのご祝儀として年間百万円近い大金を支出してるんですよ」

「にわかには信じられませんが」

「実質の支出はその十分の一程度で、差額は裏金としてプールされているとは考えられませんか」

「そういうことはないと思います」

「秘書室で裏金づくりをしていたとは思いませんか」

「はい。ないと思います」

「あなたは、MOF担の片山さんと、しばしば高級料亭などに出入りしていることについて、食言しましたが、要するに裏金づくりがあるということなんじゃないんですか」

「少なくとも、企画部で裏金づくりが行なわれていたことは絶対にありません」

「絶対にないと言い切れるんですか」

「はい」

松本検事の執拗《しつよう》な尋問でもわかるが、ACBが組織的に裏金づくりをしているという先入観を検察がもっていることは、間違いなかった。

六月二十五日に東京地検特捜部から出頭を命じられたのは、北野ひとりではなかった。石井企画部長、片山同次長、菅野秘書室長、横井秘書、さらには審査部、営業部、旧総務部の関係者も呼び出しを受けていた。さながら、ACB関係者の尋問ラッシュであった。

北野が耳たぶを引っ張りながら、松本検事に言った。

「この点は石井企画部長にお尋ねしていただければ、ご理解していただけると思いますし、秘書室の裏金づくりのお尋ねも、菅野秘書室長の供述でクリアできると存じます」

松本検事はジロッとした目で、北野をとらえた。

「余計なことは言わないでけっこうです。あなたはお尋ねしたことに、正直に答えてください」

松本の厳しい口調に、北野は鼻白んだ。

「旧朝日銀行と旧中央銀行の合併当時のことを義父の佐々木さんから、聞いたことはありませんか。たとえば、川上多治郎が合併の仲介の労を取ったとか、旧国有地の本店ビルの土地の払い下げで、一役買ったとか……」

「まったくありません」

「合併直前、佐々木さんは旧朝日銀行でどんなポストに就いていたんですか」

「わかりません。聞いたこともありませんし」

この日、北野に対する松本検事の尋問は二時間ほどで終わったが、「調書を作成させてください」と言われて、北野は当惑した。

「印鑑はお持ちですか」

「持っておりません」

「押印は人差し指でけっこうです」

「前回、調書作成の必要はないとおっしゃいましたが」

「あなたは重要人物ですからねぇ。調書として記録しておきましょう」

松本は無表情で言い放った。

北野はパソコンで打ち出された「供述調書」を書記官から手渡された。

胸に圧迫感を覚え、目が活字を上すべりして、頭の中に入らなかった。北野は、頭をひと振りして、調書に気持ちを集中させるように努めた。

供述調書

住居　横浜市保土ヶ谷区桜ヶ丘一丁目××番地
職業　会社員
電話（〇四五）三三五　四二××
氏名　北野　浩
　昭和三一年一月一一日生（四一歳）

右の者は、平成九年六月二十五日、東京地方検察庁において、本職に対し、任意次のとおり供述した。

私は、現在、株式会社朝日中央銀行秘書室に勤務していますが、平成七年三月から平成九年五月まで企画本部に勤務していました。

前回六月二十三日に供述した内容も加えられてあったが、検察側の我田引水めいたものはあるにしても、許容できないほどではなかったので、北野は署名した。

そのあと、書記官（検察事務官）が手書きで「右のとおり録取して閲読させたところ誤りのないことを申し立て署名指印した」と加筆し、最後に、松本検事と書記官が署名押印した。

北野は調書を残すことがなにかしらうしろめたくて、釈然としなかったが、サインした途端肩が軽くなったような気がした。これでもう特捜部から、出頭を命じられることはないだろうと思ったせいかもしれない。

松本検事がにこりともせずに言った。

「とりあえず次回の呼び出しの予定はありませんが、場合によっては来ていただくことになるかもしれませんので、ご協力のほどよろしくお願いします」

「恐れ入ります」

北野は胸中を見透かされているような気がして、耳たぶを引っ張りながら、照れ笑いを浮かべた。


（下巻につづく）

本書は、平成十年十二月、十一年六月、十一年八月に、小社より刊行された
『呪縛（上・中・下）金融腐蝕列島II』を上・下巻として文庫化したものです。

呪縛《じゆばく》(上)

金融腐蝕列島《きんゆうふしよくれつとう》II

高杉《たかすぎ》 良《りよう》

平成12年 10月25日　初版発行
令和6年　6月15日　7版発行

発行者●堀内大示

発行●株式会社KADOKAWA
〒102-8177　東京都千代田区富士見2-13-3
電話　0570-002-301(ナビダイヤル)

角川文庫 11697

印刷所●株式会社KADOKAWA
製本所●株式会社KADOKAWA

表紙画●和田三造

ISBN978-4-04-164310-5　C0193

◆◇◇